FREMDSPRACHENTEXTE · SPANISCH

Miguel de Cervantes

# El ingenioso hidalgo Don Quijote de la Mancha

Selección

Herausgegeben von
Hans-Jörg Neuschäfer



Reclam

RECLAMS UNIVERSAL-BIBLIOTHEK Nr. 19710
2007 Philipp Reclam jun. GmbH & Co. KG,
Siemensstraße 32, 71254 Ditzingen
info@reclam.de
Druck und Bindung: Esser printSolutions GmbH,
Untere Sonnenstraße 5, 84030 Ergolding
Printed in Germany 2025
RECLAM, UNIVERSAL-BIBLIOTHEK und
RECLAMS UNIVERSAL-BIBLIOTHEK sind eingetragene Marken
der Philipp Reclam jun. GmbH & Co. KG, Stuttgart
ISBN 978-3-15-019710-3
reclam.de

# Zur Ermutigung des Lesers

Wer sich in den *Quijote* einzulesen beginnt, muss wissen, dass die – ohnehin sehr flexible – spanische Sprache zu Beginn des 17. Jahrhunderts zwar im Prinzip schon ›modern‹, aber noch weniger reglementiert und normiert war als heute. Wörter haben oft eine größere Bedeutungsbandbreite (was gern für Wortspiele genutzt wird); Konjunktionen weichen bisweilen von ihrer heutigen Funktion ab; die Modi des Verbs sind noch nicht klar voneinander getrennt; transitive Verben werden auch intransitiv gebraucht (und umgekehrt); andere mit Hilfszeitwörtern kombiniert (Typ: *haber de volver = volver*). Auch besteht eine Neigung zur Redundanz (Reihung verschiedener Wörter mit gleicher oder ähnlicher Bedeutung). Die Orthographie ist schwankend. In den »Eingeschobenen Geschichten« herrscht ein gehoben-literarischer, in der Haupthandlung ein umgangssprachlicher Stil vor (viele Sprichwörter und Redensarten würzen den Dialog zwischen Don Quijote und Sancho Panza). Man gewöhnt sich rasch an die Vielfalt und lernt, noch genauer auf den Kontext zu achten, als man das als interessierter Leser ohnehin tut. So kommt man auch leichter über gelegentliche Stolpersteine im Verständnis hinweg und verliert nicht den Faden des Zusammenhangs. Im Übrigen wird auf die Hilfestellungen im Kommentar verwiesen.

*Gebrauchsanweisung*

Die vorliegende Auswahl umfasst nur ein knappes Viertel des Originaltextes. Mehr ist in einem auf maximal 400 Seiten festgelegten Reclam-Band nicht unterzubringen. Um dem Leser dennoch einen Überblick über das Ganze zu verschaffen, enthält der Kommentar ausführliche Zusammenfassungen der ausgelassenen Teile. Außerdem findet man im Kommentar neben den notwendigen Wort- und Texterläuterungen auch all die Sacherklärungen, die man zum Verständnis braucht. Darüber hinaus bietet das Nachwort eine Werkinterpretation, in der die wichtigsten Sinnzusammenhänge erläutert werden.

# Primera Parte

Capítulo primero

## Que trata de la condición y ejercicio del famoso hidalgo don Quijote de la Mancha

Parodistische Einführung eines ›Helden‹, der durch zuviel Lektüre geistig gestört ist, der sich selbst erst erfinden muss, der zudem nicht in einem fernen Sagenland lebt, sondern in der nahen Mancha, dazu – als *hidalgo*, d. h. als Angehöriger der niedersten und verarmten Adelsschicht – unter bescheidensten materiellen Bedingungen, und der, mit 50, schon sehr alt ist in einer Zeit, in der die meisten Menschen früh sterben.

---

En un lugar de la Mancha, de cuyo nombre no quiero acordarme, no ha mucho tiempo que vivía un hidalgo de los de lanza en astillero, adarga antigua, rocín flaco y galgo corredor. Una olla de algo más vaca que carnero, salpicón las más noches, duelos y quebrantos los sábados, lentejas los viernes, algún palomino de añadidura los domingos, consumían las tres partes de su

2 **la condición y (el) ejercicio:** hier: gesellschaftlicher Stand und Tätigkeit. 14 **el astillero:** Lanzengestell. **la adarga:** (Leder-)Schild. **el rocín** (pey.): Gaul, Klepper. **flaco/a:** dünn, mager. 15 **el galgo:** Windhund; hier: Jagdhund. 16 **el salpicón:** kleingehackte Fleischreste (Art Fleischsalat). **los duelos y quebrantos:** vermutlich eine Fastenspeise. 17 **la lenteja:** Linse. **el palomino:** junge Taube. 17 f. **la añadidura:** Zusatz, Zugabe (*añadir:* hinzufügen).

hacienda. El resto della concluían sayo de velarte, calzas de velludo para las fiestas, con sus pantuflos de lo mesmo, y los días de entresemana se honraba con su vellorí de lo más fino. Tenía en su casa una ama que pasaba de los cuarenta, y una sobrina que no llegaba a los veinte, y un mozo de campo y plaza, que así ensillaba el rocín como tomaba la podadera. Frisaba la edad de nuestro hidalgo con los cincuenta años. Era de complexión recia, seco de carnes, enjuto de rostro, gran madrugador y amigo de la caza. Quieren decir que tenía el sobrenombre de Quijada, o Quesada, que en esto hay alguna diferencia en los autores que deste caso escriben; aunque por conjeturas verosímiles se deja entender que se llamaba Quejana. Pero esto importa poco a nuestro cuento; basta que en la narración dél no se salga un punto de la verdad.

Es, pues, de saber, que este sobredicho hidalgo, los ratos que estaba ocioso (que eran los más del año), se

1 **el sayo de velarte:** Wams aus feinem Tuch (*el sayo:* langer Leibrock). 1 f. **las calzas de velludo:** Hosen aus Samtstoff. 3 **el día de entresemana:** Werktag. 4 **el vellorí:** einfaches Tuch. **el ama:** hier: Haushälterin. 6 f. **ensillar:** satteln. 7 **la podadera:** Baumschere. **frisar (los cincuenta):** die fünfzig streifen, auf die fünfzig zugehen. 9 **de complexión recia:** von robustem Körperbau. **enjuto/a de rostro:** mit hagerem Gesicht (*enjuto/a:* dürr). 11 **Quijada, Quesada, Quejana:** burleske Namensherleitungen, die an »Kinnlade«, »Käse« und »weinerliches Klagen« denken lassen, also gerade nicht an ›Heldisches‹. Der wahre Name – Alonso Quijano – wird erst im letzten Kapitel des Zweiten Teils enthüllt, nachdem der Protagonist dem Rittertum abgeschworen hat und wieder ›er selbst‹ geworden ist. 12 **los autores:** Cervantes ahmt hier den Usus der Ritterromane nach, die, obwohl rein fiktiv, so taten, als seien sie das Resultat historischer Forschung. 13 **la conjetura:** Annahme. 13 f. **verosímil:** wahrscheinlich, glaubwürdig. 18 **ocioso/a:** untätig, müßig.

daba a leer libros de caballerías con tanta afición y gusto, que olvidó casi de todo punto el ejercicio de la caza, y aun la administración de su hacienda; y llegó a tanto su curiosidad y desatino en esto, que vendió muchas hanegas de tierra de sembradura para comprar libros de caballerías en que leer, y así, llevó a su casa todos cuantos pudo haber dellos; y de todos, ningunos le parecían tan bien como los que compuso el famoso Feliciano de Silva, porque la claridad de su prosa y aquellas intricadas razones suyas le parecían de perlas, y más cuando llegaba a leer aquellos requiebros y cartas de desafíos, donde en muchas partes hallaba escrito: *La razón de la sinrazón que a mi razón se hace, de tal manera mi razón enflaquece, que con razón me quejo de la vuestra fermosura.* Y también cuando leía: ... *los altos cielos que de vuestra divinidad divinamente con las estrellas os fortifican, y os hacen merecedora del merecimiento que merece la vuestra grandeza.*

Con estas razones perdía el pobre caballero el juicio, y desvelábase por entenderlas y desentrañarles el

4 **el desatino:** Torheit. 5 **la hanega:** *la fanega:* Flächenmaß (etwa dem dt. Morgen entsprechend). 9 **Feliciano de Silva:** populärer Vielschreiber, der zwischen 1514 und 1532 mehrere Fortsetzungen des *Amadís* veröffentlichte. 10 **intrincado/a:** vertrackt. 11 f. **el requiebro:** Schmeichelei; hier: Liebeswerben. 12 **el desafío:** Herausforderung, Zweikampf, Duell. 13 **hallar:** finden. **la sinrazón:** Unrecht. 15 **la fermosura** (arc.): *la hermosura* (auch im Folgenden oft anlautendes *f* statt *h*, wenn Don Quijote spricht, der, um ein wahrer fahrender Ritter zu sein, bisweilen in ›mittelalterliches‹ Spanisch verfällt). 21 **desvelarse:** aufwachen; hier: sich wachhalten. **desentrañar:** ergründen.

sentido, que no se lo sacara ni las entendiera el mesmo Aristóteles, si resucitara para solo ello. [...] Tuvo muchas veces competencia con el cura de su lugar (que era hombre docto, graduado en Sigüenza) sobre cuál había sido mejor caballero: Palmerín de Ingalaterra o Amadís de Gaula; mas maese Nicolás, barbero del mesmo pueblo, decía que ninguno llegaba al Caballero del Febo, y que si alguno se le podía comparar, era don Galaor, hermano de Amadís de Gaula, porque tenía muy acomodada condición para todo; que no era caballero melindroso, ni tan llorón como su hermano, y que en lo de la valentía no le iba en zaga.

En resolución, él se enfrascó tanto en su letura, que se le pasaban las noches leyendo de claro en claro, y los días de turbio en turbio; y así, del poco dormir y del mucho leer se le secó el celebro de manera que vino a perder el juicio. Llenósele la fantasía de todo aquello que leía en los libros, así de encantamentos como de pendencias, batallas, desafíos, heridas, requiebros, amores, tormentas y disparates imposibles; y asentósele de tal modo en la imaginación que era

2 **resucitar:** neu beleben, auferstehen. 4 **Sigüenza:** galt als zweitrangige Universität der gleichnamigen Stadt. 5 f. **Palmerín ... Amadís ... Caballero del Febo:** Ritterromanhelden. 6 **el maese:** Meister. 10 **acomodar:** anpassen, passen. 11 **melindroso/a:** ängstlich. 12 **la valentía:** Mut, Tapferkeit. 12 f. **no ir(se) en zaga a alg.:** jdm. nicht nachstehen. 14 **enfrascarse en algo:** sich einer Sache hingeben. 16 **turbio/a:** trübe. 20 **la pendencia:** Händel, Streit. 21 **el disparate:** Unsinn, Quatsch (*disparatar:* Unsinn reden). 22 **asentársele algo** (fig.): etwas verinnerlichen (*asentarse:* sich setzen).

verdad toda aquella máquina de aquellas soñadas invenciones que leía, que para él no había otra historia más cierta en el mundo. [...]

En efecto, rematado ya su juicio, vino a dar en el más estraño pensamiento que jamás dio loco en el mundo, y fue que le pareció convenible y necesario, así para el aumento de su honra como para el servicio de su república, hacerse caballero andante, e irse por todo el mundo con sus armas y caballo a buscar las aventuras y a ejercitarse en todo aquello que él había leído que los caballeros andantes se ejercitaban, deshaciendo todo género de agravio, y poniéndose en ocasiones y peligros donde, acabándolos, cobrase eterno nombre y fama. Imaginábase el pobre ya coronado por el valor de su brazo, por lo menos, del imperio de Trapisonda; y así, con estos tan agradables pensamientos, llevado del estraño gusto que en ellos sentía, se dio priesa a poner en efecto lo que deseaba.

Y lo primero que hizo fue limpiar unas armas que habían sido de sus bisabuelos, que, tomadas de orín y llenas de moho, luengos siglos había que estaban puestas y olvidadas en un rincón. Limpiólas y aderezólas lo mejor que pudo; pero vio que tenían una gran

2f. **no había otra historia cierta en el mundo:** Genau darin besteht Don Quijotes Irrtum und Verrücktheit: die Phantastik der Ritterromane für realistisch zu halten und deshalb auch die ihn umgebende Wirklichkeit nach ihrem Vorbild zurechtzubiegen. 8f. **el caballero andante:** fahrender Ritter (wie die Helden des Ritterromans). 12 **el agravio:** Beleidigung. 15f. **el imperio de Trapisonda:** das Kaiserreich Trapezunt (einer der Nachfolgestaaten des Byzantinischen Reiches, 1204–1461). 20 **el orín:** Rost. 21 **el moho:** Schimmel. **luengo/a:** lang. 22f. **aderezar:** zubereiten, herrichten.

falta, y era que no tenían celada de encaje, sino morrión simple; mas a esto suplió su industria, porque de cartones hizo un modo de media celada, que, encajada con el morrión, hacían una apariencia de celada entera. Es verdad que para probar si era fuerte y podía estar al riesgo de una cuchillada, sacó su espada y le dio dos golpes, y con el primero y en un punto deshizo lo que había hecho en una semana; y no dejó de parecerle mal la facilidad con que la había hecho pedazos, y, por asegurarse deste peligro, la tornó a hacer de nuevo, poniéndole unas barras de hierro por de dentro, de tal manera, que él quedó satisfecho de su fortaleza, y sin querer hacer nueva experiencia della, la diputó y tuvo por celada finísima de encaje.

Fue luego a ver su rocín, y aunque tenía más cuartos que un real [...], le pareció que ni el Bucéfalo de Alejandro ni Babieca el del Cid con él se igualaban. Cuatro días se le pasaron en imaginar qué nombre le pondría; porque (según se decía él a sí mesmo) no era razón que caballo de caballero tan famoso, y tan bueno él por sí, estuviese sin nombre conocido; [...] y así, después de muchos nombres que formó, borró y quitó, añadió, deshizo y tornó a hacer en su memoria e

1 **la celada de encaje:** Kinnschutz, der mit der Sturmhaube verbunden ist (*el encaje:* Einsatz). 1 f. **el morrión:** Sturmhaube. 2 **suplir:** ergänzen. 10 **tornar a** (+ inf.): etwas wieder tun. 14 **diputar:** befinden. 15 f. **más cuartos que un real:** Wortspiel mit der Doppelbedeutung von *cuarto:* (1) ein Viertel Real (der Real, eine Silbermünze, war die Grundeinheit des spanischen Münzsystems), also ein minderwertiges Geldstück; (2) Pferdekrankheit. 16 f. **Bucéfalo ... Babieca:** die beiden berühmten Streitrosse ihrer noch berühmteren Reiter (Alexander der Große und El Cid).

imaginación, al fin le vino a llamar *Rocinante*, nombre, a su parecer, alto, sonoro y significativo de lo que había sido cuando fue rocín, antes de lo que ahora era, que era antes y primero de todos los rocines del mundo.

Puesto nombre, y tan a su gusto, a su caballo, quiso ponérsele a sí mismo, y en este pensamiento duró otros ocho días, y al cabo se vino a llamar *don Quijote*; de donde, como queda dicho, tomaron ocasión los autores desta tan verdadera historia que sin duda se debía de llamar Quijada, y no Quesada, como otros quisieron decir. Pero acordándose que el valeroso Amadís no sólo se había contentado con llamarse Amadís a secas, sino que añadió el nombre de su reino y patria, por [hacerla] famosa, y se llamó Amadís de Gaula, así quiso, como buen caballero, añadir al suyo el nombre de la suya y llamarse *don Quijote de la Mancha*, con que, a su parecer, declaraba muy al vivo su linaje y patria, y la honraba con tomar el sobrenombre della.

Limpias, pues, sus armas, hecho del morrión celada, puesto nombre a su rocín y confirmándose a sí mismo, se dio a entender que no le faltaba otra cosa sino buscar una dama de quien enamorarse; porque el caballero andante sin amores era árbol sin hojas y sin fruto y cuerpo sin alma. Decíase él:

8 **al cabo:** schließlich. 8 f. **«don Quijote»:** Sich *don* zu nennen ist eigentlich eine Anmaßung, denn *hidalgos* durften den Titel *don* nicht führen. Tatsächlich legt der Protagonist ihn am Ende des Romans ab, sobald er wieder der vernünftige Alonso Quijano geworden ist. 12 **valeroso/a:** tapfer. 19 **el linaje:** Herkunft.

– Si yo, por malos de mis pecados, o por mi buena suerte, me encuentro por ahí con algún gigante, como de ordinario les acontece a los caballeros andantes, y le derribo de un encuentro, o le parto por mitad del cuerpo, o, finalmente, le venzo y le rindo, ¿no será bien tener a quien enviarle presentado, y que entre y se hinque de rodillas ante mi dulce señora, y diga con voz humilde y rendido: «– Yo, señora, soy el gigante Caraculiambro, señor de la ínsula Malindrania, a quien venció en singular batalla el jamás como se debe alabado caballero don Quijote de la Mancha, el cual me mandó que me presentase ante vuestra merced para que la vuestra grandeza disponga de mí a su talante?»

¡Oh, cómo se holgó nuestro buen caballero cuando hubo hecho este discurso, y más cuando halló a quien dar nombre de su dama! Y fue, a lo que se cree, que en un lugar cerca del suyo había una moza labradora de muy buen parecer, de quien él un tiempo anduvo enamorado (aunque, según se entiende, ella jamás lo supo ni le dio cata dello). Llamábase Aldonza Lorenzo, y a ésta le pareció ser bien darle título de señora de sus pensamientos; y buscándole nombre que no desdijese mucho del suyo, y que tirase y se encamina-

4 **derribar:** abwerfen, niederwerfen. 5 **rendir a alg.:** jdn. bezwingen, jdn. besiegen. 7 **hincarse de rodillas:** sich niederknien. 9 **Caraculiambro:** witzige Zusammensetzung aus *cara* und *culo.* 12 f. **vuestra merced:** Euer Gnaden (*la merced:* Gnade, Gunst). 13 f. **a su talante:** nach seinem/ihrem Gutdünken (*el talante:* Art, Weise). 15 **holgarse:** sich freuen, frohlocken. 18 **la moza labradora:** Bauernmädchen. 21 **dar cata de algo:** einen Hinweis auf etwas geben (*la cata:* Probe). 24 **desdecir:** nicht entsprechen.

se al de princesa y gran señora, vino a llamarla *Dulcinea del Toboso*, porque era natural del Toboso; nombre, a su parecer, músico y peregrino y significativo, como todos los demás que a él y a sus cosas había puesto.

2 **El Toboso:** Wie alle im Ersten Teil aufgeführten Orte existiert auch dieser tatsächlich und lebt heute in der noch immer kargen Gegend recht gut als Touristenattraktion, an der »Ruta del Quijote«.

CAPÍTULO II

## Que trata de la primera salida que de su tierra hizo el ingenioso don Quijote

Don Quijote beginnt seine Abenteuerfahrt und kehrt am Abend zum ersten Mal in einer jener *ventas* (Gasthöfe) ein, in denen sich ein sehr gemischtes Unterwegspublikum eine einfache Mahlzeit oder eine primitive Bettstatt zum Übernachten genehmigte. Längere Kapitelsequenzen des Ersten Teils spielen sich sogar in ein und derselben *venta* ab, die man *venta central* nennen könnte. Oft waren in den *ventas* auch käufliche Damen zugange (wie heute in manchen Fernfahrerkneipen an den durch die Mancha führenden Autobahnen). Don Quijote hält sie stets für züchtige Jungfrauen oder adlige Burgfräulein. Cervantes gibt uns hier zugleich Einblick ins Milieu der Picaresca.

———

Hechas, pues, estas prevenciones, no quiso aguardar más tiempo a poner en efecto su pensamiento, apretándole a ello la falta que él pensaba que hacía en el mundo su tardanza, según eran los agravios que pensaba deshacer, tuertos que enderezar, sinrazones que enmendar, y abusos que mejorar, y deudas que satis-

16 **aguardar:** warten. 20 **el tuerto:** Ungerechtigkeit, Unrecht. **enderezar:** geradebiegen; wiedergutmachen. 21 **enmendar:** verbessern, korrigieren, berichtigen.

facer. Y así, sin dar parte a persona alguna de su intención, y sin que nadie le viese, una mañana, antes del día, que era uno de los calurosos del mes de julio, se armó de todas sus armas, subió sobre Rocinante, puesta su mal compuesta celada, embrazó su adarga, tomó su lanza, y por la puerta falsa de un corral salió al campo, con grandísimo contento y alborozo de ver con cuánta facilidad había dado principio a su buen deseo. Mas apenas se vio en el campo, cuando le asaltó un pensamiento terrible, y tal, que por poco le hiciera dejar la comenzada empresa; y fue que le vino a la memoria que no era armado caballero, y que conforme a ley de caballería ni podía ni debía tomar armas con ningún caballero; y puesto que lo fuera, había de llevar armas blancas, como novel caballero, sin empresa en el escudo, hasta que por su esfuerzo la ganase. Estos pensamientos le hicieron titubear en su propósito; mas, pudiendo más su locura que otra razón alguna, propuso de hacerse armar caballero del primero que topase, a imitación de otros muchos que así lo hicieron, según él había leído en los libros que tal le tenían. En lo de las armas blancas, pensaba limpiarlas de manera, en teniendo lugar, que lo fuesen más que un armiño; y con esto se quietó y prosiguió su camino, sin llevar otro que aquel que su caballo

5 **embrazar:** etwa: umfassen. 6 **la puerta falsa:** hier: Hintertür. **el corral:** Hof, Stall. 7 **el alborozo:** (innerlicher) Jubel. 12 **armar caballero:** zum Ritter schlagen. 15 f. **(las) armas blancas ... escudo:** noch nicht mit Devise, Abzeichen oder Wahlspruch versehene Waffen und Schild. 17 **titubear:** schwanken, zögern. 20 **toparse (con) alg.:** jdn. treffen, auf jdn. stoßen. 24 **el armiño:** Hermelin.

quería, creyendo que en aquello consistía la fuerza de las aventuras.

Yendo, pues, caminando nuestro flamante aventurero, iba hablando consigo mesmo y diciendo:

– ¿Quién duda sino que en los venideros tiempos, cuando salga a luz la verdadera historia de mis famosos hechos, que el sabio que los escribiere no ponga, cuando llegue a contar esta mi primera salida tan de mañana, desta manera?: «Apenas había el rubicundo Apolo tendido por la faz de la ancha y espaciosa tierra las doradas hebras de sus hermosos cabellos, y apenas los pequeños y pintados pajarillos con sus harpadas lenguas habían saludado con dulce y meliflua armonía la venida de la rosada Aurora, que, dejando la blanda cama del celoso marido, por las puertas y balcones del manchego horizonte a los mortales se mostraba, cuando el famoso caballero don Quijote de la Mancha, dejando las ociosas plumas, subió sobre su famoso caballo Rocinante, y comenzó a caminar por el antiguo y conocido campo de Montiel.»

Y era la verdad que por él caminaba. [...]

Con esto, caminaba tan despacio, y el sol entraba

5 **venidero/a:** kommend, zukünftig. 9f. **el rubicundo Apolo** (fig.): der rosige Apoll; als Personifizierung der Sonne. 10 **la faz:** Antlitz, Angesicht. 11 **la hebra:** Faden, Strähne. 13 **las arpadas lenguas:** etwa: wohltönende Zungen (*arpado/a:* lieblich). 13f. **melifluo/a:** honigsüß; hier (fig.): süßklingend. 20f. **el campo de Montiel:** Gebiet der Mancha in den heutigen Provinzen Albacete und Ciudad Real (die ganze hochtönende Ritterroman-Rhetorik mündet einmal mehr in die prosaische Mancha-Landschaft).

tan apriesa y con tanto ardor, que fuera bastante a derretirle los sesos (si algunos tuviera).

Casi todo aquel día caminó sin acontecerle cosa que de contar fuese, de lo cual se desesperaba, porque quisiera topar luego luego con quien hacer experiencia del valor de su fuerte brazo. Autores hay que dicen que la primera aventura que le avino fue la del Puerto Lápice; otros dicen que la de los molinos de viento; pero lo que yo he podido averiguar en este caso, y lo que he hallado escrito en los anales de la Mancha, es que él anduvo todo aquel día, y, al anochecer, su rocín y él se hallaron cansados y muertos de hambre; y que, mirando a todas partes por ver si descubriría algún castillo o alguna majada de pastores donde recogerse y adonde pudiese remediar su mucha hambre y necesidad, vio, no lejos del camino por donde iba, una venta, que fue como si viera una estrella [...]. Diose priesa a caminar, y llegó a ella a tiempo que anochecía.

Estaban acaso a la puerta dos mujeres mozas, destas que llaman del partido, las cuales iban a Sevilla con unos harrieros que en la venta aquella noche

1 **apriesa:** *aprisa:* eilig, schnell. 2 **derretir los sesos** (fig.): den Verstand aufweichen. 4 **desesperarse:** verzweifeln. 7 **avenir:** geschehen, sich ereignen (*avenir* auch: versöhnen). 8 **Puerto Lápice:** (noch immer) verkehrsreicher Pass, über den heute die Autobahn Madrid–Andalucía führt. 9 **averiguar:** ausfindig machen, herausbekommen. 14 **la majada de pastores:** Hirtenpferch, Schäferhütte (*la majada:* Pferch). 17 **la venta:** Ausschank, Schenke. 20 **acaso** (adv.): vielleicht; hier: bei Gelegenheit, zufällig. 20 f. **la moza del partido:** etwa: Prostituierte. 22 **el harriero:** *el arriero:* Maultiertreiber.

acertaron a hacer jornada, y como a nuestro aventurero todo cuanto pensaba, veía o imaginaba le parecía ser hecho y pasar al modo de lo que había leído, luego que vio la venta se le representó que era un castillo con sus cuatro torres y chapiteles de luciente plata, sin faltarle su puente levadiza y honda cava, con todos aquellos adherentes que semejantes castillos se pintan. Fuese llegando a la venta que a él le parecía castillo, y a poco trecho della detuvo las riendas a Rocinante, esperando que algún enano se pusiese entre las almenas a dar señal con alguna trompeta de que llegaba caballero al castillo. Pero como vio que se tardaban y que Rocinante se daba priesa por llegar a la caballeriza, se llegó a la puerta de la venta, y vio a las dos destraídas mozas que allí estaban, que a él le parecieron dos hermosas doncellas o dos graciosas damas que delante de la puerta del castillo se estaban solazando. En esto sucedió acaso que un porquero que andaba recogiendo de unos rastrojos una manada de puercos (que, sin perdón, así se llaman) tocó un cuerno, a cuya señal ellos se recogen, y al instante se

1 **acertar a** (+ inf.): zufällig etwas tun. 5 **el chapitel:** Dachhaube; Turmhelm. 6 **el puente levadiza:** Zugbrücke. **la cava:** hier: Burggraben. 9 **a poco trecho:** in geringer Entfernung. **la rienda:** Zügel. 10 **el enano:** Zwerg; Anspielung auf die Ritterromane, in denen Zwerge auf den Burgzinnen die Ankunft der Gäste durch Fanfarenstoß ankündigten. 11 **la almena:** Zinne. 14 **la caballeriza:** Reitstall. 18 **solazarse:** lustwandeln. **el porquero / la porquera:** Schweinehirt, -in. 19 **el rastrojo:** Stoppelacker. **la manada:** Herde. 20 **sin perdón:** Anspielung auf die noch heute beachtete Regel, dass man Vulgäres (hier *puercos*) eigentlich nur *con perdón* aussprechen kann.

le representó a don Quijote lo que deseaba, que era que algún enano hacía señal de su venida, y así, con estraño contento llegó a la venta y a las damas, las cuales, como vieron venir un hombre de aquella suerte armado y con lanza y adarga, llenas de miedo se iban a entrar en la venta; pero don Quijote, coligiendo por su huida su miedo, alzándose la visera de papelón y descubriendo su seco y polvoroso rostro, con gentil talante y voz reposada les dijo:

– No fuyan las vuestras mercedes ni teman desaguisado alguno; ca a la orden de caballería que profeso non toca ni atañe facerle a ninguno, cuanto más a tan altas doncellas como vuestras presencias demuestran.

Mirábanle las mozas, y andaban con los ojos buscándole el rostro, que la mala visera le encubría; mas como se oyeron llamar doncellas, cosa tan fuera de su profesión, no pudieron tener la risa, [...].

El lenguaje, no entendido de las señoras, y el mal talle de nuestro caballero acrecentaba en ellas la risa y en él el enojo, y pasara muy adelante si a aquel punto no saliera el ventero, hombre que, por ser muy gordo, era muy pacífico, el cual, viendo aquella

6f. **colegir:** folgern, schließen. 7 **alzar:** erheben, hochheben. 7f. **la visera de papelón:** Visier aus dünnem Karton. 10 **no fuyan:** *no huyan:* Don Quijote redet die ›Damen‹ im ›mittelalterlichen‹ höfischen Stil der Ritterromane an. Auch die folgenden *el desaguisado:* Unrecht, Beleidigung, und *ca:* denn, sind Archaismen; und *vuestras mercedes:* Euer Gnaden, ist gewiss nicht die passende Anrede für diese Frauen. 12 **atañer:** angehen, betreffen; hier: sich gehören (*tocar* hat hier die gleiche Bedeutung). 13 **la doncella:** Jungfrau. 18f. **el mal talle:** hier (fig.): hässlicher; lächerlicher Eindruck (*el talle:* Figur).

figura contrahecha, armada de armas tan desiguales [...] le dijo:

– Si vuestra merced, señor caballero, busca posada, amén del lecho (porque en esta venta no hay ninguno), todo lo demás se hallará en ella en mucha abundancia.

Viendo don Quijote la humildad del alcaide de la fortaleza, que tal le pareció a él el ventero y la venta, respondió:

– Para mí, señor castellano, cualquiera cosa basta, porque

mis arreos son las armas,
mi descanso el pelear, etc.

Pensó el huésped que el haberle llamado castellano había sido por haberle parecido de los sanos de Castilla, aunque él era andaluz, y de los de la playa de Sanlúcar, no menos ladrón que Caco, ni menos maleante que estudiantado paje, y así le respondió:

– Según eso, las camas de vuestra merced serán duras peñas, y su dormir, siempre velar; y siendo así,

1 **la figura contrahecha:** hier etwa: Karikatur (*contrahecho/a:* verwachsen, unförmig). 4 **amén de** (prep.): außer. **el lecho:** Bett. 5 f. **la abundancia:** Fülle, Überfluss. 7 **el alcaide:** Burgvogt. 10 **el castellano:** Burgherr. 12 **mis arreos son las armas ...:** Don Quijote zitiert hier und im Folgenden populäre Romanzen (*los arreos:* Geschirr; hier: Schmuck). 15 f. **los sanos de Castilla:** Im eigentlichen Wortsinn sind damit rechtschaffene Leute gemeint; in der Gaunersprache aber sind *los sanos* verschlagene Diebe. 17 **Sanlúcar:** Stadt in der Provinz Cádiz in Andalusien, die als Hochburg der Picaresca galt. **Caco:** Cacus, Sohn des Vulkan, galt als Langfinger. 17 f. **el/la maleante:** Gauner(in). 18 **el estudiantado paje:** etwa: ein mit allen Wassern gewaschener Page. 20 **la peña:** Fels, Stein.

bien se puede apear, con seguridad de hallar en esta choza ocasión y ocasiones para no dormir en todo un año, cuanto más en una noche.

Y diciendo esto, fue a tener el estribo a don Quijote, el cual se apeó con mucha dificultad y trabajo, como aquel que en todo aquel día no se había desayunado.

[…] las doncellas, que ya se habían reconciliado con él; las cuales, aunque le habían quitado el peto y el espaldar, jamás supieron ni pudieron desencajarle la gola ni quitalle la contrahecha celada, que traía atada con unas cintas verdes, y era menester cortarlas, por no poderse quitar los ñudos; mas él no lo quiso consentir en ninguna manera, y así, se quedó toda aquella noche con la celada puesta, que era la más graciosa y estraña figura que se pudiera pensar; y al desarmarle (como él se imaginaba que aquellas traídas y llevadas que le desarmaban eran algunas principales señoras y damas de aquel castillo), les dijo con mucho donaire:

– Nunca fuera caballero
de damas tan bien servido
como fuera don Quijote
cuando de su aldea vino:
doncellas curaban dél;
princesas, del su rocino,

[…].

1 **apearse:** absteigen. 2 **la choza:** Hütte. 4 **el estribo:** Steigbügel. 11 **la gola:** Hals- und Brustschutz. 12 **ser menester:** notwendig sein. 14 **consentir:** zulassen, gestatten (*el consentimiento:* Zustimmung). 20 **el donaire:** Anmut, Grazie, Witz.

Las mozas, que no estaban hechas a oír semejantes retóricas, no respondían palabra; sólo le preguntaron si quería comer alguna cosa.

– Cualquiera yantaría yo – respondió don Quijote –, porque, a lo que entiendo, me haría mucho al caso.

A dicha, acertó a ser viernes aquel día, y no había en toda la venta sino unas raciones de un pescado que en Castilla llaman abadejo, y en Andalucía bacallao, y en otras partes curadillo, y en otras truchuela. Preguntáronle si por ventura comería su merced truchuela; que no había otro pescado que dalle a comer.

– Como haya muchas truchuelas – respondió don Quijote –, podrán servir de una trucha, porque eso se me da que me den ocho reales en sencillos que en una pieza de a ocho. [...] Pero, sea lo que fuere, venga luego; que el trabajo y peso de las armas no se puede llevar sin el gobierno de las tripas.

Pusiéronle la mesa a la puerta de la venta, por el fresco, y trújole el huésped una porción del mal remojado y peor cocido bacallao y un pan tan negro y mugriento como sus armas; pero era materia de grande risa verle comer, porque, como tenía puesta la celada y alzada la visera, no podía poner nada en la boca con sus manos si otro no se lo daba y ponía, y así, una de

4 **yantar** (arc.): *comer*. 7 **la dicha:** Glück (*dichoso/a:* glücklich). 9 f. **el abadejo ... el bacallao ... el curadillo ... la truchuela:** bedeuten alle: Stockfisch. 11 **por ventura:** vielleicht. 14 **la trucha:** Forelle. 14 f. **porque eso se me da ...:** etwa: das ist so wie wenn ... 18 **la tripa:** Gedärm, Bauch. 20 **trújole:** *le trajo*. 20 f. **mal remojado/a:** schlecht gewässert, eingeweicht. 21 f. **mugriento/a:** schmutzig.

aquellas señoras servía deste menester. Mas al darle de beber, no fue posible, ni lo fuera si el ventero no horadara una caña, y puesto el un cabo en la boca, por el otro le iba echando el vino; y todo esto lo recibía en paciencia, a trueco de no romper las cintas de la celada. Estando en esto, llegó acaso a la venta un castrador de puercos, y así como llegó, sonó su silbato de cañas cuatro o cinco veces, con lo cual acabó de confirmar don Quijote que estaba en algún famoso castillo, y que le servían con música, y que el abadejo eran truchas, el pan candeal, y las rameras damas, y el ventero castellano del castillo, y con esto daba por bien empleada su determinación y salida. Mas lo que más le fatigaba era el no verse armado caballero, por parecerle que no se podría poner legítimamente en aventura alguna sin recibir la orden de caballería.

3 **horadar:** durchbohren, hindurchstecken. **la caña:** Schilfrohr. 5 **a trueco de:** *a trueque de:* für, im Tausch gegen. 11 **la ramera:** Hure.

Capítulo III

## Donde se cuenta la graciosa manera que tuvo don Quijote en armarse caballero

Ein Wirt aus der Picaresca erteilt den Ritterschlag.

Y así, fatigado deste pensamiento, abrevió su venteril y limitada cena; la cual acabada, llamó al ventero y, encerrándose con él en la caballeriza, se hincó de rodillas ante él, diciéndole:

– No me levantaré jamás de donde estoy, valeroso caballero, fasta que la vuestra cortesía me otorgue un don que pedirle quiero, el cual redundará en alabanza vuestra y en pro del género humano.

El ventero, que vio a su huésped a sus pies y oyó semejantes razones, estaba confuso mirándole, sin saber qué hacerse ni decirle, y porfiaba con él que se levantase, y jamás quiso, hasta que le hubo de decir que él le otorgaba el don que le pedía.

– No esperaba yo menos de la gran magnificencia vuestra, señor mío – respondió don Quijote –; y así, os digo que el don que os he pedido y de vuestra libe-

5 **venteril:** etwa: einer Schänke entsprechend mager (von *la venta*). 10 **fasta:** *hasta.* 10f. **otorgar un don:** etwa: eine Bitte gewähren, eine Gabe bewilligen. 11 **redundar en:** beitragen zu, führen zu. **la alabanza:** Loblied, Lob. 15 **porfiar:** beharren.

ralidad me ha sido otorgado es que mañana en aquel día me habéis de armar caballero, y esta noche en la capilla deste vuestro castillo velaré las armas [...].

El ventero, que, como está dicho, era un poco socarrón y ya tenía algunos barruntos de la falta de juicio de su huésped, acabó de creerlo cuando acabó de oírle semejantes razones, y, por tener que reír aquella noche, determinó de seguirle el humor; y así, le dijo que andaba muy acertado en lo que deseaba y pedía, y que tal prosupuesto era propio y natural de los caballeros tan principales como él parecía y como su gallarda presencia mostraba; y que él, asimesmo, en los años de su mocedad, se había dado a aquel honroso ejercicio, andando por diversas partes del mundo, buscando sus aventuras, sin que hubiese dejado los Percheles de Málaga, Islas de [Riarán], Compás de Sevilla, Azoguejo de Segovia, la Olivera de Valencia, Rondilla de Granada, playa de Sanlúcar, Potro de Córdoba y las Ventillas de Toledo y otras diversas partes, donde había ejercitado la ligereza de sus pies [y] sutileza de sus manos, haciendo muchos tuertos, recuestando muchas viudas, deshaciendo algunas doncellas y engañando a algunos pupilos, y, finalmen-

3 **velar:** wachen. 4 f. **el socarrón:** Spötter, Schelm. 5 **el barrunto:** Verdacht, Vermutung. 8 **el humor:** hier: Laune. 9 **andar acertado/a:** hier: recht haben (*acertar:* treffen). 12 **gallardo/a:** nobel, stattlich. **asimesmo:** *asimismo:* ebenfalls, gleichfalls. 13 **la mocedad:** Jugendzeit. 16 f. **de Málaga ...:** im Folgenden alles Orte der Picaresca. 21 f. **hacer tuertos:** Unrecht zufügen; **recuestar viudas:** Witwen nachstellen; **deshacer doncellas:** Jungfrauen entehren; **engañar pupilos:** Waisen hereinlegen; also: wie ein *pícaro* das genaue Gegenteil dessen machen, was vom Ritter erwartet wird.

te, dándose a conocer por cuantas audiencias y tribunales hay casi en toda España; y que, a lo último, se había venido a recoger a aquel su castillo, donde vivía con su hacienda y con las ajenas, recogiendo en él a todos los caballeros andantes, de cualquiera calidad y condición que fuesen, sólo por la mucha afición que les tenía y porque partiesen con él de sus haberes, en pago de su buen deseo.

Díjole también que en aquel su castillo no había capilla alguna donde poder velar las armas, porque estaba derribada para hacerla de nuevo; pero que en caso de necesidad él sabía que se podían velar dondequiera, y que aquella noche las podría velar en un patio del castillo; que a la mañana, siendo Dios servido, se harían las debidas ceremonias, de manera que él quedase armado caballero, y tan caballero, que no pudiese ser más en el mundo.

Preguntóle si traía dineros; respondió don Quijote que no traía blanca, porque él nunca había leído en las historias de los caballeros andantes que ninguno los hubiese traído. A esto dijo el ventero que se engañaba; que, puesto caso que en las historias no se escribía, por haberles parecido a los autores dellas que no era menester escribir una cosa tan clara y tan necesaria de traerse como eran dineros y camisas limpias, no por eso se había de creer que no los trujeron; y así,

1 **audiencia:** Gerichtssaal. 1f. **el tribunal:** Gericht. 4 **ajeno/a:** fremd, anderen gehörig. 7 **partir:** teilen; hier: den Leuten die Hälfte abnehmen. 19 **no traer blanca:** etwa: keinen Heller haben (*la blanca:* alte spanische Kupfermünze, das niederste Geldstück). 22 **puesto caso:** obwohl. 26 **trujeron:** *trajeron* (von *traer*).

tuviese por cierto y averiguado que todos los caballeros andantes, de que tantos libros están llenos y atestados, llevaban bien herradas las bolsas, por lo que pudiese sucederles; y que asimismo llevaban camisas y una arqueta pequeña llena de ungüentos para curar las heridas que recibían, porque no todas veces en los campos y desiertos donde se combatían y salían heridos había quien los curase, si ya no era que tenían algún sabio encantador por amigo, que luego los socorría, trayendo por el aire, en alguna nube, alguna doncella o enano con alguna redoma de agua de tal virtud, que, en gustando alguna gota della, luego al punto quedaban sanos de sus llagas y heridas, como si mal alguno hubiesen tenido. Mas que en tanto que esto no hubiese, tuvieron los pasados caballeros por cosa acertada que sus escuderos fuesen proveídos de dineros y de otras cosas necesarias, como eran hilas y ungüentos para curarse; [...] y por esto le daba por consejo, pues aún se lo podía mandar como a su ahijado, que tan presto lo había de ser, que no caminase de allí adelante sin dineros y sin las prevenciones referidas, y que vería cuán bien se hallaba con ellas, cuando menos se pensase.

3 **llevar bien herradas las bolsas:** gut mit Geld gefüllte Taschen bei sich tragen. 5 **la arqueta:** kleine Truhe, Kästchen. **el ungüento:** Salbe. 9 **el encantador / la encantadora:** Zauberer(in). 11 **la redoma:** Phiole, Fläschchen. 12 **la virtud:** Tugend (*virtuoso/a:* meisterhaft, tugendhaft). 13 **la llaga:** Wunde. 16 **el escudero:** Schildknappe. **proveerse de algo:** sich mit etwas eindecken. 17 **las hilas:** Scharpien; hier: Verbandszeug. 19f. **el ahijado:** eigtl.: Patenkind; hier: Schützling. 20 **presto** (adv.): schnell.

Prometióle don Quijote de hacer lo que se le aconsejaba con toda puntualidad, y así, se dio luego orden como velase las armas en un corral grande que a un lado de la venta estaba; y recogiéndolas don Quijote todas, las puso sobre una pila que junto a un pozo estaba y, embrazando su adarga, asió de su lanza, y con gentil continente se comenzó a pasear delante de la pila; y cuando comenzó el paseo comenzaba a cerrar la noche.

Contó el ventero a todos cuantos estaban en la venta la locura de su huésped, la vela de las armas y la armazón de caballería que esperaba. Admiráronse de tan estraño género de locura y fuéronselo a mirar desde lejos, [...]. Antojósele en esto a uno de los harrieros que estaban en la venta ir a dar agua a su recua, y fue menester quitar las armas de don Quijote, que estaban sobre la pila; el cual, viéndole llegar, en voz alta le dijo:

– ¡Oh tú, quienquiera que seas, atrevido caballero, que llegas a tocar las armas del más valeroso andante que jamás se ciñó espada! Mira lo que haces, y no las toques, si no quieres dejar la vida en pago de tu atrevimiento.

No se curó el harriero destas razones (y fuera me-

5 **la pila:** Wassertrog. 6f. **con gentil continente:** mit Grazie. 12 **el armazón de caballería:** die feierliche Waffenausstattung des Fahrenden Ritters. **admirar:** hier: jdn. in Erstaunen versetzen. 14 **antojósele a uno:** es fiel einem ein (*antojarse:* in den Sinn kommen, sich in den Kopf setzen). 15f. **la recua:** Gruppe von Lasttieren. 19 **atrevido/a:** kühn, verwegen (*el atrevimiento:* Kühnheit, Frechheit). 21 **ceñir:** umgürten. 24 **no se curó:** *no hizo caso:* etwa: er achtete nicht darauf.

jor que se curara, porque fuera curarse en salud); antes, trabando de las correas, las arrojó gran trecho de sí. Lo cual visto por don Quijote, alzó los ojos al cielo y, puesto el pensamiento (a lo que pareció) en su señora Dulcinea, dijo:

– Acorredme, señora mía, en esta primera afrenta que a este vuestro avasallado pecho se le ofrece; no me desfallezca en este primero trance vuestro favor y amparo.

Y diciendo estas y otras semejantes razones, soltando la adarga, alzó la lanza a dos manos y dio con ella tan gran golpe al harriero en la cabeza, que le derribó en el suelo tan maltrecho, que si segundara con otro, no tuviera necesidad de maestro que le curara. Hecho esto, recogió sus armas y tornó a pasearse con el mismo reposo que primero. Desde allí a poco, sin saberse lo que había pasado (porque aún estaba aturdido el harriero), llegó otro con la mesma intención de dar agua a sus mulos y, llegando a quitar las armas para desembarazar la pila, sin hablar don Quijote palabra y sin pedir favor a nadie, soltó otra vez la adarga y alzó otra vez la lanza, y, sin hacerla pedazos, hizo más

2 **trabar de las correas:** in die Verbindungsschnüre (zwischen den einzelnen Waffenteilen) greifen. **arrojar:** werfen. 6 **acorrer alg.:** jdm. beistehen. **la afrenta:** Provokation, Beleidigung, Herausforderung. 7 **avasallado/a:** ergeben (*avasallar:* unterwerfen). 8 **desfallecer:** schwinden, fehlen. **el trance:** entscheidender Moment. 9 **el amparo:** Schutz. 13 **maltrecho/a:** übel zugerichtet. **segundar:** sofort wiederholen, gleich noch einmal tun. 14 **el maestro:** Meister; hier: Chirurg. 17 **aturdido/a:** verblüfft; hier: bewusstlos. 20 **desembarazar:** frei machen.

de tres la cabeza del segundo harriero, porque se la abrió por cuatro. [...]

Los compañeros de los heridos, que tales los vieron, comenzaron desde lejos a llover piedras sobre don Quijote, el cual, lo mejor que podía, se reparaba con su adarga, y no se osaba apartar de la pila por no desamparar las armas. El ventero daba voces que le dejasen, porque ya les había dicho como era loco, y que por loco se libraría, aunque los matase a todos. [...]

No le parecieron bien al ventero las burlas de su huésped, y determinó abreviar y darle la negra orden de caballería luego, antes que otra desgracia sucediese. Y así, llegándose a él, se disculpó de la insolencia que aquella gente baja con él había usado, sin que él supiese cosa alguna; pero que bien castigados quedaban de su atrevimiento. [...]

[...] el castellano, trujo luego un libro donde asentaba la paja y cebada que daba a los harrieros, y con un cabo de vela que le traía un muchacho, y con las dos ya dichas doncellas, se vino adonde don Quijote estaba, al cual mandó hincar de rodillas; y, leyendo en su manual (como que decía alguna devota oración), en mitad de la leyenda alzó la mano y diole sobre el cuello un buen golpe, y tras él, con su mesma espada,

5 **repararse:** sich schützen. 7 **desamparar:** im Stich lassen, verlassen. 12 **negro/a:** hier: verdammt! 13 **la desgracia:** Unglück, Unheil. 14 **la insolencia:** Unverschämtheit. 18f. **asentar:** aufschreiben. 19 **la cebada:** Gerste. 23 **el manual:** Gebetbuch, Handbuch; hier: das oben erwähnte Geschäftsbuch. **devoto/a:** gläubig, gottergeben. 24 **la leyenda:** hier: Verlesung.

un gentil espaldarazo (siempre murmurando entre dientes, como que rezaba). Hecho esto, mandó a una de aquellas damas que le ciñese la espada, la cual lo hizo con mucha desenvoltura y discreción, porque no fue menester poca para no reventar de risa a cada punto de las ceremonias; pero las proezas que ya habían visto del novel caballero les tenía la risa a raya. Al ceñirle la espada dijo la buena señora:

– Dios haga a vuestra merced muy venturoso caballero y le dé ventura en lides.

Don Quijote le preguntó cómo se llamaba, porque él supiese de allí adelante a quién quedaba obligado por la merced recibida, porque pensaba darle alguna parte de la honra que alcanzase por el valor de su brazo. Ella respondió con mucha humildad que se llamaba la Tolosa, y que era hija de un remendón natural de Toledo, que vivía a las tendillas de Sancho Bienaya, y que dondequiera que ella estuviese le serviría y le tendría por señor. Don Quijote le replicó que, por su amor, le hiciese merced que de allí adelante se pusiese *don* y se llamase doña Tolosa. Ella se lo prometió, y la otra le calzó la espuela; con la cual le pasó casi el mismo coloquio que con la de la espada. Preguntóle su nombre, y dijo que se llamaba la Molinera,

1 **el espaldarazo** (hist.): Ritterschlag. 4 **la desenvoltura:** Zwanglosigkeit. 6 **la proeza:** Heldentat. 7 **tener a algo/alg. a raya:** etwas/jdn. im Zaume halten. 9 **venturoso/a:** glücklich. 10 **la ventura en lides:** Glück im Kampf (*la lid:* Kampf). 14 **alcanzar:** reichen, erreichen. 16 **el remendón / la remendona:** Flickschneider(in) (*remendar:* ausbessern). 17f. **las tendillas de Sancho Bienaya:** Buden auf dem (damals sehr belebten) Sancho-Bienaya-Platz in Toledo. 22 **la espuela:** Sporn.

y que era hija de un honrado molinero de Antequera; a la cual también rogó don Quijote que se pusiese *don*, y se llamase doña Molinera, ofreciéndole nuevos servicios y mercedes.

Hechas, pues, de galope y aprisa las hasta allí nunca vistas ceremonias, no vio la hora don Quijote de verse a caballo y salir buscando las aventuras, y, ensillando luego a Rocinante, subió en él, y abrazando a su huésped, le dijo cosas tan estrañas, agradeciéndole la merced de haberle armado caballero, que no es posible acertar a referirlas. El ventero, por verle ya fuera de la venta, con no menos retóricas, aunque con más breves palabras, respondió a las suyas y, sin pedirle la costa de la posada, le dejó ir a la buen hora.

1 **el honrado molinero:** Das Adjektiv *honrado/a* ist ironisch gemeint: die Müller standen nicht gerade im Ruf der Ehrlichkeit. **Antequera:** Stadt in der andalusischen Provinz Málaga. 14 **la posada:** Gasthof; hier: Beherbergung.

CAPÍTULO IV

## De lo que le sucedió a nuestro caballero cuando salió de la venta

Die ersten Abenteuer verdeutlichen sogleich das ebenso fundamentale wie komische Missverhältnis, das zwischen dem mittelalterlichen Ritterideal und der empirisch erfahrbaren Alltagswirklichkeit besteht. In beiden hier geschilderten Fällen bringt erst das Eingreifen des ›Ordnung‹ stiftenden Ritters die Welt so richtig in Unordnung.

———

La del alba sería cuando don Quijote salió de la venta, tan contento, tan gallardo, tan alborozado por verse ya armado caballero, que el gozo le reventaba por las cinchas del caballo. Mas viniéndole a la memoria los consejos de su huésped cerca de las prevenciones tan necesarias que había de llevar consigo, especial la de los dineros y camisas, determinó volver a su casa y acomodarse de todo, y de un escudero, haciendo cuenta de recibir a un labrador vecino suyo, que era pobre y con hijos, pero muy a propósito para

11 **la del alba:** *la hora del alba* (*el alba*, f.: Morgendämmerung). 13 **el gozo:** Wonne, Freude. **reventar:** platzen (hier: vor Freude). 14 **la cincha:** Sattelgurt. 18 **acomodarse de algo:** sich mit etwas versorgen. **el escudero:** erster Hinweis auf den in Kap. 7 hinzukommenden Sancho Panza.

el oficio escuderil de la caballería. Con este pensamiento guió a Rocinante hacia su aldea, el cual, casi conociendo la querencia, con tanta gana comenzó a caminar, que parecía que no ponía los pies en el suelo.

No había andado mucho, cuando le pareció que a su diestra mano, de la espesura de un bosque que allí estaba, salían unas voces delicadas, como de persona que se quejaba, y apenas las hubo oído, cuando dijo:

– Gracias doy al cielo por la merced que me hace, pues tan presto me pone ocasiones delante donde yo pueda cumplir con lo que debo a mi profesión, y donde pueda coger el fruto de mis buenos deseos. Estas voces, sin duda, son de algún menesteroso, o menesterosa, que ha menester mi favor y ayuda.

Y volviendo las riendas, encaminó a Rocinante hacia donde le pareció que las voces salían. Y a pocos pasos que entró por el bosque, vio atada una yegua a una encina, y atado en otra a un muchacho, desnudo de medio cuerpo arriba, hasta de edad de quince años, que era el que las voces daba, y no sin causa, porque le estaba dando con una pretina muchos azotes un labrador de buen talle, y cada azote le acompañaba con una reprehensión y consejo. Porque decía:

– La lengua queda y los ojos listos.

3 **la querencia:** Vorliebe; hier: die Richtung zum Stall. 6f. **a diestra mano:** zur rechten Hand. 14 **el menesteroso / la menesterosa:** Hilfsbedürftige(r). 16 **encaminar:** auf den Weg bringen, lenken. 18 **la yegua:** Stute. 19 **la encina:** Steineiche. 22 **la pretina:** Gurt, Gürtel. 22f. **el azote:** Peitsche; Peitschenhieb. 23 **el talle:** hier: Größe. 24 **la reprehensión:** *la reprensión:* Tadel (*reprehender:* tadeln). 25 **quedo/a:** ruhig, still, unbeweglich.

Y el muchacho respondía:

– No lo haré otra vez, señor mío; por la pasión de Dios que no lo haré otra vez, y yo prometo de tener de aquí adelante más cuidado con el hato.

Y viendo don Quijote lo que pasaba, con voz airada dijo:

– Descortés caballero, mal parece tomaros con quien defender no se puede; subid sobre vuestro caballo y tomad vuestra lanza (que también tenía una lanza arrimada a la encina adonde estaba arrimada la yegua), que yo os haré conocer ser de cobardes lo que estáis haciendo.

El labrador, que vio sobre sí aquella figura llena de armas blandiendo la lanza sobre su rostro, túvose por muerto, y con buenas palabras respondió:

– Señor caballero, este muchacho que estoy castigando es un mi criado, que me sirve de guardar una manada de ovejas que tengo en estos contornos, el cual es tan descuidado, que cada día me falta una; y porque castigo su descuido, o bellaquería, dice que lo hago de miserable, por no pagalle la soldada que le debo, y en Dios y en mi ánima que miente.

– ¿«Miente» delante de mí, ruin villano? – dijo don Quijote –. Por el sol que nos alumbra que estoy

4 **el hato:** kleine Herde. 5 f. **airado/a:** zornig, erzürnt. 7 f. **tomarse con alg.:** sich mit jdm. anlegen. 14 **blandir:** schwingen (Lanze). 18 **los contornos:** Umgegend. 20 **la bellaquería:** Schurkerei. 21 **la soldada:** Lohn, Sold. 23 **el ruin villano:** etwa: elender Schuft (*el villano / la villana:* Gemeine[r]; kann sowohl die Gemeinheit des Standes: Tagelöhner, als auch die des Charakters: Schuft, bezeichnen). 24 **alumbrar:** leuchten.

por pasaros de parte a parte con esta lanza. Pagadle luego sin más réplica; si no, por el Dios que nos rige que os concluya y aniquile en este punto. Desatadlo luego.

El labrador bajó la cabeza y, sin responder palabra, desató a su criado, al cual preguntó don Quijote que cuánto le debía su amo. Él dijo que nueve meses, a siete reales cada mes. Hizo la cuenta don Quijote y halló que montaban setenta y tres reales, y díjole al labrador que al momento los desembolsase, si no quería morir por ello. Respondió el medroso villano que [...] no eran tantos; porque se le habían de descontar y recibir en cuenta tres pares de zapatos que le había dado, y un real de dos sangrías que le habían hecho estando enfermo.

– Bien está todo eso – replicó don Quijote –; pero quédense los zapatos y las sangrías por los azotes que sin culpa le habéis dado; que si él rompió el cuero de los zapatos que vos pagastes, vos le habéis rompido el de su cuerpo; y si le sacó el barbero sangre estando enfermo, vos en sanidad se la habéis sacado; así que, por esta parte, no os debe nada.

– El daño está, señor caballero, en que no tengo aquí dineros: véngase Andrés conmigo a mi casa, que yo se los pagaré un real sobre otro.

– ¿Irme yo con él – dijo el muchacho – más? ¡Mal

3 **concluir ... aniquilar:** hier: umbringen, ‚erledigen'. **desatar:** losbinden. 9 **setenta y tres:** eigtl. *sesenta y tres:* einer der nicht seltenen Flüchtigkeitsfehler des Autors. 10 **desembolsar:** auszahlen. 11 **medroso/a:** verängstigt. 14 **la sangría:** Aderlass.

año! No, señor, ni por pienso; ¿porque en viéndose solo me desuelle como a un San Bartolomé?

– No hará tal – replicó don Quijote –: basta que yo se lo mande para que me tenga respeto; y con que él me lo jure por la ley de caballería que ha recibido, le dejaré ir libre y aseguraré la paga.

– Mire vuestra merced, señor, lo que dice – dijo el muchacho –; que este mi amo no es caballero ni ha recibido orden de caballería alguna; que es Juan Haldudo el rico, el vecino del Quintanar.

– Importa poco eso – respondió don Quijote –; que Haldudos puede haber caballeros; cuanto más que cada uno es hijo de sus obras.

– Así es verdad – dijo Andrés –; pero este mi amo, ¿de qué obras es hijo, pues me niega mi soldada y mi sudor y trabajo?

– No niego, hermano Andrés – respondió el labrador –; y hacedme placer de veniros conmigo; que yo juro por todas las órdenes que de caballerías hay en el mundo de pagaros, como tengo dicho, un real sobre otro, y aun sahumados.

– Del sahumerio os hago gracia – dijo don Quijote –; dádselos en reales, que con eso me contento; y mirad que lo cumpláis como lo habéis jurado; si no, por el mismo juramento os juro de volver a buscaros y a cas-

1 **ni por pienso:** kein Gedanke! 2 **desollar:** die Haut abziehen. **San Bartolomé:** Auf Befehl von Astyages, dem Bruder des armenischen Königs, wurde dem Heiligen bei lebendigem Leib die Haut abgezogen, bevor er gekreuzigt wurde. 10 **Quintanar:** Ort in der Nähe von Toledo. 21 **sahumar:** räuchern, parfümieren; hier (fig.): aufbessern.

tigaros, y que os tengo de hallar, aunque os escondáis más que una lagartija. Y si queréis saber quién os manda esto, para quedar con más veras obligado a cumplirlo, sabed que yo soy el valeroso don Quijote de la Mancha, el desfacedor de agravios y sinrazones, y a Dios quedad, y no se os parta de las mientes lo prometido y jurado, so pena de la pena pronunciada.

Y en diciendo esto, picó a su Rocinante, y en breve espacio se apartó dellos. Siguióle el labrador con los ojos, y cuando vio que había traspuesto del bosque y que ya no parecía, volvióse a su criado Andrés y díjole:

– Venid acá, hijo mío; que os quiero pagar lo que os debo, como aquel deshacedor de agravios me dejó mandado.

[...]

Y asiéndole del brazo le tornó a atar a la encina, donde le dio tantos azotes, que le dejó por muerto.

– Llamad, señor Andrés, ahora – decía el labrador – al desfacedor de agravios; veréis cómo no desface aquéste. Aunque creo que no está acabado de hacer, porque me viene gana de desollaros vivo, como vos temíades.

Pero, al fin, le desató y le dio licencia que fuese a buscar su juez, para que ejecutase la pronunciada sentencia. Andrés se partió algo mohíno, jurando de ir a

2 **la lagartija:** Eidechse. 6 **partir de las mientes:** etwa: aus dem Kopf gehen. 8 **picar:** stechen; hier: die Sporen geben. 10 **trasponerse:** *transponerse:* verschwinden. 17 **asir:** fassen, ergreifen. 21 **aquéste:** *aquel, éste.* 26 **partir(se):** aufbrechen, weggehen. **mohíno/a:** verdrossen; verärgert.

buscar al valeroso don Quijote de la Mancha y contalle punto por punto lo que había pasado, y que se lo había de pagar con las setenas. Pero con todo esto, él se partió llorando y su amo se quedó riendo.

Y desta manera deshizo el agravio el valeroso don Quijote; el cual, contentísimo de lo sucedido, pareciéndole que había dado felicísimo y alto principio a sus caballerías, con gran satisfación de sí mismo iba caminando hacia su aldea, [...].

En esto, llegó a un camino que en cuatro se dividía, y luego se le vino a la imaginación las encrucijadas donde los caballeros andantes se ponían a pensar cuál camino de aquéllos tomarían, y, por imitarlos, estuvo un rato quedo; y al cabo de haberlo muy bien pensado, soltó la rienda a Rocinante, dejando a la voluntad del rocín la suya, el cual siguió su primer intento, que fue el irse camino de su caballeriza. Y habiendo andado como dos millas, descubrió don Quijote un grande tropel de gente, que, como después se supo, eran unos mercaderes toledanos que iban a comprar seda a Murcia. Eran seis, y venían con sus quitasoles, con otros cuatro criados a caballo y tres mozos de mulas a pie. Apenas los divisó don Quijote, cuando se imagi-

3 **con las setenas:** versiebenfacht. 6 **contentísimo/a:** In Kap. 31 wird Don Quijote die Selbstzufriedenheit vergehen. Dort nämlich tritt Andrés noch ein zweites Mal auf und bittet seinen ›Retter‹, ihm nicht noch einmal zu Hilfe zu kommen. Denn auch das schlimmste Unheil könne nicht so schlimm sein, dass der Beistand (und die Blauäugigkeit) des fahrenden Ritters nicht noch schlimmer wäre. 11 **la encrucijada:** Kreuzung, Scheideweg. 19 **el tropel:** Haufen, Schwarm. 20 **el mercader:** Händler, Kaufmann. 21 **Murcia:** Stadt im Südosten Spaniens. **el quitasol:** Sonnenschirm. 23 **divisar:** erblicken.

nó ser cosa de nueva aventura; y, por imitar en todo cuanto a él le parecía posible los pasos que había leído en sus libros, le pareció venir allí de molde uno que pensaba hacer. Y así, con gentil continente y denuedo se afirmó bien en los estribos, apretó la lanza, llegó la adarga al pecho y, puesto en la mitad del camino, estuvo esperando que aquellos caballeros andantes llegasen, que ya él por tales los tenía y juzgaba; y cuando llegaron a trecho que se pudieron ver y oír, levantó don Quijote la voz, y con ademán arrogante dijo:

– Todo el mundo se tenga, si todo el mundo no confiesa que no hay en el mundo todo doncella más hermosa que la emperatriz de la Mancha, la sin par Dulcinea del Toboso.

Paráronse los mercaderes al son destas razones, y a ver la estraña figura del que las decía; y por la figura y por las razones luego echaron de ver la locura de su dueño; mas quisieron ver despacio en qué paraba aquella confesión que se les pedía, y uno dellos, que era un poco burlón y muy mucho discreto, le dijo:

– Señor caballero, nosotros no conocemos quién sea esa buena señora que decís; mostrádnosla: que si ella fuere de tanta hermosura como significáis, de

3 **de molde** (fig.): wie gerufen (*el molde:* Form). 4f. **el denuedo** (elev.): Kühnheit, Tapferkeit. 9 **a trecho que:** so nahe, dass. **sin par:** unvergleichlich. 16 **al son:** beim Klang. 18 **echar de ver:** merken, bemerken. 19f. **parar en algo:** auf etwas hinauslaufen. 21 **burlón, -ona:** spöttisch, höhnisch. **discreto/a:** umsichtig; hier: geistreich.

buena gana y sin apremio alguno confesaremos la verdad que por parte vuestra nos es pedida.

– Si os la mostrara – replicó don Quijote –, ¿qué hiciérades vosotros en confesar una verdad tan notoria? La importancia está en que sin verla lo habéis de creer, confesar, afirmar, jurar y defender; donde no, conmigo sois en batalla, gente descomunal y soberbia. Que, ahora vengáis uno a uno (como pide la orden de caballería), ora todos juntos, como es costumbre y mala usanza de los de vuestra ralea, aquí os aguardo y espero, confiado en la razón que de mi parte tengo.

– Señor caballero – replicó el mercader –, suplico a vuestra merced, en nombre de todos estos príncipes que aquí estamos, que, porque no encarguemos nuestras conciencias confesando una cosa por nosotros jamás vista ni oída, y más siendo tan en perjuicio de las emperatrices y reinas del Alcarria y Estremadura, que vuestra merced sea servido de mostrarnos algún retrato de esa señora, aunque sea tamaño como un grano de trigo; que por el hilo se sacará el ovillo, y

1 **el apremio:** Zwang. 4 **notorio/a:** offenkundig. 7 **descomunal:** ungeheuerlich, monströs. **soberbio/a:** hochmütig. 9 **ora:** *ahora.* 10 **los de vuestra ralea** (pey.): Leute von eurer Sorte (*la ralea:* Gesindel). 12 **suplicar:** anflehen. 14 **encargar:** hier: *cargar.* 16 **el perjuicio:** Schaden, Schädigung. 17 **Alcarria ... Estremadura:** zwei spanische Regionen. 20 **por el hilo se sacará el ovillo** (loc.): etwa: den Faden entlang kann man das Knäuel finden. Dies ist das erste von hunderten von Sprichwörtern, die im Roman, später besonders von Sancho Panza, noch zitiert werden. Die Sprichwörter sind gleichsam der Sprach- und Erfahrungsschatz der einfachen Leute, und der *Don Quijote* ist ganz nebenbei die bedeutendste Sprichwortsammlung in spanischer Sprache.

quedaremos con esto satisfechos y seguros, y vuestra merced quedará contento y pagado; y aun creo que estamos ya tan de su parte, que, aunque su retrato nos muestre que es tuerta de un ojo y que del otro le mana bermellón y piedra azufre, con todo eso, por complacer a vuestra merced, diremos en su favor todo lo que quisiere.

– No le mana, canalla infame – respondió don Quijote, encendido en cólera –; no le mana, digo, eso que decís, sino ámbar [...]; y no es tuerta ni corcovada, sino más derecha que un huso de Guadarrama. Pero ¡vosotros pagaréis la grande blasfemia que habéis dicho contra tamaña beldad como es la de mi señora!

Y en diciendo esto, arremetió con la lanza baja contra el que lo había dicho, con tanta furia y enojo, que si la buena suerte no hiciera que en la mitad del camino tropezara y cayera Rocinante, lo pasara mal el atrevido mercader. Cayó Rocinante, y fue rodando su amo una buena pieza por el campo: y queriéndose levantar, jamás pudo: tal embarazo le causaban la lanza, adarga, espuelas y celada, con el peso de las antiguas armas. Y entretanto que pugnaba por levantarse y no podía, estaba diciendo:

4 **tuerto/a:** einäugig; scheel. 5 **manar:** quellen, fließen. **el bermellón:** Zinnober. **la piedra azufre:** Schwefel. 9 **encender en cólera:** zornig werden. 10 **el ámbar:** Ambra, Bernstein. 10f. **corcovado/a:** bucklig. 11 **el huso de Guadarrama:** gerade wie eine Spindel aus Guadarramaholz (*el huso:* Spindel; *Guadarrama:* Gebirge im Zentrum Spaniens). 13 **la beldad** (elev.): Schönheit. 17 **tropezar:** stolpern, straucheln. 20 **el embarazo:** hier: Hindernis, Erschwernis. 22 **entretanto:** inzwischen, unterdessen. **pugnar:** kämpfen, ringen.

– Non fuyáis, gente cobarde; gente cautiva, atended; que no por culpa mía, sino de mi caballo, estoy aquí tendido.

Un mozo de mulas de los que allí venían, que no debía de ser muy bien intencionado, oyendo decir al pobre caído tantas arrogancias, no lo pudo sufrir sin darle la respuesta en las costillas. Y llegándose a él, tomó la lanza y, después de haberla hecho pedazos, con uno dellos comenzó a dar a nuestro don Quijote tantos palos, que, a despecho y pesar de sus armas, le molió como cibera. [...].

1 **fuyais:** *huyais.* **cautivo/a** (arc.): bösartig. 1 f. **atender:** zuhören, beachten. 8 **hacer pedazos:** in Stücke schlagen. 10 **los palos:** Prügel. **a despecho de:** trotz. 10 f. **le molió como cibera** (fig.): er verdrosch ihn nach Strich und Faden (*moler:* mahlen; *la cibera:* Korn).

## Capítulo V

# Donde se prosigue la narración de la desgracia de nuestro caballero

Die erste Abenteuerfahrt Don Quijotes endet mit seiner (vorübergehenden) ›Repatriierung‹ durch einen besorgten Nachbarn und mit der Klage seiner Angehörigen und Freunde über den schlimmen Einfluss seiner nächtlichen Lektüre. An dieser Stelle (oder im nächsten Kapitel) könnte die Kurzgeschichte über einen verwirrten Romanleser geendet haben, die Cervantes ursprünglich einmal geplant zu haben scheint.

———

Viendo, pues, que en efecto no podía menearse, acordó de acogerse a su ordinario remedio, que era pensar en algún paso de sus libros, y trújole su locura a la memoria aquel de Valdovinos y del marqués de Mantua, cuando Carloto le dejó herido en la montiña, historia sabida de los niños, no ignorada de los mozos, celebrada y aun creída de los viejos, y, con todo esto,

12 **menearse:** sich bewegen. 13 **acordar de algo:** etwas beschließen. **acogerse:** Schutz suchen; hier: sich berufen (*el acogimiento:* Aufnahme, Empfang). 14 **el paso:** hier: Episode. 15 f. **Valdovinos ... Marqués de Mantua ... Carloto:** Figuren der berühmten *Romance del Marqués de Mantua* (um 1547), die im Folgenden von Don Quijote anzitiert wird. 16 **la montiña:** *la montaña:* hier: bewaldeter Berg.

no más verdadera que los milagros de Mahoma. Ésta, pues, le pareció a él que le venía de molde para el paso en que se hallaba; y así, con muestras de grande sentimiento, se comenzó a volcar por la tierra, y a decir con debilitado aliento lo mesmo que dicen decía el herido caballero del bosque:

> – ¿Dónde estás, señora mía,
> que no te duele mi mal?
> O no lo sabes, señora,
> o eres falsa y desleal.

Y desta manera fue prosiguiendo el romance, hasta aquellos versos que dicen:

> – ¡Oh noble marqués de Mantua,
> mi tío y señor carnal!

Y quiso la suerte que, cuando llegó a este verso, acertó a pasar por allí un labrador de su mesmo lugar y vecino suyo, que venía de llevar una carga de trigo al molino; el cual, viendo aquel hombre allí tendido, se llegó a él y le preguntó que quién era y qué mal sentía, que tan tristemente se quejaba. Don Quijote creyó, sin duda, que aquél era el marqués de Mantua, su tío, y así, no le respondió otra cosa si no fue proseguir en su romance, donde le daba cuenta de su des-

1 **Mahoma:** Mohammed. 4 **volcarse:** sich wälzen. 5 **el aliento:** Atem. 10 **desleal:** untreu, treulos. 14 **mi tío y señor carnal:** Im Original des Romanzentextes steht es umgekehrt: *mi señor tío carnal* (mein Lehnsherr und blutsverwandter Onkel). Das allein ergibt einen Sinn, nicht aber die ›Version‹ Don Quijotes. Druckfehler oder Irrtum Cervantes'? 22 **otra cosa si no fue:** *otra cosa que.*

gracia y de los amores del hijo del Emperante con su esposa, todo de la mesma manera que el romance lo canta.

El labrador estaba admirado oyendo aquellos disparates; y quitándole la visera, que ya estaba hecha pedazos de los palos, le limpió el rostro, que le tenía cubierto de polvo. Y apenas le hubo limpiado, cuando le conoció y le dijo:

– Señor Quijana (que así se debía de llamar cuando él tenía juicio y no había pasado de hidalgo sosegado a caballero andante), ¿quién ha puesto a vuestra merced desta suerte?

Pero él seguía con su romance a cuanto le preguntaba. Viendo esto el buen hombre, lo mejor que pudo le quitó el peto y espaldar, para ver si tenía alguna herida; pero no vio sangre ni señal alguna. Procuró levantarle del suelo, y no con poco trabajo le subió sobre su jumento, por parecer caballería más sosegada. Recogió las armas, hasta las astillas de la lanza, y liólas sobre Rocinante, al cual tomó de la rienda, y del cabestro al asno, y se encaminó hacia su pueblo, bien pensativo de oír los disparates que don Quijote decía; y no menos iba don Quijote, que, de puro molido y quebrantado, no se podía tener sobre el borrico, y de

1 **el Emperante:** gemeint ist *el emperador Carlos Magno*, Held vieler Romanzen. 10 **sosegado/a:** ruhig, friedfertig (*el sosiego:* Ruhe; *sosegar:* beruhigen). 15 **el peto y (el) espaldar:** Brust- und Rückenpanzer. 16 **procurar:** versuchen. 18 **el jumento:** Maultier, Esel. 19 **la astilla:** Holzsplitter (die von der zerschlagenen Lanze übrigblieben). 19f. **liar:** zusammenbinden; hier: festbinden. 21 **el cabestro:** Halfter. 24 **quebrantar:** zerbrechen, zermalmen. **el borrico:** Esel.

cuando en cuando daba unos suspiros que los ponía en el cielo; de modo, que de nuevo obligó a que el labrador le preguntase le dijese qué mal sentía; y no parece sino que el diablo le traía a la memoria los cuentos acomodados a sus sucesos; porque en aquel punto, olvidándose de Valdovinos, se acordó del moro Abindarráez, cuando el alcaide de Antequera, Rodrigo de Narváez, le prendió y llevó cautivo a su alcaidía. [...]

– Mire vuestra merced, señor, pecador de mí, que yo no soy don Rodrigo de Narváez, ni el marqués de Mantua, sino Pedro Alonso, su vecino; ni vuestra merced es Valdovinos, ni Abindarráez, sino el honrado hidalgo del señor Quijana.

– Yo sé quién soy – respondió don Quijote –, y sé que puedo ser no sólo los que he dicho, sino todos los doce Pares de Francia, [...] pues a todas las hazañas que ellos todos juntos y cada uno por sí hicieron, se aventajarán las mías.

En estas pláticas y en otras semejantes llegaron al lugar, a la hora que anochecía; pero el labrador aguardó a que fuese algo más noche, porque no viesen al molido hidalgo tan mal caballero. Llegada,

3f. **no parecer sino que:** *parecer:* so scheinen als ob. 6f. **el moro Abindarráez ... Rodrigo de Narváez:** Figuren der berühmten Liebesgeschichte vom »Abencerraje und der schönen Jarifa«, auf die sich Don Quijote hier bezieht. 7 **el alcaide:** hier: Stadtkommandant. 8 **cautivo/a:** hier: gefangen. 9 **el pecador / la pecadora:** Sünder(in). 15f. **los doce Pares de Francia:** gemeint sind die 12 (einander gleichwertigen, deshalb *Pares* genannten) Paladine Karls des Großen, die in der romanischen Epik des Mittelalters eine große Rolle spielen. 16 **la hazaña:** Heldentat. 18 **aventajar:** übertreffen, überragen. 19 **la plática:** Unterhaltung.

pues, la hora que le pareció, entró en el pueblo, y en la casa de don Quijote, la cual halló toda alborotada; y estaban en ella el cura y el barbero del lugar, que eran grandes amigos de don Quijote, que estaba diciéndoles su ama a voces:

– ¿Qué le parece a vuestra merced, señor licenciado Pero Pérez (que así se llamaba el cura), de la desgracia de mi señor? Tres días ha que no parecen él, ni el rocín, ni la adarga, ni la lanza, ni las armas. ¡Desventurada de mí!, que me doy a entender, y así es ello la verdad como nací para morir, que estos malditos libros de caballerías que él tiene y suele leer tan de ordinario le han vuelto el juicio; que ahora me acuerdo haberle oído decir muchas veces, hablando entre sí, que quería hacerse caballero andante, e irse a buscar las aventuras por esos mundos. Encomendados sean a Satanás y a Barrabás tales libros, que así han echado a perder el más delicado entendimiento que había en toda la Mancha.

La sobrina decía lo mesmo, y aún decía más:

– Sepa, señor maese Nicolás (que éste era el nombre del barbero), que muchas veces le aconteció a mi señor tío estarse leyendo en estos desalmados libros de desventuras dos días con sus noches, al cabo de los cuales arrojaba el libro de las manos, y ponía mano a la espada, y andaba a cuchilladas con las paredes, y

2 **alborotado/a:** aufgeregt, in Aufregung versetzt. 9f. **el desventurado / la desventurada:** Unglückliche(r) (*la desventura:* Unglücksfall; statt von *libros de aventuras* spricht die Nichte unten von *libros de desventuras*). 16 **encomendar:** empfehlen, anvertrauen. 23 **desalmado/a:** gottverlassen.

cuando estaba muy cansado decía que había muerto a cuatro gigantes como cuatro torres, [...]. Mas yo me tengo la culpa de todo, que no avisé a vuestras mercedes de los disparates de mi señor tío, para que lo remediaran antes de llegar a lo que ha llegado, y quemaran todos estos descomulgados libros; que tiene muchos, que bien merecen ser abrasados, como si fuesen de herejes.

– Esto digo yo también – dijo el cura –, y a fee que no se pase el día de mañana sin que dellos no se haga acto público, y sean condenados al fuego, porque no den ocasión a quien los leyere de hacer lo que mi buen amigo debe de haber hecho.

Todo esto estaban oyendo el labrador y don Quijote, con que acabó de entender el labrador la enfermedad de su vecino, y así, comenzó a decir a voces:

– Abran vuestras mercedes al señor Valdovinos y al señor marqués de Mantua, que viene mal ferido, y al señor moro Abindarráez, que trae cautivo el valeroso Rodrigo de Narváez, alcaide de Antequera.

A estas voces salieron todos, y como conocieron los unos su amigo, las otras a su amo y tío, que aún no se había apeado del jumento, porque no podía, corrieron a abrazarle. Él dijo:

1 **muerto:** *matado* (hier noch transitiv). 6 **descomulgar:** *excomulgar:* exkommunizieren. 7 **abrasar:** verbrennen. 8 **el/la hereje:** Ketzer(in); alles Vokabeln aus dem Umkreis der Inquisitionsprozesse. 9 **a fee:** *a fe:* wahrlich! 11 **el acto público:** gemeint ist das *autodefé* (Vollstreckung eines Urteils der Inquisition; hier: Verbrennung ketzerischer Bücher) der Ritterbücher, das im nächsten Kapitel beschrieben wird. 18 **ferido/a:** *herido/a.*

– Ténganse todos, que vengo malferido por la culpa de mi caballo. Llévenme a mi lecho y llámese, si fuere posible, a la sabia Urganda, que cure y cate de mis feridas.

[…]

Lleváronle luego a la cama, y, catándole las feridas, no le hallaron ninguna; […].

Hiciéronle a don Quijote mil preguntas, y a ninguna quiso responder otra cosa sino que le diesen de comer y le dejasen dormir, que era lo que más le importaba. Hízose así, y el cura se informó muy a la larga del labrador del modo que había hallado a don Quijote. Él se lo contó todo, con los disparates que al hallarle y al traerle había dicho, que fue poner más deseo en el licenciado de hacer lo que otro día hizo, que fue llamar a su amigo el barbero maese Nicolás, con el cual se vino a casa de don Quijote.

3 **Urganda:** die gute Zauberin im *Amadís.* **catar:** untersuchen.
15 **otro día:** hier: am nächsten Tag.

Capítulo VI

## Del donoso y grande escrutinio que el cura y el barbero hicieron en la librería de nuestro ingenioso hidalgo

Der Versuch, das Übel, an dem Don Quijote leidet, durch die Vernichtung seiner Bibliothek an der Wurzel zu packen, beginnt mit deren kritischer Überprüfung: Band für Band wird vorgenommen und beurteilt. Das meiste, aber längst nicht alles, kommt auf den Scheiterhaufen. Der Pfarrer, der (mit dem Barbier als Adlatus) in dieser Parodie eines Inquisitionsprozesses (*autodefé*) die geistliche Gerichtsbarkeit vertritt (während die weltliche von der Haushälterin und der Nichte versehen wird), erweist sich als Mann von sicherem Geschmack, der die guten Ausnahmen durchaus zu schätzen, ja zu rühmen weiß. Nicht nur Ritterromane werden geprüft, auch Schäferromane, Lyrik und ernste und komische Epen finden sich in Don Quijotes – für die damalige Zeit sehr umfangreicher – Bibliothek. So enthält das 6. Kapitel nicht nur einen Hinweis auf den geistigen Hintergrund des Protagonisten, sondern zugleich eine Art Bestandsaufnahme der zeitgenössischen Unterhaltungsliteratur und erste Hinweise auf die ästhetischen Kriterien, die Cervantes geleitet haben und die im weiteren Verlauf des Romans ausführlich zur Sprache kommen. Im Übri-

2 **donoso/a:** witzig. **el escrutinio:** Untersuchung.

gen ist das Kapitel hier um ca. 3 Seiten und eine Menge von Titeln gekürzt, die allenfalls noch unter Spezialisten bekannt sind.

———

El cual aún todavía dormía. Pidió las llaves, a la sobrina, del aposento donde estaban los libros, autores del daño, y ella se las dio de muy buena gana. Entraron dentro todos, y la ama con ellos, y hallaron más de cien cuerpos de libros grandes, muy bien encuadernados, y otros pequeños; y así como el ama los vio, volvióse a salir del aposento con gran priesa, y tornó luego con una escudilla de agua bendita y un hisopo, y dijo:

– Tome vuestra merced, señor licenciado; rocíe este aposento, no esté aquí algún encantador de los muchos que tienen estos libros, y nos encanten, en pena de las que les queremos dar echándolos del mundo.

Causó risa al licenciado la simplicidad del ama, y mandó al barbero que le fuese dando de aquellos libros uno a uno, para ver de qué trataban, pues podía ser hallar algunos que no mereciesen castigo de fuego.

– No – dijo la sobrina –; no hay para qué perdonar a ninguno, porque todos han sido los dañadores; me-

5 **el aposento:** Zimmer, Kammer. 8 **el cuerpo de libros grandes:** großer Foliant (Buch im antiken Folioformat; etwa DIN A 3). 8 f. **encuadernar:** (ein)binden (Bücher). 10 **tornar:** hier: zurückkehren. 11 **la escudilla:** Suppenschale, kleine Schüssel. **el hisopo:** Weih(wasser)wedel (für die Haushälterin, die sich päpstlicher als der Papst gebärdet, ist Literatur grundsätzlich des Teufels). 13 **rociar:** besprengen. 15 f. **en pena de:** aus Rache für.

jor será arrojarlos por las ventanas al patio, y hacer un rimero dellos, y pegarles fuego; y si no, llevarlos al corral, y allí se hará la hoguera, y no ofenderá el humo.

Lo mismo dijo el ama: tal era la gana que las dos tenían de la muerte de aquellos inocentes; mas el cura no vino en ello sin primero leer siquiera los títulos. Y el primero que maese Nicolás le dio en las manos fue *Los cuatro de Amadís de Gaula*, y dijo el cura:

– Parece cosa de misterio ésta; porque, según he oído decir, este libro fue el primero de caballerías que se imprimió en España, y todos los demás han tomado principio y origen deste; y así, me parece que, como a dogmatizador de una secta tan mala, le debemos, sin escusa alguna, condenar al fuego.

– No, señor – dijo el barbero –; que también he oído decir que es el mejor de todos los libros que de este género se han compuesto; y así, como a único en su arte, se debe perdonar.

– Así es verdad – dijo el cura –, y por esa razón se le otorga la vida por ahora. Veamos esotro que está junto a él.

– Es – dijo el barbero – las *Sergas de Esplandián*, hijo legítimo de Amadís de Gaula.

– Pues, en verdad – dijo el cura – que no le ha de valer al hijo la bondad del padre. Tomad, señora ama; abrid esa ventana y echadle al corral, y dé principio al montón de la hoguera que se ha de hacer.

2 **el rimero:** Haufen, Stapel. 3 **la hoguera:** Scheiterhaufen. 9f. **«Los cuatro de ...»:** Cervantes zählt im Folgenden verschiedene Ritterromane auf: **«Amadís de Gaula»** (Zaragoza 1508); **«Sergas de**

Hízolo así el ama con mucho contento, y el bueno de Esplandián fue volando al corral, esperando con toda paciencia el fuego que le amenazaba.

– Adelante – dijo el cura.

– Este que viene – dijo el barbero – es *Amadís de Grecia*; y aun todos los deste lado, a lo que creo, son del mesmo linaje de Amadís.

– Pues vayan todos al corral – dijo el cura [...].

Tomando el barbero otro libro, dijo:

– Éste es *Espejo de caballerías.*

– Ya conozco a su merced – dijo el cura –. Ahí anda el señor Reinaldos de Montalbán con sus amigos y compañeros, más ladrones que Caco, y los doce Pares, con el verdadero historiador Turpín; y en verdad que estoy por condenarlos no más que a destierro perpetuo, siquiera porque tienen parte de la invención del famoso Mateo Boyardo, de donde tam-

**Esplandián»** (Sevilla 1510); **«Amadís de Grecia»** (Burgos 1535). Der Autor des letztgenannten, Feliciano de Silva, ist Don Quijotes liebster Ritterroman-Autor. Er zitiert ihn schon in Kap. 1. (Es folgen noch eine ganze Reihe anderer Ritterromane, die hier übersprungen werden.) Bei **«Espejo de caballerías»** (Sevilla 1533) scheint es sich um eine Art Übersetzung des *Orlando innamorato* (um 1480) des Italieners Mateo Boiardo zu handeln, der seinerseits wieder Vorläufer des berühmten *Orlando furioso* (1516) war, des burlesken Epos von Ludovico Ariosto. Cervantes, der gut Italienisch konnte, hat beide Autoren, besonders aber Ariost, sehr geschätzt und für seine parodistische Technik viel bei ihnen gelernt. **«Palmerín de Oliva»** (1511); **«Palmerín de Ingalaterra»** (1547) sind weitere Ritterromane. 55,21 **otorgar:** hier: schenken. 12–14 **Reinaldos de Montalbán ... Turpín** (dem später eine Geschichte Karls des Großen angedichtet wurde): Helden aus der im Mittelalter sehr populären Rolandsepik. 15f. **el destierro:** Verbannung.

bién tejió su tela el cristiano poeta Ludovico Ariosto, al cual, si aquí le hallo, y que habla en otra lengua que la suya, no le guardaré respeto alguno; pero si habla en su idioma, le pondré sobre mi cabeza.

[...]

Todo lo confirmó el barbero, y lo tuvo por bien y por cosa muy acertada, por entender que era el cura tan buen cristiano y tan amigo de la verdad, que no diría otra cosa por todas las del mundo. Y abriendo otro libro, vio que era *Palmerín de Oliva*, y junto a él estaba otro que se llamaba *Palmerín de Ingalaterra*; lo cual visto por el licenciado, dijo:

– Esa oliva se haga luego rajas y se queme, que aun no queden della las cenizas, y esa palma de Ingalaterra se guarde y se conserve como a cosa única, [...]. Este libro, señor compadre, tiene autoridad por dos cosas: la una, porque él por sí es muy bueno, y la otra, porque es fama que le compuso un discreto rey de Portugal. Todas las aventuras del castillo de Miraguarda son bonísimas y de grande artificio; las razones, cortesanas y claras, que guardan y miran el decoro del que habla con mucha propiedad y entendimiento. Digo, pues, salvo vuestro buen parecer, señor maese Nicolás, que éste y *Amadís de Gaula* queden libres del fuego, y todos los demás, sin hacer más cala y cata, perezcan.

1 **tejer su tela:** in der Epoche des Cervantes häufige Metapher für das Schreiben (*tejer:* weben; hier, fig.: schreiben). 4 **poner algo sobre la cabeza:** etwas mit Ehrfurcht behandeln. 13 **hacer rajas:** in Scheibchen schneiden. 19 **el castillo de Miraguarda:** Burg der gleichnamigen Frauenfigur aus dem *Palmerín de Ingalaterra.* 21 **el decoro:** Schicklichkeit. 25 **sin hacer más cala y cata:** etwa: ohne große Untersuchung (*la cala:* Probe). **perecer:** sterben, umkommen.

[...]

Y sin querer cansarse más en leer libros de caballerías, mandó al ama que tomase todos los grandes y diese con ellos en el corral. No se dijo a tonta ni a sorda, sino a quien tenía más gana de quemallos que de echar una tela, por grande y delgada que fuera; y asiendo casi ocho de una vez, los arrojó por la ventana. Por tomar muchos juntos, se le cayó uno a los pies del barbero, que le tomó gana de ver de quién era, y vio que decía: *Historia del famoso caballero Tirante el Blanco.*

– ¡Válame Dios! – dijo el cura, dando una gran voz –. ¡Que aquí esté Tirante el Blanco! Dádmele acá, compadre; que hago cuenta que he hallado en él un tesoro de contento y una mina de pasatiempos. Aquí está don Quirieleisón de Montalbán, valeroso caballero, y su hermano Tomás de Montalbán, y el caballero Fonseca, con la batalla que el valiente de Tirante hizo con el alano, y las agudezas de la doncella Placerdemivida, con los amores y embustes de la viuda Reposada, y la señora Emperatriz, enamorada de Hipólito, su escudero. Dígoos verdad, señor compadre, que, por su estilo, es éste el mejor libro del mundo: aquí comen los caba-

10 f. **Historia del famoso caballero Tirante el Blanco** (im katalan. Original *Tirant lo Blanc*, Valencia 1490): von Joanot Martorell; Fortsetzung von Joan de Galba, ein Ritterroman, in dem sich die Gattung selbst ›auf die Schippe‹ nimmt. Er galt Cervantes wegen seines Humors und seines Realismus als vorbildlich. Der *Tirant* ist auch heute noch eine amüsante Lektüre. Im Folgenden ist die Rede von verschiedenen Hauptpersonen. 14 **el compadre:** Gevatter. 19 **el alano:** Hatzhund (Art Pitbull). **la agudeza:** Spitzfindigkeit. 20 **el embuste:** Betrug, Schwindel.

lleros, y duermen y mueren en sus camas, y hacen testamento antes de su muerte, con estas cosas de que todos los demás libros deste género carecen. [...] Llevadle a casa y leedle, y veréis que es verdad cuanto dél os he dicho.

– Así será – respondió el barbero –; pero ¿qué haremos destos pequeños libros que quedan?

– Éstos – dijo el cura – no deben de ser de caballerías, sino de poesía.

Y abriendo uno, vio que era *La Diana*, de Jorge de Montemayor, y dijo, creyendo que todos los demás eran del mesmo género:

– Éstos no merecen ser quemados, como los demás, porque no hacen ni harán el daño que los de caballerías han hecho; [...].

– ¡Ay señor! – dijo la sobrina –. Bien los puede vuestra merced mandar quemar, como a los demás; porque no sería mucho que, habiendo sanado mi señor tío de la enfermedad caballeresca, leyendo éstos se le antojase de hacerse pastor y andarse por los bosques y prados cantando y tañendo, y, lo que sería peor, hacerse poeta, que, según dicen, es enfermedad incurable y pegadiza.

3 **carecer:** nicht haben, ermangeln. 10 **los siete libros de la Diana** (Valencia 1558) von Jorge de Montemayor war der populärste Schäferroman Spaniens. Cervantes nimmt in Kap. 11 ff. des Ersten Teils Bezug auf ihn. Don Quijotes Nichte hält, entgegen dem milden Urteil des Pfarrers, auch diesen Roman für gefährlich. Tatsächlich erwägt Don Quijote am Ende des Zweiten Teils, vom Ritterroman- in das Schäferroman-›Fach‹ zu wechseln. 21 **tañer:** (die Laute) spielen, musizieren. 23 **pegadizo/a:** klebrig; hier: ansteckend.

– Verdad dice esta doncella – dijo el cura –, y será bien quitarle a nuestro amigo este tropiezo y ocasión delante. Y, pues comenzamos por *La Diana*, de Montemayor, soy de parecer que no se queme, sino que se le quite todo aquello que trata de la sabia Felicia y de la agua encantada, y casi todos los versos mayores, y quédesele en hora buena la prosa, y la honra de ser primero en semejantes libros.

[...]

– Éste es – siguió el barbero – *El Cancionero de López Maldonado.*

– También el autor de ese libro – replicó el cura – es grande amigo mío, y sus versos en su boca admiran a quien los oye; y tal es la suavidad de la voz con que los canta, que encanta. [...] Pero ¿qué libro es ese que está junto a él?

– *La Galatea*, de Miguel de Cervantes – dijo el barbero.

– Muchos años ha que es grande amigo mío ese Cervantes, y sé que es más versado en desdichas que en versos. Su libro tiene algo de buena invención; propone algo, y no concluye nada: es menester esperar la segunda parte que promete; quizá con la

10f. **El cancionero** (Gedichtsammlung) **de López Maldonado** (Madrid 1586) mit einem gereimten Vorwort von Cervantes; hier benutzt der Autor die Gelegenheit zur ›Schleichwerbung‹ für einen guten Freund. 17 **La Galatea** (Teil I Alcalá 1585; der angekündigte Zweite Teil dieses Schäferromans erschien nicht): Hier bringt sich Cervantes – nicht zum letzten Mal in seinem Text – selbst (aber auch mit Selbstironie) ins Spiel. 20 **versado/a:** versiert, bewandert. **la desdicha:** Unglück.

enmienda alcanzará del todo la misericordia que ahora se le niega; y entre tanto que esto se ve, tenedle recluso en vuestra posada, señor compadre.

– Que me place – respondió el barbero –. Y aquí vienen tres, todos juntos: *La Araucana*, de don Alonso de Ercilla, *La Austríada*, de Juan Rufo, jurado de Córdoba, y *El Monserrate*, de Cristóbal de Virués, poeta valenciano.

– Todos esos tres libros – dijo el cura – son los mejores que, en verso heroico, en lengua castellana están escritos, y pueden competir con los más famosos de Italia: guárdense como las más ricas prendas de poesía que tiene España.

Cansóse el cura de ver más libros, y así, a carga cerrada, quiso que todos los demás se quemasen; [...].

1 **la enmienda:** (die Chance zur) Verbesserung. 2f. **tener recluso a algo/alg.:** etwas/jdn. gefangen halten. 5f. **La Araucana** (3 Bücher, 1569–89): episches Gedicht, in dem die *Conquista de Chile* erzählt wird; auch die anderen beiden sind Epen: **La Austríada** (1584) verherrlicht die Taten von Don Juan de Austria, u. a. die Seeschlacht von Lepanto, bei der Cervantes selbst mitgekämpft hat; **El Montserrate** (1587) berichtet von der Gründung des berühmten Klosters bei Barcelona. 12 **la prenda:** Pfand; hier: Stück, Werk. 14f. **a carga cerrada:** etwa: auf einen Sitz abgeschlossen (*la carga*; hier: Angriff).

Capítulo VII

## De la segunda salida de nuestro buen caballero don Quijote de la Mancha

Im 7. Kapitel wird mit dem Bauern Sancho Panza der erdverbundene Wegbegleiter und Gegenspieler Don Quijotes eingeführt. Erst damit erhält der Text das Potenzial zum großen Dialog-Roman, der von den ständigen Widerreden des ungleichen, mit der Zeit aber auch von gegenseitigem Verständnis durchdrungenen Paares lebt.

———

Estando en esto, comenzó a dar voces don Quijote, diciendo:

– Aquí, aquí, valerosos caballeros; aquí es menester mostrar la fuerza de vuestros valerosos brazos; que los cortesanos llevan lo mejor del torneo.

Por acudir a este ruido y estruendo, no se pasó adelante con el escrutinio de los demás libros que quedaban; [...].

Cuando llegaron a don Quijote, ya él estaba levantado de la cama, y proseguía en sus voces y en sus

2 **la segunda salida:** Sie geschieht ebenso heimlich wie die erste und dauert bis ans Ende des Ersten Teils. 14 **el cortesano:** Höfling; gemeint sind die am Hof lebenden ›gezähmten‹ Ritter; im Gegensatz zu den ›wild lebenden‹ Abenteuerrittern, zu denen Don Quijote sich zählt. **el torneo:** Ritterturnier. 15 **el estruendo:** Lärm, Getöse.

desatinos, dando cuchilladas y reveses a todas partes, estando tan despierto como si nunca hubiera dormido. Abrazáronse con él y por fuerza le volvieron al lecho; y después que hubo sosegado un poco, volviéndose a hablar con el cura, le dijo:

– Por cierto, señor arzobispo Turpín, que es gran mengua de los que nos llamamos doce Pares dejar tan sin más ni más llevar la victoria deste torneo a los caballeros cortesanos, habiendo nosotros los aventureros ganado el prez en los tres días antecedentes.

– Calle vuestra merced, señor compadre – dijo el cura –; que Dios será servido que la suerte se mude y que lo que hoy se pierde se gane mañana, y atienda vuestra merced a su salud por agora, que me parece que debe de estar demasiadamente cansado, si ya no es que está malferido.

– Ferido no – dijo don Quijote –; pero molido y quebrantado, no hay duda en ello; [...].

[...] diéronle de comer, y quedóse otra vez dormido, y ellos, admirados de su locura.

Aquella noche quemó y abrasó el ama cuantos libros había en el corral y en toda la casa, y tales debieron de arder que merecían guardarse en perpetuos archivos; mas no lo permitió su suerte y la pereza del escrutiñador, y así, se cumplió el refrán en ellos de que pagan a las veces justos por pecadores.

1 **el revés:** Rückseite; hier: (Schwert-)Schlag mit der Rückhand. 6 **el arzobispo Turpín:** s. Kap. 6. 7 **la mengua:** Abnahme; Verruf; hier: Prestigeverlust (*menguar:* abnehmen). 10 **el/la prez:** Kampfpreis. 14 **agora:** *ahora.* 25 **el escrutiñador / la escrutiñadora:** etwa: Prüfer(in). **el refrán:** Sprichwort.

Uno de los remedios que el cura y el barbero dieron, por entonces, para el mal de su amigo fue que le murasen y tapiasen el aposento de los libros, porque cuando se levantase no los hallase – quizá quitando la causa, cesaría el efecto –, y que dijesen que un encantador se los había llevado, y el aposento y todo; y así fue hecho con mucha presteza. De allí a dos días se levantó don Quijote, y lo primero que hizo fue [ir] a ver sus libros; y como no hallaba el aposento donde le había dejado, andaba de una en otra parte buscándole. Llegaba adonde solía tener la puerta, y tentábala con las manos, y volvía y revolvía los ojos por todo, sin decir palabra; pero al cabo de una buena pieza, preguntó a su ama que hacia qué parte estaba el aposento de sus libros. El ama, que ya estaba bien advertida de lo que había de responder, le dijo:

– ¿Qué aposento, o qué nada, busca vuestra merced? Ya no hay aposento ni libros en esta casa, porque todo se lo llevo el mesmo diablo.

– No era diablo – replicó la sobrina –, sino un encantador que vino sobre una nube una noche, después del día que vuestra merced de aquí se partió, y apeándose de una sierpe en que venía caballero, entró en el aposento, y no sé lo que se hizo dentro, que a cabo de poca pieza salió volando por el tejado, y dejó la casa llena de humo; y cuando acordamos a mirar lo que dejaba hecho, no vimos libro ni aposento alguno; sólo

3 **tapiar … murar:** zumauern. 5 **cesar:** enden, aufhören. 7 **con presteza:** eilig. 23 **la sierpe:** große Schlange. 24f. **a cabo de poca pieza:** nach kurzer Zeit. 26 **acordar a algo:** etwa: sich auf etwas besinnen.

se nos acuerda muy bien a mí y al ama que, al tiempo del partirse aquel mal viejo, dijo en altas voces que por enemistad secreta que tenía al dueño de aquellos libros y aposento, dejaba hecho el daño en aquella casa que después se vería. Dijo también que se llamaba el sabio Muñatón.

– Frestón diría – dijo don Quijote.

– No sé – respondió el ama – si se llamaba Frestón o Fritón; sólo sé que acabó en *tón* su nombre.

– Así es – dijo don Quijote –; que ése es un sabio encantador, grande enemigo mío, que me tiene ojeriza, porque sabe por sus artes y letras que tengo de venir, andando los tiempos, a pelear en singular batalla con un caballero a quien él favorece, [...].

– ¿Quién duda de eso? – dijo la sobrina –. Pero ¿quién le mete a vuestra merced, señor tío, en esas pendencias? ¿No será mejor estarse pacífico en su casa y no irse por el mundo a buscar pan de trastrigo, sin considerar que muchos van por lana y vuelven tresquilados?

– ¡Oh sobrina mía – respondió don Quijote –, y cuán mal que estás en la cuenta! Primero que a mí me tresquilen tendré peladas y quitadas las barbas a

7 **Frestón:** ein weiser Zauberer in dem Ritterroman *Don Belianís de Grecia*. Die Haushälterin entstellt den Namen sogleich zu *Fritón* (wörtl.: gebacken). 11f. **tener ojeriza a alg.:** jdn. nicht ausstehen können, jdn. auf dem Kieker haben (*la ojeriza:* Abneigung). 18f. **el pan de trastrigo:** Brot, das noch besser ist als Weizenbrot; also synonym mit: unmöglich. 19f. **muchos van por lana y vuelven tresquilados** (loc.): etwa: mancher geht nach Wolle und kommt geschoren nach Hause (*tresquilado/a: esquilado/a:* kahlgeschoren).

cuantos imaginaren tocarme en la punta de un solo cabello.

No quisieron las dos replicarle más, porque vieron que se le encendía la cólera.

[...]

En este tiempo solicitó don Quijote a un labrador vecino suyo, hombre de bien (si es que este título se puede dar al que es pobre), pero de muy poca sal en la mollera. En resolución, tanto le dijo, tanto le persuadió y prometió, que el pobre villano se determinó de salirse con él y servirle de escudero. Decíale, entre otras cosas, don Quijote que se dispusiese a ir con él de buena gana, porque tal vez le podía suceder aventura que ganase, en quítame allá esas pajas, alguna ínsula, y le dejase a él por gobernador della. Con estas promesas y otras tales, Sancho Panza, que así se llamaba el labrador, dejó su mujer e hijos y asentó por escudero de su vecino.

Dio luego don Quijote orden en buscar dineros, y, vendiendo una cosa, y empeñando otra, y malbaratándolas todas, llegó una razonable cantidad. Acomodóse asimesmo de una rodela, que pidió prestada a un su amigo, y, pertrechando su rota celada lo mejor

6 **solicitar:** ersuchen, bitten. 7 **el hombre de bien:** doppeldeutig: (1) ehrbarer Mann; (2) vermögender Mann. 8 f. **de muy poca sal en la mollera** (loc.): etwa: mit wenig Grips im Kopf (*la mollera:* Schädeldecke; Verstand). 9 **en resolución:** kurzum. 10 **el villano:** hier: Nichtadliger, einfacher Bauer. 14 **en quítame allá esas pajas** (loc.): im Handumdrehen. 17 **asentar:** hier: sich verdingen. 20 **empeñar:** verpfänden. 20 f. **malbaratar:** verschleudern, verschwenden. 22 **la rodela:** Rundschild. 23 **pertrechar:** ausrüsten; hier: ausbessern.

que pudo, avisó a su escudero Sancho del día y la hora que pensaba ponerse en camino, para que él se acomodase de lo que viese que más le era menester. Sobre todo le encargó que llevase alforjas; e dijo que sí llevaría, y que asimesmo pensaba llevar un asno que tenía muy bueno, porque él no estaba duecho a andar mucho a pie. En lo del asno reparó un poco don Quijote, imaginando si se le acordaba si algún caballero andante había traído escudero caballero asnalmente; pero nunca le vino alguno a la memoria; mas con todo esto determinó que le llevase, con presupuesto de acomodarle de más honrada caballería en habiendo ocasión para ello, quitándole el caballo al primer descortés caballero que topase. Proveyóse de camisas y de las demás cosas que él pudo, conforme al consejo que el ventero le había dado; todo lo cual hecho y cumplido, sin despedirse Panza de sus hijos y mujer, ni don Quijote de su ama y sobrina, una noche se salieron del lugar sin que persona los viese; en la cual caminaron tanto, que al amanecer se tuvieron por seguros de que no los hallarían aunque los buscasen.

Iba Sancho Panza sobre su jumento como un patriarca, con sus alforjas y su bota, y con mucho deseo de verse ya gobernador de la ínsula que su amo le había prometido. Acertó don Quijote a tomar la misma derrota y camino que el que él había tomado en su

4 **la alforja:** Satteltasche; hier etwa: Reisesack mit Mundvorrat. 6 **duecho/a:** *ducho/a:* bewandert. 7 **reparar:** hier: zögern. 11 f. **con presupuesto:** in der Absicht. 24 **la bota:** Weinschlauch, lederne Weinflasche. 27 **la derrota:** Weg, Richtung.

primer viaje, que fue por el campo de Montiel, por el cual caminaba con menos pesadumbre que la vez pasada, porque, por ser la hora de la mañana y herirles a soslayo los rayos del sol, no les fatigaban. Dijo en esto Sancho Panza a su amo:

– Mire vuestra merced, señor caballero andante, que no se le olvide lo que de la ínsula me tiene prometido; que yo la sabré gobernar, por grande que sea.

A lo cual le respondió don Quijote:

– Has de saber, amigo Sancho Panza, que fue costumbre muy usada de los caballeros andantes antiguos hacer gobernadores a sus escuderos de las ínsulas o reinos que ganaban, y yo tengo determinado de que por mí no falte tan agradecida usanza; antes pienso aventajarme en ella: porque ellos algunas veces, y quizá las más, esperaban a que sus escuderos fuesen viejos, y ya después de hartos de servir y de llevar malos días y peores noches, les daban algún título de conde, o, por lo mucho, de marqués, de algún valle o provincia de poco más a menos; pero si tú vives y yo vivo, bien podría ser que antes de seis días ganase yo tal reino, que tuviese otros a él adherentes, que viniesen de molde para coronarte por rey de uno dellos. Y no lo tengas a mucho; que cosas y casos acontecen a los tales caballeros por modos tan nunca vistos ni pensados, que con facilidad te podría dar aún más de lo que te prometo.

2 **la pesadumbre:** Leid, Sorgen. 4 **a soslayo:** schräg. 7 **la ínsula:** von nun an wird Sancho seinen Herrn unablässig an dessen ›Wahlversprechen‹ erinnern. 17 **estar harto/a de algo:** einer Sache überdrüssig sein (*hartar:* sättigen). 20 **de poco más a (o) menos:** von bescheidener Ausdehnung.

– De esa manera – respondió Sancho Panza –, si yo fuese rey por algún milagro de los que vuestra merced dice, por lo menos, Juana Gutiérrez, mi oíslo, vendría a ser reina, y mis hijos infantes.

– Pues ¿quién lo duda? – respondió don Quijote.

– Yo lo dudo – replicó Sancho Panza –; porque tengo para mí que, aunque lloviese Dios reinos sobre la tierra, ninguno asentaría bien sobre la cabeza de Mari Gutiérrez. Sepa, señor, que no vale dos maravedís para reina; condesa le caerá mejor, y aún Dios y ayuda.

[...]

3 **la oíslo** (fam.): Ehefrau. 8 **asentar:** hier: gut passen. 8f. **Mari Gutiérrez:** Die Ehefrau Sancho Panzas hieß fünf Zeilen weiter oben noch Juana Gutiérrez: wieder einer der Flüchtigkeitsfehler des Verfassers. (Im Zweiten Teil des Romans heißt sie dann weder Mari noch Juana, sondern Teresa, das aber durchgängig). 9 **el maravedí:** alte spanische Münze von geringem Wert. 10f. **y aún Dios y ayuda:** etwa: und auch das nur mit Gottes Hilfe.

Capítulo VIII

## Del buen suceso que el valeroso don Quijote tuvo en la espantable y jamás imaginada aventura de los molinos de viento, con otros sucesos dignos de felice recordación

Das 8. Kapitel beginnt mit Don Quijotes berühmtem Windmühlen-Abenteuer und endet mit einem Abenteuer für den Leser, der sich mit einer Unterbrechung, wenn nicht gar einem Abbruch der Geschichte konfrontiert sieht.

---

En esto, descubrieron treinta o cuarenta molinos de viento que hay en aquel campo, y así como don Quijote los vio, dijo a su escudero:

– La ventura va guiando nuestras cosas mejor de lo que acertáramos a desear; porque ves allí, amigo Sancho Panza, donde se descubren treinta, o pocos más, desaforados gigantes, con quien pienso hacer batalla y quitarles a todos las vidas, con cuyos despojos comenzaremos a enriquecer; que ésta es buena guerra, y es

2 **el suceso:** Vorfall; hier (irón.): Erfolg. 3 **espantable:** *espantoso/a:* schrecklich. 5 **digno/a:** würdig, wert. 17 **desaforado/a:** maßlos; hier: gewaltig, gewalttätig, ungeheuer. 18 **el despojo:** Beute (*despojar:* rauben).

gran servicio de Dios quitar tan mala simiente de sobre la faz de la tierra.

– ¿Qué gigantes? – dijo Sancho Panza.

– Aquellos que allí ves – respondió su amo – de los brazos largos, que los suelen tener algunos de casi dos leguas.

– Mire vuestra merced – respondió Sancho – que aquellos que allí se parecen no son gigantes, sino molinos de viento, y lo que en ellos parecen brazos son las aspas, que, volteadas del viento, hacen andar la piedra del molino.

– Bien parece – respondió don Quijote – que no estás cursado en esto de las aventuras: ellos son gigantes; y si tienes miedo, quítate de ahí, y ponte en oración en el espacio que yo voy a entrar con ellos en fiera y desigual batalla.

Y diciendo esto, dio de espuelas a su caballo Rocinante, sin atender a las voces que su escudero Sancho le daba, advirtiéndole que, sin duda alguna, eran molinos de viento, y no gigantes, aquellos que iba a acometer. Pero él iba tan puesto en que eran gigantes, que ni oía las voces de su escudero Sancho, ni echaba de ver, aunque estaba ya bien cerca, lo que eran; antes iba diciendo en voces altas:

– Non fuyades, cobardes y viles criaturas, que un solo caballero es el que os acomete.

1 **la simiente:** Saat. 6 **la legua:** (spanische) Meile (etwa 5,57 km). 8 **parecerse:** hier: sichtbar werden, erscheinen. 10 **las aspas:** Windmühlenflügel. **voltearse:** sich drehen. 12 f. **estar cursado/a en algo:** in etwas bewandert, erfahren sein. 15 **en el espacio:** hier: (zeitlich) während. 15 f. **fiero/a:** grausam, wild. 20 f. **acometer:** angreifen. 25 **vil:** feige, verächtlich.

Levantóse en esto un poco de viento, y las grandes aspas comenzaron a moverse, lo cual visto por don Quijote, dijo:

– Pues aunque mováis más brazos que los del gigante Briareo, me lo habéis de pagar.

Y en diciendo esto, y encomendándose de todo corazón a su señora Dulcinea, pidiéndole que en tal trance le socorriese, bien cubierto de su rodela, con la lanza en el ristre, arremetió a todo el galope de Rocinante y embistió con el primero molino que estaba delante; y dándole una lanzada en el aspa, la volvió el viento con tanta furia, que hizo la lanza pedazos, llevándose tras sí al caballo y al caballero, que fue rodando muy maltrecho por el campo. Acudió Sancho Panza a socorrerle, a todo el correr de su asno, y cuando llegó halló que no se podía menear: tal fue el golpe que dio con él Rocinante.

– ¡Válame Dios! – dijo Sancho –. ¿No le dije yo a vuestra merced que mirase bien lo que hacía, que no eran sino molinos de viento, y no lo podía ignorar sino quien llevase otros tales en la cabeza?

– Calla, amigo Sancho – respondió don Quijote –; que las cosas de la guerra, más que otras, están sujetas a continua mudanza; cuanto más, que yo pienso, y

5 **Briareo(s):** einer der Titanen der griechischen Sage; von Uranos und Gaia gezeugtes Ungetüm mit 50 Köpfen und 100 Armen. 8 **socorrer:** Hilfe leisten, beistehen. 8f. **la lanza en ristre:** mit eingelegter Lanze (*en ristre:* in Kampfbereitschaft). 9 **arremeter:** sich stürzen auf, anstürmen. 10 **embestir con algo:** gegen etwas schlagen (*embestir:* angreifen, bestürmen). 14f. **acudir a socorrer a alg.:** jdm. zu Hilfe eilen (*acudir:* herbeieilen). 18 **¡válame Dios!:** Gott steh mir bei! 24 **la mudanza:** hier: Wandel.

es así verdad, que aquel sabio Frestón que me robó el aposento y los libros ha vuelto estos gigantes en molinos, por quitarme la gloria de su vencimiento: tal es la enemistad que me tiene; mas al cabo al cabo, han de poder poco sus malas artes contra la bondad de mi espada.

– Dios lo haga como puede – respondió Sancho Panza.

Y, ayudándole a levantar, tornó a subir sobre Rocinante, que medio despaldado estaba. Y, hablando en la pasada aventura, siguieron el camino del Puerto Lápice, porque allí decía don Quijote que no era posible dejar de hallarse muchas y diversas aventuras, por ser lugar muy pasajero; sino que iba muy pesaroso, por haberle faltado la lanza; y, diciéndoselo a su escudero, le dijo:

– Yo me acuerdo haber leído que un caballero español llamado Diego Pérez de Vargas, habiéndosele en una batalla roto la espada, desgajó de una encina un pesado ramo o tronco, y con él hizo tales cosas aquel día y machacó tantos moros, que le quedó por sobrenombre Machuca, y así él como sus descendientes se llamaron desde aquel día en adelante Vargas y

1 **el sabio Frestón:** der weise Frestón. (Der Neid der bösen Zauberer, die seine ›Wirklichkeit‹ so entstellen, dass sie wie unsere Realität aussieht, ist die Standard-Ausrede Don Quijotes nach erlittener Niederlage). 3 **el vencimiento:** Besiegung, Sieg. 10 **despaldado/a:** etwa: mit verrenkter Schulter; hier: Kruppe. 14 **pesaroso/a:** bekümmert, besorgt. 18 **Diego Pérez de Vargas** (gen. Machuca) war der Held der Reconquista-Schlacht von Jerez (1233). 19 **desgajar:** abreißen. 21 **machacar:** zerstampfen, zu Brei schlagen. 22 f. **el/la descendiente:** Nachkomme.

Machuca. Hete dicho esto porque de la primera encina o roble que se me depare pienso desgajar otro tronco tal y tan bueno como aquel que me imagino, y pienso hacer con él tales hazañas, que tú te tengas por bien afortunado de haber merecido venir a vellas y a ser testigo de cosas que apenas podrán ser creídas.

– A la mano de Dios – dijo Sancho –; yo lo creo todo así como vuestra merced lo dice; pero enderécese un poco, que parece que va de medio lado, y debe ser del molimiento de la caída.

– Así es la verdad – respondió don Quijote –; y si no me quejo del dolor es porque no es dado a los caballeros andantes quejarse de herida alguna, aunque se le salgan las tripas por ella.

– Si eso es así, no tengo yo que replicar – respondió Sancho –; pero sabe Dios si yo me holgara que vuestra merced se quejara cuando alguna cosa le doliera. De mí sé decir que me he de quejar del más pequeño dolor que tenga, si ya no se entiende también con los escuderos de los caballeros andantes eso del no quejarse.

No se dejó de reír don Quijote de la simplicidad de su escudero; y así, le declaró que podía muy bien quejarse como y cuando quisiese, sin gana o con ella; que hasta entonces no había leído cosa en contrario en la orden de caballería. Díjole Sancho que mirase que era hora de comer. Respondióle su amo que por en-

2 **deparar:** anbieten, über den Weg laufen. 8 f. **enderezarse:** sich aufrichten. 16 f. **pero sabe Dios … se quejara:** etwa: mir würde es nichts ausmachen, wenn Sie sich beklagen würden. 19 **si ya no se entiende también con …:** etwa: es sei denn es gelte auch für …

tonces no le hacía menester; que comiese él cuando se le antojase. Con esta licencia se acomodó Sancho lo mejor que pudo sobre su jumento, y, sacando de las alforjas lo que en ellas había puesto, iba caminando y comiendo detrás de su amo muy de su espacio, y de cuando en cuando empinaba la bota, con tanto gusto que le pudiera envidiar el más regalado bodegonero de Málaga. Y en tanto que él iba de aquella manera menudeando tragos, no se le acordaba de ninguna promesa que su amo le hubiese hecho, ni tenía por ningún trabajo, sino por mucho descanso, andar buscando las aventuras, por peligrosas que fuesen.

En resolución, aquella noche la pasaron entre unos árboles, y del uno dellos desgajó don Quijote un ramo seco que casi le podía servir de lanza, y puso en él el hierro que quitó de la que se le había quebrado. Toda aquella noche no durmió don Quijote, pensando en su señora Dulcinea, por acomodarse a lo que había leído en sus libros, cuando los caballeros pasaban sin dormir muchas noches en las florestas y despoblados, entretenidos con las memorias de sus señoras. No la pasó así Sancho Panza; que, como tenía el estómago lleno, y no de agua de chicoria, de un sueño se la lle-

5 **muy de su espacio:** in aller Ruhe. 6 **empinar (una botella):** eine Flasche ansetzen, einen ‚heben'. 7 **el más regalado bodegonero:** etwa: der behaglichste Kellermeister. 9 **menudear:** häufig vorkommen; hier: etwas häufig tun. 18 **acomodarse a algo:** hier: etwas nachahmen. 20 **la floresta:** Wald, Forst. **el despoblado:** Einöde. 23 **el agua de chicoria:** *el agua de achicoria:* Infusion der Chicoréepflanze; galt als leichter Beruhigungstrank (im Gegensatz zum starken Wein oder Schnaps).

vó toda, y no fueran parte para despertarle (si su amo no lo llamara) los rayos del sol, que le daban en el rostro, ni el canto de las aves, que, muchas y muy regocijadamente, la venida del nuevo día saludaban. Al levantarse dio un tiento a la bota, y hallóla algo más flaca que la noche antes, y afligiósele el corazón, por parecerle que no llevaban camino de remediar tan presto su falta. No quiso desayunarse don Quijote, porque, como está dicho, dio en sustentarse de sabrosas memorias. Tornaron a su comenzado camino del Puerto Lápice, y a obra de las tres del día le descubrieron.

– Aquí – dijo en viéndole don Quijote – podemos, hermano Sancho Panza, meter las manos hasta los codos en esto que llaman aventuras. Mas advierte que, aunque me veas en los mayores peligros del mundo, no has de poner mano a tu espada para defenderme, si ya no vieres que los que me ofenden es canalla y gente baja, que en tal caso bien puedes ayudarme; pero si fueren caballeros, en ninguna manera te es lícito ni concedido por las leyes de caballería que me ayudes, hasta que seas armado caballero.

– Por cierto, señor – respondió Sancho –, que vuestra merced sea muy bien obedecido en esto; y más,

1 **no fueran parte para despertarle:** etwa: hätten nicht ausgereicht, um ihn aufzuwecken. 3 f. **regocijadamente:** vergnügt, voller Lebensfreude (*regocijarse:* sich freuen). 5 **dar un tiento a la bota** (loc.): einen Schluck aus der Flasche nehmen (*dar un tiento:* prüfen; *la bota: la botella*). 6 **afligirse:** traurig werden, sich grämen. 9 **sustentarse:** sich ernähren. 11 **a obra de las tres:** ungefähr um drei Uhr. 14 f. **meter las manos hasta los codos** (loc.): die Hände bis zu den Ellenbogen in etwas hineinstecken. 20 f. **lícito/a:** zulässig. 21 **conceder:** gewähren, zugestehen.

que yo de mío me soy pacífico y enemigo de meterme en ruidos ni pendencias. Bien es verdad que en lo que tocare a defender mi persona no tendré mucha cuenta con esas leyes, pues las divinas y humanas permiten que cada uno se defienda de quien quisiere agraviarle.

– No digo yo menos – respondió don Quijote –; pero en esto de ayudarme contra caballeros has de tener a raya tus naturales ímpetus.

– Digo que así lo haré – respondió Sancho –, y que guardaré ese precepto tan bien como el día del domingo.

Estando en estas razones, asomaron por el camino dos frailes de la orden de San Benito, caballeros sobre dos dromedarios: que no eran más pequeñas dos mulas en que venían. Traían sus antojos de camino y sus quitasoles. Detrás dellos venía un coche, con cuatro o cinco de a caballo que le acompañaban y dos mozos de mulas a pie. Venía en el coche, como después se supo, una señora vizcaína, que iba a Sevilla, donde estaba su marido, que pasaba a las Indias con un muy honroso cargo. No venían los frailes con ella, aunque iban el mesmo camino; mas apenas los divisó don Quijote, cuando dijo a su escudero:

– O yo me engaño, o ésta ha de ser la más famosa aventura que se haya visto; porque aquellos bultos

1 **yo de mío:** was mich betrifft. 8 **el ímpetu:** Gewalt. 10f. **guardar ese precepto tan bien como el día del domingo:** diesen Befehl ebenso heilig halten wie den Sonntag (*el precepto:* Befehl, Gebot). 12 **las razones:** Unterhaltung (*razonar:* darlegen, ausführen). **asomar:** sichtbar werden, auftauchen. 13 **el fraile:** Mönch. 15 **los antojos de camino:** eine Art Staubbrille. 19 **vizcaíno/a:** baskisch. 20 **las Indias:** Westindien, Südamerika. 25 **el bulto:** Ausmaß, Masse, Bündel.

negros que allí parecen deben de ser, y son, sin duda, algunos encantadores que llevan hurtada alguna princesa en aquel coche, y es menester deshacer este tuerto a todo mi poderío.

– Peor será esto que los molinos de viento – dijo Sancho –. Mire, señor, que aquéllos son frailes de San Benito, y el coche debe de ser de alguna gente pasajera. Mire que digo que mire bien lo que hace, no sea el diablo que le engañe.

– Ya te he dicho, Sancho – respondió don Quijote –, que sabes poco de achaque de aventuras; lo que yo digo es verdad, y ahora lo verás.

Y diciendo esto, se adelantó y se puso en la mitad del camino por donde los frailes venían, y, en llegando tan cerca que a él le pareció que le podrían oír lo que dijese, en alta voz dijo:

– Gente endiablada y descomunal, dejad luego al punto las altas princesas que en ese coche lleváis forzadas; si no, aparejaos a recibir presta muerte, por justo castigo de vuestras malas obras.

Detuvieron los frailes las riendas, y quedaron admirados, así de la figura de don Quijote como de sus razones, a las cuales respondieron:

– Señor caballero, nosotros no somos endiablados ni descomunales, sino dos religiosos de San Benito que vamos nuestro camino, y no sabemos si en este coche vienen, o no, ningunas forzadas princesas.

2 **hurtar:** stehlen; entführen. 4 **el poderío:** Macht. 11 **de achaque de:** etwa: in Sachen von (*el achaque:* Materie, Sache). 17 **endiablado/a:** teuflisch. 18f. **forzado/a:** gezwungen; hier: mit Gewalt. 19 **aparejarse a algo:** sich auf etwas vorbereiten; sich auf etwas einstellen.

– Para conmigo no hay palabras blandas; que ya yo os conozco, fementida canalla – dijo don Quijote.

Y sin esperar más respuesta, picó a Rocinante y, la lanza baja, arremetió contra el primero fraile, con tanta furia y denuedo, que si el fraile no se dejara caer de la mula, él le hiciera venir al suelo mal de su grado, y aun mal ferido, si no cayera muerto. El segundo religioso, que vio del modo que trataban a su compañero, puso piernas al castillo de su buena mula, y comenzó a correr por aquella campaña, más ligero que el mesmo viento.

Sancho Panza, que vio en el suelo al fraile, apeándose ligeramente de su asno, arremetió a él y le comenzó a quitar los hábitos. Llegaron en esto dos mozos de los frailes y preguntáronle que por qué le desnudaba. Respondióles Sancho que aquello le tocaba a él legítimamente, como despojos de la batalla que su señor don Quijote había ganado. Los mozos, que no sabían de burlas, ni entendían aquello de despojos ni batallas, viendo que ya don Quijote estaba desviado de allí, hablando con las que en el coche venían, arremetieron con Sancho y dieron con él en el suelo, y, sin dejarle pelo en las barbas, le molieron a coces y le dejaron tendido en el suelo, sin aliento ni sentido. Y, sin

2 **fementido/a:** falsch, treulos, unecht. 6 f. **mal de su grado:** gegen seinen Willen. 7 **si no cayera muerto:** wenn er nicht gar tot wäre. 9 **el castillo de su buena mula:** etwa: das Maultier war so groß wie ein Schloss (schon vorher wurde es mit einem Dromedar verglichen). 14 **los hábitos:** Mönchskleider. 20 **desviarse:** abkommen, abhanden kommen; hier: weit entfernt sein. 23 **moler a coces:** mit Fußtritten malträtieren.

detenerse un punto, tornó a subir el fraile, todo temeroso y acobardado y sin color en el rostro; y cuando se vio a caballo, picó tras su compañero, que un buen espacio de allí le estaba aguardando, y esperando en qué paraba aquel sobresalto, y, sin querer aguardar el fin de todo aquel comenzado suceso, siguieron su camino, haciéndose más cruces que si llevaran al diablo a las espaldas.

Don Quijote estaba, como se ha dicho, hablando con la señora del coche, diciéndole:

– La vuestra fermosura, señora mía, puede facer de su persona lo que más le viniere en talante, porque ya la soberbia de vuestros robadores yace por el suelo, derribada por este mi fuerte brazo; y porque no penéis por saber el nombre de vuestro libertador, sabed que yo me llamo don Quijote de la Mancha, caballero andante y aventurero, y cautivo de la sin par y hermosa doña Dulcinea del Toboso; y en pago del beneficio que de mí habéis recibido, no quiero otra cosa sino que volváis al Toboso, y que de mi parte os presentéis ante esta señora y le digáis lo que por vuestra libertad he fecho.

Todo esto que don Quijote decía escuchaba un escudero de los que el coche acompañaban, que era vizcaíno; el cual, viendo que no quería dejar pasar el coche adelante, sino que decía que luego había de dar la

2 **acobardado/a:** verzagt, eingeschüchtert. 3 **picar tras alg.:** hinter jdm. hereilen. 5 **el sobresalto:** hier etwa: überraschender Überfall (*el sobresalto:* Schrecken). 12 **venir en talante:** genehm sein (bei seiner Ansprache an die ›befreite‹ Dame häuft Don Quijote wieder rhetorischen Schwulst; vgl. auch *yacer* für: liegen). 14 f. **penar:** leiden, sich abmühen. 17 **cautivo/a:** hier etwa: in Liebesketten schmachtend.

vuelta al Toboso, se fue para don Quijote y, asiéndole de la lanza, le dijo, en mala lengua castellana y peor vizcaína, desta manera:

– Anda, caballero que mal andes; por el Dios que criome que, si no dejas coche, así te matas como estás ahí vizcaíno.

Entendióle muy bien don Quijote, y con mucho sosiego le respondió:

– Si fueras caballero, como no lo eres, ya yo hubiera castigado tu sandez y atrevimiento, cautiva criatura.

A lo cual replicó el vizcaíno:

– ¿Yo no caballero? Juro a Dios tan mientes como cristiano. Si lanza arrojas y espada sacas, ¡el agua cuán presto verás que al gato llevas! Vizcaíno por tierra, hidalgo por mar, hidalgo por el diablo, y mientes que mira si otra dices cosa.

– Ahora lo veredes, dijo Agrajes – respondió don Quijote.

4 f. **Anda, caballero ... ¿Yo no caballero? ...:** Der Baske, der Kastilisch nur radebrechen kann, regt sich darüber auf, dass Don Quijote ihm nicht den Status des *caballero* oder *hidalgo* zuerkennt, auf den die Basken als diejenigen, die sich von den Mauren nicht unterwerfen ließen, besonderen Wert legten. Im Übrigen enthält die erste der beiden ›Ansprachen‹ des Basken zwei versteckte Frechheiten gegenüber Don Quijote: zum einen, wenn er ihn, den *caballero andante*, als *malandante* apostrophiert; zum anderen, wenn er Don Quijote selbst zum *vizcaíno* (damals auch synonym für *tonto*) erklärt. 10 **la sandez:** Dummheit. **la cautiva criatura:** etwa: unglückliche Kreatur (hier ist *cautivo: desgraciado*). 13 f. **¡el agua cuán presto verás que al gato llevas!:** *¡Ya verás cuán presto me llevo el gato al agua!* (*llevar el gato al agua*, loc.: etwas Schwieriges zustandebringen). 17 **ahora lo veredes** (*veréis*), **dijo Agrajes** (loc.): etwa: das werden wir ja sehen, wie Agrajes sagt (Agrajes ist eine Figur aus dem *Amadís de Gaula*).

Y arrojando la lanza en el suelo, sacó su espada y embrazó su rodela, y arremetió al vizcaíno, con determinación de quitarle la vida. El vizcaíno, que así le vio venir, aunque quisiera apearse de la mula, que, por ser de las malas de alquiler, no había que fiar en ella, no pudo hacer otra cosa sino sacar su espada; pero avínole bien que se halló junto al coche, de donde pudo tomar una almohada que le sirvió de escudo, y luego se fueron el uno para el otro, como si fueran dos mortales enemigos. La demás gente quisiera ponerlos en paz; mas no pudo, porque decía el vizcaíno en sus mal trabadas razones que si no le dejaban acabar su batalla, que él mismo había de matar a su ama y a toda la gente que se lo estorbase. La señora del coche, admirada y temerosa de lo que veía, hizo al cochero que se desviase de allí algún poco, y desde lejos se puso a mirar la rigurosa contienda, en el discurso de la cual dio el vizcaíno una gran cuchillada a don Quijote encima de un hombro, por encima de la rodela, que, a dársela sin defensa, le abriera hasta la cintura. Don Quijote, que sintió la pesadumbre de aquel desaforado golpe, dio una gran voz, diciendo:

– ¡Oh señora de mi alma, Dulcinea, flor de la fermosura, socorred a este vuestro caballero, que por satisfacer a la vuestra mucha bondad, en este riguroso trance se halla!

El decir esto, y el apretar la espada, y el cubrirse bien de su rodela, y el arremeter al vizcaíno, todo fue

12 **las mal trabadas razones:** schlecht formulierte Sätze. 14 **estorbar:** behindern, stören. 17 **la contienda:** Streit, Kampf. **el discurso:** hier: Verlauf.

en un tiempo, llevando determinación de aventurarlo todo a la de un golpe solo.

El vizcaíno, que así le vio venir contra él, bien entendió por su denuedo su coraje, y determinó de hacer lo mesmo que don Quijote; y así, le aguardó bien cubierto de su almohada, sin poder rodear la mula a una ni a otra parte; que ya, de puro cansada y no hecha a semejantes niñerías, no podía dar un paso.

Venía, pues, como se ha dicho, don Quijote contra el cauto vizcaíno, con la espada en alto, con determinación de abrirle por medio, y el vizcaíno le aguardaba asimesmo levantada la espada y aforrado con su almohada, y todos los circunstantes estaban temerosos y colgados de lo que había de suceder de aquellos tamaños golpes con que se amenazaban; y la señora del coche y las demás criadas suyas estaban haciendo mil votos y ofrecimientos a todas las imágenes y casas de devoción de España, porque Dios librase a su escudero y a ellas de aquel tan grande peligro en que se hallaban.

Pero está el daño de todo esto que en este punto y término deja pendiente el autor desta historia esta batalla, disculpándose que no halló más escrito destas hazañas de don Quijote de las que deja referidas.

1 f. **aventurar todo a algo:** etwa: alles auf eine Karte setzen. 4 **el denuedo** (s. o.) und **el coraje** sind synonym. 6 **rodear:** drehen; hier: bewegen. 10 **cauto/a:** vorsichtig; schlau. 12 **aforrar:** *forrar:* schützen; polstern. 13 **el/la circunstante:** Anwesende(r), Umstehende(r). 14 **colgado/a:** voller Spannung. 17 **el voto:** hier: Gelübde (*votar:* schwören). 17 f. **las imágenes y (las) casas de devoción:** etwa: Heiligenbilder und Kapellen. 22 **dejar pendiente:** ab-, unterbrechen.

Bien es verdad que el segundo autor desta obra no quiso creer que tan curiosa historia estuviese entregada a las leyes del olvido, ni que hubiesen sido tan poco curiosos los ingenios de la Mancha, que no tuviesen en sus archivos o en sus escritorios algunos papeles que deste famoso caballero tratasen; y así, con esta imaginación, no se desesperó de hallar el fin desta apacible historia, el cual, siéndole el cielo favorable, le halló del modo que se contará en [el siguiente capítulo].

1 **el segundo autor:** Das ist Cervantes selbst. Er versteckt sich hinter dem ›eigentlichen‹ Autor Cide Hamete Benengeli, der erst im nächsten Kapitel ›entdeckt‹ wird. 4 **el ingenio:** Genie, Kopf, Geist. 8 **apacible:** angenehm.

CAPÍTULO IX

## Donde se concluye y da fin a la estupenda batalla que el gallardo vizcaíno y el valiente manchego tuvieron

Mit dem 9. Kapitel, in dem vorübergehend nicht mehr von Don Quijote, sondern von der Suche nach der Fortsetzung seiner Geschichte die Rede ist, geht der *Quijote* endgültig auf den Kurs des modernen Romans, insofern von nun an auch ein selbstreflexives und fiktionsironisches Moment ins Spiel kommt. Dies besonders dadurch, dass der ›Film‹ am Ende des Kapitels genau an der Stelle wieder anknüpft, an der er vorher ›gerissen‹ war. Hier gibt sich der wahre Autor als der ›Macher‹ zu erkennen, der alles nach seinem Gutdünken erscheinen und auch wieder verschwinden lassen kann, der sich aber zugleich als ›zweiter Autor‹ hinter dem arabischen Geschichtsschreiber Cide Hamete Benengeli versteckt, vor dessen möglicher Lügenhaftigkeit sich der Leser in Acht nehmen müsse.

---

Dejamos en la primera parte desta historia al valeroso vizcaíno y al famoso don Quijote con las espadas altas y desnudas, en guisa de descargar dos furibundos

22 **en guisa de** (+ inf.): im Begriff sein etwas zu tun. **descargar (un golpe):** einen Schlag versetzen. **furibundo/a:** zornerfüllt.

fendientes, tales, que si en lleno se acertaban, por lo menos se dividirían y fenderían de arriba abajo y abrirían como una granada, y que en aquel punto tan dudoso paró y quedó destroncada tan sabrosa historia, sin que nos diese noticia su autor dónde se podría hallar lo que della faltaba.

Causóme esto mucha pesadumbre, porque el gusto de haber leído tan poco se volvía en disgusto, de pensar el mal camino que se ofrecía para hallar lo mucho que, a mi parecer, faltaba de tan sabroso cuento. Parecióme cosa imposible y fuera de toda buena costumbre que a tan buen caballero le hubiese faltado algún sabio que tomara a cargo el escribir sus nunca vistas hazañas, cosa que no faltó a ninguno de los caballeros andantes, [...].

Por otra parte, me parecía que, pues entre sus libros se habían hallado tan modernos como *Desengaño de celos* y *Ninfas y pastores de Henares*, que también su historia debía de ser moderna, y que, ya que no estuviese escrita, estaría en la memoria de la gente de su aldea y de las a ella circunvecinas. Esta imaginación me traía confuso y deseoso de saber real y verdaderamente toda la vida y milagros de nuestro famoso español don Quijote de la Mancha, luz y espejo de la caballería manchega, y el primero que en nuestra

1 **el fendiente:** Schlag von oben nach unten (zum Spalten geeignet; *fender: hendir:* spalten). 3 **la granada:** Granatapfel. 4 **destroncar:** zerlegen; hier: abbrechen, verstümmeln. 13 **el sabio:** Es war fast immer ein »Weiser«, dem das Verfassen eines Ritterromans zugeschrieben wurde. 17f. **«Desengaño de celos» y «Ninfas y pastores de Henares»:** zwei Schäferromane aus dem späten 16. Jahrhundert. 21 **circunvecino/a:** benachbart.

edad y en estos tan calamitosos tiempos se puso al trabajo y ejercicio de las andantes armas, y al desfacer agravios, socorrer viudas, amparar doncellas, de aquellas que andaban con sus azotes y palafrenes, y con toda su virginidad a cuestas, de monte en monte y de valle en valle; que si no era que algún follón, o algún villano de hacha y capellina, o algún descomunal gigante las forzaba, doncella hubo en los pasados tiempos que, al cabo de ochenta años, que en todos ellos no durmió un día debajo de tejado, y se fue tan entera a la sepultura como la madre que la había parido. Digo, pues, que por estos y otros muchos respetos es digno nuestro gallardo Quijote de continuas y memorables alabanzas, y aun a mí no se me deben negar, por el trabajo y diligencia que puse en buscar el fin desta agradable historia; aunque bien sé que si el cielo, el caso y la fortuna no me ayudan, el mundo quedara falto y sin el pasatiempo y gusto que bien casi dos horas podrá tener el que con atención la leyere. Pasó, pues, el hallarla en esta manera:

1 **los calamitosos tiempos:** schlimme Zeiten. 4 **el palafrén:** Zelter (Reitpferd für Damen). 5 **a cuestas:** beladen mit. 6 **el follón:** Taugenichts, Bauerntölpel. 7 **el hacha y (la) capellina:** Axt und Haube waren Waffen, die auch Bauern tragen durften. 11 **como la madre que le había parido:** In der ganzen Passage macht sich Cervantes mit dem typisch spanischen Hang zum Nonsens oder *disparate* über die ›unschuldigen Jungfrauen‹ lustig, denen beizustehen eine der Hauptaufgaben des Ritterroman-Helden war. Wenn aber alle Jungfrauen so jungfräulich sind, wie die Mutter, die sie geboren hat … 15 **la diligencia:** Eifer. 17 **el caso:** hier: Zufall. 19 **dos horas:** gewaltige Untertreibung, denn die Lektüre des Ersten Teils nähme, wenn man sie denn ganz und ›am Stück‹ bewältigte, über 20 Stunden in Anspruch.

Estando yo un día en el Alcaná de Toledo, llegó un muchacho a vender unos cartapacios y papeles viejos a un sedero; y como yo soy aficionado a leer, aunque sean los papeles rotos de las calles, llevado desta mi natural inclinación, tomé un cartapacio de los que el muchacho vendía, y vile con carácteres que conocí ser arábigos. Y puesto que aunque los conocía no los sabía leer anduve mirando si parecía por allí algún morisco aljamiado que los leyese, y no fue muy dificultoso hallar intérprete semejante, pues aunque le buscara de otra mejor y más antigua lengua, le hallara. En fin, la suerte me deparó uno, que, diciéndole mi deseo y poniéndole el libro en las manos, le abrió por medio, y leyendo un poco en él, se comenzó a reír.

Preguntéle yo que de qué se reía, y respondióme que de una cosa que tenía aquel libro escrita en el margen por anotación. Díjele que me la dijese, y él, sin dejar la risa, dijo:

– Está, como he dicho, aquí en el margen escrito esto: «Esta Dulcinea del Toboso, tantas veces en esta historia referida, dicen que tuvo la mejor mano para salar puercos que otra mujer de toda la Mancha.»

Cuando yo oí decir «Dulcinea del Toboso», quedé

1 **Alcaná:** das Geschäftsviertel von Toledo. 2 **el cartapacio:** Schreibheft. 3 **el sedero:** Seidenhändler (oder -färber). **ser aficionado/a a algo:** etwas begeistert tun, sich für etwas begeistern. 8f. **el morisco aljamiado:** ein des Kastilischen mächtiger Moriske (getaufter Muslim; *la aljamía:* maurische Bezeichnung für das Kastilische). 11 **la antigua lengua:** gemeint ist Hebräisch, das in Toledo ebenso gebräuchlich war wie das Arabische und das Spanische. 16f. **el margen:** Rand.

atónito y suspenso, porque luego se me representó que aquellos cartapacios contenían la historia de don Quijote. Con esta imaginación, le di priesa que leyese el principio, y, haciéndolo así, volviendo de improviso el arábigo en castellano, dijo que decía: *Historia de don Quijote de la Mancha, escrita por Cide Hamete Benengeli, historiador arábigo.* Mucha discreción fue menester para disimular el contento que recibí cuando llegó a mis oídos el título del libro; y, salteándosele al sedero, compré al muchacho todos los papeles y cartapacios por medio real; que si él tuviera discreción y supiera lo que yo los deseaba, bien se pudiera prometer y llevar más de seis reales de la compra. Apartéme luego con el morisco por el claustro de la iglesia mayor, y roguéle me volviese aquellos cartapacios, todos los que trataban de don Quijote, en lengua castellana, sin quitarles ni añadirles nada, ofreciéndole la paga que él quisiese. Contentóse con dos arrobas de pasas y dos fanegas de trigo, y prometió de traducirlos bien y fielmente y con mucha brevedad. Pero yo, por facilitar más el negocio y por no dejar de la mano tan buen hallazgo, le truje a mi casa, donde en poco más de mes y medio la tradujo toda, del mesmo modo que aquí se refiere.

Estaba en el primero cartapacio pintada muy al natural la batalla de don Quijote con el vizcaíno, pues-

1 **atónito/a y suspenso/a:** etwa: bass erstaunt (*atónito/a:* sprachlos). 4 **volver:** hier: übersetzen. **de improviso:** aus dem Stegreif. 9f. **saltear algo a alg.:** jdm. etwas entreißen. 14 **el claustro:** Kreuzgang. 14f. **la iglesia mayor:** Kathedrale. 18 **la arroba:** Gewichtseinheit; etwa 11 kg. 19 **la pasa:** Rosine. **la fanega:** hier: Getreidemaß, ca 55 l. 20 **fielmente:** treu, getreu.

tos en la mesma postura que la historia cuenta, levantadas las espadas, el uno cubierto de su rodela, el otro de la almohada, y la mula del vizcaíno tan al vivo, que estaba mostrando ser de alquiler a tiro de ballesta. Tenía a los pies escrito el vizcaíno un título que decía: *Don Sancho de Azpetia*, que, sin duda, debía de ser su nombre, y a los pies de Rocinante estaba otro que decía: *Don Quijote.* Estaba Rocinante maravillosamente pintado, tan largo y tendido, tan atenuado y flaco, con tanto espinazo, tan hético confirmado, que mostraba bien al descubierto con cuánta advertencia y propiedad se le había puesto el nombre de Rocinante. Junto a él estaba Sancho Panza, que tenía del cabestro a su asno, a los pies del cual estaba otro rétulo que decía: *Sancho Zancas*, y debía de ser que tenía, a lo que mostraba la pintura, la barriga grande, el talle corto y las zancas largas, y por esto se le debió de poner nombre de Panza y de Zancas; que con estos dos sobrenombres le llama algunas veces la historia. Otras algunas menudencias había que advertir, pero todas son de poca importancia y que no hacen al caso a la verdadera relación de la historia, que ninguna es mala como sea verdadera.

4 **a tiro de ballesta:** so weit eine Armbrust reicht; also: man sah dem Tier den Mietesel schon von Weitem an. 6 **Azpetia:** heute: Azpeitia, Stadt im Baskenland. 9 **atenuado/a:** (hauch)dünn, schwach. 10 **el espinazo:** Rückgrat; hier: die herausstehenden Knochen am Rücken. **hético/a:** schwindsüchtig; ausgezehrt. 11 f. **con advertencia y propiedad:** hier etwa: wie zutreffend. 14 **el rétulo:** *el rótulo:* Schild. 17 **la zanca:** Vogelbein, Stelzenbein. 20 **la menudencia:** Kleinigkeit. 21 **hacer (algo) al caso:** etwas zur Sache tun. 22 **la relación:** Erzählung (von *relatar*).

Si a ésta se le puede poner alguna objeción cerca de su verdad, no podrá ser otra sino haber sido su autor arábigo, siendo muy propio de los de aquella nación ser mentirosos; [...]. En fin, su segunda parte, siguiendo la traducción, comenzaba desta manera:

Puestas y levantadas en alto las cortadoras espadas de los dos valerosos y enojados combatientes, no parecía sino que estaban amenazando al cielo, a la tierra y al abismo: tal era el denuedo y continente que tenían. Y el primero que fue a descargar el golpe fue el colérico vizcaíno; el cual fue dado con tanta fuerza y tanta furia, que, a no volvérsele la espada en el camino, aquel solo golpe fuera bastante para dar fin a su rigurosa contienda y a todas las aventuras de nuestro caballero; mas la buena suerte, que para mayores cosas le tenía guardado, torció la espada de su contrario, de modo que, aunque le acertó en el hombro izquierdo, no le hizo otro daño que desarmarle todo aquel lado, llevándole, de camino, gran parte de la celada, con la mitad de la oreja; que todo ello con espantosa ruina vino al suelo, dejándole muy maltrecho.

¡Válame Dios, y quién será aquel que buenamente pueda contar ahora la rabia que entró en el corazón de nuestro manchego, viéndose parar de aquella manera! No se diga más sino que fue de manera, que se alzó de nuevo en los estribos, y, apretando más la es-

9 **el abismo:** Abgrund; hier: Hölle. **el denuedo y (el) continente:** hier etwa: wilde Entschlossenheit. 12 **a no volvérsele la espada:** wenn sich ihm das Schwert nicht verdreht hätte. 18 **desarmar:** hier: die Rüstung wegschlagen. 21 **la ruina:** hier: Zusammenbruch, Einsturz. 24 **parar:** hier: in einen (schlimmen) Zustand gelangen.

pada en las dos manos, con tal furia descargó sobre el vizcaíno, acertándole de lleno sobre la almohada y sobre la cabeza, que, sin ser parte tan buena defensa, como si cayera sobre él una montaña, comenzó a echar sangre por las narices, y por la boca, y por los oídos, y a dar muestras de caer de la mula abajo, de donde cayera, sin duda, si no se abrazara con el cuello; pero con todo eso, sacó los pies de los estribos y luego soltó los brazos, y la mula, espantada del terrible golpe, dio a correr por el campo, y a pocos corcovos dio con su dueño en tierra.

Estábaselo con mucho sosiego mirando don Quijote, y como lo vio caer, saltó de su caballo y con mucha ligereza se llegó a él, y poniéndole la punta de la espada en los ojos, le dijo que se rindiese; si no, que le cortaría la cabeza. Estaba el vizcaíno tan turbado que no podía responder palabra; y él lo pasara mal, según estaba ciego don Quijote, si las señoras del coche, que hasta entonces con gran desmayo habían mirado la pendencia, no fueran adonde estaba y le pidieran con mucho encarecimiento les hiciese tan gran merced y favor de perdonar la vida a aquel su escudero. A lo cual don Quijote respondió con mucho entono y gravedad:

– Por cierto, fermosas señoras, yo soy muy contento de hacer lo que me pedís; mas ha de ser con una condición y concierto, y es que este caballero me ha

3 **sin ser parte:** etwa: ungeachtet. 10f. **el corcovo:** Bocken, Aufbäumen. 16 **turbado/a:** verwirrt. 19 **el desmayo:** Ohnmacht. 20f. **el encarecimiento:** Nachdruck. 23 **con mucho entono:** etwa: mit ernster Stimme, mit Nachdruck (*entonar:* anstimmen). 26 **el concierto:** Pakt, Vereinbarung.

de prometer de ir al lugar del Toboso y presentarse de mi parte ante la sin par doña Dulcinea, para que ella haga dél lo que más fuere de su voluntad.

Las temerosas y desconsoladas señoras, sin entrar en cuenta de lo que don Quijote pedía, y sin preguntar quién Dulcinea fuese, le prometieron que el escudero haría todo aquello que de su parte le fuese mandado.

– Pues en fe de esa palabra, yo no le haré más daño, puesto que me lo tenía bien merecido.

4f. **entrar en cuenta:** *tener en cuenta:* bedenken.

CAPÍTULO X

## De lo que más le avino a don Quijote con el vizcaíno, y del peligro en que se vio con una turba de yangüeses

Das 10. ist das erste von vielen weiteren Kapiteln, die ausschließlich vom Dialog zwischen Don Quijote und Sancho leben.

———

Ya en este tiempo se había levantado Sancho Panza, algo maltratado de los mozos de los frailes, y había estado atento a la batalla de su señor don Quijote, y rogaba a Dios en su corazón fuese servido de darle victoria y que en ella ganase alguna ínsula de donde le hiciese gobernador, como se lo había prometido. Viendo, pues, ya acabada la pendencia, y que su amo volvía a subir sobre Rocinante, llegó a tenerle el estribo, y antes que subiese se hincó de rodillas delante dél, y asiéndole de la mano, se la besó y le dijo:

– Sea vuestra merced servido, señor don Quijote mío, de darme el gobierno de la ínsula que en esta rigurosa pendencia se ha ganado; que, por grande que

4 **la turba de Yangüeses:** eine Schar von Leuten aus Yanguas (bei Segovia). Die Kapitelüberschrift passt aber nicht zum Inhalt: der *vizcaíno* ist schon ›erledigt‹; die *yangüeses* kommen erst in Kap. 15 zum Zuge (weiterer Lapsus des Autors).

sea, yo me siento con fuerzas de saberla gobernar tal y tan bien como otro que haya gobernado ínsulas en el mundo.

A lo cual respondió don Quijote:

– Advertid, hermano Sancho, que esta aventura y las a ésta semejantes no son aventuras de ínsulas, sino de encrucijadas, en las cuales no se gana otra cosa que sacar rota la cabeza o una oreja menos. Tened paciencia, que aventuras se ofrecerán donde no solamente os pueda hacer gobernador, sino más adelante.

Agradecióselo mucho Sancho, y, besándole otra vez la mano y la falda de la loriga, le ayudó a subir sobre Rocinante, y él subió sobre su asno y comenzó a seguir a su señor, que, a paso tirado, sin despedirse ni hablar más con las del coche, se entró por un bosque que allí junto estaba. Seguíale Sancho [...] le dijo:

– Paréceme, señor, que sería acertado irnos a retraer a alguna iglesia; que, según quedó maltrecho aquel con quien os combatistes, no será mucho que den noticia del caso a la Santa Hermandad y nos prendan; y a fe que si lo hacen, que primero que salgamos de la cárcel, que nos ha de sudar el hopo.

– Calla – dijo don Quijote –. Y ¿dónde has visto tú, o leído jamás, que caballero andante haya sido puesto

10 **sino más adelante:** oder noch etwas Besseres. 12 **la falda de la loriga:** die *loriga* (Panzerhemd) endete in einer Art Rocksaum, hier: *falda*. 14 **a paso tirado:** schnell, eilig. 20 **Santa Hermandad:** Vorläufer der heutigen *Guardia Civil*, die Don Quijote später, wegen der Befreiung der Galeerensträflinge (Kap. 22), bis in die Sierra Morena verfolgen wird. 21 **prender:** festnehmen. **primero que:** bevor; bis. 22 **nos ha de sudar el hopo** (loc.): das wird verdammt schwer für uns sein (*el hopo:* Schopf, Schweif).

ante la justicia, por más homicidios que hubiese cometido?

– Yo no sé nada de omecillos – respondió Sancho –, ni en mi vida le caté a ninguno, sólo sé que la Santa Hermandad tiene que ver con los que pelean en el campo, y en esotro no me entremeto.

[...] Lo que le ruego a vuestra merced es que se cure; que le va mucha sangre de esa oreja; que aquí traigo hilas y un poco de ungüento blanco en las alforjas.

– Todo eso fuera bien escusado – respondió don Quijote – si a mí se me acordara de hacer una redoma del bálsamo de Fierabrás; que con sola una gota se ahorraran tiempo y medicinas.

– ¿Qué redoma y qué bálsamo es ése? – dijo Sancho Panza.

– Es un bálsamo – respondió don Quijote – de quien tengo la receta en la memoria, con el cual no hay que tener temor a la muerte, ni hay pensar en morir de ferida alguna. Y así, cuando yo le haga y te le dé, no tienes más que hacer sino que, cuando vieres que en alguna batalla me han partido por medio del cuerpo (como muchas veces suele acontecer), bonita-

1f. **el homicidio ... el omecillo:** Der ungebildete Sancho eignet sich die für ihn unverständlichen, gelehrten Wörter, die Don Quijote gebraucht, auf seine Weise an (*el homicidio:* Totschlag, woraus Sancho *el omecillo:* Abneigung, Haß, macht). 4 **catar (algo) a alg.:** hier: jdm. etwas nachtragen, etwas bewahren (Zorn, Groll). 6 **entremeterse:** sich einmischen. 11 **excusado/a:** hier: überflüssig. 13 **Fierabrás:** Figur aus dem Sagenzyklus um Karl den Großen und aus verschiedenen Ritterromanen.

mente la parte del cuerpo que hubiere caído en el suelo, y con mucha sutileza, antes que la sangre se yele, la pondrás sobre la otra mitad que quedare en la silla, advirtiendo de encajallo igualmente y al justo. Luego me darás a beber solos dos tragos del bálsamo que he dicho, y verásme quedar más sano que una manzana.

– Si eso hay – dijo Panza –, yo renuncio desde aquí el gobierno de la prometida ínsula, y no quiero otra cosa en pago de mis muchos y buenos servicios sino que vuestra merced me dé la receta de ese estremado licor; que para mí tengo que valdrá la onza adondequiera más de a dos reales, y no he menester yo más para pasar esta vida honrada y descansadamente. Pero es de saber agora si tiene mucha costa el hacelle.

– Con menos de tres reales se pueden hacer tres azumbres – respondió don Quijote.

– ¡Pecador de mí! – replicó Sancho –. Pues, ¿a qué aguarda vuestra merced a hacelle y a enseñármele?

– Calla, amigo – respondió don Quijote –; que mayores secretos pienso enseñarte, y mayores mercedes hacerte; y, por agora, curémonos, que la oreja me duele más de lo que yo quisiera.

Sacó Sancho de las alforjas hilas y ungüento. Mas cuando don Quijote llegó a ver rota su celada, pensó perder el juicio, y, puesta la mano en la espada y alzando los ojos al cielo, dijo:

2f. **antes que la sangre se yele:** etwa: bevor das Blut gerinnt (*yelar: helar:* erstarren, kalt werden). 4 **encajar algo:** etwas einpassen, einfügen. 11 **estremado/a:** außerordentlich. 12 **la onza:** Unze. 17 **el/la azumbre:** Flüssigkeitsmaß; ca. 2 l.

– Yo hago juramento al Criador de todas las cosas y a los santos cuatro Evangelios, donde más largamente están escritos, de hacer la vida que hizo el grande marqués de Mantua cuando juró de vengar la muerte de su sobrino Valdovinos, que fue de no comer pan a manteles, ni con su mujer folgar, y otras cosas que, aunque dellas no me acuerdo, las doy aquí por expresadas, hasta tomar entera venganza del que tal desaguisado me fizo.

Oyendo esto Sancho, le dijo:

– Advierta vuestra merced, señor don Quijote, que si el caballero cumplió lo que se le dejó ordenado de irse a presentar ante mi señora Dulcinea del Toboso, ya habrá cumplido con lo que debía, y no merece otra pena si no comete nuevo delito.

– Has hablado y apuntado muy bien – respondió don Quijote –; y así, anulo el juramento en cuanto lo que toca a tomar dél nueva venganza; pero hágole y confírmole de nuevo de hacer la vida que he dicho, hasta tanto que quite por fuerza otra celada tal y tan buena como ésta a algún caballero. [...]

– Que dé al diablo vuestra merced tales juramentos, señor mío – replicó Sancho –; que son muy en daño de la salud y muy en perjuicio de la conciencia.

1 **el criador:** Schöpfer, Gott. 2f. **donde más largamente están escritos:** etwa: ohne mich auf Einzelheiten einzulassen (Verweis auf eine juristische Formel). 4 **el marqués de Mantua:** s. Kap. I,5 5f. **comer a manteles** (loc.): fein essen. 6 **con su mujer folgar:** mit seiner Frau schlafen (*folgar: holgar:* sich amüsieren). 11 **advertir:** hier: zur Kenntnis nehmen und geben. 24 **el perjuicio:** Schaden, Synonym zu *el daño.*

Si no, dígame ahora: si acaso en muchos días no topamos hombre armado con celada, ¿qué hemos de hacer? ¿Hase de cumplir el juramento, a despecho de tantos inconvenientes e incomodidades, como será el dormir vestido, y el no dormir en poblado, y otras mil penitencias que contenía el juramento de aquel loco viejo del marqués de Mantua, que vuestra merced quiere revalidar ahora? Mire vuestra merced bien, que por todos estos caminos no andan hombres armados, sino harrieros y carreteros, que no sólo no traen celadas, pero quizá no las han oído nombrar en todos los días de su vida.

– Engáñaste en eso – dijo don Quijote –; porque no habremos estado dos horas por estas encrucijadas, cuando veamos más armados que los que vinieron sobre Albraca, a la conquista de Angélica la Bella.

– Alto, pues; sea así – dijo Sancho –, y a Dios prazga que nos suceda bien, y que se llegue ya el tiempo de ganar esta ínsula que tan cara me cuesta, y muérame yo luego.

– Ya te he dicho, Sancho, que no te dé eso cuidado alguno; que cuando faltare ínsula, ahí está el reino de Dinamarca [...], que te vendrán como anillo al dedo, y más que, por ser en tierra firme, te debes más alegrar. Pero dejemos esto para su tiempo, y mira si

4 **la incomodidad:** Unannehmlichkeit. 6 **la penitencia:** Buße. 8 **revalidar:** wieder einführen, erneut zur Geltung bringen. 10 **el carretero:** Fuhrmann. 16 **Albraca:** fiktiver Ort in Asien aus dem *Orlando innamorato* von Mateo Boiardo. **Angélica la Bella:** Frauenfigur aus dem *Orlando innamorato.* 17f. **prazga:** *plazga* (von *placer*).

traes algo en esas alforjas que comamos, porque vamos luego en busca de algún castillo donde alojemos esta noche y hagamos el bálsamo que te he dicho; porque yo te voto a Dios que me va doliendo mucho la oreja.

– Aquí trayo una cebolla, y un poco de queso, y no sé cuántos mendrugos de pan – dijo Sancho –; pero no son manjares que pertenecen a tan valiente caballero como vuestra merced.

– ¡Qué mal lo entiendes! – respondió don Quijote –; hágote saber, Sancho, que es honra de los caballeros andantes no comer en un mes, y, ya que coman, sea de aquello que hallaren más a mano; y esto se te hiciera cierto si hubieras leído tantas historias como yo; que aunque han sido muchas, en todas ellas no he hallado hecha relación de que los caballeros andantes comiesen, si no era acaso y en algunos suntuosos banquetes que les hacían, y los demás días se los pasaban en flores. Y aunque se deja entender que no podían pasar sin comer y sin hacer todos los otros menesteres naturales, porque, en efecto, eran hombres como nosotros, hase de entender también que andando lo más del tiempo de su vida por las florestas y despoblados, y sin cocinero, que su más ordinaria comida sería de viandas rústicas, tales como las que tú ahora me ofreces. Así que, Sancho amigo, no te congoje lo que a mí

6 **trayo:** *traigo* (von *traer*). 7 **el mendrugo:** Stück trockenes Brot. 8 **el manjar:** Essen, Speise, Delikatesse. 17 **suntuoso/a:** prächtig, üppig. 18f. **pasarse en flores:** etwa: sich von Luft und Liebe ernähren. 25 **la vianda:** Lebensmittel, Speise. 26 **(a)congojarse:** Sorge bereiten, belasten, bekümmern.

me da gusto; ni querrás tú hacer mundo nuevo, ni sacar la caballería andante de sus quicios.

– Perdóneme vuestra merced – dijo Sancho –; que como yo no sé leer ni escribir, como otra vez he dicho, no sé ni he caído en las reglas de la profesión caballeresca; y de aquí adelante yo proveeré las alforjas de todo género de fruta seca para vuestra merced, que es caballero, y para mí las proveeré, pues no lo soy, de otras cosas volátiles y de más sustancia.

[…]

Y sacando, en esto, lo que dijo que traía, comieron los dos en buena paz y compaña. Pero, deseosos de buscar donde alojar aquella noche, acabaron con mucha brevedad su pobre y seca comida. Subieron luego a caballo, y diéronse priesa por llegar a poblado antes que anocheciese; pero faltóles el sol, y la esperanza de alcanzar lo que deseaban, junto a unas chozas de unos cabreros, y así, determinaron de pasarla allí; que cuanto fue de pesadumbre para Sancho no llegar a poblado, fue de contento para su amo dormirla al cielo descubierto, por parecerle que cada vez que esto le sucedía era hacer un acto posesivo que facilitaba la prueba de su caballería.

1 f. **sacar de sus quicios:** aus den Angeln heben. 5 **caer en algo:** etwas begreifen, kapieren. 9 **volátil:** fliegend; flüchtend (auch *el volátil:* Geflügel; Wortspiel mit der Doppelbedeutung [1] sich verflüchtigend; [2] Geflügel). 17 f. **la choza de cabreros:** Hütte von Ziegenhirten. 22 **posesivo/a** (vielleicht irrtümlich für *positivo/a*): hier etwa: verdienstvoll.

Capítulo XI

## De lo que le sucedió a don Quijote con unos cabreros

Mit dem 11. Kapitel beginnt die erste von mehreren, z. T. umfangreichen eingeschobenen Geschichten, die in einer höheren Stillage geschrieben sind als die Haupthandlung und im Ersten Teil des Romans mehr als die Hälfte des Gesamttextes ausmachen. Die eingeschobenen Geschichten sind oft sehr kunstvoll mit der Haupthandlung verknüpft und haben, mit völlig anderem Personal, auch eine scheinbar andere Thematik, die nicht in komischer, sondern in ernster Form behandelt wird. Sie heben aber gleichzeitig die komischen Konflikte der Haupthandlung auf eine höhere Ebene. In der Marcela-Episode geht es um einen weiteren Fall von *locura*, nämlich um den Liebeswahn Grisóstomos – also des Mannes –, der glaubt, die von ihm angebetete Marcela – also die Frau – sei gleichsam verpflichtet, ihn zu erhören. Die Idee von der Gegenseitigkeit der Liebe stammt ursprünglich von Petrarca. Marcela wehrt sich dagegen in einer Weise, die man als ein frühes Plädoyer weiblicher Selbstbestimmung lesen kann. Überhaupt verbreiten die eingeschobenen Geschichten durchgängig ein anderes Frauenbild als die Haupthandlung. Während in der Haupthandlung nur konventionelle Frauenrollen zu finden sind, erscheinen die Protagonistinnen der eingeschobenen Geschichten durchweg gescheiter, vernünftiger, verantwortungsbewusster und stärker als die männlichen Figuren. Grisóstomo jedenfalls ist so wenig in sich gefestigt (und so unkritisch mit sich selbst), dass er aus Enttäuschung Selbstmord begeht.

In der Marcela-Episode taucht der Leser in eine andere literarische Welt ein als in die des Ritterromans: Es ist das Milieu des Schäferromans (einer anderen Modegattung jener Zeit), zuerst das der ›echten‹ Ziegenhirten, dann das der gebildeten Städter, die sich als Schäfer verkleiden. Insofern Grisóstomo das petrarkistische Liebesideal des Schäferromans vertritt, das dann von Marcela energisch bestritten wird, ist auch hier wieder Literatur-Kritik im Spiel. Das Stilniveau wird im Übrigen nicht mit einem Mal, sondern nach und nach angehoben. In Kapitel 11 überwiegt noch die Komik, wenn Don Quijote seine gelehrte Rede über das Goldene Zeitalter vor völlig verständnislosen Hirten zum Besten gibt, oder wenn er Pedro in Kapitel 12 sprachlich maßregelt. Der gleiche Pedro spricht aber schon am Ende des Kapitels selbst ziemlich gepflegt, und die abschließende Verteidigungsrede Marcelas in Kapitel 14 ist ein Muster gehobener und ernst zu nehmender Rhetorik, während der Redestil Don Quijotes vom Erzähler deutlich ironisiert wird.

———

Fue recogido de los cabreros con buen ánimo, y habiendo Sancho, lo mejor que pudo, acomodado a Rocinante y a su jumento, se fue tras el olor que despedían de sí ciertos tasajos de cabra que hirviendo al fuego en un caldero estaban; y aunque él quisiera en aquel mesmo punto ver si estaban en sazón de trasla-

26 **el tasajo:** Fleischstück. 27 **el caldero:** kleiner Kessel. 28 **en sazón:** zur rechten Zeit; gar.

darlos del caldero al estómago, lo dejó de hacer, porque los cabreros los quitaron del fuego, y, tendiendo por el suelo unas pieles de ovejas, aderezaron con mucha priesa su rústica mesa y convidaron a los dos, con muestras de muy buena voluntad, con lo que tenían. Sentáronse a la redonda de las pieles seis dellos, que eran los que en la majada había, habiendo primero con groseras ceremonias rogado a don Quijote que se sentase sobre un dornajo que vuelto del revés le pusieron. Sentóse don Quijote, y quedábase Sancho en pie para servirle la copa, que era hecha de cuerno. Viéndole en pie su amo, le dijo:

– Porque veas, Sancho, el bien que en sí encierra la andante caballería, y cuán a pique están los que en cualquiera ministerio della se ejercitan de venir brevemente a ser honrados y estimados del mundo, quiero que aquí a mi lado y en compañía desta buena gente te sientes, y que seas una mesma cosa conmigo, que soy tu amo y natural señor; que comas en mi plato y bebas por donde yo bebiere: porque de la caballería andante se puede decir lo mesmo que del [amor se dice]: que todas las cosas iguala.

– ¡Gran merced! – dijo Sancho –; pero sé decir a vuestra merced que como yo tuviese bien de comer, tan bien y mejor me lo comería en pie y a mis solas como sentado a par de un emperador. Y aún, si va a

4 **convidar:** einladen. 8 **grosero/a:** gewöhnlich, plump. 9 **el dornajo:** Trog, Kübel. 11 **el cuerno:** hier: Trinkgefäß aus Horn oder wie ein Horn geformt. 14 f. **cuán a pique ... mundo:** etwa: wie schnell man als Ritter auf Verehrung und Wertschätzung in der Welt stößt (*el ministerio* hier: Dienst; Unterabteilung [des Rittertums]). 26 **sentado/a a par** (fig.): auf ›Augenhöhe‹ daneben sitzend.

decir verdad, mucho mejor me sabe lo que como en mi rincón sin melindres ni respetos, aunque sea pan y cebolla, que los gallipavos de otras mesas donde me sea forzoso mascar despacio, beber poco, limpiarme a menudo, no estornudar ni toser si me viene gana, ni hacer otras cosas que la soledad y la libertad traen consigo. Así que, señor mío, estas honras que vuestra merced quiere darme por ser ministro y adherente de la caballería andante, como lo soy siendo escudero de vuestra merced, conviértalas en otras cosas que me sean de más cómodo y provecho; que éstas (aunque las doy por bien recibidas), las renuncio para desde aquí al fin del mundo.

– Con todo eso, te has de sentar; porque a quien se humilla, Dios le ensalza.

Y asiéndole por el brazo, le forzó a que junto dél se sentase.

No entendían los cabreros aquella jerigonza de escuderos y de caballeros andantes, y no hacían otra cosa que comer y callar, y mirar a sus huéspedes, que, con mucho donaire y gana, embaulaban tasajo como el puño. Acabado el servicio de carne, tendieron sobre las zaleas gran cantidad de bellotas avellanadas, y juntamente pusieron un medio queso, más duro que si fuera

2 **las melindres:** Geziertheit, Ziererei. 3 **el gallipavo:** das Non plus ultra an Geflügel: *gallo/gallina* + *pavo*. 4 **forzoso/a:** zwingend. **mascar:** kauen. 8 **ministro y adherente:** etwa: zugehörig zu. 15 **ensalzar:** erhöhen. 18 **la jerigonza:** Spezialsprache, Jargon. 21 **el donaire:** hier (fig.): Eifer. **embaular:** vollstopfen, schlingen. 23 **la zalea:** Schaffell, Sitzfell. **la bellota avellanada:** nach Haselnüssen schmeckende Eichel.

hecho de argamasa. No estaba, en esto, ocioso el cuerno, porque andaba a la redonda tan a menudo (ya lleno, ya vacío, como arcaduz de noria), que con facilidad vació un zaque de dos que estaban de manifiesto. Después que don Quijote hubo bien satisfecho su estómago, tomó un puño de bellotas en la mano, y, mirándolas atentamente, soltó la voz a semejantes razones:

– Dichosa edad y siglos dichosos aquellos a quien los antiguos pusieron nombre de dorados, y no porque en ellos el oro (que en esta nuestra edad de hierro tanto se estima) se alcanzase en aquella venturosa sin fatiga alguna, sino porque entonces los que en ella vivían ignoraban estas dos palabras de *tuyo* y *mío*. Eran en aquella santa edad todas las cosas comunes; a nadie le era necesario para alcanzar su ordinario sustento tomar otro trabajo que alzar la mano y alcanzarle de las robustas encinas, que liberalmente les estaban convidando con su dulce y sazonado fruto. Las claras fuentes y corrientes ríos, en magnífica abundancia, sabrosas y transparentes aguas les ofrecían. En las quiebras de las peñas y en lo hueco de los árboles formaban su república las solícitas y discretas

1 **la argamasa:** Mörtel. 3 **el arcaduz de noria:** Schöpfeimer am Wasserrad (*la noria:* Schöpfrad). 4 **el zaque:** Weinschlauch. **estar de manifiesto:** sichtbar sein. 8f. **los siglos dorados:** Don Quijotes (hier gekürzte) Rede über das Goldene Zeitalter steht in einer langandauernden humanistischen Tradition, die noch im berühmten *Discours* Rousseaus über die Gründe der Ungleichheit zwischen den Menschen ihre aufklärerische Fortsetzung findet. 11 **venturoso/a:** zu ergänzen: *edad*. 16 **el sustento:** Lebensunterhalt. 18 **sazonado/a:** reif; wohlschmeckend. 21 **la quiebra:** Riss, Spalte. 22 **solícito/a:** eifrig, fleißig.

abejas, ofreciendo a cualquiera mano, sin interés alguno, la fértil cosecha de su dulcísimo trabajo. Los valientes alcornoques despedían de sí, sin otro artificio que el de su cortesía, sus anchas y livianas cortezas, con que se comenzaron a cubrir las casas, sobre rústicas estacas sustentadas, no más que para defensa de las inclemencias del cielo. Todo era paz entonces, todo amistad, todo concordia; aún no se había atrevido la pesada reja del corvo arado a abrir ni visitar las entrañas piadosas de nuestra primera madre; que ella, sin ser forzada, ofrecía, por todas las partes de su fértil y espacioso seno, lo que pudiese hartar, sustentar y deleitar a los hijos que entonces la poseían.

[…] No había la fraude, el engaño ni la malicia mezcládose con la verdad y llaneza. La justicia se estaba en sus propios términos, sin que la osasen turbar ni ofender los del favor y los del interese, que tanto ahora la menoscaban, turban y persiguen. La ley del encaje aún no se había sentado en el entendimiento del juez, porque entonces no había que juzgar, ni quien fuese juzgado. Las doncellas y la honestidad andaban, como tengo dicho, por dondequiera,

2f. **el valiente alcornoque:** robuste Korkeiche. 4 **la liviana corteza:** leichtgewichtige Baumrinde. 6 **la estaca:** Pfahl. 7 **la inclemencia:** Unbarmherzigkeit, Unwirtlichkeit. 9 **la reja:** Gitter; hier: Pflugschar. **el corvo arado:** gekrümmter Pflug (*el arado:* Pflug; *corvo/a:* krumm). 10 **piadoso/a:** barmherzig. **la primera madre:** hier (fig.): Erde. 12 **el seno:** hier: Busen (der Natur). 13 **deleitar:** ergötzen. 14 **el fraude:** Betrug, Täuschung. 15 **la llaneza:** Offenheit, Ehrlichkeit. 16f. **turbar:** stören, trüben, durcheinanderbringen. 18 **menoscabar:** erniedrigen, entehren (*el menoscabo:* Entehrung, Beeinträchtigung). 18f. **la ley de encaje:** Willkürjustiz.

sola y señera, sin temor que la ajena desenvoltura y lascivo intento le menoscabasen, y su perdición nacía de su gusto y propia voluntad. Y agora, en estos nuestros detestables siglos, no está segura ninguna, aunque la oculte y cierre otro nuevo laberinto como el de Creta; [...]. Para cuya seguridad, andando más los tiempos y creciendo más la malicia, se instituyó la orden de los caballeros andantes, para defender las doncellas, amparar las viudas y socorrer a los huérfanos y a los menesterosos.

Desta orden soy yo, hermanos cabreros, a quien agradezco el gasaje y buen acogimiento que hacéis a mí y a mi escudero. Que, aunque por ley natural están todos los que viven obligados a favorecer a los caballeros andantes, todavía, por saber que sin saber vosotros esta obligación me acogistes y regalastes, es razón que, con la voluntad a mí posible, os agradezca la vuestra.

Toda esta larga arenga (que se pudiera muy bien escusar) dijo nuestro caballero, porque las bellotas que le dieron le trujeron a la memoria la edad dorada, y antojósele hacer aquel inútil razonamiento a los cabreros, que, sin repondelle palabra, embobados y suspensos, le estuvieron escuchando. Sancho asimes-

1 **sola y señera:** etwa: einsam und allein (*señero* ist Synonym und Verstärkung von *solo*). 4 **detestable:** abscheulich. 5 f. **el laberinto de Creta:** das – laut der griechischen Sage – von Daedalus geschaffene Labyrinth, in dem der Minotaurus eingeschlossen wurde. 6 **cuya seguridad**: *cuya* bezieht sich noch immer auf *doncellas.* 12 **el gasaje:** *el agasajo:* Geschenk; Essenseinladung, Bewirtung. 18 **la arenga:** Ansprache, Rede. 19 **excusar:** hier: weglassen, unterlassen. 22 f. **embobados y suspensos:** etwa: mit offenem Mund (*embobar:* verblüffen).

mo callaba y comía bellotas, y visitaba muy a menudo el segundo zaque que, porque se enfriase el vino, le tenían colgado de un alcornoque.

Más tardó en hablar don Quijote que en acabarse la cena; al fin de la cual uno de los cabreros dijo:

– Para que con más veras pueda vuestra merced decir, señor caballero andante, que le agasajamos con pronta y buena voluntad, queremos darle solaz y contento con hacer que cante un compañero nuestro que no tardará mucho en estar aquí; el cual es un zagal muy entendido y muy enamorado, y que, sobre todo, sabe leer y escribir y es músico de un rabel, que no hay más que desear.

Apenas había el cabrero acabado de decir esto cuando llegó a sus oídos el son del rabel, y de allí a poco llegó el que le tañía, que era un mozo de hasta veinte y dos años, de muy buena gracia. Preguntáronle sus compañeros si había cenado, y respondiendo que sí, el que había hecho los ofrecimientos le dijo:

– De esa manera, Antonio, bien podrás hacernos placer de cantar un poco, porque vea este señor huésped que tenemos quién; también por los montes y selvas hay quien sepa de música. Hémosle dicho tus buenas habilidades y deseamos que las muestres y nos saques verdaderos; y así, te ruego por tu vida que te sientes y cantes el romance de tus amores que te

8 **el solaz:** Erfrischung, Vergnügung (synonym mit *el contento*). 10f. **el zagal / la zagala:** junger Hirte / junge Hirtin. 12 **el rabel:** dreisaitige Hirtengeige. 23 **que tenemos quién:** etwa: auch wir haben jdn. aufzubieten. 26 **sacar verdadero a alg.:** jdn. bestätigen.

compuso el beneficiado tu tío, que en el pueblo ha parecido muy bien.

– Que me place – respondió el mozo.

Y sin hacerse más de rogar, se sentó en el tronco de una desmochada encina, y, templando su rabel, de allí a poco, con muy buena gracia, comenzó a cantar, diciendo desta manera:

ANTONIO

– Yo sé, Olalla, que me adoras,
puesto que no me lo has dicho
ni aun con los ojos siquiera,
mudas lenguas de amoríos.
Porque sé que eres sabida,
en que me quieres me afirmo;
que nunca fue desdichado
amor que fue conocido.
[…]

Con esto dio el cabrero fin a su canto; y aunque don Quijote le rogó que algo más cantase, no lo consintió Sancho Panza, porque estaba más para dormir que para oír canciones. Y así, dijo a su amo:

– Bien puede vuestra merced acomodarse desde luego adonde ha de posar esta noche; que el trabajo

5 **desmochar:** stutzen, zurückschneiden. **templar:** ein Instrument stimmen. 9f. **yo sé, Olalla, …:** Antonios 17strophige Liebesklage wird hier nur anzitiert; sie weist – als Einschub im Einschub – bereits auf das eigentliche Thema der eingeschobenen Geschichte hin: den Irrtum des Mannes, der glaubt, dass seine Liebe auf Gegenliebe stoßen müsse. 10 **puesto que:** obwohl. 13 **sabido/a:** klug.

que estos buenos hombres tienen todo el día no permite que pasen las noches cantando.

– Ya te entiendo, Sancho – le respondió don Quijote –; que bien se me trasluce que las visitas del zaque piden más recompensa de sueño que de música.

– A todos nos sabe bien, bendito sea Dios – respondió Sancho.

– No lo niego – replicó don Quijote –; pero acomódate tú donde quisieres, que los de mi profesión mejor parecen velando que durmiendo. Pero, con todo esto, sería bien, Sancho, que me vuelvas a curar esta oreja, que me va doliendo más de lo que es menester.

Hizo Sancho lo que se le mandaba, y, viendo uno de los cabreros la herida, le dijo que no tuviese pena, que él pondría remedio con que fácilmente se sanase. Y tomando algunas hojas de romero, de mucho que por allí había, las mascó y las mezcló con un poco de sal, y aplicándoselas a la oreja, se la vendó muy bien, asegurándole que no había menester otra medicina, y así fue la verdad.

4 **se me trasluce:** ich sehe wohl. 16 **el romero:** Rosmarin.

Capítulo XII

## De lo que contó un cabrero a los que estaban con don Quijote

In komischer Unbeholfenheit, die durch Don Quijotes Schulmeistereien noch verstärkt wird, setzt der Ziegenhirt Pedro die Anwesenden über Marcela und Grisóstomo ins Bild. Nicht nur Grisóstomo, sondern viele waren in die schöne junge Frau verliebt. Alle Bewerber aber wurden zurückgewiesen, weil *sie* nicht willens ist, sich schon so früh zu binden. Keiner der Männer kann das begreifen, so dass Marcela zunächst als kalt und überheblich erscheint. Für den nächsten Tag sind alle zum Begräbnis eingeladen.

---

Estando en esto, llegó otro mozo de los que les traían del aldea el bastimento, y dijo:

– ¿Sabéis lo que pasa en el lugar, compañeros?

– ¿Cómo lo podemos saber? – respondió uno dellos.

– Pues sabed – prosiguió el mozo – que murió esta mañana aquel famoso pastor estudiante llamado Grisóstomo, y se murmura que ha muerto de amores de aquella endiablada moza de Marcela, la hija de Gui-

15 **el bastimento:** *el abastecimiento:* Versorgung.

llermo el rico, aquella que se anda en hábito de pastora por esos andurriales.

– ¿Por Marcela dirás? – dijo uno.

– Por ésa digo – respondió el cabrero –. Y es lo bueno que mandó en su testamento que le enterrasen en el campo, como si fuera moro, y que sea al pie de la peña donde está la fuente del alcornoque, porque, según es fama, y él dicen que lo dijo, aquel lugar es adonde él la vio la vez primera. Y también mandó otras cosas, tales, que los abades del pueblo dicen que no se han de cumplir, ni es bien que se cumplan, porque parecen de gentiles. A todo lo cual responde aquel gran su amigo Ambrosio, el estudiante, que también se vistió de pastor con él, que se ha de cumplir todo, sin faltar nada, como lo dejó mandado Grisóstomo, y sobre esto anda el pueblo alborotado; mas, a lo que se dice, en fin se hará lo que Ambrosio y todos los pastores sus amigos quieren; y mañana le vienen a enterrar con gran pompa adonde tengo dicho. Y tengo para mí que ha de ser cosa muy de ver; a lo menos, yo no dejaré de ir a verla, si supiese no volver mañana al lugar.

– Todos haremos lo mesmo – respondieron los cabreros –; y echaremos suertes a quién ha de quedar a guardar las cabras de todos.

1 **en hábito de:** im Gewand von. 2 **los andurriales:** unwegsames Gelände, abgelegene Gegend. 6 **el moro:** Die spanischen Muslime durften nicht auf dem Friedhof begraben werden. 10 **el abad:** Abt, Priester. 12 **el/la gentil:** Heide, -in. 21 f. **si supiese no volver mañana al lugar:** etwa: auch wenn ich bis morgen nicht zurück sein kann. 24 **echar suerte:** losen.

– Bien dices, Pedro – dijo [uno] – ; aunque no será menester usar de esa diligencia, que yo me quedaré por todos. Y no lo atribuyas a virtud y a poca curiosidad mía, sino a que no me deja andar el garrancho que el otro día me pasó este pie.

– Con todo eso, te lo agradecemos – respondió Pedro.

Y don Quijote rogó a Pedro le dijese que muerto era aquél y qué pastora aquélla; a lo cual Pedro respondió que lo que sabía era que el muerto era un hijodalgo rico, vecino de un lugar que estaba en aquellas sierras, el cual había sido estudiante muchos años en Salamanca, al cabo de los cuales había vuelto a su lugar, con opinión de muy sabio y muy leído.

– Principalmente, decían que sabía la ciencia de las estrellas, y de lo que pasan, allá en el cielo, el sol y la luna, porque puntualmente nos decía el cris del sol y de la luna.

– *Eclipse* se llama, amigo, que no *cris*, el escurecerse esos dos luminares mayores – dijo don Quijote.

Mas Pedro, no reparando en niñerías, prosiguió su cuento, diciendo:

– Asimesmo adivinaba cuándo había de ser el año abundante o estil.

– *Estéril* queréis decir, amigo – dijo don Quijote.

2 **la diligencia:** hier: Vorkehrung. 4 **el garrancho:** Splitter, Dorn. 11 **el hijodalgo:** *el hidalgo.* 14 **la opinión:** hier: Ruf, Leumund. 18f. **el cris ... el eclipse:** Wortspiel; Pedro macht aus dem gelehrten Wort *eclipse* das einfache Wort *cris.* 20 **escurecer:** *oscurecer.* 21 **el luminar** (astro.): Leuchte, Leuchtkörper. 25f. **estil ... estéril:** erneute ›Umcodierung‹ eines gelehrten Wortes.

– *Estéril* o *estil* – respondió Pedro –, todo se sale allá. Y digo que con esto que decía se hicieron su padre y sus amigos, que le daban crédito, muy ricos, porque hacían lo que él les aconsejaba, diciéndoles: «– Sembrad este año cebada, no trigo; en éste podéis sembrar garbanzos y no cebada; el que viene será de guilla de aceite; los tres siguientes no se cogerá gota.»

– Esta ciencia se llama astrología – dijo don Quijote.

– No sé yo cómo se llama – replicó Pedro –; mas sé que todo esto sabía, y aún más. Finalmente, no pasaron muchos meses, después que vino de Salamanca, cuando un día remaneció vestido de pastor, con su cayado y pellico, habiéndose quitado los hábitos largos que como escolar traía; y juntamente se vistió con él de pastor otro su grande amigo, llamado Ambrosio, que había sido su compañero en los estudios. [...] Cuando los del lugar vieron tan de improviso vestidos de pastores a los dos escolares, quedaron admirados, y no podían adivinar la causa que les había movido a hacer aquella tan estraña mudanza. Ya en este tiempo era muerto el padre de nuestro Grisóstomo, y él quedó heredado en mucha cantidad de hacienda, así en muebles como en raíces, y en no pequeña cantidad de

1 f. **todo se sale allá** (fig.): das ist alles gleich. 3 **dar crédito a algo/alg.:** etwas/jdm. Glauben schenken, vertrauen. 6 **el garbanzo:** Kichererbse. 7 **la guilla de aceite:** reiche Olivenernte (*la guilla:* reiche Ernte). **no (ni) gota:** nicht das Geringste (auch: *no/ni miga*). 13 **remanecer:** erscheinen; hier: sich präsentieren. 14 **el cayado y (el) pellico:** Hirtenstab und -pelz. 24 **los (bienes) muebles:** bewegliche Güter. **los (bienes) raíces:** Liegenschaften, Immobilien, Ländereien.

ganado, mayor y menor, y en gran cantidad de dineros; de todo lo cual quedó el mozo señor desoluto, y en verdad que todo lo merecía, que era muy buen compañero y caritativo, y amigo de los buenos, y tenía una cara como una bendición. Después se vino a entender que el haberse mudado de traje no había sido por otra cosa que por andarse por estos despoblados en pos de aquella pastora Marcela que nuestro zagal nombró denantes, de la cual se había enamorado el pobre difunto de Grisóstomo. Y quiéroos decir agora, porque es bien que lo sepáis, quién es esta rapaza; quizá, y aun sin quizá, no habréis oído semejante cosa en todos los días de vuestra vida, aunque viváis más años que sarna.

– Decid *Sarra* – replicó don Quijote, no pudiendo sufrir el trocar de los vocablos del cabrero.

– Harto vive la sarna – respondió Pedro –; y si es, señor, que me habéis de andar zahiriendo a cada paso los vocablos, no acabaremos en un año.

– Perdonad, amigo – dijo don Quijote –; que por haber tanta diferencia de *sarna* a *Sarra* os lo dije; pero vos respondistes muy bien, porque vive más *sar-*

2 **desoluto:** Pedro, der sich schon die ganze Zeit mit der gehobenen Sprache schwertut, meint *absoluto.* 5 **como una bendición:** etwa: dass es eine reine Freude war. 7 f. **andar (ir) en pos de alg.:** hinter jdm. herlaufen, jdm. nachgehen. 9 **denantes:** *antes.* 10 **el difunto / la difunta:** Verstorbene(r). 11 **la rapaza:** junges Mädchen. 14 **la sarna:** Krätze; Pedro meint aber: *Sarra* oder *Sara*, wie man heute schreibt. Die biblische Sara, die Frau Abrahams, wurde angeblich 127 Jahre alt. 16 **trocar:** vertauschen, verwechseln. 17 **harto** (adv.): hier: lange Zeit. 18 **zaherir:** rügen, abkanzeln.

*na* que *Sarra*; y proseguid vuestra historia, que no os replicaré más en nada.

– Digo, pues, señor mío de mi alma – dijo el cabrero –, que en nuestra aldea hubo un labrador aún más rico que el padre de Grisóstomo, el cual se llamaba Guillermo, y al cual dio Dios, amén de las muchas y grandes riquezas, una hija de cuyo parto murió su madre, que fue la más honrada mujer que hubo en todos estos contornos. [...] De pesar de la muerte de tan buena mujer murió su marido Guillermo, dejando a su hija Marcela, muchacha y rica, en poder de un tío suyo sacerdote y beneficiado en nuestro lugar. Creció la niña con tanta belleza, que nos hacía acordar de la de su madre, que la tuvo muy grande; y, con todo esto, se juzgaba que le había de pasar la de la hija.

Y así fue, que cuando llegó a edad de catorce a quince años, nadie la miraba que no bendecía a Dios, que tan hermosa la había criado, y los más quedaban enamorados y perdidos por ella. Guardábala su tío con mucho recato y con mucho encerramiento; pero, con todo esto, la fama de su mucha hermosura se extendió de manera que así por ella como por sus muchas riquezas, no solamente de los de nuestro pueblo, sino de los de muchas leguas a la redonda, y de los mejores dellos, era rogado, solicitado e importunado su tío se la diese por mujer. Mas él, que a las derechas

11 **en poder de:** hier: unter dem Schutz von. 12 **el beneficiado:** Benefiziat; mit einem kirchlichen Amt und dem dazugehörigen Einkommen versehen. 20 **el recato:** Zurückgezogenheit. 24 **a la redonda:** im Umkreis. 25 **solicitar:** hier: umwerben. **importunar:** belästigen. 26 **a las derechas:** wahrhaft.

es buen cristiano, aunque quisiera casarla luego, así como la vía de edad, no quiso hacerlo sin su consentimiento, [...].

[...] Y en lo demás sabréis que, aunque el tío proponía a la sobrina y le decía las calidades de cada uno, en particular, de los muchos que por mujer la pedían, rogándole que se casase y escogiese a su gusto, jamás ella respondió otra cosa sino que por entonces no quería casarse, y que, por ser tan muchacha, no se sentía hábil para poder llevar la carga del matrimonio. Con estas que daba, al parecer, justas escusas, dejaba el tío de importunarla, y esperaba a que entrase algo más en edad y ella supiese escoger compañía a su gusto. Porque decía él, y decía muy bien, que no habían de dar los padres a sus hijos estado contra su voluntad. Pero hételo aquí, cuando no me cato, que remanece un día la melindrosa Marcela hecha pastora; y, sin ser parte su tío ni todos los del pueblo, que se lo desaconsejaban, dio en irse al campo con las demás zagalas del lugar, y dio en guardar su mesmo ganado. Y así como ella salió en público y su hermosura se vio al descubierto, no os sabré buenamente decir cuántos ricos mancebos, hidalgos y labradores han tomado el traje de Grisóstomo y la andan requebrando por esos campos. Uno de los cuales, como ya está di-

2 **la vía de edad:** *la veía de edad:* er sah sie im heiratsfähigen Alter. 7 **escoger:** (aus)wählen. 11 **con estas:** bezieht sich auf das nachfolgende *justas excusas.* 15 **dar estado** (arc.): *casar.* 16 **cuando no me cato:** wenn ich nicht darauf gefasst bin. 18 **sin ser parte:** ohne Billigung. 23 **el mancebo:** Bursche, junger Mann. 24 **requebrar:** den Hof machen.

cho, fue nuestro difunto, del cual decían que la dejaba de querer, y la adoraba.

Y no se piense que porque Marcela se puso en aquella libertad y vida tan suelta y de tan poco o de ningún recogimiento, que por eso ha dado indicio, ni por semejas, que venga en menoscabo de su honestidad y recato; antes es tanta y tal la vigilancia con que mira por su honra, que de cuantos la sirven y solicitan ninguno se ha alabado, ni con verdad se podrá alabar, que le haya dado alguna pequeña esperanza de alcanzar su deseo. Que, puesto que no huye ni se esquiva de la compañía y conversación de los pastores, y los trata cortés y amigablemente, en llegando a descubrirle su intención cualquiera dellos, aunque sea tan justa y santa como la del matrimonio, los arroja de sí como con un trabuco. Y con esta manera de condición hace más daño en esta tierra que si por ella entrara la pestilencia; porque su afabilidad y hermosura atrae los corazones de los que la tratan a servirla y a amarla; pero su desdén y desengaño los conduce a términos de desesperarse, y así, no saben qué decirle, sino llamarla a voces cruel y desagradecida, con otros títulos a éste semejantes, que bien la calidad de su

1 f. **la dejaba de querer, y la adoraba:** etwa: nicht genug damit, dass er sie liebte, er vergötterte sie sogar. 5 **el recogimiento:** Zurückgezogenheit (wie *el recato*). 5 f. **ni por semejas:** etwa: nicht einmal andeutungsweise (*la semeja:* Ähnlichkeit). 9 **alabarse:** sich rühmen. 11 **esquivarse:** ausweichen. 16 **el trabuco:** Steinschleuder; Muskete. **la manera de condición:** Verhalten. 18 **la pestilencia:** Pest. **la afabilidad:** Umgänglichkeit. 20 **el desdén:** Verachtung, Missachtung. **el desengaño:** Ernüchterung, Enttäuschung (*desengañar:* ernüchtern).

condición manifiestan. Y si aquí estuviésedes, señor, algún día, veríades resonar estas sierras y estos valles con los lamentos de los desengañados que la siguen.

[…] Aquí suspira un pastor, allí se queja otro; acullá se oyen amorosas canciones, acá desesperadas endechas. […] Y déste y de aquél, y de aquéllos y de éstos, libre y desenfadadamente triunfa la hermosa Marcela, y todos los que la conocemos estamos esperando en qué ha de parar su altivez y quién ha de ser el dichoso que ha de venir a domeñar condición tan terrible y gozar de hermosura tan estremada. Por ser todo lo que he contado tan averiguada verdad, me doy a entender que también lo es la que nuestro zagal dijo que se decía de la causa de la muerte de Grisóstomo. Y así os aconsejo, señor, que no dejéis de hallaros mañana a su entierro, que será muy de ver, porque Grisóstomo tiene muchos amigos, y no está de este lugar a aquel donde manda enterrarse media legua.

– En cuidado me lo tengo – dijo don Quijote –, y agradézcoos el gusto que me habéis dado con la narración de tan sabroso cuento.

[…]

4f. **acullá ..., acá ...:** hier ..., dort ... . 5f. **la endecha:** Klagelied (wie die Liebesklage Antonios, s. o., oder die *Canción de Grisóstomo*, s. u.). 7 **desenfadadamente:** etwa: zwanglos, lachend. 9 **la altivez:** Hochmut. 10 **domeñar:** bändigen. 17f. **y no está de este lugar ... legua:** und von hier bis zum Begräbnisort ist es nicht einmal eine halbe Meile. 20 **en cuidado me lo tengo:** ich werde mir's merken.

## Capítulo XIV

# Donde se ponen los versos desesperados del difunto pastor, con otros no esperados sucesos

In Kapitel 13 (hier übersprungen) wird zunächst Don Quijote von Vivaldo, einem weiteren Teilnehmer am Begräbnis des Grisóstomo, wegen der – nach Vivaldos Meinung häresieverdächtigen – Vergötterung Dulcineas kritisiert. Anschließend lobt Ambrosio seinen Freund Grisóstomo in den höchsten Tönen, während er die Vorwürfe gegen Marcela noch verschärft.

Das 14. Kapitel beginnt mit der Verlesung einer langen Liebesklage aus der Hinterlassenschaft Grisóstomos, von der hier nur die ersten sechs Verse (von 133) wiedergegeben werden. Im Unterschied zu den bisherigen Beschuldigungen von Seiten Dritter enthält sie eine direkte Anklage des Betroffenen. Damit ist die ›Männerfront‹ gegen Marcela komplett. Aber plötzlich erscheint sie selbst und verteidigt sich so brillant, dass niemand mehr etwas gegen sie vorzubringen wagt.

Der ›gehobene Stil‹ dieses Kapitels verlangt vom Leser Geduld. Die Rede Marcelas, der Höhepunkt der eingeschobenen Geschichte, wird hier leicht gekürzt.

CANÇIÓN DE GRISÓSTOMO

Ya que quieres, crüel, que se publique
de lengua en lengua y de una en otra gente
del áspero rigor tuyo la fuerza,
haré que el mesmo infierno comunique
al triste pecho mío un son doliente,
con que el uso común de mi voz tuerza.
[...]

Bien les pareció, a los que escuchado habían, la canción de Grisóstomo, puesto que el que la leyó dijo que no le parecía que conformaba con la relación que él había oído del recato y bondad de Marcela, porque en ella se quejaba Grisóstomo de celos, sospechas y de ausencia, todo en perjuicio del buen crédito y buena fama de Marcela. A lo cual respondió Ambrosio, como aquel que sabía bien los más escondidos pensamientos de su amigo:

– Para que, señor, os satisfagáis desa duda, es bien que sepáis que cuando este desdichado escribió esta canción estaba ausente de Marcela, de quien él se había ausentado por su voluntad, por ver si usaba con él la ausencia de sus ordinarios fueros; y como al enamorado ausente no hay cosa que no le fatigue ni te-

4 **áspero/a:** rau, barsch. **el rigor:** Strenge. 6 **el son doliente:** trauriger Ton (*doliente:* trauernd). 7 **con que ... mi voz tuerza:** bezieht sich auf *son doliente*, der die normale Stimme entstellt. 14 **la ausencia:** Abwesenheit; hier: Trennung. **el crédito:** Renommee. 21 f. **por ver si usaba ... ordinarios fueros:** etwa: um zu sehen, ob die Entfernung von seinem gewöhnlichen Aufenthaltsort (wo er unter Marcelas direktem Einfluss steht) etwas nützt. 23 **fatigar:** ermüden; hier: belasten.

mor que no le dé alcance, así le fatigaban a Grisóstomo los celos imaginados y las sospechas temidas como si fueran verdaderas. Y con esto queda en su punto la verdad que la fama pregona de la bondad de Marcela; la cual, fuera de ser cruel, y un poco arrogante, y un mucho desdeñosa, la mesma envidia ni debe ni puede ponerle falta alguna.

– Así es la verdad – respondió Vivaldo.

Y queriendo leer otro papel de los que había reservado del fuego, lo estorbó una maravillosa visión (que tal parecía ella) que improvisamente se les ofreció a los ojos; y fue que por cima de la peña donde se cavaba la sepultura pareció la pastora Marcela, tan hermosa, que pasaba a su fama su hermosura. Los que hasta entonces no la habían visto la miraban con admiración y silencio; y los que ya estaban acostumbrados a verla no quedaron menos suspensos que los que nunca la habían visto. Mas apenas la hubo visto Ambrosio, cuando con muestras de ánimo indignado le dijo:

– ¿Vienes a ver, por ventura, ¡oh fiero basilisco destas montañas!, si con tu presencia vierten sangre las heridas deste miserable a quien tu crueldad quitó la vida? ¿O vienes a ufanarte en las crueles hazañas de tu condición, o a ver desde esa altura, como otro

4 **pregonar:** ausrufen, verkünden. 5 **la cual:** *a la cual.* 6 **desdeñoso/a:** geringschätzig, hochmütig. 12 **la cima:** Spitze, Gipfel. **cavar:** graben. 14 **pasar:** hier: übertreffen. 19 **indignado/a:** entrüstet (*la indignación:* Entrüstung; Unwillen). 20 **el basilisco:** dem Basilisk wird nachgesagt, dass sein Anblick tötet. 21 **verter:** ausgießen; hier: Blut vergießen. 23 **ufanarse en (con) algo:** sich mit etwas brüsten, sich einer Sache rühmen. 24 **la condición:** Natur, Naturell, Veranlagung.

despiadado Nero, el incendio de su abrasada Roma, o a pisar arrogante este desdichado cadáver, como la ingrata hija al de su padre Tarquino? Dinos presto a lo que vienes, [...].

– No vengo, ¡oh Ambrosio!, a ninguna cosa de las que has dicho – respondió Marcela –, sino a volver por mí misma, y a dar a entender cuán fuera de razón van todos aquellos que de sus penas y de la muerte de Grisóstomo me culpan; y así, ruego a todos los que aquí estáis me estéis atentos, que no será menester mucho tiempo ni gastar muchas palabras para persuadir una verdad a los discretos.

Hízome el cielo, según vosotros decís, hermosa, y de tal manera, que, sin ser poderosos a otra cosa, a que me améis os mueve mi hermosura, y por el amor que me mostráis, decís, y aun queréis, que esté yo obligada a amaros. Yo conozco, con el natural entendimiento que Dios me ha dado, que todo lo hermoso es amable; mas no alcanzo que, por razón de ser amado, esté obligado lo que es amado por hermoso a amar a quien le ama. Y más, que podría acontecer que el amador de lo hermoso fuese feo, y siendo lo feo digno de ser aborrecido, cae muy mal el decir: «Quiérote por hermosa; hasme de amar aunque sea feo.» Pero, puesto caso que corran igualmente las hermosuras, no por eso han de correr iguales los deseos, que no todas hermosuras enamoran; que algunas ale-

1 **despiadado/a:** unbarmherzig. 3 **ingrato/a:** undankbar. **ingrata hija al de su padre Tarquino:** Anspielung auf Tullia, die aber nicht die Tochter, sondern die Gattin des römischen Königs Tarquinius war. 23 **aborrecer:** verabscheuen. 25 **correr igualmente:** gleichwertig sein.

gran la vista y no rinden la voluntad; que si todas las bellezas enamorasen y rindiesen, sería un andar las voluntades confusas y descaminadas, sin saber en cuál habían de parar; porque, siendo infinitos los sujetos hermosos, infinitos habían de ser los deseos. Y, según yo he oído decir, el verdadero amor no se divide, y ha de ser voluntario, y no forzoso. Siendo esto así, como yo creo que lo es, ¿por qué queréis que rinda mi voluntad por fuerza, obligada no más de que decís que me queréis bien? Si no, decidme: si como el cielo me hizo hermosa me hiciera fea, ¿fuera justo que me quejara de vosotros porque no me amábades? Cuanto más, que habéis de considerar que yo no escogí la hermosura que tengo, que, tal cual es, el cielo me la dio de gracia, sin yo pedilla ni escogella. Y así como la víbora no merece ser culpada por la ponzoña que tiene, puesto que con ella mata, por habérsela dado naturaleza, tampoco yo merezco ser reprehendida por ser hermosa; que la hermosura en la mujer honesta es como el fuego apartado o como la espada aguda: que ni él quema ni ella corta a quien a ellos no se acerca. […]

Yo nací libre, y para poder vivir libre escogí la soledad de los campos. Los árboles destas montañas son mi compañía, las claras aguas destos arroyos mis espejos; con los árboles y con las aguas comunico mis pensamientos y hermosura. Fuego soy apartado y espada

1 **rendir la voluntad:** den Willen beugen, schwächen. 2 **sería un andar:** *andarían*. 3 **descaminado/a:** verirrt; fehlgeleitet. 16 **la víbora:** Viper. **la ponzoña:** Gift. 20 **agudo/a:** spitz, scharf. 25 **el arroyo:** Bach.

puesta lejos. A los que he enamorado con la vista he desengañado con las palabras. Y si los deseos se sustentan con esperanzas, no habiendo yo dado alguna a Grisóstomo ni a otro alguno, en fin, de ninguno dellos, bien se puede decir que antes le mató su porfía que mi crueldad. Y si se me hace cargo que eran honestos sus pensamientos, y que por esto estaba obligada a corresponder a ellos, digo que cuando en ese mismo lugar donde ahora se cava su sepultura me descubrió la bondad de su intención, le dije yo que la mía era vivir en perpetua soledad, […]; y si él, con todo este desengaño, quiso porfiar contra la esperanza y navegar contra el viento, ¿qué mucho que se anegase en la mitad del golfo de su desatino? Si yo le entretuviera, fuera falsa; si le contentara, hiciera contra mi mejor intención y prosupuesto. Porfió desengañado, desesperó sin ser aborrecido: ¡mirad ahora si será razón que de su pena se me dé a mí la culpa! Quéjese el engañado, desespérese aquel a quién le faltaron las prometidas esperanzas, confíese el que yo llamare, ufánese el que yo admitiere; pero no me llame cruel ni homicida aquel a quien yo no prometo, engaño, llamo ni admito.

El cielo aún hasta ahora no ha querido que yo ame por destino, y el pensar que tengo de amar por elección es escusado. Este general desengaño sirva a cada

5 **la porfía:** Eigensinn, Hartnäckigkeit. 13f. **anegarse en la mitad del golfo de su desatino:** mitten im Golf der eigenen Torheit Schiffbruch erleiden (*el desatino: la locura*). 14 **entretener:** hier: Hoffnung machen. 16 **el prosupuesto:** etwa: Vorsatz. 21 **homicida:** mörderisch. 24 **por destino:** etwa: vom Schicksal gezwungen. 24f. **por elección:** etwa: aus eigenem Antrieb.

uno de los que me solicitan de su particular provecho; [...]. Yo, como sabéis, tengo riquezas propias y no codicio las ajenas; tengo libre condición y no gusto de sujetarme; ni quiero ni aborrezco a nadie. No engaño a éste, ni solicito aquél; ni burlo con uno, ni me entretengo con el otro. La conversación honesta de las zagalas destas aldeas y el cuidado de mis cabras me entretiene. Tienen mis deseos por término estas montañas, y si de aquí salen, es a contemplar la hermosura del cielo, pasos con que camina el alma a su morada primera.

Y en diciendo esto, sin querer oír respuesta alguna, volvió las espaldas y se entró por lo más cerrado de un monte que allí cerca estaba, dejando admirados, tanto de su discreción como de su hermosura, a todos los que allí estaban. Y algunos dieron muestras (de aquellos que de la poderosa flecha de los rayos de sus bellos ojos estaban heridos) de quererla seguir, sin aprovecharse del manifiesto desengaño que habían oído. Lo cual visto por don Quijote, pareciéndole que allí venía bien usar de su caballería, socorriendo a las doncellas menesterosas, puesta la mano en el puño de su espada, en altas e inteligibles voces, dijo:

– Ninguna persona, de cualquier estado y condición que sea, se atreva a seguir a la hermosa Marcela, so pena de caer en la furiosa indignación mía. Ella ha mostrado con claras y suficientes razones la poca o ninguna

2f. **codiciar:** begehren (*la codicia:* Raffgier). 3f. **sujetarse:** sich (als Frau) unterordnen, unterwerfen. 16 **la flecha:** Pfeil. 19 **lo cual visto por don Quijote ...:** Immer wenn Don Quijote vernünftig handelt, wird seiner Ritterlichkeit Autorität zuerkannt; lächerlich macht er sich nur dann, wenn er die Sachlage verkennt. 22 **inteligible:** vernehmlich, deutlich hörbar. 24f. **so pena:** etwa: bei Strafe.

culpa que ha tenido en la muerte de Grisóstomo, y cuán ajena vive de condescender con los deseos de ninguno de sus amantes; a cuya causa es justo que, en lugar de ser seguida y perseguida, sea honrada y estimada de todos los buenos del mundo, pues muestra que en él ella es sola la que con tan honesta intención vive.

O ya que fuese por las amenazas de don Quijote, o porque Ambrosio les dijo que concluyesen con lo que a su buen amigo debían, ninguno de los pastores se movió ni apartó de allí hasta que, acabada la sepultura y abrasados los papeles de Grisóstomo, pusieron su cuerpo en ella, no sin muchas lágrimas de los circunstantes. Cerraron la sepultura con una gruesa peña, en tanto que se acababa una losa que, según Ambrosio dijo, pensaba mandar hacer, con un epitafio que había de decir desta manera:

Yace aquí de un amador
el mísero cuerpo helado,
que fue pastor de ganado,
perdido por desamor.
Murió a manos del rigor
de una esquiva hermosa ingrata,
con quien su imperio dilata
la tiranía de amor.

[…]

---

2 **condescender:** sich herablassen, sich einlassen auf, entgegenkommend sein. 3 **a cuya causa:** deshalb. 14 **la losa:** Grabplatte. 15 **el epitafio:** Grabinschrift. 22 **esquivo/a:** spröde, abweisend. 23 **dilatar:** ausweiten.

*Zu Kapitel 15–19*

Ab Kapitel 15 des Ersten Teils rückt die Haupthandlung mit Don Quijote und Sancho Panza wieder in den Vordergrund, wobei Don Quijote reichlich Prügel für seine Irrtümer bezieht. Im 15. Kapitel allerdings ›irrt‹ sich Rocinante, der, obwohl sonst immer müde, von einem plötzlichen sexuellen Begehren befallen wird und dieses an friedlich weidenden Stuten befriedigen will, die ihn zurückweisen: eine deutliche Wiederaufnahme des Marcela-Motivs, jetzt auf niederer, komischer Ebene. In Kapitel 16 spielt Don Quijote sich selbst als höfischer Liebhaber auf. Das Objekt seiner (allerdings rein literarischen) Begierde ist die – sich ebenfalls sträubende – Schenkenmagd Maritornes, die er für das Burgfräulein hält, worauf er von dem echten Liebhaber der Maritornes verdroschen wird: abermals in komischer Verzerrung des Marcela-Motivs, mit Aufzeigung der Grenzen mittels Prügel. In Kapitel 17 ist vom ›durchschlagenden‹ (genauer: vom Durchfall verursachenden) Erfolg des Fierabras-Zaubertrankes die Rede, durch dessen Genuss die beiden zerschlagenen Helden keine Heilung, sondern noch mehr Pein erfahren. Im 18. Kapitel findet die Schlacht mit den ›Heerscharen‹ statt, die in Wirklichkeit Schafherden sind: Don Quijote bezahlt den Irrtum mit dem Verlust einiger Zähne. In Kapitel 19 gibt es eine überraschende Variante, weil hier tatsächlich Wundersames geschieht: eine schauerliche, nächtliche, von Fackeln erleuchtete Prozession von Kapuzenmännern wird von Don Quijote zunächst angegriffen. Als ihm aber erklärt wird, um was es sich handelt (um einen von mehreren Priestern begleiteten Leichentransport), entschuldigt er sich. Gleichzeitig wird ihm in diesem Kapitel von Sancho Panza der Beiname eines *Caballero de la triste figura* verliehen, was von Sancho als Spaß mit Bezug auf Don Quijotes Physiognomie gemeint ist, von Don Quijote selbst aber als Auszeichnung verstanden wird, als ob er ein anderer Yvain wäre, dem der Ehrentitel des »Löwenritters« zuteil wurde.

## Capítulo XX

**De la jamás vista ni oída aventura que con más poco peligro fue acabada de famoso caballero en el mundo, como la que acabó el valeroso don Quijote de la Mancha**

Das 20. Kapitel ist eines der schönsten des Ersten Teils. Zum einen kommt es hier, obwohl alle Umstände höchst abenteuerlich wirken, nicht zur Aktion, und zwar deshalb, weil Don Quijote in der Dunkelheit nichts sehen kann: ein schöner Beleg dafür, dass auch der Phantast noch auf Empirie angewiesen ist. Zum anderen probiert der zuerst erschrockene, am Ende aber spöttische Sancho Panza hier aus, wie nahe er seinem Herrn treten darf. Der sorgt am Schluss für Distanz. Gegenseitiger Respekt: ja! Kumpanei: nein!

---

No es posible, señor mío, sino que estas yerbas dan testimonio de que por aquí cerca debe de estar alguna fuente o arroyo que estas yerbas humedece, y así, será bien que vamos un poco más adelante; que ya toparemos donde podamos mitigar esta terrible sed que nos fatiga, que, sin duda, causa mayor pena que la hambre.

Parecióle bien el consejo a don Quijote, y tomando

16 **la yerba:** *la hierba.* 20 **mitigar:** mildern; stillen.

de la rienda a Rocinante, y Sancho del cabestro a su asno, después de haber puesto sobre él los relieves que de la cena quedaron, comenzaron a caminar por el prado arriba a tiento, porque la escuridad de la noche no les dejaba ver cosa alguna; mas no hubieron andado doscientos pasos cuando llegó a sus oídos un grande ruido de agua, como que de algunos grandes y levantados riscos se despeñaba. Alegróles el ruido en gran manera; y parándose a escuchar hacia qué parte sonaba, oyeron a deshora otro estruendo que les aguó el contento del agua, especialmente a Sancho, que naturalmente era medroso y de poco ánimo. Digo que oyeron que daban unos golpes a compás, con un cierto crujir de hierros y cadenas, que, acompañados del furioso estruendo del agua, pusieran pavor a cualquier otro corazón que no fuera el de don Quijote.

Era la noche, como se ha dicho, escura, y ellos acertaron a entrar entre unos árboles altos, cuyas hojas, movidas del blando viento, hacían un temeroso y manso ruido; de manera que la soledad, el sitio, la escuridad, el ruido del agua con el susurro de las hojas, todo causaba horror y espanto, y más cuando vieron que ni los golpes cesaban, ni el viento dormía, ni la mañana llegaba; añadiéndose a todo esto el ignorar el lugar donde se hallaban. Pero don Quijote, acompa-

2 **los relieves:** Überbleibsel; Essensreste. 4 **a tiento:** tastend. 8 **el risco:** steiler Felsen; Klippe. **despeñarse:** sich (herab)stürzen. 10 **a deshora:** ungelegen; hier: plötzlich. **aguar:** verwässern; verderben. 13 **a(l) compás:** im Takt. 14 **crujir:** knistern, knirschen, rasseln. 15 **el pavor:** Entsetzen, Grauen. 20 **manso/a:** lau, sanft. 21 **el susurro:** Säuseln.

ñado de su intrépido corazón, saltó sobre Rocinante, y, embrazando su rodela, terció su lanzón y dijo:

– Sancho amigo, has de saber que yo nací, por querer del cielo, en esta nuestra edad de hierro, para resucitar en ella la de oro, o la dorada, como suele llamarse. Yo soy aquel para quien están guardados los peligros, las grandes hazañas, los valerosos hechos. Yo soy, digo otra vez, quien ha de resucitar los de la Tabla Redonda, los Doce de Francia y los Nueve de la Fama, y el que ha de poner en olvido los Platires, los Tablantes, Olivantes y Tirantes, los Febos y Belianises, con toda la caterva de los famosos caballeros andantes del pasado tiempo, haciendo en este en que me hallo tales grandezas, estrañezas y fechos de armas, que escurezcan las más claras que ellos ficieron. Bien notas, escudero fiel y legal, las tinieblas desta noche, su estraño silencio, el sordo y confuso estruendo destos árboles, el temeroso ruido de aquella agua en cuya busca venimos, que parece que se despeña y derrumba desde los altos montes de la Luna, y aquel incesable golpear que nos hiere y lastima los oídos; las cuales cosas, todas juntas y cada una por sí, son bastantes a infundir miedo, temor y espanto en el pe-

1 **intrépido/a:** unerschrocken. 2 **terciar:** umhängen; hier: schultern. 8f. **la Tabla redonda ...:** Don Quijote bildet sich ein, alle vergangenen Heroen, von den Rittern der Tafelrunde bis zu denen der Ritterromane, in den Schatten stellen zu können. Dabei hat seine lange Selbstermutigung durchaus etwas vom Pfeifen im Walde. 12 **la caterva** (pey.): Masse, Bande. 16 **la tiniebla:** Finsternis. 17 **sordo/a:** taub; hier: dumpf. 20 **derrumbar:** herabstürzen. **los montes de la Luna:** gemeint ist der Nil, der nach den Vorstellungen der Cervanteszeit am *Monte de la Luna* in Äthiopien entsprungen sein soll. 21 **incesable:** unaufhörlich. 23 **infundir:** einflößen.

cho del mesmo Marte, cuanto más en aquel que no está acostumbrado a semejantes acontecimientos y aventuras. […] Así que, aprieta un poco las cinchas a Rocinante, y quédate a Dios, y espérame aquí hasta tres días no más, en los cuales, si no volviere, puedes tú volverte a nuestra aldea, y desde allí, por hacerme merced y buena obra, irás al Toboso, donde dirás a la incomparable señora mía Dulcinea que su cautivo caballero murió por acometer cosas que le hiciesen digno de poder llamarse suyo.

Cuando Sancho oyó las palabras de su amo, comenzó a llorar con la mayor ternura del mundo, y a decille:

– Señor, yo no sé por qué quiere vuestra merced acometer esta tan temerosa aventura; ahora es de noche, aquí no nos vee nadie; bien podemos torcer el camino y desviarnos del peligro, aunque no bebamos en tres días; y pues no hay quien nos vea, menos habrá quien nos note de cobardes; cuanto más que yo he oído predicar al cura de nuestro lugar, que vuestra merced bien conoce, que quien busca el peligro perece en él; así, que no es bien tentar a Dios acometiendo tan desaforado hecho, donde no se puede escapar sino por milagro, […]. Y cuando todo esto no mueva ni ablande ese duro corazón, muévale el pensar y creer que apenas se habrá vuestra merced apartado de aquí, cuando yo, de miedo, dé mi ánima a quien quisiere llevarla. Yo salí de mi tierra y dejé hijos y mujer por venir a servir a vuestra merced, creyendo

1 **Marte:** der Kriegsgott Mars. 22 **tentar a alg.:** jdn. versuchen, jdn. auf die Probe stellen.

valer más y no menos; pero como la codicia rompe el saco, a mí me ha rasgado mis esperanzas, pues cuando más vivas las tenía de alcanzar aquella negra y malhadada ínsula que tantas veces vuestra merced me ha prometido, veo que, en pago y trueco della, me quiere ahora dejar en un lugar tan apartado del trato humano. Por un solo Dios, señor mío, que non se me faga tal desaguisado; y ya que del todo no quiera vuestra merced desistir de acometer este fecho, dilátelo, a lo menos, hasta la mañana; que, a lo que a mí me muestra la ciencia que aprendí cuando era pastor, no debe de haber desde aquí al alba tres horas, [...].

– Falte lo que faltare – respondió don Quijote –; que no se ha de decir por mí, ahora ni en ningún tiempo, que lágrimas y ruegos me apartaron de hacer lo que debía a estilo de caballero; y así, te ruego, Sancho, que calles; que Dios, que me ha puesto en corazón de acometer ahora esta tan no vista y tan temerosa aventura, tendrá cuidado de mirar por mi salud y de consolar tu tristeza. Lo que has de hacer es apretar bien las cinchas a Rocinante, y quedarte aquí; que yo daré la vuelta presto, o vivo o muerto.

Viendo, pues, Sancho la última resolución de su amo, y cuán poco valían con él sus lágrimas, consejos

1 **valer más:** sich verbessern; aufsteigen. 2 **me ha rasgado mis esperanzas:** meine Hoffnungen wurden zunichte gemacht. 3 **malhadado/a:** unglückselig, verdammt. 7 **non se me faga:** Vor lauter Angst redet Sancho hier so altertümlich wie Don Quijote, dem er sich damit sprachlich annähert, bevor er dann auch Körperkontakt zu ihm sucht. 9 **desistir:** ablassen, aufgeben. **dilatar:** hier: verschieben.

y ruegos, determinó de aprovecharse de su industria, y hacerle esperar hasta el día, si pudiese; y así, cuando apretaba las cinchas al caballo, bonitamente y sin ser sentido, ató con el cabestro de su asno ambos pies a Rocinante, de manera que cuando don Quijote se quiso partir, no pudo, porque el caballo no se podía mover sino a saltos. Viendo Sancho Panza el buen suceso de su embuste, dijo:

– Ea, señor, que el cielo, conmovido de mis lágrimas y plegarias, ha ordenado que no se pueda mover Rocinante; y si vos queréis porfiar, y espolear, y dalle, será enojar a la Fortuna, y dar coces, como dicen, contra el aguijón.

Desesperábase con esto don Quijote, y, por más que ponía las piernas al caballo, menos le podía mover; y, sin caer en la cuenta de la ligadura, tuvo por bien de sosegarse y esperar, o a que amaneciese, o a que Rocinante se menease, creyendo, sin duda, que aquello venía de otra parte que de la industria de Sancho; y así, le dijo:

– Pues así es, Sancho, que Rocinante no puede moverse, yo soy contento de esperar a que ría el alba, aunque yo llore lo que ella tardare en venir.

– No hay que llorar – respondió Sancho –, que yo

1 **la industria:** hier: Geschick; List. (Zum ersten Mal setzt Sancho hier – wie ein Schwejk avant la lettre – Bauernschläue gegen Todesmut.) 10 **la plegaria:** Gebet, Bitte. 11 **espolear:** die Sporen geben. **dalle** (arc.): *dale* (von *dar*): etwa: und wie! (Verstärkungsformel). 12 f. **dar coces contra el aguijón** (fig.): mit Huftritten gegen den Stachel (des Antreibers) ausschlagen; also: etwas Sinnloses tun (*el coz:* Hufschlag; *el aguijón:* Stachel). 16 **la ligadura:** Fessel.

entretendré a vuestra merced contando cuentos desde aquí al día, si ya no es que se quiere apear y echarse a dormir un poco sobre la verde yerba, a uso de caballeros andantes, para hallarse más descansado cuando llegue el día y punto de acometer esta tan desemejable aventura que le espera.

– ¿A qué llamas apear, o a qué dormir? – dijo don Quijote –. ¿Soy yo, por ventura, de aquellos caballeros que toman reposo en los peligros? Duerme tú, que naciste para dormir, o haz lo que quisieres, que yo haré lo que viere que más viene con mi pretensión.

– No se enoje vuestra merced, señor mío – respondió Sancho –, que no lo dije por tanto.

Y llegándose a él, puso la una mano en el arzón delantero y la otra en el otro, de modo que quedó abrazado con el muslo izquierdo de su amo, sin osarse apartar dél un dedo: tal era el miedo que tenía a los golpes, que todavía alternativamente sonaban. Díjole don Quijote que contase algún cuento para entretenerle, como se lo había prometido, a lo que Sancho dijo que sí hiciera, si le dejara el temor de lo que oía.

– Pero, con todo eso, yo me esforzaré a decir una historia, que, si la acierto a contar y no me van a la mano, es la mejor de las historias; y estéme vuestra merced atento, que ya comienzo. «Érase que se era, el bien que viniere para todos sea, y el mal, para quien lo

5f. **desemejable:** unvergleichlich. 11 **la pretensión:** Absicht, Zielvorstellung, Anspruch, Streben. 14 **el arzón:** Sattelbogen, Sattelbaum. 23f. **y no me van a la mano:** etwa: und ich nicht gestört werde. 25 **Érase que se era …:** traditionelle Einleitungsformel für eine volkstümliche Erzählung.

fuere a buscar ...» Y advierta vuestra merced, señor mío, que el principio que los antiguos dieron a sus consejas no fue así como quiera, que fue una sentencia de Catón Zonzorino, romano, que dice: «Y el mal, para quien le fuere a buscar,» que viene aquí como anillo al dedo, para que vuestra merced se esté quedo, y no vaya a buscar el mal a ninguna parte, sino que nos volvamos por otro camino, pues nadie nos fuerza a que sigamos éste, donde tantos miedos nos sobresaltan.

– Sigue tu cuento, Sancho – dijo don Quijote –, y del camino que hemos de seguir déjame a mí el cuidado.

– Digo, pues – prosiguió Sancho –, que en un lugar de Estremadura había un pastor cabrerizo, quiero decir que guardaba cabras, el cual pastor o cabrerizo, como digo, de mi cuento, se llamaba Lope Ruiz, y este Lope Ruiz andaba enamorado de una pastora que se llamaba Torralba, la cual pastora llamada Torralba era hija de un ganadero rico, y este ganadero rico ...»

– Si desa manera cuentas tu cuento, Sancho – dijo don Quijote –, repitiendo dos veces lo que vas diciendo, no acabarás en dos días; dilo seguidamente, y cuéntalo como hombre de entendimiento, y si no, no digas nada.

3 **la conseja:** Fabel, lehrhafte Erzählung, Exemplum. 4 **Zonzorino:** gemeint ist Cato, dem im 16. und 17. Jahrhundert alle möglichen moralischen Lehrsätze in der mündlich überlieferten Volksliteratur zugeschrieben wurden. Der von Sancho verliehene Beiname *Zonzorino* (von *zonzo: tonto*) deutet aber auch auf eine gesunde Distanz des ›Volkes‹ gegenüber dieser Autoritätsfigur hin. 19 **el ganadero:** Viehzüchter. 24 **el hombre de entendimiento:** Mann mit Verstand.

– De la misma manera que yo lo cuento – respondió Sancho – se cuentan en mi tierra todas las consejas, y yo no sé contarlo de otra, ni es bien que vuestra merced me pida que haga usos nuevos.

– Di como quisieres – respondió don Quijote –; que pues la suerte quiere que no pueda dejar de escucharte, prosigue.

– Así que, señor mío de mi ánima – prosiguió Sancho –, que, como ya tengo dicho, este pastor andaba enamorado de Torralba la pastora, que era una moza rolliza, zahareña y tiraba algo a hombruna, porque tenía unos pocos de bigotes, que parece que ahora la veo.

– Luego ¿conocístela tú? – dijo don Quijote.

– No la conocí yo – respondió Sancho –; pero quien me contó este cuento me dijo que era tan cierto y verdadero, que podía bien, cuando lo contase a otro, afirmar y jurar que lo había visto todo. Así que, yendo días y viniendo días, el diablo, que no duerme y que todo lo añasca, hizo de manera que el amor que el pastor tenía a la pastora se volviese en omecillo y mala voluntad; y la causa fue, según malas lenguas, una cierta cantidad de celillos que ella le dio, tales, que pasaban de la raya y llegaban a lo vedado; y fue tanto lo que el pastor la aborreció de allí adelante, que, por no verla, se quiso ausentar de aquella tierra

11 **rollizo/a:** rundlich, dick. **zahareño/a:** spröde, störrisch. **hombruno/a:** männlich wirkend (*la mujer hombruna:* Mannweib). 20 **añascar:** durcheinanderbringen. 23 **los celillos** (dim.): **los celos:** Eifersucht. 24 **pasar de la raya:** zu weit gehen. **llegar a lo vedado:** im Bereich des Verbotenen landen.

e irse donde sus ojos no la viesen jamás. La Torralba, que se vio desdeñada del Lope, luego le quiso bien, más que nunca le había querido.

– Ésa es natural condición de mujeres – dijo don Quijote –: desdeñar a quien las quiere y amar a quien las aborrece. Pasa adelante, Sancho.

– Sucedió – dijo Sancho – que el pastor puso por obra su determinación, y, antecogiendo sus cabras, se encaminó por los campos de Estremadura, para pasarse a los reinos de Portugal. La Torralba, que lo supo, se fue tras él, y seguíale a pie y descalza desde lejos, con un bordón en la mano y con unas alforjas al cuello, donde llevaba, según es fama, un pedazo de espejo y otro de un peine, y no sé qué botecillo de mudas para la cara; mas, llevase lo que llevase, que yo no me quiero meter ahora en averiguallo, sólo diré que dicen que el pastor llegó con su ganado a pasar el río Guadiana, y en aquella sazón iba crecido y casi fuera de madre, y por la parte que llegó no había barca ni barco, ni quien le pasase a él ni a su ganado de la otra parte, de lo que se congojó mucho, porque veía que la Torralba venía ya muy cerca, y le había de dar mucha pesadumbre con sus ruegos y lágrimas; mas, tanto anduvo mirando, que vio un pescador, que tenía junto a sí un barco, tan pequeño, que solamente podían caber en él una persona y una cabra; y, con

3 **más que nunca:** *por más que nunca* (*por más que:* obwohl). 8 **antecoger:** mitnehmen. 12 **el bordón:** Wanderstab. 14f. **el botecillo de mudas:** Schminktöpfchen. 18 **Guadiana:** Fluss im Südwesten der Iberischen Halbinsel, der teilweise die Grenze zwischen Spanien und Portugal bildet. **en aquella sazón:** zu dieser Zeit. 19 **ir fuera de madre:** über die Ufer treten.

todo esto, le habló, y concertó con él que le pasase a él y a trecientas cabras que llevaba. Entró el pescador en el barco, y pasó una cabra; volvió, y pasó otra; tornó a volver, y tornó a pasar otra. Tenga vuestra merced cuenta en las cabras que el pescador va pasando, porque si se pierde una de la memoria, se acabará el cuento, y no será posible contar más palabra dél. Sigo, pues, y digo que el desembarcadero de la otra parte estaba lleno de cieno y resbaloso, y tardaba el pescador mucho tiempo en ir y volver. Con todo esto, volvió por otra cabra, y otra, y otra …

– Haz cuenta que las pasó todas – dijo don Quijote –; no andes yendo y viniendo desa manera, que no acabarás de pasarlas en un año.

– ¿Cuántas han pasado hasta agora? – dijo Sancho.

– Yo ¿qué diablos sé? – respondió don Quijote.

– He ahí lo que yo dije: que tuviese buena cuenta. Pues por Dios que se ha acabado el cuento, que no hay pasar adelante.

– ¿Cómo puede ser eso? – respondió don Quijote –. ¿Tan de esencia de la historia es saber las cabras que han pasado, por estenso, que si se yerra una del número no puedes seguir adelante con la historia?

– No, señor, en ninguna manera – respondió Sancho –; porque así como yo pregunté a vuestra merced que me dijese cuántas cabras habían pasado, y me

1 **concertar:** vereinbaren. 8 **el desembarcadero:** Anlegeplatz, Anlegesteg. 9 **el cieno:** Schlamm, Schlick. **resbaloso/a:** schlüpfrig, rutschig. 22 **por estenso:** *por extenso:* umfassend, ausführlich. **yerrar:** *errar:* einen Fehler begehen; hier: sich verzählen (*el yerro:* Irrtum, Fehler).

respondió que no sabía, en aquel mesmo instante se me fue a mí de la memoria cuanto me quedaba por decir, y a fe que era de mucha virtud y contento.

– ¿De modo – dijo don Quijote – que ya la historia es acabada?

– Tan acabada es como mi madre – dijo Sancho.

– Dígote de verdad – respondió don Quijote – que tú has contado una de las más nuevas consejas, cuento o historia, que nadie pudo pensar en el mundo, y que tal modo de contarla ni dejarla, jamás se podrá ver ni habrá visto en toda la vida, aunque no esperaba yo otra cosa de tu buen discurso; más no me maravillo, pues quizá estos golpes, que no cesan, te deben de tener turbado el entendimiento.

– Todo puede ser – respondió Sancho –; mas yo sé que en lo de mi cuento no hay más que decir: que allí se acaba do comienza el yerro de la cuenta del pasaje de las cabras.

– Acabe norabuena donde quisiere – dijo don Quijote –, y veamos si se puede mover Rocinante.

Tornóle a poner las piernas, y él tornó a dar saltos y a estarse quedo: tanto estaba de bien atado.

En esto parece ser, o que el frío de la mañana, que ya venía, o que Sancho hubiese cenado algunas cosas lenitivas, o que fuese cosa natural (que es lo que más se debe creer), a él le vino en voluntad y deseo de hacer lo que otro no pudiera hacer por él; mas era tanto

12 **el discurso:** Denk- und Redefähigkeit (Don Quijote spottet hier über Sancho Panza, erlaubt später aber nicht, dass dieser über ihn spottet). 19 **norabuena:** *enhorabuena:* gratuliere!; hier etwa: von mir aus. 25 **lenitivo/a:** lindernd; hier: weich machend, abführend.

el miedo que había entrado en su corazón, que no osaba apartarse un negro de uña de su amo. Pues pensar de no hacer lo que tenía gana, tampoco era posible; y así, lo que hizo, por bien de paz, fue soltar la mano derecha, que tenía asida al arzón trasero, con la cual, bonitamente y sin rumor alguno, se soltó la lazada corrediza con que los calzones se sostenían, sin ayuda de otra alguna, y, en quitándosela, dieron luego abajo, y se le quedaron como grillos. Tras esto, alzó la camisa lo mejor que pudo, y echó al aire entrambas posaderas, que no eran muy pequeñas. Hecho esto (que él pensó que era lo más que tenía que hacer para salir de aquel terrible aprieto y angustia), le sobrevino otra mayor, que fue que le pareció que no podía mudarse sin hacer estrépito y ruido, y comenzó a apretar los dientes y a encoger los hombros, recogiendo en sí el aliento todo cuanto podía; pero, con todas estas diligencias, fue tan desdichado, que, al cabo al cabo, vino a hacer un poco de ruido, bien diferente de aquel que a él le ponía tanto miedo. Oyólo don Quijote, y dijo:

– ¿Qué rumor es ése, Sancho?

– No sé, señor – respondió él –. Alguna cosa nueva debe de ser; que las aventuras y desventuras nunca comienzan por poco.

2 **un negro de uña:** etwa: so weit wie das Schwarze unter dem Fingernagel (also ganz nah). 4 **por bien de paz:** um des lieben Friedens willen (eigtl. eine juristische Formel). 6f. **la lazada corrediza:** leicht zu öffnende Schlaufe (*lazar:* verschnüren; *la corrediza:* Schlinge). 9 **los grillos:** *los grilletes:* Fußfesseln. 10 **las posaderas** (fam.): Arschbacken, Allerwertester. 13 **el aprieto:** Bedrängnis. 14 **mudarse:** sich bewegen. 15 **el estrépito:** Lärm. 16 **encoger:** zusammenziehen, einziehen. **recoger el aliento:** den Atem anhalten.

Tornó otra vez a probar ventura, y sucedióle tan bien, que, sin más ruido ni alboroto que el pasado, se halló libre de la carga que tanta pesadumbre le había dado. Mas como don Quijote tenía el sentido del olfato tan vivo como el de los oídos, y Sancho estaba tan junto y cosido con él, que casi por línea recta subían los vapores hacia arriba, no se pudo escusar de que algunos no llegasen a sus narices; y apenas hubieron llegado, cuando él fue al socorro, apretándolas entre los dos dedos, y, con tono algo gangoso, dijo:

– Paréceme, Sancho, que tienes mucho miedo.

– Sí tengo – respondió Sancho –; mas, ¿en qué lo echa de ver vuestra merced ahora más que nunca?

– En que ahora más que nunca hueles, y no a ámbar – respondió don Quijote.

– Bien podrá ser – dijo Sancho –, mas yo no tengo la culpa, sino vuestra merced, que me trae a deshoras y por estos no acostumbrados pasos.

– Retírate tres o cuatro allá, amigo – dijo don Quijote (todo esto sin quitarse los dedos de las narices), y desde aquí adelante ten más cuenta con tu persona y con lo que debes a la mía; que la mucha conversación que tengo contigo ha engendrado este menosprecio.

– Apostaré – replicó Sancho – que piensa vuestra merced que yo he hecho de mi persona alguna cosa que no deba.

– Peor es meneallo, amigo Sancho – respondió don Quijote.

6 **coser:** zusammenhaften. 10 **gangoso/a:** näselnd, mit zugehaltener Nase. 23 **engendrar:** zeugen, verursachen. **el menosprecio:** Verachtung, Geringschätzung. 27 **peor es meneallo** (*menearlo*): lieber nicht dran rühren!

En estos coloquios y otros semejantes pasaron la noche amo y mozo. Mas viendo Sancho que a más andar se venía la mañana, con mucho tiento desligó a Rocinante y se ató los calzones. Como Rocinante se vio libre, aunque él de suyo no era nada brioso, parece que se resintió, y comenzó a dar manotadas; porque corvetas (con perdón suyo) no las sabía hacer. Viendo, pues, don Quijote que ya Rocinante se movía, lo tuvo a buena señal, y creyó que lo era de que acometiese aquella temerosa aventura.

Acabó en esto de descubrirse el alba, y de parecer distintamente las cosas, y vio don Quijote que estaba entre unos árboles altos, que ellos eran castaños, que hacen la sombra muy escura. Sintió también que el golpear no cesaba, pero no vio quién lo podía causar; y así, sin más detenerse, hizo sentir las espuelas a Rocinante, y, tornando a despedirse de Sancho, le mandó que allí le aguardase tres días, a lo más largo, como ya otra vez se lo había dicho, y que si al cabo dellos no hubiese vuelto, tuviese por cierto que Dios había sido servido de que en aquella peligrosa aventura se le acabasen sus días. Tornóle a referir el recado y embajada que había de llevar de su parte a su señora Dulcinea, y que en lo que tocaba a la paga de sus servicios no tuviese pena, porque él había dejado hecho su testamento antes que saliera de su lugar, donde se

1 **el coloquio:** Gespräch. 2f. **a más andar:** schnell. 3 **desligar:** lösen, losbinden. 5 **brioso/a:** tatkräftig; lebhaft. 6 **la manotada:** Schlag mit der Hand; hier: Schlag mit den Vorderhufen. 7 **la corveta:** Kurbette; Tänzeln auf den Hinterhufen. 20f. **Dios ha sido servido:** Gott hat es gefallen. 22 **el recado:** Nachricht. 22f. **la embajada:** Botschaft.

hallaría gratificado de todo lo tocante a su salario, rata por cantidad, del tiempo que hubiese servido; pero, que si Dios le sacaba de aquel peligro sano y salvo y sin cautela, se podía tener por muy más que cierta la prometida ínsula.

De nuevo tornó a llorar Sancho oyendo de nuevo las lastimeras razones de su buen señor, y determinó de no dejarle hasta el último tránsito y fin de aquel negocio.

Destas lágrimas y determinación tan honrada de Sancho Panza saca el autor desta historia que debía de ser bien nacido, y, por lo menos, cristiano viejo; cuyo sentimiento enterneció algo a su amo, pero no tanto que mostrase flaqueza alguna; antes, disimulando lo mejor que pudo, comenzó a caminar hacia la parte por dónde le pareció que el ruido del agua y del golpear venía.

Seguíale Sancho a pie, llevando, como tenía de costumbre, del cabestro a su jumento, perpetuo compañero de sus prósperas y adversas fortunas; y habiendo andado una buena pieza por entre aquellos castaños y árboles sombríos, dieron en un pradecillo que al pie de unas altas peñas se hacía, de las cuales se precipitaba un grandísimo golpe de agua. Al pie de las peñas

2 **rata por cantidad, del tiempo:** im Verhältnis zur geleisteten Dienstzeit. 4 **sin cautela:** ohne Lösegeldforderung (wenn der Held entführt oder gefangen wurde). 7 **lastimero/a:** mitleiderregend. 12 **bien nacido ... cristiano viejo:** Sancho Panza ist ein echter Altchrist, ohne maurische oder jüdische Vorfahren. 13 **enternecer:** rühren, erweichen. 14 **la flaqueza:** Schwäche. 20 **próspero/a:** gedeihlich, blühend. 23 f. **precipitarse:** sich (hinab)stürzen. 24 **el golpe de agua:** hier: Wasserfall.

estaban unas casas mal hechas, que más parecían ruinas de edificios que casas, de entre las cuales advirtieron que salía el ruido y estruendo de aquel golpear, que aún no cesaba.

Alborotóse Rocinante con el estruendo del agua y de los golpes, y sosegándole don Quijote, se fue llegando poco a poco a las casas, encomendándose de todo corazón a su señora, suplicándole que en aquella temerosa jornada y empresa le favoreciese, y de camino se encomendaba también a Dios, que no le olvidase. No se le quitaba Sancho del lado, el cual alargaba cuanto podía el cuello y la vista, por entre las piernas de Rocinante, por ver si vería ya lo que tan suspenso y medroso le tenía.

Otros cien pasos serían los que anduvieron, cuando, al doblar de una punta, pareció descubierta y patente la misma causa, sin que pudiese ser otra, de aquel horrísono y para ellos espantable ruido, que tan suspensos y medrosos toda la noche los había tenido. Y eran (si no lo has, ¡oh lector!, por pesadumbre y enojo) seis mazos de batán, que con sus alternativos golpes aquel estruendo formaban.

Cuando don Quijote vio lo que era, enmudeció y pasmóse de arriba abajo. Miróle Sancho, y vio que tenía la cabeza inclinada sobre el pecho, con muestras

16f. **patente:** sichtbar. 18 **horrísono/a:** schaurig. 21 **el mazo de batán:** Stößel in einer wassergetriebenen Walkmühle, in der Leder oder Stoffe zur Textilverarbeitung vorbereitet wurden. Der ›mittelalterliche‹ Ritter sieht sich hier also mit einer schon vorindustriellen Manufaktur konfrontiert (*el batán:* Walke). 23 **enmudecer:** verstummen. 24 **pasmarse:** erstarren; sprachlos sein.

de estar corrido. Miró también don Quijote a Sancho, y viole que tenía los carrillos hinchados, y la boca llena de risa, con evidentes señales de querer reventar con ella, y no pudo su melanconía tanto con él, que a la vista de Sancho pudiese dejar de reírse; y como vio Sancho que su amo había comenzado, soltó la presa de manera que tuvo necesidad de apretarse las ijadas con los puños, por no reventar riendo. Cuatro veces sosegó, y otras tantas volvió a su risa, con el mismo ímpetu que primero; de lo cual ya se daba al diablo don Quijote, y más cuando le oyó decir, como por modo de fisga:

– «Has de saber, ¡oh Sancho amigo!, que yo nací, por querer del cielo, en esta nuestra edad de hierro, para resucitar en ella la dorada, o de oro. Yo soy aquel para quien están guardados los peligros, las hazañas grandes, los valerosos fechos ...»

Y por aquí fue repitiendo todas o las más razones que don Quijote dijo la vez primera que oyeron los temerosos golpes.

Viendo, pues, don Quijote que Sancho hacía burla dél, se corrió y enojó en tanta manera, que alzó el lanzón y le asentó dos palos, tales, que si, como los recibió en las espaldas, los recibiera en la cabeza, quedara libre de pagarle el salario, si no fuera a sus here-

1 **corrido/a** (von *correrse*): beschämt, verärgert. 2 **los carrillos hinchados** (fam.): aufgeblasene Backen. 6 **la presa:** hier: was er in den Backen zurückgehalten hatte; also: das Lachen. 7 **apretarse las ijadas:** sich den Bauch halten (vor Lachen; *la ijada:* Flanke). 10 **darse al diablo:** sich grün und blau ärgern, richtig böse werden. 12 **la fisga:** Spöttelei, das Sich-lustig-Machen.

deros. Viendo Sancho que sacaba tan malas veras de sus burlas, con temor de que su amo no pasase adelante en ellas, con mucha humildad le dijo:

– Sosiéguese vuestra merced; que por Dios que me burlo.

– Pues, porque os burláis, no me burlo yo – respondió don Quijote –. Venid acá, señor alegre: ¿Paréceos a vos que, si como éstos fueron mazos de batán, fueran otra peligrosa aventura, no había yo mostrado el ánimo que convenía para emprendella y acaballa? ¿Estoy yo obligado, a dicha, siendo, como soy, caballero, a conocer y distinguir los sones, y saber cuáles son de batán o no? Y más, que podría ser, como es verdad, que no los he visto en mi vida, como vos los habréis visto, como villano ruin que sois, criado y nacido entre ellos. Si no, haced vos que estos seis mazos se vuelvan en seis jayanes, y echádmelos a las barbas uno a uno, o todos juntos, y cuando yo no diere con todos patas arriba, haced de mí la burla que quisiéredes.

– No haya más, señor mío – replicó Sancho –; que yo confieso que he andado algo risueño en demasía. Pero dígame vuestra merced, ahora que estamos en paz, así Dios le saque de todas las aventuras que le sucedieren tan sano y salvo como le ha sacado désta,

1 f. **sacar veras de burlas** (loc.): ernste Konsequenzen aus einem Spaß zu tragen haben (*las veras:* Ernst, und *las burlas:* Spott, sind Gegensätze). 4 f. **que por Dios que me burlo:** etwa: ich hab ja nur Spaß gemacht! 15 **villano ruin que sois:** Don Quijote, einmal in Rage, vergisst hier, dass er Sancho schon als *amigo* bezeichnet hat und besteht auf dem Klassen- und Rangunterschied. 17 **el jayán:** Raufbold; Riese. 22 **risueño/a:** spöttisch. **en demasía:** im Übermaß.

¿no ha sido cosa de reír, y lo es de contar, el gran miedo que hemos tenido? A lo menos, el que yo tuve; que de vuestra merced ya yo sé que no le conoce, ni sabe qué es temor ni espanto.

– No niego yo – respondió don Quijote – que lo que nos ha sucedido no sea cosa digna de risa; pero no es digna de contarse, que no son todas las personas tan discretas que sepan poner en su punto las cosas.

– A lo menos – respondió Sancho –, supo vuestra merced poner en su punto el lanzón, apuntándome a la cabeza, y dándome en las espaldas, gracias a Dios y a la diligencia que puse en ladearme. Pero vaya, que todo saldrá en la colada; que yo he oído decir: «Ese te quiere bien, que te hace llorar;» y más, que suelen los principales señores, tras una mala palabra que dicen a un criado, darle luego unas calzas; aunque no sé lo que le suelen dar tras haberle dado de palos, si ya no es que los caballeros andantes dan tras palos ínsulas, o reinos en tierra firme.

– Tal podría correr el dado – dijo don Quijote –, que todo lo que dices viniese a ser verdad; y perdona lo pasado, pues eres discreto y sabes que los primeros movimientos no son en mano del hombre, y está advertido de aquí adelante en una cosa, para que te abstengas y reportes en el hablar demasiado conmigo; que en cuantos libros de caballerías he leído, que son infinitos, jamás he hallado que ningún escudero ha-

13 **ladearse:** sich zur Seite beugen, ausweichen. 14 **la colada:** Ende. 21 **tal podría correr el dado:** so könnte der Würfel fallen (im Sinne von: es könnte durchaus passieren, dass …).

blase tanto con su señor como tú con el tuyo. [...] De todo lo que he dicho has de inferir, Sancho, que es menester hacer diferencia de amo a mozo, de señor a criado y de caballero a escudero. Así que, desde hoy en adelante, nos hemos de tratar con más respeto, [...]. Las mercedes y beneficios que yo os he prometido llegarán a su tiempo; y si no llegaren, el salario, a lo menos, no se ha de perder, como ya os he dicho.

– Está bien cuanto vuestra merced dice – dijo Sancho –; pero querría yo saber (por si acaso no llegase el tiempo de las mercedes, y fuese necesario acudir al de los salarios) cuánto ganaba un escudero de un caballero andante en aquellos tiempos, y si se concertaban por meses, o por días, como peones de albañir.

– No creo yo – respondió don Quijote – que jamás los tales escuderos estuvieron a salario, sino a merced. Y si yo ahora te le he señalado a ti en el testamento cerrado que dejé en mi casa, fue por lo que podía suceder; que aún no sé cómo prueba en estos tan calamitosos tiempos nuestros la caballería, y no querría que por pocas cosas penase mi ánima en el otro mundo. Porque quiero que sepas, Sancho, que en él

2 **inferir:** schließen, folgern. 16f. **la merced ... el salario:** Gnadenbrot (nach dem Gutdünken des Herren) vs. fester Lohn aus einem Vertrag zwischen Gleichberechtigten: das ewige Streitthema zwischen Don Quijote und Sancho Panza (und heute zwischen ›Arbeitgebern‹ und ›Arbeitnehmern‹). Immerhin ist Don Quijote weitsichtig genug, ›für alle Fälle‹ (also für den ›Todesfall‹) den Diener abzusichern, hier also paternalistisch und gar nicht mittelalterlich-feudalistisch zu denken. 19 **cómo prueba** (von *probar*): hier: wie es funktioniert. 21 **por pocas cosas:** wegen solcher Kleinigkeiten. 22 **en él:** hier: in dieser Welt (im Gegensatz zur anderen).

no hay estado más peligroso que el de los aventureros.

– Así es verdad – dijo Sancho –, [...] puede estar seguro que de aquí adelante no despliegue mis labios para hacer donaire de las cosas de vuestra merced, si no fuere para honrarle, como a mi amo y señor natural.

– Desa manera – replicó don Quijote – vivirás sobre la haz de la tierra; porque, después de a los padres, a los amos se ha de respetar como si lo fuesen.

---

Kapitel 21 (hier nicht abgedruckt) enthält das Abenteuer mit dem Helm des Mambrin, der eigentlich eine Barbierschüssel ist und seinem Besitzer von dem verblendeten Don Quijote als Beute abgenommen wird. Am Ende des Ersten Teils muss Don Quijote sie auf Anordnung der Polizei wieder zurückgeben.

4 **desplegar:** entfalten, öffnen. 9 **la haz de la tierra:** Erdoberfläche (*la haz:* Angesicht). 10 **como si lo fuesen:** *lo* bezieht sich auf *padres.*

## Capítulo XXII

## De la libertad que dio don Quijote a muchos desdichados que, mal de su grado, los llevaban donde no quisieran ir

Um Erlaubtes und Unerlaubtes geht es auch in Kapitel 22, einem der wichtigsten und umstrittensten des Romans. Es wird hier nur dessen Anfang und Ende wiedergegeben, weil es – wegen des reichlich verwendeten Spezialvokabulars aus der Gaunerwelt – heute nur noch unter großem Kommentaraufwand verstanden werden kann. – Am Begriff der Freiheit, der im Mittelpunkt des Ganzen steht, scheiden sich die Geister: Für Don Quijote ist Freiheit ein absoluter Wert, das Recht auf individuelle Freiheit unantastbar. Für den Staat (hier der König und die Organe der Justiz) ist Freiheit etwas Relatives: die Freiheit des Einen hat ihre Grenze dort, wo die des Anderen bedroht ist. Wer sich daran nicht hält, wird bestraft, z. B. mit der damals üblichen Verurteilung zur Zwangsarbeit auf den Galeeren der spanischen Kriegsmarine. Don Quijote kann hier zwar mit der Sympathie des Lesers rechnen, zumal er auf Folter (damals in Grenzen rechtens), auf bestechliche Richter und auf die Willkür der Klassenjustiz verweisen kann. Rechnen kann er aber nicht mit der Nachsicht der Vollzugsorgane: Nachdem er die Galeerensträflinge befreit, also in die staatliche Justiz eingegriffen hat, wird er nicht nur von den Befreiten selbst gesteinigt, sondern von der Landpolizei, der *Santa Hermandad*, steckbrieflich verfolgt und entkommt später nur dadurch der Verhaftung, dass er von seinen Freunden für unzurechnungsfähig, nämlich für verrückt erklärt wird.

---

Cuenta Cide Hamete Benengeli, autor arábigo y manchego, en esta gravísima, altisonante, minima, dulce e imaginada historia, que [...] don Quijote alzó los ojos y vio que por el camino que llevaba venían hasta doce hombres a pie, ensartados como cuentas en una gran cadena de hierro por los cuellos, y todos con esposas a las manos. Venían asimismo con ellos dos hombres de a caballo y dos de a pie; los de a caballo, con escopetas de rueda, y los de a pie, con dardos y espadas; y que así como Sancho Panza los vido, dijo:

– Ésta es cadena de galeotes, gente forzada del rey, que va a las galeras.

– ¿Cómo gente forzada? – preguntó don Quijote –. ¿Es posible que el rey haga fuerza a ninguna gente?

– No digo eso – respondió Sancho –, sino que es gente que por sus delitos va condenada a servir al rey en las galeras, de por fuerza.

– En resolución – replicó don Quijote –, como

5 **altisonante:** hochtrabend. 6 **imaginada:** Immer wieder platziert Cervantes ironische Hinweise auf den fiktiven Charakter seiner ›wahren Geschichte‹. 8 **ensartados/as como cuentas** (fig.): hintereinander gereiht wie die Kugeln auf einer Rechenmaschine. 10 **las esposas:** Handschellen. 12 **la escopeta de rueda:** Muskete, bei der der Funke zur Entladung des Schusses mit einem beim Abdrücken in Bewegung gesetzten Rädchen erzeugt wurde. 12 f. **el dardo:** Spieß. 13 **vido:** *vió*. 15 **el galeote:** Galeerensträfling.

quiera que ello sea, esta gente, aunque los llevan, van de por fuerza, y no de su voluntad.

– Así es – dijo Sancho.

– Pues desa manera – dijo su amo –, aquí encaja la ejecución de mi oficio: desfacer fuerzas y socorrer y acudir a los miserables.

– Advierta vuestra merced – dijo Sancho –, que la justicia, que es el mesmo rey, no hace fuerza ni agravio a semejante gente, sino que los castiga en pena de sus delitos.

Llegó, en esto, la cadena de los galeotes, y don Quijote, con muy corteses razones, pidió a los que iban en su guarda fuesen servidos de informalle y decille la causa o causas por que llevan aquella gente de aquella manera.

Una de las guardas de a caballo respondió que eran galeotes, gente de su Majestad, que iba a galeras, y que no había más que decir, ni él tenía más que saber.

– Con todo eso – replicó don Quijote –, querría saber de cada uno dellos en particular la causa de su desgracia.

Añadió a éstas otras tales y tan comedidas razones para moverlos a que le dijesen lo que deseaba, que la otra guarda de a caballo le dijo:

– Aunque llevamos aquí el registro y la fe de las sentencias de cada uno destos malaventurados, no es tiempo éste de detenerles a sacarlas ni a leellas; vues-

4 **encajar:** (hinein)passen. 13 **la guarda:** Wache. 22 **las comedidas razones:** wohlgesetzte Worte. 25 f. **el registro y la fe de las sentencias:** etwa: die beglaubigten Urteilsbegründungen. 26 **el malaventurado:** Pechvogel, Unglücksrabe.

tra merced llegue y se lo pregunte a ellos mesmos, que ellos lo dirán si quisieren, que sí querrán, porque es gente que recibe gusto de hacer y decir bellaquerías.

Con esta licencia, que don Quijote se tomara aunque no se la dieran, se llegó a la cadena, y al primero le preguntó que por qué pecados iba de tan mala guisa. Él le respondió que por enamorado iba de aquella manera.

– ¿Por eso no más? – replicó don Quijote –. Pues si por enamorados echan a galeras, días ha que pudiera yo estar bogando en ellas.

– No son los amores como los que vuestra merced piensa – dijo el galeote –; que los míos fueron que quise tanto a una canasta de colar atestada de ropa blanca, que la abracé conmigo tan fuertemente, que a no quitármela la justicia por fuerza, aún hasta agora no la hubiera dejado de mi voluntad. Fue en fragante, no hubo lugar de tormento; concluyóse la causa, acomodáronme las espaldas con ciento, y por añadidura tres precisos de gurapas, y acabóse la obra.

– ¿Qué son gurapas? – preguntó don Quijote.

– Gurapas son galeras – respondió el galeote.

El cual era un mozo de hasta edad de veinte y cua-

7f. **la mala guisa:** schlechter Zustand (*la guisa:* Art, Weise). 12 **bogar:** rudern. 15 **la canasta de colar:** Wäschekorb. **atestar:** bis oben hin füllen. 18f. **fue en fragante, no hubo lugar de tormento:** etwa: ich wurde in flagranti erwischt, weshalb keine Veranlassung bestand, ein Geständnis durch Folter (*el tormento*) zu erzwingen. 20 **(el) ciento:** hier: 100 Peitschenhiebe. 21 **tres precisos (años) de gurapas:** 3jährige Galeerenstrafe (*la gurapa:* Galeere ist, wie viele Vokabeln dieses Kapitels, ein Wort aus der Gaunersprache).

tro años, y dijo que era natural de Piedrahita. Lo mesmo preguntó don Quijote al segundo, el cual no respondió palabra, según iba de triste y malencónico; mas respondió por él el primero y dijo:

– Éste, señor, va por canario, digo, por músico y cantor.

– Pues ¿cómo? – repitió don Quijote –. ¿Por músicos y cantores van también a galeras?

– Sí, señor – respondió el galeote –; que no hay peor cosa que cantar en el ansia.

– Antes he yo oído decir – dijo don Quijote – que quien canta, sus males espanta.

– Acá es al revés – dijo el galeote –; que quien canta una vez, llora toda la vida.

– No lo entiendo – dijo don Quijote.

Mas una de las guardas le dijo:

– Señor caballero, cantar en el ansia se dice entre esta gente *non santa* confesar en el tormento.

---

Im weiteren setzt Don Quijote seine Interviews fort, von Mann zu Mann. Jedesmal passiert dabei das Gleiche: Er versteht die Gaunersprache nicht oder nur halb und braucht eine ›Übersetzung‹. Am längsten verweilt er bei Ginés de Pasamonte alias Ginesillo de Parapilla (ein Wortspiel mit *pillo:* Gauner), der im Gefängnis einen Schelmenroman (»besser als der *Lazarillo*«) begonnen hat und ihn auf der Galeere (während der langen Ruhezeiten, in denen die Ga-

3 **malencónico/a:** *melancólico/a.* 5 **el canario:** Kanarienvogel. 10 **cantar en el ansia** (fig.): unter Folter ‚singen', im Sinne von: gestehen. 12 **quien canta, sus males espanta** (loc.): wer singt, vertreibt seine Sorgen.

leeren im Hafen liegen oder unter Wind segeln) fortzuschreiben gedenkt. Dies ist wahrscheinlich eine Anspielung auf den *Guzmán de Alfarache* (1599/1604), den berühmten Schelmenroman von Mateo Alemán, dessen Erzähler sich als Galeerensträfling ausgibt. Ginés tritt, als Puppenspieler, noch einmal im Zweiten Teil in Erscheinung.

—————

– De todo cuanto me habéis dicho, hermanos carísimos, he sacado en limpio que, aunque os han castigado por vuestras culpas, las penas que vais a padecer no os dan mucho gusto, y que vais a ellas muy de mala gana y muy contra vuestra voluntad; y que podría ser que el poco ánimo que aquél tuvo en el tormento, la falta de dineros déste, el poco favor del otro y, finalmente, el torcido juicio del juez, hubiese sido causa de vuestra perdición, y de no haber salido con la justicia que de vuestra parte teníades. Todo lo cual se me representa a mí ahora en la memoria, de manera que me está diciendo, persuadiendo y aun forzando, que muestre con vosotros el efecto para que el cielo me arrojó al mundo, y me hizo profesar en él la orden de caballería que profeso, y el voto que en ella hice de favorecer a los menesterosos y opresos de los mayores. Pero, porque sé que una de las partes de la prudencia es que lo que

8 **sacar en limpio:** ins Reine bringen; hier: feststellen. 13 **el favor:** hier: gute Beziehungen. 19f. **el efecto ... me arrojó al mundo:** die Aufgabe, für die mich der Himmel auf die Welt geschickt hat (*el efecto:* hier: Aufgabe). 20 **profesar la orden:** sich einem religiösen oder ritterlichen Orden weihen. 22 **opreso/a de los mayores:** etwa: von den Mächtigen unterdrückt (*oprimir:* unterdrücken; *el mayor:* Vorgesetzter).

se puede hacer por bien no se haga por mal, quiero rogar a estos señores guardianes y comisario sean servidos de desataros y dejaros ir en paz; que no faltarán otros que sirvan al rey en mejores ocasiones; porque me parece duro caso hacer esclavos a los que Dios y naturaleza hizo libres. Cuanto más, señores guardas – añadió don Quijote –, que estos pobres no han cometido nada contra vosotros. Allá se lo haya cada uno con su pecado; Dios hay en el cielo, que no se descuida de castigar al malo, ni de premiar al bueno, y no es bien que los hombres honrados sean verdugos de los otros hombres, no yéndoles nada en ello. Pido esto con esta mansedumbre y sosiego, porque tenga, si lo cumplís, algo que agradeceros; y cuando de grado no lo hagáis, esta lanza y esta espada, con el valor de mi brazo, harán que lo hagáis por fuerza.

– ¡Donosa majadería! – respondió el comisario –. ¡Bueno está el donaire con que ha salido a cabo de rato! ¡Los forzados del rey quiere que le dejemos, como si tuviéramos autoridad para soltarlos, o él la tuviera para mandárnoslo! Váyase vuestra merced, señor, norabuena su camino adelante, y enderécese ese bacín que trae en la cabeza, y no ande buscando tres pies al gato.

8f. **allá se lo haya cada uno con su pecado:** etwa: mag doch jeder selbst mit seinen Sünden zurechtkommen. 11 **el verdugo:** Henker; Sklaventreiber. 13 **la mansedumbre:** Friedfertigkeit. 17 **donoso/a:** anmutig (von *donaire*). **la majadería** (fam.): Blödsinn (*el majadero / la majadera:* Idiot[in]). 18 **a cabo de rato:** am Ende, am Schluss. 22 **el bacín:** Barbierschüssel; auch: Nachttopf (von Don Quijote für den ›Helm des Mambrin‹ gehalten). 23 **buscar tres pies al gato** (loc.): eine Sache unnötig komplizieren (es heißt aber eigtl.: *cinco pies*).

– ¡Vos sois el gato, y el rato, y el bellaco! – respondió don Quijote.

Y, diciendo y haciendo, arremetió con él tan presto, que, sin que tuviese lugar de ponerse en defensa, dio con él en el suelo, malherido de una lanzada; y avínole bien, que éste era el de la escopeta. Las demás guardas quedaron atónitas y suspensas del no esperado acontecimiento; pero, volviendo sobre sí, pusieron mano a sus espadas los de a caballo, y los de a pie a sus dardos, y arremetieron a don Quijote, que con mucho sosiego los aguardaba; y sin duda lo pasara mal, si los galeotes, viendo la ocasión que se les ofrecía de alcanzar libertad, no la procuraran, procurando romper la cadena donde venían ensartados. Fue la revuelta de manera, que las guardas, ya por acudir a los galeotes, que se desataban, ya por acometer a don Quijote, que los acometía, no hicieron cosa que fuese de provecho.

Ayudó Sancho, por su parte, a la soltura de Ginés de Pasamonte, que fue el primero que saltó en la campaña libre y desembarazado, y arremetiendo al comisario caído, le quitó la espada y la escopeta, con la cual, apuntando al uno y señalando al otro, sin dispararla jamás, no quedó guarda en todo el campo, porque se fueron huyendo, así de la escopeta de Pasamonte como de las muchas pedradas que los ya sueltos galeotes les tiraban.

Entristecióse mucho Sancho deste suceso, porque

1 **el gato, y el rato, y el bellaco:** in der Gaunersprache Synonyme für: Gauner. 5f. **avínole bien:** er hatte Glück. 14f. **la revuelta:** Tumult, Krawall. 19 **la soltura:** Entfesselung. 26 **la pedrada:** Steinwurf.

se le representó que los que iban huyendo habían de dar noticia del caso a la Santa Hermandad, la cual, a campana herida, saldría a buscar los delincuentes, y así se lo dijo a su amo, y le rogó que luego de allí se partiesen, y se emboscasen en la sierra, que estaba cerca.

– Bien está eso – dijo don Quijote –; pero yo sé lo que ahora conviene que se haga.

Y llamando a todos los galeotes, que andaban alborotados y habían despojado al comisario hasta dejarle en cueros, se le pusieron todos a la redonda para ver lo que les mandaba, y así les dijo:

– De gente bien nacida es agradecer los beneficios que reciben, y uno de los pecados que más a Dios ofende es la ingratitud. Dígolo porque ya habéis visto, señores, con manifiesta experiencia, el que de mí habéis recibido; en pago del cual querría, y es mi voluntad, que, cargados de esa cadena que quité de vuestros cuellos, luego os pongáis en camino y vais a la ciudad del Toboso, y allí os presentéis ante la señora Dulcinea del Toboso, y le digáis que su caballero, el de la Triste Figura, se le envía a encomendar, y le contéis, punto por punto, todos los que ha tenido esta famosa aventura hasta poneros en la deseada libertad; y, hecho esto, os podréis ir donde quisiéredes, a la buena ventura.

2f. **a campana herida** (loc.): mit lautem Glockengeläut (heute: mit Blaulicht und Martinshorn). 5 **emboscarse:** sich verschanzen, im Hinterhalt liegen; hier: sich (im Wald) verstecken. 11 **en cueros** (später auch: *en pelota*): ohne Kleider, (halb)nackt. 18 **cargados de esa cadena ...:** Es war üblich, dass freigelassene Sträflinge ihre Ketten einem Schutzpatron weihten.

Respondió por todos Ginés de Pasamonte, y dijo:

– Lo que vuestra merced nos manda, señor y libertador nuestro, es imposible de toda imposibilidad cumplirlo, porque no podemos ir juntos por los caminos, sino solos y divididos, y cada uno por su parte, procurando meterse en las entrañas de la tierra, por no ser hallado de la Santa Hermandad, que, sin duda alguna, ha de salir en nuestra busca. Lo que vuestra merced puede hacer y es justo que haga, es mudar ese servicio y montazgo de la señora Dulcinea del Toboso en alguna cantidad de avemarías y credos, que nosotros diremos por la intención de vuestra merced, y ésta es cosa que se podrá cumplir de noche y de día, huyendo o reposando, en paz o en guerra; pero pensar que hemos de volver ahora a las ollas de Egipto, digo, a tomar nuestra cadena, y a ponernos en camino del Toboso, es pensar que es ahora de noche, que aún no son las diez del día, y es pedir a nosotros eso como pedir peras al olmo.

– Pues ¡voto a tal! – dijo don Quijote, ya puesto en cólera –, don hijo de la puta, don Ginesillo de Paropillo, o como os llamáis, que habéis de ir vos solo, rabo entre piernas, con toda la cadena a cuestas.

Pasamonte, que no era nada bien sufrido, estando

6 **las entrañas de la tierra:** das Innere der Erde (*las entrañas:* Eingeweide). 10 **el servicio y (el) montazgo:** Begriffe aus dem damaligen Steuerrecht; hier im Sinne von: Auflagen. 15 **volver a las ollas de Egipto** (fig.): in die Gefangenschaft zurückkehren (Anspielung auf die babylonische Gefangenschaft der Juden). 19 **pedir peras al olmo** (loc.): von der Ulme Birnen erwarten (also: etwas Unmögliches wollen). 23 **el rabo:** Schwanz. **a cuestas:** auf dem Rücken (tragend). 24 **bien sufrido/a:** langmütig.

ya enterado que don Quijote no era muy cuerdo, pues tal disparate había acometido como el de querer darles libertad, viéndose tratar de aquella manera, hizo del ojo a los compañeros, y apartándose aparte, comenzaron a llover tantas piedras sobre don Quijote, que no se daba manos a cubrirse con la rodela; y el pobre de Rocinante no hacía más caso de la espuela que si fuera hecho de bronce. Sancho se puso tras su asno, y con él se defendía de la nube y pedrisco que sobre entrambos llovía. No se pudo escudar tan bien don Quijote, que no le acertasen no sé cuántos guijarros en el cuerpo, con tanta fuerza, que dieron con él en el suelo; y apenas hubo caído, cuando fue sobre él el estudiante y le quitó la bacía de la cabeza, y diole con ella tres o cuatro golpes en las espaldas y otros tantos en la tierra, con que la hizo pedazos. Quitáronle una ropilla que traía sobre las armas, y las medias calzas le querían quitar, si las grebas no lo estorbaran. A Sancho le quitaron el gabán, y, dejándole en pelota, repartiendo entre sí los demás despojos de la batalla, se fueron cada uno por su parte, con más cuidado de escaparse de la Hermandad, que temían, que de cargarse de la cadena e ir a presentarse ante la señora Dulcinea del Toboso.

Solos quedaron jumento y Rocinante, Sancho y don Quijote; el jumento, cabizbajo y pensativo, sacu-

1 **ser (estar) cuerdo/a:** bei vollem Verstand sein (*cuerdo/a:* vernünftig). 6 **que no se daba manos:** der nicht genug Hände hatte. 9 **el pedrisco:** Hagelschauer. 10 **entrambos/as:** *ambos/as.* 11 f. **los guijarros:** Steine, Geröll (*el guijarro:* Kieselstein). 14 **la bacía:** Napf, Behälter. 17 **la ropilla:** Jacke, Wams. 18 **la greba** (arc.): Schienbeinschützer. 19 **el gabán:** Mantel, Überwurf.

diendo de cuando en cuando las orejas, pensando que aún no había cesado la borrasca de las piedras, que le perseguían los oídos; Rocinante, tendido junto a su amo, que también vino al suelo de otra pedrada; Sancho, en pelota y temeroso de la Santa Hermandad; don Quijote, mohinísimo de verse tan malparado por los mismos a quien tanto bien había hecho.

———

*Zu Kapitel 23–52*

Von nun an wird der Roman immer vielschichtiger. Zwar geht die Geschichte von Don Quijote und Sancho Panza weiter; sie wird aber (schon ab Kapitel 23) immer öfter und immer nachhaltiger von einer ganzen Reihe eingeschobener Geschichten unterbrochen und stellenweise fast vollständig verdrängt. Erst ab dem 45. Kapitel wird sie selbst wieder führend. Trotzdem bleiben beide Fiktionsebenen ständig miteinander in Kontakt, ja sie vermischen sich sogar. Die Geschichten von Luscinda und Cardenio, von Dorotea und Fernando werden Don Quijote im Wesentlichen erzählt; die Auflösung des Liebeskonfliktes, der die vier Personen fast in die Katastrophe getrieben hätte, findet aber – gleichsam *live* – in seinem Beisein statt. Ebenso ist präsent der Cautivo, der über seine Erlebnisse in maurischer Gefangenschaft und seine Flucht mit der schönen Zoraída berichtet. Die Erzählung des *oidor*, eines nach Westindien beorderten Juristen – der niemand anderer als der Bruder des Cautivo ist –, und die seiner Tochter Clara und ihres Bräutigams Luis, beschließt den Episodenreigen. Alle Personen treffen

2 **la borrasca:** Gewitter(front), Sturm. 6 **malparado/a:** übel zugerichtet.

sich am Ende in der *venta central*, dem Ort einer allseitigen Anagnorisis.

Eine Geschichte fällt besonders aus dem Rahmen: die vom *Curioso Impertinente*. Es ist eine Novelle, die der Pfarrer in der Bücherkiste des *venta central*-Wirtes findet und die er dem gemischten (und meist leseunkundigen) Publikum vorliest, wobei die Geschichte der ›lebenden‹ Personen Luscinda, Cardenio, Dorotea und Fernando vorübergehend unterbrochen wird. Don Quijote verschläft die Lesung, ist in diesem Fall also nicht einmal indirekt ›dabei‹. Trotzdem macht er sich bemerkbar, als er, schlaftrunken, die Weinschläuche des Wirtes zersticht, die er mit den Fangarmen eines Ungeheuers verwechselt. Das geschieht genau auf dem dramatischen Höhepunkt der tragischen Geschichte, deren Lesung dadurch ihrerseits unterbrochen wird: die perfekte *composition en abîme*.

Thematisch sind die meisten der eingeschobenen Geschichten Liebesgeschichten, gleichsam *novelas sentimentales*. Auch die *novela sentimental* war eine Modegattung, auf die Cervantes hier kritisch reagiert. Und zwar dadurch, dass er Konflikte konstruiert, die die ganze Spannweite der Geschlechterproblematik umfassen und in denen er durchweg einen frauenfreundlichen, um nicht zu sagen präfeministischen Standpunkt einnimmt.

Mittendrin in diesem Episodenknäuel hält Don Quijote seine berühmte Rede über Waffen und Wissenschaften (Kapitel 38), in der er – diesmal fern aller *locura* – selbst den Grund für den Untergang der Ritterschaft nennt: die Erfindung der Feuerwaffen, mit denen auf Distanz und anonym getötet wird, ohne dass es dabei noch auf den persönlichen Mut ankommt. Die Rede dient zugleich als Einleitung für die Geschichte des Cautivo, der – wie Cervantes selbst – in maurische Kriegsgefangenschaft geraten war und sich – anders als Cervantes – nach Jahren des Wartens und Planens, mit Geschick und Kühnheit daraus selbst zu befreien wusste.

Was die Haupthandlung anbelangt, so wird sie – parallel zum Episodenknäuel um Dorotea, Fernando, Luscinda und Cardenio – zunächst mit den grotesken, weil grundlosen Bußübungen fortgesetzt, die der ›verliebte‹ Don Quijote im ›Liebeswahn‹ zu Ehren Dulcineas in der Sierra Morena vollbringt, wohin er sich, dem Rat Sanchos folgend, nach der Befreiung der Galeerensklaven vorsichtshalber zurückgezogen hat. Er ahmt dabei, in einer Art *medley* aus den einschlägigen Szenen der Ritterroman-Literatur, vor allem die Liebesbuße nach, die Amadis, zu Ehren Orianas, unter dem Namen Beltenebros in der *Peña pobre* getan hat. Aber auch die (wahrlich begründete) Raserei Orlandos in Ariosts *Orlando furioso* leitet Don Quijote bei seinem Tun. Diese ganz und gar literarische Veranstaltung – die mit der ›echten‹ Liebesproblematik in den eingeschobenen Geschichten komisch kontrastiert – gipfelt in einem hochrhetorischen Sendschreiben an Dulcinea, das Sancho Panza nach El Toboso bringen soll. Unterwegs wird er aber vom Pfarrer und dem Barbier aus seinem und Don Quijotes Dorf abgefangen, die ihrerseits auf der Suche nach Don Quijote und entschlossen sind, ihn heimzuholen. Diese *operación retorno* füllt den Rest der Haupthandlung bis zum Ende des Ersten Teils aus. Zunächst wird Sancho Panza, der den Brief verloren oder vergessen hat und ihn den beiden auf seine Weise, nämlich alles verballhornend, zusammenfasst, zu Stillschweigen verpflichtet und – der gute Zweck scheint die Mittel zu heiligen – zu einer Lügenerzählung über seine (gar nicht ausgeführte) Briefträgermission angestiftet. Alsdann wird Dorotea, eine der Hauptpersonen des Episodengeflechts, dazu überredet, die Rolle einer Prinzessin Micomicona zu spielen, deren Reich und deren Leben angeblich bedroht sind und die zu ihrer Rettung die Hilfe des ›berühmten‹ Don Quijote braucht. Hier deutet sich bereits die Geschehnisstruktur des Zweiten Teils an, in dem nicht mehr Don Quijote die Initiative des Handelns hat, sondern die anderen Personen, sodass er auf deren Vorgaben nur noch reagieren kann. Außerdem ist Cervantes mit der Doppelrolle der Dorotea eine besonders geistreiche Verknüpfung von Haupthandlung und eingeschobenen Geschichten gelungen: Während Dorotea in ihrer eigentlichen Gestalt eine ›starke‹ Frau ist, die ganz allein mit dem flatterhaften Don Fernando fertig wird, mimt sie in der *operación retorno* das schwache Weib, das sich an den männlichen Beschützer lehnen muss. Damit wird aber auch klar: eigentlich wird jemand wie Don Quijote samt seinem Sendungsbewusstsein gar nicht gebraucht. Immerhin bringt man ihn mit dieser zweifelhaften List, nämlich unter Vorspiegelung falscher Tatsachen, auf einen Ochsenkarren, der ihn nach Hause transportiert. Der Erste Teil endet mit dem Versprechen einer Fortsetzung, also mit der Ankündigung eines Zweiten Teils, der aber ganze zehn Jahre auf sich warten lassen wird.

Nicht vergessen werden darf: Der *Quijote* ist nicht nur eine große Erzählung, sondern auch eine Poetik des Erzählens, genauer: des anspruchsvollen Unterhaltungsromans. Dieses selbstreflexive Moment, dem wir schon zu Beginn, anlässlich der Suche nach dem Bericht des Cide Hamete Benengeli, begegnet sind, verstärkt und verdichtet sich am Ende des Ersten Teils noch. Aber Cervantes wäre nicht Cervantes, wenn er nicht auch die Theorie, die von ›professionellen‹ Theoretikern meist staubtrocken behandelt wird, lebendig vermitteln würde. Tatsächlich wird seine Poetik in lebhaften, z. T. auch witzigen Streitgesprächen zwischen Don Quijote und anderen Romanpersonen entwickelt und damit Teil der Romanhandlung selbst. Den Höhepunkt der theoretischen Reflexion stellt die Diskussion dar, die Don Quijote in den Kapiteln 47–50 mit einem aristotelisch argumentierenden Kanonikus führt. Dass Cervantes das Eintreten für die Gattung ›Roman‹ einem liberalen Kirchenmann in den Mund legte, war zugleich eine kluge Schutzmaßnahme gegenüber der Inquisition, die der Romanproduktion zunehmend feindlich gegenüberstand, sie schließlich sogar vorübergehend verbot und ab der Mitte des 17. Jahrhunderts praktisch zum Erliegen brachte. Die neue Gattung, die gerade erst in Spanien ›erfunden‹ worden war, musste sich deshalb im Ausland, in England und Frankreich vor allem, weiterentwickeln, bevor sie – aber erst im 19. Jahrhundert! – wieder nach Spanien zurückkehren konnte.

# Segunda Parte

Dedicatoria

## Al Conde de Lemos

Im Gegensatz zu der (hier nicht abgedruckten) konventionellen Widmung an den duque de Béjar im Ersten Teil ist die Widmung des Zweiten originell. Der Adressat, don Pedro Fernández de Castro, Conde de Lemos, Vorsitzender des Consejo de Indias und spanischer Vizekönig in Neapel, war einer der herausragenden Kunstmäzene seiner Zeit und selbst nicht ohne literarischen Ehrgeiz. Die Gattung der Widmung setzt die Fähigkeit voraus, dem Gönner zu schmeicheln und dabei sein eigenes Licht nicht unter den Scheffel zu stellen. Entsprechend gestelzt fallen Widmungen normalerweise aus. Cervantes aber versteht es, auch diese Aufgabe mit Witz zu meistern.

---

Enviando a Vuestra Excelencia los días pasados mis comedias, antes impresas que representadas, si bien me acuerdo dije que don Quijote quedaba calzadas las espuelas para ir a besar las manos a Vuestra Excelencia; y ahora digo que se las ha calzado y se ha

15f. **mis comedias antes impresas que representadas:** bezieht sich auf die *Ocho comedias y entremeses*. Einerseits ist Cervantes stolz darauf, dass sie noch vor der Aufführung gedruckt wurden, was unüblich war. Andererseits beschwert er sich in der Widmung der *Comedias* darüber, dass eine Aufführung dann gar nicht zustande kam. 17f. **calzadas las espuelas … en camino:** Ein Exemplar des *Don Quijote* ist spornstreichs (*calzadas las espuelas*) unterwegs zum Adressaten.

puesto en camino, y si él allá llega, me parece que habré hecho algún servicio a Vuestra Excelencia, porque es mucha la priesa que de infinitas partes me dan a que le envíe para quitar el hámago y la náusea que ha causado otro don Quijote, que con nombre de segunda parte se ha disfrazado y corrido por el orbe; y el que más ha mostrado desearle ha sido el grande emperador de la China, pues en lengua chinesca habrá un mes que me escribió una carta con un propio, pidiéndome, o, por mejor decir, suplicándome se le enviase, porque quería fundar un colegio donde se leyese la lengua castellana, y quería que el libro que se leyese fuese el de la historia de don Quijote. Juntamente con esto me decía que fuese yo a ser el rector del tal colegio.

Preguntéle al portador si su Majestad le había dado para mí alguna ayuda de costa. Respondióme que ni por pensamiento.

– Pues, hermano – le respondí yo –, vos os podéis

4 **el hámago y la náusea:** etwa: ekelhafte Angelegenheit (*el hámago:* übelschmeckendes Bienenpech; *la náusea:* Übelkeit). 5 **otro don Quijote:** der von Avellaneda, der den Erfolg des Ersten Teils zum Anlass nahm, um Cervantes 1614 mit einem ›falschen‹ Zweiten Teil zuvorzukommen (s. Kommentar zu Kap. 58–70). 6 **disfrazarse:** sich verkleiden. **el orbe:** Erdkreis. 9 **el propio:** persönlicher Bote. 11 f. **fundar un colegio donde se leyese la lengua castellana:** etwa: ein Institut gründen, in dem die spanische Sprache auf der Basis des *Don Quijote* gelehrt wird. (Cervantes würde sich wundern und freuen, wenn er sähe, dass genau dieses am 14. Juli 2006 mit der Eröffnung des Cervantes-Instituts in Peking realisiert worden ist. Die Cervantes-Institute sind das spanische Gegenstück zu den deutschen Goethe-Instituten.) 17 **la ayuda de costa:** Reisebeihilfe.

volver a vuestra China a las diez, o a las veinte, o a las que venís despachado, porque yo no estoy con salud para ponerme en tan largo viaje; además que, sobre estar enfermo, estoy muy sin dineros, y emperador por emperador, y monarca por monarca, en Nápoles tengo al grande conde de Lemos, que, sin tantos titulillos de colegios ni rectorías, me sustenta, me ampara y hace más merced que la que yo acierto a desear.

Con esto le despedí, y con esto me despido, ofreciendo a Vuestra Excelencia los *Trabajos de Persiles y Sigismunda*, libro a quien daré fin dentro de cuatro meses, *Deo volente*; el cual ha de ser o el más malo o el mejor que en nuestra lengua se haya compuesto, quiero decir de los de entretenimiento; y digo que me arrepiento de haber dicho *el más malo*, porque según la opinión de mis amigos, ha de llegar al estremo de bondad posible. Venga Vuestra Excelencia con la salud que es deseado, que ya estará *Persiles* para besarle las manos, y yo los pies, como criado que soy de Vuestra Excelencia. De Madrid, último de otubre de mil seiscientos y quince.

Criado de Vuestra Excelencia,

MIGUEL DE CERVANTES SAAVEDRA

1 f. **a las diez o a las veinte o a las que venís despachado:** Normale Boten legten 10 Meilen pro Tag, Schnellboten 20 zurück. Das hing von Auftrag und Bezahlung ab (*a lo que venís despachado*). 10 f. **«Trabajos de Persiles y Sigismunda»:** Cervantes' letzter, nicht mehr zu seinen Lebzeiten erschienener Roman (1617), den er höher einschätzte als den *Don Quijote.* 12 **Deo volente:** so Gott will. 14 **de los de entretenimiento:** aus der Gattung des Unterhaltungsromans (im Gegensatz zur religiösen Erbauungs- oder Belehrungsliteratur).

Capítulo primero

## De lo que el cura y el barbero pasaron con don Quijote cerca de su enfermedad

Pfarrer und Barbier besuchen den (nach den Abenteuern des Ersten Teils) noch erholungsbedürftigen, scheinbar völlig normal gewordenen Don Quijote und unterziehen ihn einem Test: Ist er etwa als geheilt zu betrachten? Man beachte, dass in der Fiktion zwischen dem Ende des Ersten und dem Beginn des Zweiten Teils nur wenige Tage oder Wochen vergangen sind, während es ›in Wirklichkeit‹ zehn Jahre waren.

---

Cuenta Cide Hamete Benengeli en la segunda parte desta historia, y tercera salida de don Quijote, que el cura y el barbero se estuvieron casi un mes sin verle, por no renovarle y traerle a la memoria las cosas pasadas. Pero no por esto dejaron de visitar a su sobrina y a su ama, encargándolas tuviesen cuenta con regalarle, dándole a comer cosas confortativas y apropiadas para el corazón y el celebro, de donde procedía, según buen discurso, toda su mala ventura. Las cuales dijeron que así lo hacían, y lo

2 **pasar con:** hier: reden mit. 13 **la tercera salida:** Die beiden ersten Ausfahrten waren im Ersten Teil; die dritte steht unmittelbar bevor. 18 **regalar:** hier: gut pflegen. 18f. **la cosa confortativa:** stärkendes Mittel, Speise. 20 **según buen discurso:** etwa: nach vernünftiger Annahme.

harían, con la voluntad y cuidado posible, porque echaban de ver que su señor por momentos iba dando muestras de estar en su entero juicio, de lo cual recibieron los dos gran contento, por parecerles que habían acertado en haberle traído encantado en el carro de los bueyes, como se contó en la primera parte desta tan grande como puntual historia, en su último capítulo. Y así, determinaron de visitarle y hacer experiencia de su mejoría, aunque tenían casi por imposible que la tuviese, y acordaron de no tocarle en ningún punto de la andante caballería, por no ponerse a peligro de descoser los de la herida, que tan tiernos estaban.

Visitáronle, en fin, y halláronle sentado en la cama, vestida una almilla de bayeta verde, con un bonete colorado toledano, y estaba tan seco y amojamado, que no parecía sino hecho de carnemomia. Fueron dél muy bien recibidos, preguntáronle por su salud, y él dio cuenta de sí y de ella con mucho juicio y con muy elegantes palabras. Y en el discurso de su plática vinieron a tratar en esto que llaman razón de estado y modos de gobierno, enmendando este abuso y condenando aquél, reformando una costumbre y desterrando otra, haciéndose cada uno de los tres un nuevo le-

2 **echaban de ver:** *veían.* **por momentos:** hier: von Moment zu Moment mehr. 12 **los de la herida** (fig.): *los* bezieht sich hier auf *el punto*; mit *puntos* sind hier Wundnähte gemeint und mit der ›Krankheit‹ Don Quijotes *locura.* 15 **la almilla de bayeta:** eine Art Nachthemd (*la bayeta:* grober Flanellstoff). **el bonete:** (Nacht-)Mütze. 16 **amojamado/a:** trocken wie ein in Salz eingelegter Fisch (*amojamar:* einsalzen). 17 **parecía sino hecho de carnemomia:** er sah aus wie eine Mumie. 23f. **desterrar:** verbannen.

gislador, un Licurgo moderno, o un Solón flamante; y de tal manera renovaron la república, que no pareció sino que la habían puesto en una fragua, y sacado otra de la que pusieron; y habló don Quijote con tanta discreción en todas las materias que se tocaron, que los dos esaminadores creyeron indubitadamente que estaba del todo bueno y en su entero juicio.

Halláronse presentes a la plática la sobrina y ama, y no se hartaban de dar gracias a Dios de ver a su señor con tan buen entendimiento; pero el cura, mudando el propósito primero, que era de no tocarle en cosa de caballerías, quiso hacer de todo en todo experiencia si la sanidad de don Quijote era falsa o verdadera, y así, de lance en lance, vino a contar algunas nuevas que habían venido de la corte, y, entre otras, dijo que se tenía por cierto que el Turco bajaba con una poderosa armada, y que no se sabía su designio, ni adónde había de descargar tan gran nublado; y con este temor, con que casi cada año nos toca arma, estaba puesta en ella toda la cristiandad, y su Majestad había hecho proveer las costas de Nápoles y Sicilia y la isla de Malta. A esto respondió don Quijote:

– Su Majestad ha hecho como prudentísimo guerrero en proveer sus estados con tiempo, porque no le

1 **Licurgo ... Solón:** beides große Gesetzgeber in der griechischen Geschichte. 3 **la fragua:** Esse, Schmiedefeuer. 6 **el esaminador:** *el examinador.* **indubitadamente:** *indudablemente.* 14 **de lance en lance** (loc.): etwa: ein Wort gibt das andere. 16 **bajar:** hier: aus dem Hafen auslaufen. 17 **el designio:** *la intención:* Vorhaben, Absicht. 18 **adónde había de descargar tanto nublado:** etwa: auf welches Land ein solches Gewitter einbrechen soll. 19 **nos toca arma:** etwa: sind wir in Verteidigungszustand versetzt.

halle desapercebido el enemigo, pero si se tomara mi consejo, aconsejárale yo que usara de una prevención, de la cual su Majestad la hora de agora debe estar muy ajeno de pensar en ella.

Apenas oyó esto el cura, cuando dijo entre sí:

– ¡Dios te tenga de su mano, pobre don Quijote; que me parece que te despeñas de la alta cumbre de tu locura hasta el profundo abismo de tu simplicidad!

Mas el barbero, que ya había dado en el mesmo pensamiento que el cura, preguntó a don Quijote cuál era la advertencia de la prevención que decía era bien se hiciese; quizá podría ser tal, que se pusiese en la lista de los muchos advertimientos impertinentes que se suelen dar a los príncipes.

– El mío, señor rapador – dijo don Quijote –, no será impertinente, sino perteneciente.

– No lo digo por tanto – replicó el barbero –, sino porque tiene mostrado la experiencia que todos o los más arbitrios que se dan a su Majestad, o son imposibles, o disparatados, o en daño del rey o del reino.

– Pues el mío – respondió don Quijote – ni es imposible ni disparatado, sino el más fácil, el más justo y el más mañero y breve que puede caber en pensamiento de arbitrante alguno.

1 **desapercebido/a:** unvorbereitet, ungeschützt. 7 **la cumbre:** Gipfel. 13 **el advertimiento:** Ratschlag. 15 **el rapador** (pey.): Bartscherer, Bartabkratzer. 16 **perteneciente:** hier: angemessen. 19 **los arbitrios:** Lösungsvorschläge selbsternannter ›Experten‹ für die politischen und wirtschaftlichen Probleme des Landes. Die entsprechenden, oft phantastischen Denkschriften waren eine wahre Plage im Siglo de Oro. 24 **mañero/a:** listig; praktikabel.

– Ya tarda en decirle vuestra merced, señor don Quijote – dijo el cura.

– No querría – dijo don Quijote – que le dijese yo aquí agora, y amaneciese mañana en los oídos de los señores consejeros, y se llevase otro las gracias y el premio de mi trabajo.

– Por mí – dijo el barbero –, doy la palabra, para aquí y para delante de Dios, de no decir lo que vuestra merced dijere a rey ni a roque, […].

– ¡Cuerpo de tal! – dijo a esta sazón don Quijote –. ¿Hay más sino mandar su Majestad por público pregón que se junten en la corte para un día señalado todos los caballeros andantes que vagan por España, que aunque no viniesen sino media docena, tal podría venir entre ellos, que solo bastase a destruir toda la potestad del Turco? Esténme vuestras mercedes atentos, y vayan conmigo. ¿Por ventura es cosa nueva deshacer un solo caballero andante un ejército de doscientos mil hombres, como si todos juntos tuvieran una sola garganta, o fueran hechos de alfeñique? […]

– ¡Ay! – dijo a este punto la sobrina –. ¡Que me maten si no quiere mi señor volver a ser caballero andante!

A lo que dijo don Quijote:

– Caballero andante he de morir, y baje o suba el Turco cuando él quisiere y cuan poderosamente pudiere; que otra vez digo que Dios me entiende.

9 **a rey ni a roque** (fig.): niemandem (Schachfiguren; König und Turm). 10 **¡cuerpo de tal!:** etwa: um Himmels willen! 11 f. **el público pregón:** öffentliche Ankündigung, Ausrufung. 13 **vagar:** umherirren. 20 **el alfeñique:** Zuckerguss.

A esta sazón dijo el barbero:

– Suplico a vuestras mercedes que se me dé licencia para contar un cuento breve que sucedió en Sevilla, que, por venir aquí como de molde, me da gana de contarle.

Dio la licencia don Quijote, y el cura y los demás le prestaron atención, y él comenzó desta manera:

– En la casa de los locos de Sevilla estaba un hombre a quien sus parientes habían puesto allí por falto de juicio. Era graduado en cánones por Osuna; pero aunque lo fuera por Salamanca, según opinión de muchos, no dejara de ser loco. Este tal graduado, al cabo de algunos años de recogimiento, se dio a entender que estaba cuerdo y en su entero juicio, y con esta imaginación escribió al arzobispo suplicándole encarecidamente y con muy concertadas razones le mandase sacar de aquella miseria en que vivía, pues por la misericordia de Dios había ya cobrado el juicio perdido, pero que sus parientes, por gozar de la parte de su hacienda, le tenían allí, y a pesar de la verdad, querían que fuese loco hasta la muerte.

El arzobispo, persuadido de muchos billetes concertados y discretos, mandó a un capellán suyo se informase del retor de la casa si era verdad lo que

3 **el cuento breve:** Auch im Zweiten Teil gibt es noch Episoden und eingeschobene Geschichten, die aber – wie die vorliegende über den Sevillaner Irren – meist engen Bezug zur Haupthandlung haben. 10 **graduado ... Osuna:** graduiert im kanonischen Recht an der (wenig angesehenen) Universität Osuna (Provinz Sevilla). 13 **el recogimiento:** Zurückgezogenheit (gemeint ist: in der ‚geschlossenen Abteilung'). 15 f. **encarecidamente:** eindringlich. 16 **concertado/a:** passend; hier: verständlich. 22 **el billete:** hier: Brief. 24 **el retor:** *el rector*.

aquel licenciado le escribía, y que asimesmo hablase con el loco, y que si le pareciese que tenía juicio, le sacase y pusiese en libertad. Hízolo así el capellán, y el retor le dijo que aquel hombre aún se estaba loco; que puesto que hablaba muchas veces como persona de grande entendimiento, al cabo disparaba con tantas necedades, que en muchas y en grandes igualaban a sus primeras discreciones, como se podía hacer la experiencia hablándole. Quiso hacerla el capellán, y, poniéndole con el loco, habló con él una hora, y más, y en todo aquel tiempo jamás el loco dijo razón torcida ni disparatada; antes habló tan atentadamente, que el capellán fue forzado a creer que el loco estaba cuerdo; y entre otras cosas que el loco le dijo fue que el retor le tenía ojeriza, por no perder los regalos que sus parientes le hacían porque dijese que aún estaba loco, y con lúcidos intervalos, y que el mayor contrario que en su desgracia tenía era su mucha hacienda, pues por gozar della sus enemigos, ponían dolo y dudaban de la merced que Nuestro Señor le había hecho en volverle de bestia en hombre. Finalmente, él habló de manera que hizo sospechoso al retor, codiciosos y desalmados a sus parientes, y a él tan discreto, que el capellán se determinó a llevársele consigo a que el arzobispo le viese y tocase con la mano la verdad de aquel negocio.

Con esta buena fee, el buen capellán pidió al retor

6 f. **disparar con necedades:** Unsinn von sich geben (*disparar: disparatar; la necedad:* Torheit). 8 **la discreción:** hier: Umsicht. 12 **atentadamente:** vernünftig. 19 **poner dolo:** betrügen, einen Sachverhalt verfälschen (*el dolo:* Täuschung).

mandase dar los vestidos con que allí había entrado el licenciado; volvió a decir el retor que mirase lo que hacía, porque, sin duda alguna, el licenciado aún se estaba loco. No sirvieron de nada para con el capellán las prevenciones y advertimientos del retor para que dejase de llevarle; obedeció el retor viendo ser orden del arzobispo, pusieron al licenciado sus vestidos, que eran nuevos y decentes, y como él se vio vestido de cuerdo y desnudo de loco, suplicó al capellán que por caridad le diese licencia para ir a despedirse de sus compañeros los locos. El capellán dijo que él le quería acompañar y ver los locos que en la casa había. Subieron, en efecto, y con ellos algunos que se hallaron presentes; y llegado el licenciado a una jaula adonde estaba un loco furioso, aunque entonces sosegado y quieto, le dijo:

– Hermano mío, mire si me manda algo, que me voy a mi casa; que ya Dios ha sido servido por su infinita bondad y misericordia, sin yo merecerlo, de volverme mi juicio: ya estoy sano y cuerdo; que acerca del poder de Dios ninguna cosa es imposible. Tenga grande esperanza y confianza en Él, que pues a mí me ha vuelto a mi primero estado, también le volverá a él, si en Él confía. Yo tendré cuidado de enviarle algunos regalos que coma, y cómalos en todo caso; que le hago saber que imagino, como quien ha pasado por ello, que todas nuestras locuras proceden de tener los estómagos vacíos y los celebros llenos de aire. Esfuércese, esfuércese; que el descaecimiento en los infortunios apoca la salud y acarrea la muerte.

28 **el descaecimiento:** Schwäche. 28f. **los infortunios:** Unglück.
29 **apocar:** verringern. **acarrear:** mit sich bringen.

Todas estas razones del licenciado escuchó otro loco que estaba en otra jaula, frontero de la del furioso, y levantándose de una estera vieja donde estaba echado y desnudo en cueros, preguntó a grandes voces quién era el que se iba sano y cuerdo. El licenciado respondió:

Yo soy, hermano, el que me voy; que ya no tengo necesidad de estar más aquí, por lo que doy infinitas gracias a los cielos, que tan grande merced me han hecho.

– Mirad lo que decís, licenciado, no os engañe el diablo – replicó el loco –; sosegad el pie, y estaos quedito en vuestra casa, y ahorraréis la vuelta.

– Yo sé que estoy bueno – replicó el licenciado –, y no habrá para qué tornar a andar estaciones.

– ¿Vos bueno? – dijo el loco –. Agora bien, ello dirá; andad con Dios; pero yo os voto a Júpiter, cuya majestad yo represento en la tierra, que por solo este pecado que hoy comete Sevilla en sacaros desta casa y en teneros por cuerdo, tengo de hacer un tal castigo en ella, que quede memoria dél por todos los siglos de los siglos, amén. ¿No sabes tú, licenciadillo menguado, que lo podré hacer, pues, como digo, soy Júpiter Tonante, que tengo en mis manos los rayos abrasadores con que puedo y suelo amenazar y destruir el

2 **frontero/a:** gegenüberliegend. 3 **la estera:** Schilfmatte. 15 **tornar a andar estaciones:** etwa: in die Vergangenheit zurückkehren. 16f. **ello dirá:** etwa: schaun wir mal. 22f. **el licenciadillo menguado:** etwa: armseliger, elender Lizentiat (*el licenciadillo*, dim.: *el licenciado:* Akademiker; *menguado/a:* ärmlich). 23f. **Júpiter Tonante:** etwa: der donnernde Jupiter (*tonante: que truena*).

mundo? Pero con sola una cosa quiero castigar a este ignorante pueblo, y es con no llover en él ni en todo su distrito y contorno por tres enteros años, que se han de contar desde el día y punto en que ha sido hecha esta amenaza en adelante. ¿Tú libre, tú sano, tú cuerdo, y yo loco, y yo enfermo, y yo atado? Así pienso llover como pensar ahorcarme.

A las voces y a las razones del loco estuvieron los circunstantes atentos; pero nuestro licenciado, volviéndose a nuestro capellán y asiéndole de las manos, le dijo:

– No tenga vuestra merced pena, señor mío, ni haga caso de lo que este loco ha dicho; que si él es Júpiter y no quisiere llover, yo, que soy Neptuno, el padre y el dios de las aguas, lloveré todas las veces que se me antojare y fuere menester.

A lo que respondió el capellán:

– Con todo eso, señor Neptuno, no será bien enojar al señor Júpiter; vuestra merced se quede en su casa; que otro día, cuando haya más comodidad y más espacio, volveremos por vuestra merced.

Rióse el retor y los presentes, por cuya risa se medio corrió el capellán; desnudaron al licenciado, quedóse en casa, y acabóse el cuento.

– Pues ¿éste es el cuento, señor barbero – dijo don Quijote –, que por venir aquí como de molde, no podía dejar de contarle? ¡Ah, señor rapista, señor rapista, y cuán ciego es aquel que no vee por tela de cedazo!

7 **ahorcarse:** sich erhängen. 23 **correrse:** sich schämen. 28 **no ver por tela de cedazo** (loc.): etwa: nicht sehen wollen, was offensichtlich ist (*el cedazo:* Fischfangnetz).

Y ¿es posible que vuestra merced no sabe que las comparaciones que se hacen de ingenio a ingenio, de valor a valor, de hermosura a hermosura y de linaje a linaje son siempre odiosas y mal recibidas? Yo, señor barbero, no soy Neptuno, el dios de las aguas, ni procuro que nadie me tenga por discreto no lo siendo; sólo me fatigo por dar a entender al mundo en el error en que está en no renovar en sí el felicísimo tiempo donde campeaba la orden de la andante caballería. Pero no es merecedora la depravada edad nuestra de gozar tanto bien como el que gozaron las edades donde los andantes caballeros tomaron a su cargo y echaron sobre sus espaldas la defensa de los reinos, el amparo de las doncellas, el socorro de los huérfanos y pupilos, el castigo de los soberbios y el premio de los humildes. Los más de los caballeros que agora se usan, antes les crujen los damascos, los brocados y otras ricas telas de que se visten, que la malla con que se arman; ya no hay caballero que duerma en los campos, sujeto al rigor del cielo, armado de todas armas desde los pies a la cabeza; y ya no hay quien, sin sacar los pies de los estribos, arrimado a su lanza, sólo procure descabezar, como dicen, el sueño, como lo hacían los caballeros andantes. [...]

Mas agora ya triunfa la pereza de la diligencia, la ociosidad del trabajo, el vicio de la virtud, la arrogancia de la valentía, y la teórica de la práctica de las ar-

9 **campear:** vorherrschen (dazu *el campeón*). 10 **depravado/a:** heruntergekommen, verdorben. 17 **el damasco:** Damast. **el brocado:** Brokat. 18 **la malla:** Kettenhemd. 22 **descabezar el sueño** (fig.): ein kleines Nickerchen halten (Wortspiel; *descabezar:* enthaupten).

mas, que sólo vivieron y resplandecieron en las edades del oro y en los andantes caballeros. Si no, díganme: ¿quién más honesto y más valiente que el famoso Amadís de Gaula? ¿Quién más discreto que Palmerín de Inglaterra? ¿Quién más acomodado y manual que Tirante el Blanco? [...]

Todos estos caballeros, y otros muchos que pudiera decir, señor cura, fueron caballeros andantes, luz y gloria de la caballería. Déstos, o tales como éstos, quisiera yo que fueran los de mi arbitrio; que a serlo, su Majestad se hallara bien servido y ahorrara de mucho gasto, y el Turco se quedara pelando las barbas, y, con esto, no quiero quedar en mi casa, pues no me saca el capellán della; y [si] Júpiter, como ha dicho el barbero, no lloviere, aquí estoy yo, que lloveré cuando se me antojare. Digo esto porque sepa el señor Bacía que le entiendo.

– En verdad, señor don Quijote – dijo el barbero –, que no lo dije por tanto, y así me ayude Dios como fue buena mi intención, y que no debe vuestra merced sentirse.

– Si puedo sentirme o no – respondió don Quijote –, yo me lo sé.

[...]

1 **resplandecer:** funkeln, strahlen. 5 **acomodado y manual:** etwa: umgänglich und leutselig. 12 **pelar las barbas:** hier (fig.): die Haare raufen. 16 **señor Bacía:** neuerliche despektierliche Anrede für den Barbier (*la bacía:* Schüssel, in welcher der Rasierschaum angerührt wird). 21 **sentirse:** *resentirse.*

Capítulo II

## Que trata de la notable pendencia que Sancho Panza tuvo con la sobrina y ama de don Quijote, con otros sujetos graciosos

Sancho Panza, dem Don Quijotes Haushälterin und seine Nichte am liebsten den Zutritt zum Haus verweigern würden, überrascht mit der Nachricht, dass der Erste Teil von Don Quijotes Abenteuern bereits gedruckt als Buch vorliegt. Sansón Carrasco weiß Näheres.

———

Cuenta la historia que las voces que oyeron don Quijote, el cura y el barbero eran de la sobrina y ama, que las daban diciendo a Sancho Panza, que pugnaba por entrar a ver a don Quijote, y ellas le defendían la puerta:

– ¿Qué quiere este mostrenco en esta casa? Idos a la vuestra, hermano, que vos sois, y no otro, el que destrae y sonsaca a mi señor, y le lleva por esos andurriales.

A lo que Sancho respondió:

– Ama de Satanás, el sonsacado, y el destraído, y el llevado por esos andurriales soy yo, que no tu amo; él me llevó por esos mundos, y vosotras os engañáis en

4 **el sujeto:** Thema, Angelegenheit. 14 **el mostrenco** (pey.): dicker Mensch; hier: Fettsack. 16 **destraer:** *distraer:* hier: vom rechten Weg abbringen. **sonsacar:** abwerben, entführen; hier: verführen.

la mitad del justo precio; él me sacó de mi casa con engañifas, prometiéndome una ínsula, que hasta agora la espero.

– Malas ínsulas te ahoguen – respondió la sobrina –, Sancho maldito. Y ¿qué son ínsulas? ¿Es alguna cosa de comer, golosazo, comilón que tú eres?

– No es de comer – replicó Sancho –, sino de gobernar y regir mejor que cuatro ciudades y que cuatro alcaldes de corte.

– Con todo eso – dijo el ama –, no entraréis acá, saco de maldades y costal de malicias. Id a gobernar vuestra casa y a labrar vuestros pegujares, y dejaos de pretender ínsulas ni ínsulos.

Grande gusto recibían el cura y el barbero de oír el coloquio de los tres; pero don Quijote, temeroso que Sancho se descosiese y desbuchase algún montón de maliciosas necedades, y tocase en puntos que no lo estarían bien a su crédito, le llamó, e hizo a las dos que callasen y le dejasen entrar. Entró Sancho, y el cura y el barbero se despidieron de don Quijote, de cuya salud desesperaron, viendo cuán puesto estaba en sus desvariados pensamientos, y cuán embebido en

2 **la engañifa:** Gaunerei. 6 **el golosazo ... el comilón** (fam.): Vielfraß (dazu *goloso/a:* naschhaft). 7 f. **no es de comer ... corte:** etwa: das ist nichts zum Essen, sondern zum Regieren, und eine Insel zu regieren ist mehr wert, als vier Städten oder vier Ortsgerichten vorzustehen. 11 **el costal:** Sack. 12 **el pegujar:** *el pegujal:* Pachtgärtchen, kleiner gepachteter Hof. 15 f. **que Sancho se descosiese y desbuchase:** etwa: dass Sancho sich den Mund verbrennt, dass Sancho zu viel ausplaudert. 21 f. **cuán puesto estaba en sus desvariados pensamientos:** wie starrköpfig er an seinen abwegigen Ideen festhielt (*desvariar:* wirr reden). 22 **embebido/a:** absorbiert, vertieft.

la simplicidad de sus malandantes caballerías; y así, dijo el cura al barbero:

– Vos veréis, compadre, como, cuando menos lo pensemos, nuestro hidalgo sale otra vez a volar la ribera.

No pongo yo duda en eso – respondió el barbero –; pero no me maravillo tanto de la locura del caballero como de la simplicidad del escudero, que tan creído tiene aquello de la ínsula, que creo que no se lo sacarán del casco cuantos desengaños pueden imaginarse.

[...]

En tanto, don Quijote se encerró con Sancho en su aposento, y estando solos, le dijo:

– Mucho me pesa, Sancho, que hayas dicho y digas que yo fui el que te saqué de tus casillas, sabiendo que yo no me quedé en mis casas; juntos salimos, juntos fuimos y juntos peregrinamos; una misma fortuna y una misma suerte ha corrido por los dos: si a ti te mantearon una vez, a mí me han molido ciento, y esto es lo que te llevo de ventaja.

– Eso estaba puesto en razón – respondió Sancho –, porque, según vuestra merced dice, más anejas son a los caballeros andantes las desgracias que a sus escuderos.

4f. **volar la ribera:** etwa: wieder auf die Jagd gehen (Ausdruck aus der Falknerei, hier im Sinne von: rückfällig werden). 10 **el casco:** Helm; hier (vulg.): Schädel. 15 **sacar de sus casillas** (fig.): eigtl.: jdn. närrisch machen; gleichzeitig wird aber auch mit der Bedeutung von *casa* und dem Diminutiv *casilla* gespielt. 19 **mantear:** prellen; lüpfen, einen Körper in die Luft werfen (Anspielung auf den Ersten Teil, wo Sancho Panza auf diese Weise behandelt wurde). 22 **anejo/a:** zugehörig.

– Engáñaste, Sancho – dijo don Quijote –; según aquello, *quando caput dolet* … etcétera.

– No entiendo otra lengua que la mía – respondió Sancho.

– Quiero decir – dijo don Quijote – que cuando la cabeza duele, todos los miembros duelen, y así, siendo yo tu amo y señor, soy tu cabeza, y tú mi parte, pues eres mi criado, y por esta razón el mal que a mí me toca, o tocare, a ti te ha de doler, y a mí el tuyo.

– Así había de ser – dijo Sancho –; pero cuando a mí me manteaban como a miembro, se estaba mi cabeza detrás de las bardas, mirándome volar por los aires, sin sentir dolor alguno, y pues los miembros están obligados a dolerse del mal de la cabeza, había de estar obligada ella a dolerse dellos.

– ¿Querrás tú decir agora, Sancho – respondió don Quijote –, que no me dolía yo cuando a ti te manteaban? Y si lo dices, no lo digas, ni lo pienses, pues más dolor sentía yo entonces en mi espíritu que tú en tu cuerpo. Pero dejemos esto aparte por agora, que tiempo habrá donde lo ponderemos y pongamos en su punto, y dime, Sancho amigo: ¿qué es lo que dicen de mí por ese lugar? ¿En qué opinión me tiene el vulgo, en qué los hidalgos y en qué los caballeros? ¿Qué dicen de mi valentía, qué de mis hazañas y qué de mi cortesía? ¿Qué se platica del asunto que he tomado de resucitar y volver al mundo la ya olvidada orden

2 **quando caput dolet …** (lat.): wenn das Haupt schmerzt … (zu ergänzen: *cetera membra dolent:* dann schmerzen auch die Glieder). 12 **detrás de las bardas:** etwa: hinterm Zaun versteckt (*la barda:* Strohabdeckung). 23 f. **el vulgo:** Masse, gemeines Volk.

caballeresca? Finalmente, quiero, Sancho, me digas lo que acerca desto ha llegado a tus oídos, y esto me has de decir sin añadir al bien ni quitar al mal cosa alguna; que de los vasallos leales es decir la verdad a sus señores en su ser y figura propia, sin que la adulación la acreciente o otro vano respeto la disminuya; [...].

– Eso haré yo de muy buena gana, señor mío – respondió Sancho –, con condición que vuestra merced no se ha de enojar de lo que dijere, pues quiere que lo diga en cueros, sin vestirlo de otras ropas de aquellas con que llegaron a mi noticia.

– En ninguna manera me enojaré – respondió don Quijote –. Bien puedes, Sancho, hablar libremente y sin rodeo alguno.

– Pues lo primero que digo – dijo –, es que el vulgo tiene a vuestra merced por grandísimo loco, y a mí por no menos mentecato. Los hidalgos dicen que no conteniéndose vuestra merced en los límites de la hidalguía, se ha puesto *don* y se ha arremetido a caballero con cuatro cepas y dos yugadas de tierra y con un trapo atrás y otro adelante. Dicen los caballeros que no querrían que los hidalgos se opusiesen a ellos, especialmente aquellos hidalgos escuderiles que dan

5f. **la adulación:** Schmeichelei. 6 **acrecentar:** vergrößern. 7f. **ponderar:** genauer untersuchen. 10 **en cueros:** hier: ungeschönt. 14 **sin rodeo(s):** ohne Umschweife. 17 **mentecato/a:** dumm, bekloppt. 19 **se ha puesto «don» ...:** *don* ist ein Titel, für den Don Quijotes *hidalguía* nicht ausreicht, den er sich also unrechtmäßig anmaßt (*arremetido*), obwohl er doch nur über ein paar Rebstöcke (*cuatro cepas*) und zwei Morgen Land (*dos yugadas*) verfügt und auch nicht vornehm gekleidet ist (*con un trapo atrás y otro adelante*). 23f. **hidalgos**

humo a los zapatos y toman los puntos de las medias negras con seda verde.

– Eso – dijo don Quijote – no tiene que ver conmigo, pues ando siempre bien vestido, y jamás remendado; roto, bien podría ser, y el roto, más de las armas que del tiempo.

– En lo que toca – prosiguió Sancho – a la valentía, cortesía, hazañas y asunto de vuestra merced, hay diferentes opiniones: unos dicen: «Loco, pero gracioso»; otros, «Valiente, pero desgraciado»; otros, «Cortés, pero impertinente»; y por aquí van discurriendo en tantas cosas, que ni a vuestra merced ni a mí nos dejan hueso sano.

– Mira, Sancho – dijo don Quijote –: donde quiera que está la virtud en eminente grado, es perseguida. Pocos o ninguno de los famosos varones que pasaron dejó de ser calumniado de la malicia. Julio César, animosísimo, prudentísimo y valentísimo capitán, fue notado de ambicioso y algún tanto no limpio, ni en sus vestidos ni en sus costumbres. Alejandro, a quien sus hazañas le alcanzaron el renombre de Magno, dicen dél que tuvo sus ciertos puntos de borracho. De Hércules, el de los muchos trabajos, se cuenta que fue lascivo y muelle. De don

**escuderiles … zapatos:** verarmte Hidalgos, die ihre Dienste bei Hof anbieten und mit einem Drüberhauchen (*que dan humo*) oder einer Tinktur die Risse in ihren Schuhen zu verbergen trachten. 1 **tomar los puntos:** die Maschen stopfen. Die Passage wirft ein helles Licht auf die Deklassierung jener Kriegerkaste, die einst, bei der *Reconquista*, die Kastanien aus dem Feuer geholt hatte. 11 **discurrir:** reden, denken. 12 f. **no dejar hueso sano a alg.** (loc.): etwa: kein gutes Haar an jdm. lassen. 17 **calumniar:** verleumden. 17 f. **animosísimo:** tatkräftig, mutig. 23 **muelle:** weich; hier (fig.): bequem.

Galaor, hermano de Amadís de Gaula, se murmura que fue más que demasiadamente rijoso; y de su hermano, que fue llorón. Así que, ¡oh Sancho!, entre las tantas calumnias de buenos bien pueden pasar las mías, como no sean más de las que has dicho.

– ¡Ahí está el toque, cuerpo de mi padre! – replicó Sancho.

– Pues ¿hay más? – preguntó don Quijote.

– Aún la cola falta por desollar – dijo Sancho –. Lo de hasta aquí son tortas y pan pintado, mas si vuestra merced quiere saber todo lo que hay acerca de las caloñas que le ponen, yo le traeré aquí luego al momento quien se las diga todas, sin que les falte una meaja; que anoche llegó el hijo de Bartolomé Carrasco, que viene de estudiar de Salamanca, hecho bachiller, y yéndole yo a dar la bienvenida, me dijo que andaba ya en libros la historia de vuestra merced, con nombre de *El Ingenioso Hidalgo don Quijote de la Mancha*; y dice que me mientan a mí en ella con mi mesmo nombre de Sancho Panza, y a la señora Dulcinea del Toboso, con otras cosas que pasamos nosotros a solas, que me hice cruces de espantado cómo las pudo saber el historiador que las escribió.

– Yo te aseguro, Sancho – dijo don Quijote –, que

2 **rijoso/a:** streitsüchtig. 3 **llorón, -ona:** weinerlich. 6 **ahí está el toque:** etwa: aber das ist es ja gerade! 9 **aún la cola falta por desollar:** etwa: das Schlimmste kommt erst noch! 11f. **las caloñas:** *las calumnias* (Sancho Panza kennt das Wort nicht richtig). 13 **sin que les falte una meaja:** nicht das Geringste wird fehlen (*la meaja:* Münze von sehr geringem Wert). 15 **el bachiller:** Bachelor. 19 **me mientan a mí en ella:** ich werde darin erwähnt, ich komme darin vor.

debe de ser algún sabio encantador el autor de nuestra historia; que a los tales no se les encubre nada de lo que quieren escribir.

– Y ¡cómo – dijo Sancho – si era sabio y encantador, pues (según dice el bachiller Sansón Carrasco, que así se llama el que dicho tengo) que el autor de la historia se llama Cide Hamete Berenjena!

– Ese nombre es de moro – respondió don Quijote.

– Así será – respondió Sancho –; porque por la mayor parte he oído decir que los moros son amigos de berenjenas.

– Tú debes, Sancho – dijo don Quijote –, errarte en el sobrenombre de ese Cide, que en arábigo quiere decir *señor*.

– Bien podría ser – replicó Sancho –; mas si vuestra merced gusta que yo le haga venir aquí; iré por él en volandas.

– Harásme mucho placer, amigo – dijo don Quijote –; que me tiene suspenso lo que me has dicho, y no comeré bocado que bien me sepa hasta ser informado de todo.

– Pues yo voy por él – respondió Sancho.

Y dejando a su señor, se fue a buscar al bachiller, con el cual volvió de allí a poco espacio, y entre los tres pasaron un graciosísimo coloquio.

2 **encubrir:** verbergen. 7 **Berenjena:** Sanchos volksetymologische Verballhornung von »Benengeli« (*la berenjena:* Aubergine; also etwas zum Essen …). 16f. **ir en volandas:** eilen, fliegen.

Capítulo III

## Del ridículo razonamiento que pasó entre don Quijote, Sancho Panza y el bachiller Sansón Carrasco

Sansóns Bericht über den Ersten Teil. – Mit dem genialen Trick des Cervantes, den Ersten Teil zum Thema des Zweiten zu machen, bekommt der Roman eine neue Dimension: Er wird zum Metaroman, aus dessen Perspektive der Erste Teil nun auch seinerseits kritisch beurteilt werden kann. Der Zweite Teil verhält sich also zum Ersten wie der Erste Teil zu den Ritterromanen. Tatsächlich enthält das vorliegende Kapitel eine Art *autodefé* des Ersten Teils in Form von Fremd- und Selbstkritik vor dem Hintergrund der aristotelischen Poetik, die z. T. wörtlich zitiert wird. Außerdem bekommen die Hauptfiguren nun ein ›eigenes‹ Leben, insofern sie innerhalb der Fiktion als tatsächlich existierend ausgewiesen werden. Besonders Don Quijote nimmt bereits Züge eines modernen ›VIP‹ an, auf dessen Erscheinen alle Welt mit Spannung wartet, so wie man heute einen Medienstar bestaunt, den man bisher nur aus seinen Film- oder Fernseh-Rollen kannte. Aber auch Sancho Panza sonnt sich im Ruhm.

---

Pensativo además quedó don Quijote, esperando al bachiller Carrasco, de quien esperaba oír las nuevas de sí mismo puestas en libro, como había dicho Sancho, y no se podía persuadir a que tal historia hubiese, pues aún no estaba enjuta en la cuchilla de su espada la sangre de los enemigos que había muerto, y ya querían que anduviesen en estampa sus altas caballerías. Con todo eso, imaginó que algún sabio, o ya amigo [o] enemigo, por arte de encantamento las habrá dado a la estampa: si amigo, para engrandecerlas y levantarlas sobre las más señaladas de caballero andante; si enemigo, para aniquilarlas y ponerlas debajo de las más viles que de algún vil escudero se hubiesen escrito, puesto – decía entre sí – que nunca hazañas de escuderos se escribieron; y cuando fuese verdad que la tal historia hubiese, siendo de caballero andante, por fuerza había de ser grandílocua, alta, insigne, magnífica y verdadera.

Con esto se consoló algún tanto, pero desconsolóle pensar que su autor era moro, según aquel nombre de Cide, y de los moros no se podía esperar verdad alguna, porque todos son embelecadores, falsarios y quimeristas. Temíase no hubiese tratado sus amores con alguna indecencia, que redundase en menoscabo y perjuicio de la honestidad de su señora Dulcinea del Toboso; deseaba que hubiese declarado su fidelidad y

2f. **aún no estaba enjuta … sangre:** das Blut auf der Klinge seines Schwertes war noch nicht getrocknet (*enjuto/a:* dürr, trocken; abermals spielt Cervantes hier mit der Differenz zwischen tatsächlich und fiktiv vergangener Zeit). 4 **en estampa:** im (Buch-)Druck (*la estampa:* Druckerei). 9 **aniquilar:** vernichten; hier: herabwürdigen. 14 **grandílocuo/a:** hochtönend. **insigne:** ausgezeichnet; vornehm. 19f. **embelecador, -ora … falsario/a … quimerista:** Alle drei Wörter bedeuten hier das Gleiche: Fälscher, Betrüger (*embelesar:* entzücken; *quimérico/a:* fantastisch).

el decoro que siempre la había guardado, menospreciando reinas, emperatrices y doncellas de todas calidades, teniendo a raya los ímpetus de los naturales movimientos; y así, envuelto y revuelto en estas y otras muchas imaginaciones, le hallaron Sancho y Carrasco, a quien don Quijote recibió con mucha cortesía.

Era el bachiller, aunque se llamaba Sansón, no muy grande de cuerpo, aunque muy gran socarrón; de color macilenta, pero de muy buen entendimiento; tendría hasta veinte y cuatro años, carirredondo, de nariz chata y de boca grande, señales todas de ser de condición maliciosa y amigo de donaires y de burlas, como lo mostró en viendo a don Quijote, poniéndose delante dél de rodillas, diciéndole:

– Deme vuestra grandeza las manos, señor don Quijote de la Mancha; que por el hábito de San Pedro que visto, aunque no tengo otras órdenes que las cuatro primeras, que es vuestra merced uno de los más famosos caballeros andantes que ha habido, ni aun habrá, en toda la redondez de la tierra. Bien haya Cide Hamete Benengeli, que la historia de vuestras grandezas dejó escritas, y rebién haya el curioso que tuvo cuidado de hacerlas traducir de arábigo en nuestro vulgar castellano, para universal entretenimiento de las gentes.

1 **el decoro:** hier: Respekt. 7 **Sansón:** Samson oder Simson, gewaltiger Held aus dem Alten Testament. 9 **macilento/a:** blass, fahl. 10 **carirredondo/a:** *(con una) cara redonda.* 16 f. **el hábito de San Pedro … cuatro primeras (órdenes):** Weltpriester oder Theologieabsolvent, der nur die niederen Weihen besitzt. 24 **el vulgar castellano:** die kastilische Volkssprache (*la lengua vulgar*, also ›Spanisch‹) im Gegensatz zu Latein.

Hízole levantar don Quijote, y dijo:

– Desa manera, ¿verdad es que hay historia mía, y que fue moro y sabio el que la compuso?

– Es tan verdad, señor – dijo Sansón –, que tengo para mí que el día de hoy están impresos más de doce mil libros de la tal historia; si no, dígalo Portugal, Barcelona y Valencia, donde se han impreso; y aun hay fama que se está imprimiendo en Amberes, y a mí se me trasluce que no ha de haber nación ni lengua donde no se traduzga.

– Una de las cosas – dijo a esta sazón don Quijote – que más debe de dar contento a un hombre virtuoso y eminente es verse, viviendo, andar con buen nombre por las lenguas de las gentes, impreso y en estampa. Dije *con buen nombre*, porque siendo al contrario, ninguna muerte se le igualara.

– Si por buena fama y si por buen nombre va – dijo el bachiller –, solo vuestra merced lleva la palma a todos los caballeros andantes; porque el moro en su lengua y el cristiano en la suya tuvieron cuidado de pintarnos muy al vivo la gallardía de vuestra merced, el ánimo grande en acometer los peligros, la paciencia en las adversidades y el sufrimiento así en las desgracias como en las heridas, la honestidad y continencia en los amores tan platónicos de vuestra merced y de mi señora doña Dulcinea del Toboso.

– Nunca – dijo a este punto Sancho Panza – he oído

5f. **más de doce mil libros:** stolzer, wenn auch indirekter Hinweis des Autors auf den – für damalige Verhältnisse – außerordentlichen Erfolg des Ersten Teils. 8 **Amberes:** Antwerpen. 13 **eminente:** herausragend. 24 **la continencia:** Mäßigkeit.

llamar con *don* a mi señora Dulcinea, sino solamente *la señora Dulcinea del Toboso*, y ya en esto anda errada la historia.

– No es objeción de importancia ésa – respondió Carrasco.

– No, por cierto – respondió don Quijote –; pero dígame vuestra merced, señor bachiller: ¿qué hazañas mías son las que más se ponderan en esa historia?

– En eso – respondió el bachiller –, hay diferentes opiniones, como hay diferentes gustos: unos se atienen a la aventura de los molinos de viento, que a vuestra merced le parecieron Briareos y gigantes; otros, a la de los batanes; éste, a la descripción de los dos ejércitos, que después parecieron ser dos manadas de carneros; aquél encarece la del muerto que llevaban a enterrar a Segovia; uno dice que a todas se aventaja la de la libertad de los galeotes; otro, que ninguna iguala a la de los dos gigantes benitos, con la pendencia del valeroso vizcaíno.

– Dígame, señor bachiller – dijo a esta sazón Sancho –: ¿entra ahí la aventura de los yangüeses, cuando a nuestro buen Rocinante se le antojó pedir cotufas en el golfo?

– No se le quedó nada – respondió Sansón – al sabio en el tintero; todo lo dice y todo lo apunta, hasta

8 **ponderar:** preisen, rühmen. 10f. **atenerse:** sich halten, sich berufen. 15 **encarecer:** hervorheben, betonen. 18 **los gigantes benitos:** bezieht sich auf die Benediktinermönche in I,8, die Don Quijote dort allerdings für böse Zauberer, nicht für Riesen gehalten hatte (wieder ein kleiner Lapsus des Autors). 22f. **pedir cotufas en el golfo:** Unmögliches wollen (*la cotufa:* Leckerbissen). 25 **el tintero:** Tintenfass.

lo de las cabriolas que el buen Sancho hizo en la manta.

– En la manta no hice yo cabriolas – respondió Sancho –; en el aire sí, y aun más de las que yo quisiera.

– A lo que yo imagino – dijo don Quijote –, no hay historia humana en el mundo que no tenga sus altibajos, especialmente las que tratan de caballerías, las cuales nunca pueden estar llenas de prósperos sucesos.

– Con todo eso – respondió el bachiller –, dicen algunos que han leído la historia que se holgaran se les hubiera olvidado a los autores della algunos de los infinitos palos que en diferentes encuentros dieron al señor don Quijote.

– Ahí entra la verdad de la historia – dijo Sancho.

– También pudieran callarlos por equidad – dijo don Quijote –, pues las acciones que ni mudan ni alteran la verdad de la historia no hay para qué escribirlas, si han de redundar en menosprecio del señor de la historia. A fee que no fue tan piadoso Eneas como Virgilio le pinta, ni tan prudente Ulises como le describe Homero.

– Así es – replicó Sansón –; pero uno es escribir como poeta y otro como historiador: el poeta puede contar o cantar las cosas, no como fueron, sino como debían ser, y el historiador las ha de escribir, no como

1 **la cabriola:** Kapriole. 17 **la equidad:** Gerechtigkeit, Angemessenheit. 24 **pero uno es escribir ...:** Zitat aus der aristotelischen Poetik; Cervantes macht daraus sogleich einen ›lebendigen‹ Interessenkonflikt zwischen Don Quijote und Sancho Panza!

debían ser, sino como fueron, sin añadir ni quitar a la verdad cosa alguna.

– Pues si es que se anda a decir verdades ese señor moro – dijo Sancho –, a buen seguro que entre los palos de mi señor se hallen los míos; porque nunca a su merced le tomaron la medida de las espaldas que no me la tomasen a mí de todo el cuerpo; pero no hay de qué maravillarme, pues como dice el mismo señor mío, del dolor de la cabeza han de participar los miembros.

– Socarrón sois, Sancho – respondió don Quijote –. A fee que no os falta memoria cuando vos queréis tenerla.

– Cuando yo quisiese olvidarme de los garrotazos que me han dado – dijo Sancho –, no lo consentirán los cardenales, que aún se están frescos en las costillas.

– Callad, Sancho – dijo don Quijote –, y no interrumpáis al señor bachiller, a quien suplico pase adelante en decirme lo que se dice de mí en la referida historia.

– Y de mí – dijo Sancho –; que también dicen que soy yo uno de los principales presonajes della.

– *Personajes*, que no *presonajes*, Sancho amigo – dijo Sansón.

– ¿Otro reprochador de voquibles tenemos? – dijo

6 **tomar la medida:** Maß nehmen (mit der Elle); hier (fig.): verprügeln. 14 **el garrotazo:** Schlag mit dem Knüppel. 26 **el reprochador:** etwa: Kritiker (*reprochar:* vorwerfen, vorhalten). **los voquibles:** *los vocablos* (wie immer verdreht Sancho die gelehrten Wörter).

Sancho –. Pues ándense a eso, y no acabaremos en toda la vida.

– Mala me la dé Dios, Sancho – respondió el bachiller –, si no sois vos la segunda persona de la historia, y que hay tal que precia más oíros hablar a vos que al más pintado de toda ella, puesto que también hay quien diga que anduvistes demasiadamente de crédulo en creer que podía ser verdad el gobierno de aquella ínsula ofrecida por el señor don Quijote, que está presente.

– Aún hay sol en las bardas – dijo don Quijote –; y mientras más fuere entrando en edad Sancho, con la experiencia que dan los años, estará más idóneo y más hábil para ser gobernador que no está agora.

– Por Dios, señor – dijo Sancho –; la isla que yo no gobernase con los años que tengo, no la gobernaré con los años de Matusalén. El daño está en que la dicha ínsula se entretiene no sé dónde, y no en faltarme a mí el caletre para gobernarla.

– Encomendadlo a Dios, Sancho – dijo don Quijote –; que todo se hará bien, y quizá mejor de lo que vos pensáis; que no se mueve la hoja en el árbol sin la voluntad de Dios.

– Así es verdad – dijo Sansón –; que si Dios quiere, no le faltarán a Sancho mil islas que gobernar, cuanto más una.

6 **el más pintado:** hier (fig.): der Schönste, der Hervorragende. 7 f. **crédulo/a:** leichtgläubig. 11 **aún hay sol en las bardas** (loc.): noch besteht Hoffnung. 13 **idóneo/a:** geeignet, tauglich. 17 **Matusalén:** Methusalem. 19 **el caletre** (fam.): Fähigkeit, Grips. 25 f. **cuanto más (que):** um so mehr.

– Gobernador he visto por ahí – dijo Sancho – que, a mi parecer, no llegan a la suela de mi zapato, y, con todo eso, los llaman señoría, y se sirven con plata.

– Ésos no son gobernadores de ínsulas – replicó Sansón –, sino de otros gobiernos más manuales; que los que gobiernan ínsulas, por lo menos han de saber gramática.

– Con la *grama* bien me avendría yo – dijo Sancho –; pero con la *tica*, ni me tiro ni me pago, porque no la entiendo. [...]

– Una de las tachas que ponen a la tal historia – dijo el bachiller – es que su autor puso en ella una novela intitulada *El curioso impertinente*; no por mala ni por mal razonada, sino por no ser de aquel lugar, ni tiene que ver con la historia de su merced del señor don Quijote.

– Yo apostaré – replicó Sancho – que ha mezclado el hi de perro berzas con capachos.

– Ahora digo – dijo con Quijote – que no ha sido sabio el autor de mi historia, sino algún ignorante hablador, que a tiento y sin algún discurso se puso a escribirla, salga lo que saliere, como hacía Orbaneja, el pintor de Úbeda, al cual preguntándole qué pintaba,

3 **se sirven con plata:** sie essen mit silbernem Besteck. 5 **manual:** hier: *manejable:* leicht lenkbar. 8 **con la grama bien me avendría yo:** mit der *grama* (f., Futtergras) würde ich mich schon auskennen (*la grama* wird von Sancho sofort auf seine Lebenswelt bezogen). 9 **con la tica ni me tiro ni me pago:** etwa: mit der *tica* habe ich nichts zu tun. 11 **la tacha:** Einwand. 17f. **mezclar berzas con capachos** (loc.): alles durcheinanderbringen; vgl. dt.: Äpfel mit Birnen verwechseln (*la berza:* Kohl; *el capacho:* Esparto). 18 **el hi de perro** (euf.): *hijo de puta.*

respondió: «– Lo que saliere.» Tal vez pintaba un gallo, de tal suerte y tan mal parecido, que era menester que con letras góticas escribiese junto a él: «Éste es gallo.» Y así debe de ser mi historia, que tendrá necesidad de comento para entenderla.

– Eso no – respondió Sansón –; porque es tan clara, que no hay cosa que dificultar en ella: los niños la manosean, los mozos la leen, los hombres la entienden y los viejos la celebran, y, finalmente, es tan trillada y tan leída y tan sabida de todo género de gentes, que apenas han visto algún rocín flaco, cuando dicen: «Allí va Rocinante.» Y los que más se han dado a su letura son los pajes. No hay antecámara de señor donde no se halle un *Don Quijote*: unos le toman si otros le dejan; éstos le embisten y aquéllos le piden. Finalmente, la tal historia es del más gustoso y menos perjudicial entretenimiento que hasta agora se haya visto, porque en toda ella no se descubre, ni por semejas, una palabra deshonesta ni un pensamiento menos que católico.

– A escribir de otra suerte – dijo don Quijote –, no fuera escribir verdades, sino mentiras, y los historiadores que de mentiras se valen habían de ser quemados, como los que hacen moneda falsa; y no sé yo qué le movió al autor a valerse de novelas y cuentos ajenos, habiendo tanto que escribir en los míos: [...].

– No hay libro tan malo – dijo el bachiller –, que no tenga algo bueno.

3 **la letra gótica:** hier: Großbuchstabe. 5 **el comento:** Kommentar. 7f. **manosear** (fam., pey.): abfingern, betatschen. 9 **trillado/a:** abgedroschen, durchgehechelt. 13 **el paje:** Page. **la antecámara:** Vorzimmer. 15 **embestir:** hier: sich draufstürzen.

[...]

– El que de mí trata – dijo don Quijote –, a pocos habrá contentado.

– Antes es al revés; que como de *stultorum infinitus est numerus*, infinitos son los que han gustado de la tal historia. Y algunos han puesto falta y dolo en la memoria del autor, pues se le olvida de contar quién fue el ladrón que hurtó el rucio a Sancho, que allí no se declara y sólo se infiere de lo escrito que se le hurtaron, y de allí a poco le vemos a caballo sobre el mesmo jumento, sin haber parecido. También dicen que se le olvidó poner lo que Sancho hizo de aquellos cien escudos que halló en la maleta en Sierra Morena, que nunca más los nombra, y hay muchos que desean saber qué hizo dellos, o en qué los gastó, que es uno de los puntos sustanciales que faltan en la obra.

[...]

Kapitel 14 (hier übersprungen) setzt die Kritik am Ersten Teil fort, hier vor allem bezüglich der Irrtümer und Flüchtigkeitsfehler, die Cervantes dort unterlaufen sind.

4f. **stultorum infinitus est numerus** (lat.): unendlich ist die Zahl der Dummköpfe. 6f. **algunos han puesto falta y dolo en la memoria del autor:** etwa: manche Leute beschweren sich über die Gedächtnisfehlleistungen des Autors. 8 **hurtar el rucio:** den Esel stehlen (*rucio/a:* graumeliert; bezieht sich auf eine Episode des Ersten Teils). 9 **se infiere de lo escrito:** etwa: man kann aus dem Geschriebenen ableiten. 11 **parecido:** *aparecido* (gemeint ist: plötzlich ist der Esel wieder da und man versteht nicht wieso).

Capítulo V

## De la discreta y graciosa plática que pasó entre Sancho Panza y su mujer Teresa Panza, y otros sucesos dignos de felice recordación

Als VIP redet Sancho Panza zu seiner Frau Teresa (die ihn kaum noch versteht) fast schon so geschwollen wie Don Quijote bisweilen zu ihm. Während Sancho Panza sich schon als Inselstatthalter fühlt, bleibt Teresa auf dem Teppich und hält seinem Höhenflug ihr »Schuster bleib bei deinem Leisten« entgegen. Zu Lebzeiten von Cervantes war der gesellschaftliche Aufstieg von ›ganz unten‹ praktisch unmöglich und vor allem offiziell verpönt.

---

Llegando a escribir el traductor desta historia este quinto capítulo, dice que le tiene por apócrifo, porque en él habla Sancho Panza con otro estilo del que se podía prometer de su corto ingenio, y dice cosas tan sutiles, que no tiene por posible que él las supiese; pero que no quiso dejar de traducirlo, por cumplir con lo que a su oficio debía, y así, prosiguió diciendo:

Llegó Sancho a su casa tan regocijado y alegre, que su mujer conoció su alegría a tiro de ballesta; tanto, que la obligó a preguntarle:

– ¿Qué traéis, Sancho amigo, que tan alegre venís?

14 **apócrifo/a:** falsch; unauthentisch.

A lo que él respondió:

– Mujer mía, si Dios quisiera, bien me holgara yo de no estar tan contento como muestro.

– No os entiendo, marido – replicó ella –, y no sé qué queréis decir en eso de que os holgáredes, si Dios quisiera, de no estar contento; que, maguer tonta, no sé yo quién recibe gusto de no tenerle.

– Mirad, Teresa – respondió Sancho –; yo estoy alegre porque tengo determinado de volver a servir a mi amo don Quijote, el cual quiere la vez tercera salir a buscar las aventuras, y yo vuelvo a salir con él, porque lo quiere así mi necesidad, junto con la esperanza, que me alegra, de pensar si podré hallar otros cien escudos como los ya gastados, puesto que me entristece el haberme de apartar de ti y de mis hijos; y si Dios quisiera darme de comer a pie enjuto y en mi casa, sin traerme por vericuetos y encrucijadas, pues lo podía hacer a poca costa y no más de quererlo, claro está que mi alegría fuera más firme y valedera, pues que la que tengo va mezclada con la tristeza del dejarte; así que dije bien que holgara, si Dios quisiera, de no estar contento.

– Mirad, Sancho – replicó Teresa –: después que os hicistes miembro de caballero andante habláis de tan rodeada manera, que no hay quien os entienda.

6 **maguer:** *aunque:* wenn auch. 7 **tenerle:** *le* bezieht sich auf *el gusto.* 13f. **otros cien escudos:** Anspielung auf eine (hier nicht abgedruckte) Episode des Ersten Teils. 16 **a pie enjuto:** trockenen Fußes; hier (fig.): ohne Anstrengung. 17 **el vericueto:** unwegsames Gelände. 19 **valedero/a:** gültig, geltend; hier: dauerhaft. 25 **de rodeada manera:** auf Umwegen; hier: umständlich (bezieht sich auf Sanchos ›gehobene‹ Ausdrucksweise).

– Basta que me entienda Dios, mujer – respondió Sancho –, que Él es el entendedor de todas las cosas, y quédese esto aquí; y advertid, hermana, que os conviene tener cuenta estos tres días con el rucio, de manera que esté para armas tomar: dobladle los piensos, requerid la albarda y las demás jarcias, porque no vamos a bodas, sino a rodear el mundo, y a tener dares y tomares con gigantes, con endriagos y con vestiglos, y a oír silbos, rugidos, bramidos y baladros; y aun todo esto fuera flores de cantueso si no tuviéramos que entender con yangüeses y con moros encantados.

– Bien creo yo, marido – replicó Teresa –, que los escuderos andantes no comen el pan de balde, y así, quedaré rogando a Nuestro Señor os saque presto de tanta mala ventura.

– Yo os digo, mujer – respondió Sancho –, que si no pensase antes de mucho tiempo verme gobernador de una ínsula, aquí me caería muerto.

– Eso no, marido mío – dijo Teresa –: viva la gallina, aunque sea con su pepita; vivid vos, y llévese el diablo cuantos gobiernos hay en el mundo. Sin gobierno salistes del vientre de vuestra madre, sin go-

4 **tener cuenta con algo/alg.:** sich um etwas/jdn. kümmern. 5 f. **el pienso:** Futter. 6 **la albarda:** Packsattel. **la jarcia:** Zaumzeug. 8 **el endriago:** Drache. 8 f. **el vestiglo:** Monster. 9 **silbos** (*silbidos*), **rugidos, bramidos, baladros:** Zischen, Brüllen, Stöhnen, Schreien. 10 **las flores de cantueso** (loc.): unwichtig (*el cantueso:* Lavendelart). 11 **yangüeses:** Anspielung auf die Maultiertreiber, die Don Quijote und Sancho Panza im Ersten Teil verprügelt haben. 13 **de balde:** umsonst (auch: *en balde*). 20 **la pepita:** (Hühner-)Pips. 21 f. **sin gobierno:** Der Text spielt ab jetzt mit der Zweideutigkeit von (1) *gobierno:* Regierungsamt, und (2) *gobierno*: Vernunft, Selbstkontrolle.

bierno habéis vivido hasta ahora, y sin gobierno os iréis, o os llevarán, a la sepultura cuando Dios fuere servido. Como ésos hay en el mundo que viven sin gobierno, y no por eso dejan de vivir y de ser contados en el número de las gentes. La mejor salsa del mundo es la hambre, y como ésta no falta a los pobres, siempre comen con gusto. Pero mirad, Sancho, si por ventura os viéredes con algún gobierno, no os olvidéis de mí y de vuestros hijos. Advertid que Sanchico tiene ya quince años cabales, y es razón que vaya a la escuela, si es que su tío el abad le ha de dejar hecho de la Iglesia. Mirad también que Mari Sancha, vuestra hija, no se morirá si la casamos; que me va dando barruntos que desea tanto tener marido como vos deseáis veros con gobierno, y, en fin en fin, mejor parece la hija mal casada que bien abarraganada.

– A buena fe – respondió Sancho – que si Dios me llega a tener algo qué de gobierno, que tengo de casar, mujer mía, a Mari Sancha tan altamente, que no la alcancen sino con llamarla señora.

– Eso no, Sancho – respondió Teresa –; casadla con su igual, que es lo más acertado; que si de los zuecos la sacáis a chapines, y de saya parda de catorceno a verdugado y saboyanas de seda, y de una *Marica* y un

10 **cabal:** exakt; komplett. 16 **abarraganada:** etwa: als Konkubine lebend (von *barragana:* Konkubine). 18 **algo qué de gobierno:** wieder zweideutig: ein bisschen Statthalterschaft, aber auch: ein bisschen Verstand. 22 f. **de zuecos a chapines:** von Holzpantinen zu feinen Damenschuhen. 23 f. **de saya parda ... a verdugado:** von Bauernkleidern zur Hoftoilette (*la saya:* Unterrock; *pardo/a:* graubraun; *el catorceno:* grober Stoff; *el verdugado:* Reifrock; *la saboyana:* feiner Unterrock).

*tú* a una *doña tal* y *señoría*, no se ha de hallar la muchacha, y a cada paso ha de caer en mil faltas, descubriendo la hilaza de su tela basta y grosera.

– Calla, boba – dijo Sancho –; que todo será usarlo dos o tres años; que después, le vendría el señorío y la gravedad como de molde; y cuando no, ¿qué importa? Séase ella *señoría*, y venga lo que viniere.

– Medíos, Sancho, con vuestro estado – respondió Teresa –; no os queráis alzar a mayores, y advertid al refrán que dice: «Al hijo de tu vecino, límpiale las narices y métele en tu casa.» ¡Por cierto que sería gentil cosa casar a nuestra María con un condazo, o con caballerote que cuando se le antojase la pusiese como nueva, llamándola de villana, hija de destripaterrones y de la pelarruecas! ¡No en mis días, marido! ¡Para eso, por cierto, he criado yo a mi hija! Traed vos dinero, Sancho, y el casarla dejadlo a mi cargo; que ahí está Lope Tocho, el hijo de Juan Tocho, mozo rollizo y sano, y que le conocemos, y sé que no mira de mal ojo a la muchacha; y con éste, que es nuestro igual, estará bien casada, y le tendremos siempre a nuestros

1 **no se ha de hallar:** sie wird sich nicht daran gewöhnen, sie wird sich nicht zurechtfinden. 3 **la hilaza de su tela basta:** grober Stoff, Gewebe; hier (fig.): ihre Einfachheit und grobe Kinderstube (*la hilaza:* grobes Garn). 6 **la gravedad:** gravitätische Würde. 8 **medíos con vuestro estado:** etwa: benehmt Euch so, wie es Eurem Stand zukommt. 12 **el condazo** (pey.): *el conde.* 12 f. **el caballerote** (pey.): *el caballero.* 13 f. **poner como nuevo/a a alg.:** hier: jdn. schlecht behandeln. 14 f. **el destripaterrón ... la pelarruecas:** etwa: Schollenhacker, und: Spinnradzauserin; despektierliche Ausdrücke für Bauer und Spinnerin (*destripar:* ausweiden; *la rueca:* Spinnrad). 18 **Lope Tocho:** ein Nachbar vom gleichen Stand; *tocho* heißt aber auch: dumm; beschränkt.

ojos, y seremos todos unos, padres e hijos, nietos y yernos, y andará la paz y la bendición de Dios entre todos nosotros, y no casármela vos ahora en esas cortes y en esos palacios grandes, adonde ni a ella la entiendan, ni ella se entienda.

– Ven acá, bestia y mujer de Barrabás – replicó Sancho –; ¿por qué quieres tú ahora, sin qué ni para qué, estorbarme que no case a mi hija con quien me dé nietos que se llamen *señoría*? Mira, Teresa: siempre he oído decir a mis mayores que el que no sabe gozar de la ventura cuando le viene, que no se debe quejar si se le pasa. Y no sería bien que ahora, que está llamando a nuestra puerta, se la cerremos; dejémonos llevar deste viento favorable que nos sopla.

(Por este modo de hablar, y por lo que más abajo dice Sancho, dijo el traductor desta historia que tenía por apócrifo este capítulo.)

– ¿No te parece, animalia – prosiguió Sancho –, que será bien dar con mi cuerpo en algún gobierno provechoso que nos saque el pie del lodo? Y cásese a Mari Sancha con quien yo quisiere, y verás cómo te llaman a ti *doña Teresa Panza*, y te sientas en la iglesia sobre alcatifa, almohadas y arambeles, a pesar y despecho de las hidalgas del pueblo. ¡No, sino estaos siempre en un ser, sin crecer ni menguar, como figura de paramento!

6 **la mujer de Barrabás:** etwa: Teufelsweib. 19 **el/la animalia:** *el animal.* 21 **el lodo:** Schlamm, Morast. 23f. **sobre alcatifa, almohadas y arambeles:** etwa: auf Kissen und feinen Teppichen (*la alcatifa:* feiner maurischer Teppich; *el arambel:* Wandbehang). 26 **como figura de paramento:** etwa: wie eine versteinerte Statue (*el paramento:* Altarschmuck, Ornament).

Y en esto no hablemos más, que Sanchica ha de ser condesa, aunque tú más me digas.

– ¿Veis cuanto decís, marido? – respondió Teresa –. Pues con todo eso, temo que este condado de mi hija ha de ser su perdición. Vos haced lo que quisiéredes, ora la hagáis duquesa, o princesa; pero séos decir que no será ello con voluntad ni consentimiento mío. Siempre, hermano, fui amiga de la igualdad, y no puedo ver entonos sin fundamentos. Teresa me pusieron en el bautismo, nombre mondo y escueto, sin añadiduras ni cortapisas, ni arrequives, de *dones* ni *donas*; [...]. Vos, hermano, idos a ser gobierno o ínsulo, y entonaos a vuestro gusto; que mi hija ni yo, por el siglo de mi madre que no nos hemos de mudar un paso de nuestra aldea: la mujer honrada, la pierna quebrada, y en casa; y la doncella honesta, el hacer algo es su fiesta. Idos con vuestro don Quijote a vuestras aventuras, y dejadnos a nosotras con nuestras malas venturas; que Dios nos las mejorará como seamos buenas; y yo no sé, por cierto, quién le puso a él *don*, que no tuvieron sus padres ni sus agüelos. [...]

– Mira, Teresa – respondió Sancho –, y escucha lo que agora quiero decirte; quizá no lo habrás oído en

8 **amiga de la igualdad:** *la igualdad* ist hier nicht im Sinne von: Gleichheit (auch mit den höheren Ständen), zu verstehen, sondern im Sinne von: unter Seinesgleichen bleiben. 9 **los entonos sin fundamento:** etwa: unbegründete Arroganz (*entonarse:* angeben). 10 **mondo/a:** nackt, bloß. **escueto/a:** nüchtern, schlicht. 11 **la cortapisa:** Besatz. **el arrequive:** Zierband. 13 f. **por el siglo de mi madre:** etwa: um des Lebens meiner Mutter willen. 15 f. **la mujer honrada ... en casa; y la doncella honesta ... su fiesta:** zwei viel gebrauchte Sprichwörter aus vorfeministischer Zeit! 21 **los agüelos:** *los abuelos.*

todos los días de tu vida, y yo agora no hablo de mío; que todo lo que pienso decir son sentencias del padre predicador que la cuaresma pasada predicó en este pueblo, el cual, si mal no me acuerdo, dijo que todas las cosas presentes que los ojos están mirando se presentan, están y asisten en nuestra memoria mucho mejor y con más vehemencia que las cosas pasadas.

[...]

– Yo no os entiendo, marido – replicó Teresa –; haced lo que quisiéredes, y no me quebréis más la cabeza con vuestras arengas y retóricas. Y si estáis revuelto en hacer lo que decís ...

– *Resuelto* has de decir, mujer – dijo Sancho –, y no *revuelto*.

– No os pongáis a disputar, marido, conmigo – respondió Teresa –. Yo hablo como Dios es servido, y no me meto en más dibujos; y digo que si estáis porfiando en tener gobierno, que llevéis con vos a vuestro hijo Sancho, para que desde agora le enseñéis a tener gobierno; que bien es que los hijos hereden y aprendan los oficios de sus padres.

– En teniendo gobierno – dijo Sancho –, enviaré por él por la posta, y te enviaré dineros, que no me faltarán, pues nunca falta quien se los preste a los gobernadores cuando no los tienen; y vístele de modo que disimule lo que es y parezca lo que ha de ser.

1 f. **no hablo de mío:** etwa: das sind nicht m e i n e Worte. 3 **la cuaresma:** Fastenzeit. 13 **«Resuelto» has de decir:** Sancho Panza als Sprachkorrektor seiner Frau, wie früher Don Quijote von ihm! (*resuelto: decidido*). 16 f. **no me meto en más dibujos** (fig.): ich mache mir's (auch sprachlich) nicht schwieriger als notwendig.

– Enviad vos dinero – dijo Teresa –; que yo os lo vistiré como un palmito.

– En efecto, quedamos de acuerdo – dijo Sancho – de que ha de ser condesa nuestra hija.

– El día que yo la viere condesa – respondió Teresa –, ése haré cuenta que la entierro; pero otra vez os digo que hagáis lo que os diere gusto; que con esta carga nacemos las mujeres, de estar obedientes a sus maridos, aunque sean unos porros.

Y en esto comenzó a llorar tan de veras como si ya viera muerta y enterrada a Sanchica. Sancho la consoló diciéndole que ya que la hubiese de hacer condesa, la haría todo lo más tarde que ser pudiese. Con esto se acabó su plática, y Sancho volvió a ver a don Quijote para dar orden en su partida.

---

In Kapitel 6 (hier übersprungen) versuchen Nichte und Haushälterin mit dem Argument, der Dienst bei Hof sei doch viel sicherer als der Beruf des Fahrenden Ritters, Don Quijote von seiner dritten Ausfahrt abzuhalten – vergebens.

2 **vestir como un palmito:** etwa: ausstaffieren wie einen Stutzer (*el palmito:* Palmenherz; hübsches Gesicht). 9 **el porro:** dummer Klotzkopf, Trampel.

Capítulo VII

## De lo que pasó don Quijote con su escudero, con otros sucesos famosísimos

Diesmal geht es hauptsächlich um Lohnverhandlungen zwischen ›Arbeitgeber‹ und ›Arbeitnehmer‹. Don Quijote bietet Gnadenlohn; Sancho Panza will Tarifvereinbarungen – und steht kurz vor der Entlassung, weil Sansón Carrasco es billiger machen würde.

———

Apenas vio el ama que Sancho Panza se encerraba con su señor, cuando dio en la cuenta de sus tratos, y, imaginando que de aquella consulta había de salir la resolución de su tercera salida, y tomando su manto, toda llena de congoja y pesadumbre se fue a buscar al bachiller Sansón Carrasco, pareciéndole que por ser bien hablado y amigo fresco de su señor, le podría persuadir a que dejase tan desvariado propósito.

Hallóle paseándose por el patio de su casa, y viéndole, se dejó caer ante sus pies, trasudando y congojosa. Cuando la vio Carrasco con muestras tan doloridas y sobresaltadas, le dijo:

10 **dio en la cuenta de sus tratos:** sie begriff, was jetzt besprochen oder verhandelt wird. 12f. **el manto:** Umhang. 13f. **la congoja … la pesadumbre:** Kummer, Gram. 16f. **el desvariado propósito:** unsinniger, abwegiger Vorsatz. 19 **trasudar:** *sudar.*

– ¿Qué es esto, señora ama? ¿Qué le ha acontecido, que parece que se le quiere arrancar el alma?

– No es nada, señor Sansón mío, sino que mi amo se sale; ¡sálese, sin duda!

– Y ¿por dónde se sale, señora? – preguntó Sansón –. ¿Hásele roto alguna parte de su cuerpo?

– No se sale – respondió ella – sino por la puerta de su locura. Quiero decir, señor bachiller de mi ánima, que quiere salir otra vez, que con ésta será la tercera, a buscar por ese mundo lo que él llama venturas, que yo no puedo entender cómo les da este nombre. La vez primera nos le volvieron atravesado sobre un jumento, molido a palos. La segunda vino en un carro de bueyes, metido y encerrado en una jaula, adonde él se daba a entender que estaba encantado; y venía tal el triste, que no le conociera la madre que le parió: flaco, amarillo, los ojos hundidos en los últimos camaranchones del celebro; que para haberle de volver algún tanto en sí, gasté más de seiscientos huevos, como lo sabe Dios y todo el mundo, y mis gallinas, que no me dejarán mentir.

[…]

– Pues no tenga pena – respondió el bachiller –, sino váyase en hora buena a su casa, y téngame aderezado de almorzar alguna cosa caliente, y, de camino,

4 **salirse:** Sansón spielt mit der Dreifachbedeutung des Worts: (1) weggehen; (2) Herauslaufen einer Flüssigkeit; (3) sich von der Norm entfernen. 10 **la ventura:** die Haushälterin verwechselt *ventura* (Glück) mit *aventura*. 12 **atravesado/a:** hier: quer darübergelegt. 17f. **los camaranchones del celebro** (*cerebro*): die hintersten Redukte des Hirns; hier etwa: ganz tief im Kopf. 18 **para haberle de volver:** *para volverle*.

vaya rezando la oración de Santa Apolonia, si es que la sabe; que yo iré luego allá, y verá maravillas.

– ¡Cuitada de mí! – replicó el ama –. ¿La oración de Santa Apolonia dice vuestra merced que rece? Eso fuera si mi amo lo hubiera de las muelas, pero no lo ha sino de los cascos.

– Yo sé lo que digo, señora ama; váyase, y no se ponga a disputar conmigo, pues sabe que soy bachiller por Salamanca, que no hay más que bachillear – respondió Carrasco.

Y con esto, se fue el ama, y el bachiller fue luego a buscar al cura, a comunicar con él lo que se dirá a su tiempo.

En el que estuvieron encerrados don Quijote y Sancho pasaron las razones que con mucha puntualidad y verdadera relación cuenta la historia.

Dijo Sancho a su amo:

– Señor, ya yo tengo relucida a mi mujer a que me deje ir con vuestra merced a donde quisiere llevarme.

– *Reducida* has de decir, Sancho – dijo don Quijote –; que no *relucida*.

– Una o dos veces – respondió Sancho –, si mal no me acuerdo, he suplicado a vuestra merced que no me enmiende los vocablos, si es que entiende lo que

1 **Santa Apolonia:** war für Zahnschmerzen zuständig. 3 **cuitado/a:** bekümmert, betrübt. 6 **los cascos** (fam.): etwa: das ›Oberstübchen‹. 9 **bachillear:** wie ein Akademiker reden; aber auch: angeben, aufschneiden. 12f. **lo que se dirá a su tiempo:** bezieht sich auf Kap. 14ff. des Zweiten Teils: Sansón wird beauftragt, Don Quijote im Zweikampf zu besiegen und ihn damit zur Umkehr (auch im moralischen Sinn) zu zwingen. Das Unternehmen scheitert aber zunächst und gelingt erst gegen Ende des Zweiten Teils. 14 **el:** bezieht sich auf *el tiempo*. 20 **reducir:** hier: zur Räson bringen.

quiero decir en ellos, y que cuando no los entienda, diga: «Sancho, o diablo, no te entiendo»; y si yo no me declarare, entonces podrá enmendarme; que yo soy tan fócil …

– No te entiendo, Sancho – dijo luego don Quijote –, pues no sé qué quiere decir *soy tan fócil.*

– *Tan fócil* quiere decir – respondió Sancho – *soy tan así.*

– Menos te entiendo agora – replicó don Quijote.

– Pues si no me puede entender – respondió Sancho –, no sé cómo lo diga; no sé más, y Dios sea conmigo.

– Ya, ya caigo – respondió don Quijote – en ello. Tú quieres decir que eres *tan dócil*, blando y mañero, que tomarás lo que yo te dijere, y pasarás por lo que te enseñare.

– Apostaré yo – dijo Sancho – que desde el emprincipio me caló y me entendió, sino que quiso turbarme, por oírme decir otras doscientas patochadas.

– Podrá ser – replicó don Quijote –. Y en efecto, ¿qué dice Teresa?

– Teresa dice – dijo Sancho – que ate bien mi dedo con vuestra merced, y que hablen cartas y callen barbas, porque quien destaja no baraja, pues más vale un toma

14 **dócil:** gelehrig. 15f. **tomarás … enseñare:** hier: du wirst annehmen und akzeptieren, was ich dich lehre. 18 **calar** (fam.): durchschauen. 19 **la patochada:** Albernheit, Unsinn. 22f. **atar bien el dedo con alg.** (loc.): etwa: mit jdm. auf ‚Nummer Sicher' gehen (im Folgenden eine Reihe von sprichwörtlichen Redensarten). 23 **que hablen cartas y callen barbas** (loc.): etwa: besser schriftlich als mündlich. 24 **quien destaja no baraja** (loc.): wer abhebt, mischt nicht. 24f. **más vale un toma que dos te daré** (loc.): etwa: Geben ist seliger denn Nehmen.

que dos te daré. Y yo digo que el consejo de la mujer es poco, y el que no le toma es loco.

– Y yo lo digo también – respondió don Quijote –. Decid, Sancho amigo; pasá adelante, que habláis hoy de perlas.

– Es el caso – replicó Sancho – que como vuestra merced mejor sabe, todos estamos sujetos a la muerte, y que hoy somos y mañana no, y que tan presto se va el cordero como el carnero, y que nadie puede prometerse en este mundo más horas de vida de las que Dios quisiere darle, porque la muerte es sorda, y cuando llega a llamar a las puertas de nuestra vida, siempre va de priesa y no la harán detener ni ruegos, ni fuerzas, ni cetros, ni mitras, según es pública voz y fama, y según nos lo dicen por esos púlpitos.

– Todo eso es verdad – dijo don Quijote –; pero no sé dónde vas a parar.

– Voy a parar – dijo Sancho – en que vuesa merced me señale salario conocido de lo que me ha de dar cada mes el tiempo que le sirviere, y que el tal salario se me pague de su hacienda; que no quiero estar a mercedes, que llegan tarde, o mal, o nunca; con lo mío me ayude Dios. En fin, yo quiero saber lo que gano, poco o mucho que sea; que sobre un huevo pone la gallina, y muchos pocos hacen un mucho, y mientras se gana algo no se pierde nada. Verdad sea

1 **el consejo de la mujer ... es loco** (loc.): etwa: Frauenrat kommt selten, aber deshalb ist er um so ernster zu nehmen. 8 f. **que tan presto ... como el carnero** (loc.): etwa: vor dem Tod sind alle gleich. 14 **el cetro:** Zepter. **la mitra:** Bischofsmütze. 15 **el púlpito:** Kanzel. 19 **señalar salario conocido:** einen festen Lohn zusagen. 22 f. **con lo mío me ayude Dios:** etwa: was ich hab, das hab ich.

que si sucediese (lo cual ni lo creo ni lo espero) que vuesa merced me diese la ínsula que me tiene prometida, no soy tan ingrato, ni llevo las cosas tan por los cabos, que no querré que se aprecie lo que montare la renta de la tal ínsula, y se descuente de mi salario gata por cantidad.

– Sancho amigo – respondió don Quijote –, a las veces tan buena suele ser una *gata* como una *rata*.

– Ya entiendo – dijo Sancho –: yo apostaré que había de decir *rata*, y no *gata*; pero no importa nada, pues vuesa merced me ha entendido.

– Y tan entendido – respondió don Quijote –, que he penetrado lo último de tus pensamientos, y sé al blanco que tiras con las innumerables saetas de tus refranes. Mira, Sancho: yo bien te señalaría salario, si hubiera hallado en alguna de las historias de los caballeros andantes ejemplo que me descubriese y mostrase por algún pequeño resquicio qué es lo que solían ganar cada mes, o cada año; pero yo he leído todas o las más de sus historias, y no me acuerdo haber leído que ningún caballero andante haya señalado conocido salario a su escudero. Sólo sé que todos servían a merced, y que cuando menos se lo pensaban, si a sus señores les había corrido bien la suerte, se halla-

3 f. **llevar las cosas tan por los cabos:** etwa: die Dinge bis zu einem solchen Extrem treiben. 4 f. **que se aprecie … gata por cantidad:** etwa: ich wäre damit einverstanden, wenn die Einkünfte aus der Inselstatthalterschaft mit meinem Lohn verrechnet würden. (Sancho vertauscht dabei einmal mehr das für ihn ›ungreifbare‹, abstrakte Wort aus dem Bereich des Zahlungsverkehrs mit einem ›lebendigen‹ Wort aus seiner vertrauten Umgebung: *la gata* für *la rata*.) 14 **el blanco:** Ziel. **la saeta:** Pfeil. 18 **el resquicio:** Ritze, Spalte.

ban premiados con una ínsula, o con otra cosa equivalente, y, por lo menos, quedaban con título y señoría. Si con estas esperanzas y aditamentos vos, Sancho, gustáis de volver a servirme, sea en buena hora; que pensar que yo he de sacar de sus términos y quicios la antigua usanza de la caballería andante es pensar en lo escusado. Así que, Sancho mío, volveos a vuestra casa, y declarad a vuestra Teresa mi intención, y si ella gustare y vos gustáredes de estar a merced conmigo, *bene quidem*, y si no, tan amigos como de antes; que si al palomar no le falta cebo, no le faltarán palomas. Y advertid, hijo, que vale más buena esperanza que ruin posesión, y buena queja que mala paga. Hablo de esta manera, Sancho, por daros a entender que también como vos sé yo arrojar refranes como llovidos. Y, finalmente, quiero decir, y os digo, que si no queréis venir a merced conmigo y correr la suerte que yo corriere, que Dios quede con vos y os haga un santo; que a mí no me faltarán escuderos más obedientes, más solícitos, y no tan empachados ni tan habladores como vos.

Cuando Sancho oyó la firme resolución de su amo se le anubló el cielo y se le cayeron las alas del corazón, porque tenía creído que su señor no se iría sin él por todos los haberes del mundo; y así, estando sus-

3 **el aditamento:** Zusatz, Zulage. 4 **en buena hora:** hier: herzlich willkommen. 5f. **sacar de sus términos y quicios:** aus den Angeln heben. 6f. **pensar en lo excusado:** etwa: an etwas Unmögliches denken. 10 **bene quidem** (lat.): mir auch recht. 11 **el palomar:** Taubenstall. **el cebo:** Futter. 15 **arrojar refranes:** mit Sprichwörtern um sich werfen. 20 **empachado/a:** beschränkt, kleinmütig. 23 **anublar:** bewölken.

penso y pensativo, entró Sansón Carrasco [con el ama] y la sobrina, deseosas de oír con qué razones persuadía a su señor que no tornase a buscar las aventuras. Llegó Sansón, socarrón famoso, y abrazándole como la vez primera, y con voz levantada le dijo:

– ¡Oh flor de la andante caballería! ¡Oh luz resplandeciente de las armas! ¡Oh honor y espejo de la nación española! Plega a Dios todopoderoso, donde más largamente se contiene, que la persona o personas que pusieren impedimento y estorbaren tu tercera salida, que no la hallen en el laberinto de sus deseos, ni jamás se les cumpla lo que mal desearen.

[...] ¡Ea, señor don Quijote mío, hermoso y bravo, antes hoy que mañana se ponga vuestra merced y su grandeza en camino, y si alguna cosa faltare para ponerle en ejecución, aquí estoy yo para suplirla con mi persona y hacienda, y si fuere necesidad servir a tu magnificencia de escudero, lo tendré a felicísima ventura!

A esta sazón dijo don Quijote, volviéndose a Sancho:

– ¿No te dije yo, Sancho, que me habían de sobrar escuderos? Mira quién se ofrece a serlo, sino el inaudito bachiller Sansón Carrasco, perpetuo trastulo y regocijador de los patios de las escuelas salmanticenses, sano de su persona, ágil de sus miembros, callado, sufridor así del calor como del frío, así de la hambre como de la sed, con todas aquellas partes que se requieren para ser escudero de un caballero andante.

8 **plega a Dios:** möge es Gott gefallen. 23f. **inaudito/a:** noch nie dagewesen. 24f. **el trastulo ... el regocijador:** Spaßmacher.

Pero no permita el cielo que por seguir mi gusto desjarrete y quiebre la coluna de las letras y el vaso de las ciencias, y tronque la palma eminente de las buenas y liberales artes. Quédese el nuevo Sansón en su patria, y honrándola, honre juntamente las canas de sus ancianos padres; que yo con cualquier escudero estaré contento, ya que Sancho no se digna de venir conmigo.

– Sí digno – respondió Sancho, enternecido y llenos de lágrimas los ojos, y prosiguió –: No se dirá por mí, señor mío, el pan comido y la compañía deshecha; sí, que no vengo yo de alguna alcurnia desagradecida; que ya sabe todo el mundo, y especialmente mi pueblo, quién fueron los Panzas, de quien yo deciendo, y más, que tengo conocido y calado por muchas buenas obras, y por más buenas palabras, el deseo que vuestra merced tiene de hacerme merced; y si me he puesto en cuentas de tanto más cuanto acerca de mi salario, ha sido por complacer a mi mujer, la cual, cuando toma la mano a persuadir una cosa, no hay mazo que tanto apriete los aros de una cuba como ella aprieta a que se haga lo que quiere; pero, en efecto, el hombre

1f. **por seguir … artes:** etwa: aber ich darf nicht aus purem Egoismus Sansón, die Säule der Wissenschaft und den Hort der schönen Künste, für mich in Anspruch nehmen. 5 **la cana:** weißes Haar (als Symbol der Ehrwürdigkeit). 12 **la alcurnia:** Geschlecht, Abstammung. 14 **decender:** *descender:* abstammen. 17f. **ponerse en cuentas de tanto más cuanto:** feilschen (»um ein paar Prozentpunkte«, wie man heute sagen würde). 20f. **no hay mazo … quiere:** etwa: kein Küfer könnte die Eisenringe fester um ein Fass schlagen als meine Teresa ihren Willen um mich (*el mazo:* Küfer, Böttcher; *la cuba:* Kübel).

ha de ser hombre, y la mujer, mujer, y pues yo soy hombre dondequiera, que no lo puedo negar, también lo quiero ser en mi casa, pese a quien pesare; y así, no hay más que hacer sino que vuestra merced ordene su testamento con su codicilo, en modo que no se pueda revolcar, y pongámonos luego en camino, [...]; y yo de nuevo me ofrezco a servir a vuestra merced fiel y legalmente, tan bien y mejor que cuantos escuderos han servido a caballeros andantes en los pasados y presentes tiempos.

Admirado quedó el bachiller de oír el término y modo de hablar de Sancho Panza, que puesto que había leído la primera historia de su señor, nunca creyó que era tan gracioso como allí le pintan; pero oyéndole decir ahora testamento y codicilo que no se pueda *revolcar*, en lugar de testamento y codicilo que no se pueda *revocar*, creyó todo lo que dél había leído, y confirmólo por uno de los más solenes mentecatos de nuestros siglos, y dijo entre sí que tales dos locos como amo y mozo no se habrían visto en el mundo.

Finalmente, don Quijote y Sancho se abrazaron y quedaron amigos, y con parecer y beneplácito del gran Carrasco, que por entonces era su oráculo, se ordenó que de allí a tres días fuese su partida; [...].

5 **el codicilo:** Testament, letztwillige Verfügung. 6 **revolcar:** umwerfen; Sancho meint aber *revocar:* widerrufen. 11f. **el término y (el) modo:** hier: Redeweise. 18 **el solene mentecato:** *el solemne mentecato:* ausgemachter Schwachkopf. 22 **el parecer:** Meinung, Urteil. **el beneplácito:** Genehmigung, Gutheißung, Plazet.

Capítulo VIII

## Donde se cuenta lo que le sucedió a don Quijote yendo a ver su señora Dulcinea del Toboso

Auf dem Weg nach El Toboso. Sancho Panza ist in der Klemme, weil sein Herr glaubt, er sei – als Briefträger – dort gewesen und habe mit Dulcinea gesprochen. Andererseits treibt Sancho Panza – mit erstaunlichen dialektischen Fähigkeiten und ganz auf der Linie der Orthodoxie – Don Quijote zu dem Eingeständnis, dass die Heiligen noch nachahmenswerter sind als die Fahrenden Ritter. Warum also nicht gleich *Santo* werden?

---

«¡Bendito sea el poderoso Alá!,» dice Hamete Benengeli al comienzo deste octavo capítulo. «¡Bendito sea Alá!,» repite tres veces, y dice que da estas bendiciones por ver que tiene ya en campaña a don Quijote y a Sancho, y que los lectores de su agradable historia pueden hacer cuenta que desde este punto comienzan las hazañas y donaires de don Quijote y de su escudero; persuádeles que se les olviden las pasadas caballerías del Ingenioso Hidalgo, y pongan los ojos en las que están por venir, que desde agora en el camino del Toboso comienzan, como las otras comenzaron en los

16 **en campaña:** hier: unterwegs, auf dem Marsch.

campos de Montiel, y no es mucho lo que pide para tanto como él promete; y así prosigue diciendo:

Solos quedaron don Quijote y Sancho, y apenas se hubo apartado Sansón, cuando comenzó a relinchar Rocinante y a suspirar el rucio, que de entrambos, caballero y escudero, fue tenido a buena señal y por felicísimo agüero, aunque, si se ha de contar la verdad, más fueron los suspiros y rebuznos del rucio que los relinchos del rocín, de donde coligió Sancho que su ventura había de sobrepujar y ponerse encima de la de su señor, fundándose no sé si en astrología judiciaria que él se sabía, puesto que la historia no lo declara; sólo le oyeron decir que cuando tropezaba o caía se holgara no haber salido de casa, porque del tropezar o caer no se sacaba otra cosa sino el zapato roto o las costillas quebradas; y aunque tonto, no andaba en esto muy fuera de camino. Díjole don Quijote:

– Sancho amigo, la noche se nos va entrando a más andar, y con más escuridad de la que habíamos menester para alcanzar a ver con el día al Toboso, adonde tengo determinado de ir antes que en otra aventura me ponga, y allí tomaré la bendición y buena licencia de la sin par Dulcinea, con la cual licencia pienso y tengo por cierto de acabar y dar felice cima a toda peligrosa aventura, porque ninguna cosa desta vida hace más valientes a los caballeros andantes que verse favorecidos de sus damas.

4 **relinchar:** wiehern. 5 **suspirar:** seufzen; hier (euf.): furzen. 7 **el agüero:** Vorzeichen. 8 **el rebuzno:** Eselsschrei. 10 **sobrepujar:** übertreffen. 11 f. **la astrología judiciaria:** etwa: Horoskop (*el judiciario:* Sterndeuter). 24 **la cima:** hier: Höhepunkt.

– Yo así lo creo – respondió Sancho –; pero tengo por dificultoso que vuestra merced pueda hablarla ni verse con ella, en parte, a lo menos, que pueda recibir su bendición, si ya no se la echa desde las bardas del corral, por donde yo la vi la vez primera, cuando le llevé la carta donde iban las nuevas de las sandeces y locuras que vuestra merced quedaba haciendo en el corazón de Sierra Morena.

– ¿Bardas de corral se te antojaron aquéllas, Sancho – dijo don Quijote –, adonde o por donde viste aquella jamás bastantemente alabada gentileza y hermosura? No debían de ser sino galerías, o corredores, o lonjas, o como las llaman, de ricos y reales palacios.

– Todo pudo ser – respondió Sancho –, pero a mí bardas me parecieron, si no es que soy falto de memoria.

– Con todo eso, vamos allá, Sancho – replicó don Quijote –; que como yo la vea, eso se me da que sea por bardas que por ventanas, o por resquicios, o verjas de jardines; que cualquier rayo que del sol de su belleza llegue a mis ojos alumbrará mi entendimiento y fortalecerá mi corazón, de modo que quede único y sin igual en la discreción y en la valentía.

– Pues en verdad, señor – respondió Sancho –, que cuando yo vi ese sol de la señora Dulcinea del Toboso, que no estaba tan claro, que pudiese echar de sí

3f. **en parte ... bendición:** wenigstens dort nicht, wo Sie ihren Segen empfangen können. 4f. **las bardas del corral:** Hofumzäunung. 9 **se te antojaron:** sie kamen dir so vor (*antojarse:* hier: halten für). 12f. **la galería ... el corredor ... la lonja:** Alle drei Wörter bezeichnen eine Galerie oder einen Balkon. 18 **eso se me da:** es ist mir gleichgültig. 19f. **la verja:** Gitter; Zaun.

rayos algunos, y debió de ser que como su merced estaba ahechando aquel trigo que dije, el mucho polvo que sacaba se le puso como nube ante el rostro y se le escureció.

– ¡Que todavía das, Sancho – dijo don Quijote –, en decir, en pensar, en creer y en porfiar que mi señora Dulcinea ahechaba trigo, siendo eso un menester y ejercicio que va desviado de todo lo que hacen y deben hacer las personas principales que están constituidas y guardadas para otros ejercicios y entretenimientos, que muestran a tiro de ballesta su principalidad! […] y así, temo que en aquella historia que dicen anda impresa de mis hazañas, si por ventura ha sido su autor algún sabio mi enemigo, habrá puesto unas cosas por otras, mezclando con una verdad mil mentiras, divertiéndose a contar otras acciones fuera de lo que requiere la continuación de una verdadera historia. […]

– Eso es lo que yo digo también – respondió Sancho –, y pienso que en esa leyenda o historia que nos dijo el bachiller Carrasco que de nosotros había visto debe de andar mi honra a coche acá, cinchado, y, como dicen, al estricote, aquí y allí, barriendo las calles. Pues a fe de bueno que no he dicho yo mal de ningún encantador, ni tengo tantos bienes, que pueda ser envidiado; bien es verdad que soy algo malicioso,

2 **ahechar:** sieben. **que dije:** hier: von dem ich berichtet habe (nämlich im Ersten Teil, als er Don Quijote die Erfüllung seines Auftrags weismachte). 8 **que va desviado:** die abweicht. 22 f. **andar mi honra … barriendo las calles:** die Idee ist: meine Ehre wird durch den Schmutz gezogen (*cinchar:* gurten; *al estricote:* im Kreis herum).

y que tengo mis ciertos asomos de bellaco; pero todo lo cubre y tapa la gran capa de la simpleza mía, siempre natural y nunca artificiosa. Y cuando otra cosa no tuviese sino el creer, como siempre creo, firme y verdaderamente en Dios y en todo aquello que tiene y cree la santa Iglesia Católica Romana, y el ser enemigo mortal, como lo soy, de los judíos, debían los historiadores tener misericordia de mí y tratarme bien en sus escritos. Pero digan lo que quisieren, que desnudo nací, desnudo me hallo, ni pierdo ni gano; aunque por verme puesto en libros y andar por ese mundo de mano en mano, no se me da un higo que digan de mí todo lo que quisieren.

– Eso me parece, Sancho – dijo don Quijote –, a lo que sucedió a un famoso poeta destos tiempos, el cual, habiendo hecho una maliciosa sátira contra todas las damas cortesanas, no puso ni nombró en ella a una dama que se podía dudar si lo era o no; la cual, viendo que no estaba en la lista de las demás, se quejó al poeta diciéndole que qué había visto en ella para no ponerla en el número de las otras, y que alargase la sátira, y la pusiese en el ensanche; si no, que mirase para lo que había nacido. Hízolo así el poeta,

1 **el asomo:** Anflug, Spur. 4f. **como siempre creo ... judíos:** Hier unterstreicht Sancho Panza seine katholische ›Linientreue‹. 10f. **aunque por verme ... quisieren:** etwa: wenn ich nur recht berühmt werde und in den Büchern vorkomme, die von Hand zu Hand gehen, ist es mir egal, was die Leute von mir sagen. 17 **la dama cortesana** (euf.): Kurtisane. 18 **si lo era o no:** *lo* bezieht sich auf *la cortesana.* 22 **el ensanche:** Erweiterung; hier: Anhang. 22f. **que mirase para lo que había nacido:** etwa: er möge daran denken, dass er sterblich ist (*se nace para morir*); sie droht ihm also.

y púsola cual no digan dueñas, y ella quedó satisfecha, por verse con fama, aunque infame. [...]

Quiero decir, Sancho, que el deseo de alcanzar fama es activo en gran manera. ¿Quién piensas tú que arrojó a Horacio del puente abajo, armado de todas armas, en la profundidad del Tibre? ¿Quién abrasó el brazo y la mano a Mucio? [...] ¿Quién, contra todos los agüeros que en contra se le habían mostrado, hizo pasar el Rubicón a César? Y, con ejemplos más modernos, ¿quién barrenó los navíos y dejó en seco y aislados los valerosos españoles guiados por el cortesísimo Cortés en el Nuevo Mundo? Todas estas y otras grandes y diferentes hazañas son, fueron y serán obras de la fama, que los mortales desean como premios y parte de la inmortalidad que sus famosos hechos merecen, puesto que los cristianos, católicos y andantes caballeros más habemos de atender a la gloria de los siglos venideros, que es eterna en las regiones etéreas y celestes, que a la vanidad de la fama que en este presente y acabable siglo se alcanza; [...].

– Todo lo que vuestra merced hasta aquí me ha dicho – dijo Sancho – lo he entendido muy bien, pero

1 **púsola cual no digan dueñas:** etwa: er sprach noch schlimmer von ihr, als es Hofdamen tun (die als besonders nachredend galten). 2 **infame:** ehrlos. 5 **Horacio:** Im Folgenden bezieht sich der humanistisch gebildete Cervantes mit Horatius Cocles und Mutius Scaevola auf von Titus Livius überlieferte Heldenfiguren der römischen Geschichte. 6 **Tibre:** Tiber (Fluss, der die Stadt Rom durchfließt). 9 **Rubicón:** der Rubikon in Norditalien, in römischer Zeit Grenzfluss. 10 **barrenar:** durchbohren. 12 **Cortés:** Hernán Cortés, der Eroberer Mexikos, dem nach dem Motto »nomen est omen« *cortesía* nachgesagt wurde.

con todo eso, querría que vuestra merced me sorbiese una duda que agora en este punto me ha venido a la memoria.

– *Absolviese* quieres decir, Sancho – dijo don Quijote –. Di en buen hora; que yo responderé lo que supiere.

– Dígame, señor – prosiguió Sancho –: esos Julios o Agostos, y todos esos caballeros hazañosos que ha dicho, que ya son muertos, ¿dónde están agora?

– Los gentiles – respondió don Quijote – sin duda están en el infierno; los cristianos, si fueron buenos cristianos, o están en el purgatorio, o en el cielo.

[...]

– A eso voy – replicó Sancho –. Y dígame agora: ¿cuál es más: resucitar a un muerto, o matar a un gigante?

– La respuesta está en la mano – respondió don Quijote –: más es resucitar a un muerto.

– Cogido le tengo – dijo Sancho –. Luego la fama del que resucita muertos, da vista a los ciegos, endereza los cojos y da salud a los enfermos, y delante de sus sepulturas arden lámparas, y están llenas sus capillas de gentes devotas que de rodillas adoran sus reliquias, mejor fama será, para este y para el otro siglo, que la que dejaron y dejaren cuantos emperadores gentiles y caballeros andantes ha habido en el mundo.

1 **sorbiese** (subj. impf. von *sorber*): schlürfen, einsaugen. Sancho Panza will aber eigentlich *absolviese* (von *absolver*) sagen, hier im Sinne von: aufklären, lösen. 7 f. **Julios o Agostos:** Der ungebildete Sancho Panza verwechselt die Personennamen von Julius Caesar und Caesar Augustus mit den Monatsbezeichnungen. 20 f. **enderezar los cojos:** etwa: Krüppel gerade machen.

– También confieso esa verdad – respondió don Quijote.

– Pues esta fama, estas gracias, estas prerrogativas, como llaman a esto – respondió Sancho –, tienen los cuerpos y las reliquias de los santos que, con aprobación y licencia de nuestra santa madre Iglesia, tienen lámparas, velas, mortajas, muletas, pinturas, cabelleras, ojos, piernas, con que aumentan la devoción y engrandecen su cristiana fama; [...].

– ¿Qué quieres que infiera, Sancho, de todo lo que has dicho? – dijo don Quijote.

– Quiero decir – dijo Sancho – que nos demos a ser santos, y alcanzaremos más brevemente la buena fama que pretendemos; y advierta, señor, que ayer o antes de ayer, que, según ha poco se puede decir desta manera, canonizaron o beatificaron dos frailecitos descalzos, cuyas cadenas de hierro con que ceñían y atormentaban sus cuerpos se tiene ahora a gran ventura el besarlas y tocarlas, y están en más veneración que está, según dije, la espada de Roldán en la armería del Rey nuestro señor, que Dios guarde. Así que, señor mío, más vale ser humilde frailecito, de cualquier orden que sea, que valiente y andante caballe-

3 **la prerrogativa:** Vorrecht; hohe Ehre. 7 **la mortaja:** Leichentuch. **la muleta:** Krückstock. 7f. **la cabellera:** Haarschopf (Sancho Panza zählt hier einige der typischen Votivgaben auf, die von Gesundeten den verschiedenen Heiligen geweiht werden). 16 **beatificar:** seligsprechen. 16f. **el frailecito descalzo:** etwa: Barfüßermönchlein. 19 **la veneración:** Ehrfurcht, Verehrung. 20 **Roldán:** Held aus dem *Rolandslied*. 20f. **la armería del rey:** die Waffensammlung des Königs (in der ein angeblich von Roland stammendes Schwert zu sehen ist).

ro; más alcanzan con Dios dos docenas de diciplinas que dos mil lanzadas, ora las den a gigantes, ora a vestiglos o a endrigos.

– Todo eso es así – respondió don Quijote –; pero no todos podemos ser frailes, y muchos son los caminos por donde lleva Dios a los suyos al cielo; religión es la caballería, caballeros santos hay en la gloria.

– Sí – respondió Sancho –; pero yo he oído decir que hay más frailes en el cielo que caballeros andantes.

– Eso es – respondió don Quijote – porque es mayor el número de los religiosos que el de los caballeros.

– Muchos son los andantes – dijo Sancho.

– Muchos – respondió don Quijote –, pero pocos los que merecen nombre de caballeros.

En estas y otras semejantes pláticas se les pasó aquella noche y el día siguiente, sin acontecerles cosa que de contar fuese, de que no poco le pesó a don Quijote. En fin, otro día, al anochecer, descubrieron la gran ciudad del Toboso, con cuya vista se le alegraron los espíritus a don Quijote y se le entristecieron a Sancho, porque no sabía la casa de Dulcinea, ni en su vida la había visto, como no la había visto su señor; de modo que el uno por verla, y el otro por no haberla visto, estaban alborotados, y no imaginaba Sancho qué había de hacer cuando su dueño le enviase al Toboso. [...]

1 **las disciplinas:** hier: Schläge zur Buß- und Selbstgeißelung. 3 **el endrigo:** *el endriago.* 21 **la gran ciudad del Toboso** (irón.): Toboso hatte damals 900 Einwohner.

## Capítulo IX

# Donde se cuenta lo que en él se verá

Einzug in El Toboso. In seiner Not legt Sancho Panza fast ein Geständnis ab; Don Quijote aber kann und will den Wink nicht verstehen. Für ihn steht fest: Sancho Panza kennt Dulcinea!

---

Media noche era por filo,

poco más a menos, cuando don Quijote y Sancho dejaron el monte y entraron en el Toboso. Estaba el pueblo en un sosegado silencio, porque todos sus vecinos dormían y reposaban a pierna tendida, como suele decirse. Era la noche entreclara, puesto que quisiera Sancho que fuera del todo escura, por hallar en su escuridad disculpa de su sandez. No se oía en todo el lugar sino ladridos de perros, que atronaban los oídos de don Quijote y turbaban el corazón de Sancho. De cuando en cuando rebuznaba un jumento, gruñían puercos, mayaban gatos, cuyas voces, de diferentes sonidos, se aumentaban con el silencio de la noche, todo

7 **media noche era por filo:** erster Vers einer bekannten Romanze (*por filo:* ganz genau, Punkt 12, kontrastiert auf komische Weise mit dem folgenden *poco más a menos*). 12 **entreclaro/a:** halbhell, dämmrig. 15f. **atronaban en sus oídos:** sie dröhnten in seinen Ohren (*atronar:* benommen machen). 17 **gruñir:** grunzen. 18 **mayar:** miauen.

lo cual tuvo el enamorado caballero a mal agüero; pero, con todo esto, dijo a Sancho:

– Sancho hijo, guía al palacio de Dulcinea; quizá podrá ser que la hallemos despierta.

– ¿A qué palacio tengo de guiar, cuerpo del sol – respondió Sancho –, que en el que yo vi a su grandeza no era sino casa muy pequeña?

– Debía de estar retirada entonces – respondió don Quijote – en algún pequeño apartamiento de su alcázar, solazándose a solas con sus doncellas, como es uso y costumbre de las altas señoras y princesas.

– Señor – dijo Sancho –, ya que vuestra merced quiere, a pesar mío, que sea alcázar la casa de mi señora Dulcinea, ¿es hora ésta por ventura de hallar la puerta abierta? Y ¿será bien que demos aldabazos para que nos oyan y nos abran, metiendo en alboroto y rumor toda la gente? ¿Vamos por dicha a llamar a la casa de nuestras mancebas, como hacen los abarraganados, que llegan, y llaman, y entran a cualquier hora, por tarde que sea?

– Hallemos primero una por una el alcázar – replicó don Quijote –; que entonces yo te diré, Sancho, lo que será bien que hagamos. Y advierte, Sancho, que yo veo poco, [o] que aquel bulto grande y sombra que desde aquí se descubre la debe de hacer el palacio de Dulcinea.

– Pues guíe vuestra merced – respondió Sancho –: quizá será así; aunque yo lo veré con los ojos y lo to-

3 **guiar:** führen, hinführen. 9f. **el alcázar:** Burg. 15 **el aldabazo:** *el aldabonazo:* Schlag mit dem Türklopfer. 18 **la manceba:** Geliebte; hier: Hure. 18f. **el abarraganado:** Freier. 21 **una por una:** *de una vez.* 24 **el bulto:** hier (fig.): Gebäude.

caré con las manos, y así lo creeré yo como creer que es ahora de día.

Guió don Quijote, y habiendo andado como doscientos pasos, dio con el bulto que hacía la sombra, y vio una gran torre, y luego conoció que el tal edificio no era alcázar, sino la iglesia principal del pueblo. Y dijo:

– Con la iglesia hemos dado, Sancho.

– Ya lo veo – respondió Sancho –. Y plega a Dios que no demos con nuestra sepultura; que no es buena señal andar por los cimenterios a tales horas, y más habiendo yo dicho a vuestra merced, si mal no acuerdo, que la casa desta señora ha de estar en una callejuela sin salida.

– ¡Maldito seas de Dios, mentecato! – dijo don Quijote –. ¿Adónde has tú hallado que los alcázares y palacios reales estén edificados en callejuelas sin salida?

– Señor – respondió Sancho –, en cada tierra su uso: quizá se usa aquí en el Toboso edificar en callejuelas los palacios y edificios grandes; y así, suplico a vuestra merced me deje buscar por estas calles o callejuelas que se me ofrecen: podría ser que en algún rincón topase con ese alcázar, que le vea yo comido de perros, que así nos trae corridos y asendereados.

10 **el cimenterio:** *el cementerio:* Die Friedhöfe lagen damals unmittelbar neben der Kirche. 12f. **la callejuela sin salida:** Sackgässchen. (Sancho Panzas Auskunft enthält mehr als nur eine Impertinenz: in Sackgassen wohnten nicht nur keine Prinzessinnen, sondern obendrein *gente de mala vida.*) 22f. **que le vea comido de perros:** wenn ich ihn (den Palast) doch von Hunden aufgefressen sähe! (wie die Gehenkten oder Gevierteilten). 23 **que así nos trae corridos y asendereados:** etwa: so sehr belästigt uns dieser verdammte Palast! (*asendereado/a:* geplagt; erneut reagiert der in die Enge getriebene Sancho Panza mit Impertinenz).

– Habla con respeto, Sancho, de las cosas de mi señora – dijo don Quijote –, y tengamos la fiesta en paz, y no arrojemos la soga tras el caldero.

– Yo me reportaré – respondió Sancho –, pero ¿con qué paciencia podré llevar que quiera vuestra merced que de sola una vez que vi la casa de nuestra ama, la haya de saber siempre y hallarla a media noche, no hallándola vuestra merced, que la debe de haber visto millares de veces?

– Tú me harás desesperar, Sancho – dijo don Quijote –. Ven acá, hereje: ¿no te he dicho mil veces que en todos los días de mi vida no he visto a la sin par Dulcinea, ni jamás atravesé los umbrales de su palacio, y que sólo estoy enamorado de oídas y de la gran fama que tiene de hermosa y discreta?

– Ahora lo oigo – respondió Sancho – y digo que pues vuestra merced no la ha visto, ni yo tampoco.

– Eso no puede ser – replicó don Quijote –; que, por lo menos, ya me has dicho tú que la viste ahechando trigo, cuando me trujiste la respuesta de la carta que le envié contigo.

– No se atenga a eso, señor – respondió Sancho –,

2f. **tengamos la fiesta en paz** (loc.): lass uns das Fest in Frieden genießen. 3 **no arrojemos la soga tras el caldero** (loc.): wenn der Eimer in den Brunnen gefallen ist, wollen wir nicht auch noch den Strick hinterherwerfen. Hier rafft Don Quijote zwei populäre Redewendungen zu einer; beide bedeuten: lass es gut sein; treib die Dinge nicht auf die Spitze! (*la soga:* Seil, Strick. 4 **reportarse:** sich mäßigen; sich beherrschen. 13 **el umbral:** (Tür-)Schwelle. 14 **de oídas:** vom Hörensagen (schon vom bloßen Hörensagen in eine Dame verliebt zu sein, ist ein häufiges Motiv des *amour courtois*, der auch im Ritterroman noch gilt). 22 **atenerse a algo:** sich an etwas halten, sich auf etwas verlassen.

porque le hago saber que también fue de oídas la vista y la respuesta que le truje; porque así sé yo quién es la señora Dulcinea como dar un puño en el cielo.

– Sancho, Sancho – respondió don Quijote –, tiempos hay de burlar, y tiempos donde caen y parecen mal las burlas. No porque yo diga que ni he visto ni hablado a la señora de mi alma has tú de decir también que ni la has hablado ni visto, siendo tan al revés como sabes.

Estando los dos en estas pláticas, vieron que venía a pasar por donde estaban uno con dos mulas, que por el ruido que hacía el arado, que arrastraba por el suelo, juzgaron que debía de ser labrador, que habría madrugado antes del día a ir a su labranza, y así fue la verdad. Venía el labrador cantando aquel romance que dicen:

> – Mala la hubistes, franceses,
> en esa de Roncesvalles.

– Que me maten, Sancho – dijo en oyéndole don Quijote –, si nos ha de suceder cosa buena esta noche. ¿No oyes lo que viene cantando ese villano?

– Sí oigo – respondió Sancho –; pero ¿qué hace a nuestro propósito la caza de Roncesvalles? […]

3 **el puño:** hier: *la puñalada:* Dolchstoß. 12 **arrastrar:** ziehen, schleifen. 14 **la labranza:** Tagwerk. 17 **mala la hubisteis, franceses …:** Wieder wird der Anfang einer populären Romanze zitiert (gesungen von einem einfachen Tagelöhner), hier mit Bezug auf die für die Franzosen verlustreiche Schlacht von Roncesvalles (778), bei der Karl der Große bzw. der legendäre Roland (der Führer der Nachhut) von den vereinigten Sarazenen und Basken besiegt wurde. 23 **la caza:** hier und im Romanzentext: *la batalla.*

Llegó en esto el labrador, a quien don Quijote preguntó:

– ¿Sabréisme decir, buen amigo, que buena ventura os dé Dios, dónde son por aquí los palacios de la sin par princesa doña Dulcinea del Toboso?

– Señor – respondió el mozo –, yo soy forastero y ha pocos días que estoy en este pueblo sirviendo a un labrador rico en la labranza del campo; en esa casa frontera viven el cura y el sacristán del lugar: entrambos o cualquier dellos sabrá dar a vuestra merced razón desa señora princesa, porque tienen la lista de todos los vecinos del Toboso; aunque para mí tengo que en todo él no vive princesa alguna; muchas señoras, sí, principales, que cada una en su casa puede ser princesa.

– Pues entre ésas – dijo don Quijote – debe de estar, amigo, esta por quien te pregunto.

– Podría ser – respondió el mozo –; y adiós, que ya viene el alba.

Y dando a sus mulas, no atendió a más preguntas. Sancho, que vio suspenso a su señor y asaz mal contento, le dijo:

– Señor, ya se viene a más andar el día y no será acertado dejar que nos halle el sol en la calle; mejor será que nos salgamos fuera de la ciudad, y que vuestra merced se embosque en alguna floresta aquí cercana, y yo volveré de día, y no dejaré ostugo en todo este lugar donde no busque la casa, alcázar o palacio

12 **los vecinos:** hier: Einwohner (Pfarrer und Sakristan waren früher das ›Einwohnermeldeamt‹). 21 **asaz** (elev.): *bastante:* ziemlich (vgl. frz. *assez*). 27 **el ostugo:** Ecke; hier: das kleinste Stückchen.

de mi señora, y asaz sería de desdichado si no le hallase; y hallándole, hablaré con su merced, y le diré dónde y cómo queda vuestra merced esperando que le dé orden y traza para verla, sin menoscabo de su honra y fama.

– Has dicho, Sancho – dijo don Quijote –, mil sentencias encerradas en el círculo de breves palabras; el consejo que ahora me has dado le apetezco y recibo de bonísima gana. Ven, hijo, y vamos a buscar donde me embosque; que tú volverás, como dices, a buscar, a ver y hablar a mi señora, de cuya discreción y cortesía espero más que milagrosos favores.

Rabiaba Sancho por sacar a su amo del pueblo, porque no averiguase la mentira de la respuesta que de parte de Dulcinea le había llevado a Sierra Morena, y así, dio priesa a la salida, que fue luego, y a dos millas del lugar hallaron una floresta o bosque, donde don Quijote se emboscó en tanto que Sancho volvía a la ciudad a hablar a Dulcinea; en cuya embajada le sucedieron cosas que piden nueva atención y nuevo crédito.

2 f. **su merced ... vuestra merced:** Don Quijote. 4 **el orden ... la traza:** Befehl (sind hier synonym; *la traza:* Plan). 6 f. **la sentencia:** Sinnspruch, Urteil; hier etwa: Wahrheit. 8 **apetecer:** schmecken; hier: gefallen. 13 **rabiar por** (+ inf.): darauf brennen etwas zu tun, vor Ungeduld brennen etwas zu tun. 21 **el crédito:** Glaube, Vertrauen; hier: der Kredit des Lesers.

## Capítulo X

# Donde se cuenta la industria que Sancho tuvo para encantar a la señora Dulcinea, y de otros sucesos tan ridículos como verdaderos

Bei der ›Verzauberung‹ Dulcineas durch Sancho Panza zeigt sich aufs Neue, wie grundverschieden der Zweite Teil vom Ersten ist: Don Quijote wird hier zum ersten, aber nicht zum letzten Mal zum Spielball der Anderen. Nicht mehr er zwingt die Anderen zum Reagieren, sondern die Anderen – in diesem Fall Sancho – drehen den Spieß um. Sancho Panza, der hinzugelernt hat, weiß jetzt, wie sein Herr ›funktioniert‹. Also windet er sich aus seiner Zwangslage heraus, indem er die bösen Zauberer bemüht und wie ein zweiter Don Quijote die Sprache des Ritterromans imitiert, während Don Quijote auf dem Augenschein beharrt und damit genauso reagiert wie Sancho Panza im Ersten Teil. Die Verzauberung Dulcineas, die für Don Quijote nichts Geringeres bedeutet als die Verunstaltung seines Ideals, hat weitreichende Folgen: Von nun an wird Don Quijote von der Sorge um die Entzauberung seiner Dame beherrscht, und diese Sorge bringt ihn in weitere Abhängigkeiten.

---

Llegando el autor desta grande historia a contar lo que en este capítulo cuenta, dice que quisiera pasarle

2 **la industria:** hier: List.

en silencio, temeroso de que no había de ser creído; porque las locuras de don Quijote llegaron aquí al término y raya de las mayores que pueden imaginarse, y aun pasaron dos tiros de ballesta más allá de las mayores. Finalmente, aunque con este miedo y recelo, las escribió de la misma manera que él las hizo, sin añadir ni quitar a la historia un átomo de la verdad, sin dársele nada por las objeciones que podían ponerle de mentiroso; y tuvo razón, porque la verdad adelgaza y no quiebra, y siempre anda sobre la mentira, como el aceite sobre el agua.

Y así, prosiguiendo su historia, dice que así como don Quijote se emboscó en la floresta, encinar o selva junto al gran Toboso, mandó a Sancho volver a la ciudad, y que no volviese a su presencia sin haber primero hablado de su parte a su señora, pidiéndola fuese servida de dejarse ver de su cautivo caballero, y se dignase de echarle su bendición, para que pudiese esperar por ella felicísimos sucesos de todos sus acometimientos y dificultosas empresas. Encargóse Sancho de hacerlo así como se le mandaba, y de traer la tan buena respuesta como le trujo la vez primera.

– Anda, hijo – replicó don Quijote –, y no te turbes cuando te vieres ante la luz del sol de hermosura que vas a buscar. ¡Dichoso tú sobre todos los escuderos del mundo! Ten memoria, y no se te pase della cómo

5 f. **el recelo:** Argwohn, Misstrauen. 8 **sin dársele nada:** etwa: wobei es ihm nicht darauf ankam. 13 **el encinar:** Steineichenhain. 17 **cautivo/a:** hier: unglücklich. 17 f. **dignarse de** (+ inf.): sich zu etwas herablassen, etwas zu tun geruhen. 19 f. **el acometimiento ... la empresa:** Unternehmung. 22 **la vez primera:** bezieht sich auf Sancho Panzas ›Briefträgermission‹ im Ersten Teil.

te recibe: si muda las colores el tiempo que la estuvieres dando mi embajada; si se desasosiega y turba oyendo mi nombre; si no cabe en la almohada, si acaso la hallas sentada en el estrado rico de su autoridad; y si está en pie, mírala si se pone ahora sobre el uno, ahora sobre el otro pie; si te repite la respuesta que te diere dos o tres veces; si la muda de blanda en áspera, de aceda en amorosa; si levanta la mano al cabello para componerle, aunque no esté desordenado; finalmente, hijo, mira todas sus acciones y movimientos; porque si tú me los relatares como ellos fueron, sacaré yo lo que ella tiene escondido en lo secreto de su corazón acerca de lo que al fecho de mis amores toca; que has de saber, Sancho, si no lo sabes, que entre los amantes, las acciones y movimientos exteriores que muestran, cuando de sus amores se trata, son certísimos correos que traen las nuevas de lo que allá en lo interior del alma pasa. Ve, amigo, y guíete otra mejor ventura que la mía, y vuélvate otro mejor suceso del que yo quedo temiendo y esperando en esta amarga soledad en que me dejas.

– Yo iré y volveré presto – dijo Sancho –; y ensanche vuestra merced, señor mío, ese corazoncillo, que le debe de tener agora no mayor que una avellana, y considere que se suele decir que buen corazón que-

1 **mudar las colores:** die Farbe wechseln; hier (fig.): rot bzw. bleich werden. 2 **desasosegarse:** sich beunruhigen. 4 **en el estrado rico de su autoridad** (fig.): im reichen Glanz ihrer Autorität (*el estrado:* Podest). 8 **acedo/a:** sauer; abweisend. 13 **fecho:** *hecho.* 19 **y vuélvate otro mejor suceso ...:** etwa: und bring bessere Nachricht zurück ... 22 f. **ensanchar:** erweitern, ausweiten, weiter machen.

branta mala ventura, y que donde no hay tocinos, no hay estacas; y también se dice: donde no piensa, salta la liebre. Dígolo porque si esta noche no hallamos los palacios o alcázares de mi señora, agora que es de día los pienso hallar, cuando menos los piense, y hallados, déjenme a mí con ella.

– Por cierto, Sancho – dijo don Quijote –, que siempre traes tus refranes tan a pelo de lo que tratamos cuanto me dé Dios mejor ventura en lo que deseo.

Esto dicho, volvió Sancho las espaldas y vareó su rucio, y don Quijote se quedó a caballo, descansando sobre los estribos y sobre el arrimo de su lanza, lleno de tristes y confusas imaginaciones, donde le dejaremos, yéndonos con Sancho Panza, que no menos confuso y pensativo se apartó de su señor que él quedaba; y tanto, que apenas hubo salido del bosque, cuando, volviendo la cabeza y viendo que don Quijote no parecía, se apeó del jumento, y sentándose al pie de un árbol comenzó a hablar consigo mesmo y a decirse:

– Sepamos agora, Sancho hermano, adónde va vuesa merced. ¿Va a buscar algún jumento que se le haya perdido? – No, por cierto. – Pues, ¿qué va a buscar? –

1 f. **donde hay tocinos, no hay estacas** (loc.): wo es Speck gibt, gibt's keinen Streit (Sancho Panza bringt, durch die Einfügung von *no* vor *tocinos*, einmal mehr das Sprichwort durcheinander). 2 f. **donde no piensa, salta la liebre** (loc.): etwa: wo man's am wenigsten erwartet, springt der Hase (aus der Deckung); Sprichwörter, mit denen Sancho Panza seinen Herrn aufmuntern will. 8 **tan a pelo:** passend zu. 10 **varear:** anspornen. 12 **el arrimo:** *el apoyo:* Stütze. 17 **no parecer:** hier: nicht mehr zu sehen sein. 20 **sepamos agora ...:** Das folgende Selbstgespräch bestätigt den Wandel Sancho Panzas, der jetzt wesentlich selbstbewusster ist als im Ersten Teil, auch wenn er weiter zu Verballhornungen neigt (*agora: ahora*).

Voy a buscar, como quien no dice nada, a una princesa, y en ella al sol de la hermosura y a todo el cielo junto. – Y ¿adónde pensáis hallar eso que decís, Sancho? – ¿Adónde? En la gran ciudad del Toboso. – Y bien; ¿y de parte de quién la vais a buscar? – De parte del famoso caballero don Quijote de la Mancha, que desface los tuertos, y da de comer al que ha sed, y de beber al que ha hambre. – Todo eso está muy bien. Y ¿sabéis su casa, Sancho? – Mi amo dice que han de ser unos reales palacios o unos soberbios alcázares. – Y ¿habéisla visto algún día por ventura? – Ni yo ni mi amo la habemos visto jamás. – Y ¿paréceos que fuera acertado y bien hecho que si los del Toboso supiesen que estáis vos aquí con intención de ir a sonsacarles sus princesas y a desasosegarles sus damas, viniesen y os moliesen las costillas a puros palos, y no os dejasen hueso sano? – En verdad que tendrían mucha razón, cuando no considerasen que soy mandado, y que

> Mensajero sois, amigo,
> no merecéis culpa, non.

– No os fiéis en eso, Sancho, porque la gente manchega es tan colérica como honrada y no consiente cosquillas de nadie. […] ¡El diablo, el diablo me ha metido a mí en esto; que otro no!

Este soliloquio pasó consigo Sancho, y lo que sacó dél fue que volvió a decirse:

19 **mensajero …:** ein zum Sprichwort gewordener Romanzenanfang. 20 **merecer culpa:** hier: Strafe verdienen. 22 f. **no consiente cosquillas de nadie:** etwa: sie verstehen keinen Spaß (wenn Ruf oder Ehre auf dem Spiel stehen; *las cosquillas:* Kitzeln; Spaßen). 25 **el soliloquio:** Selbstgespräch.

– Ahora bien: todas las cosas tienen remedio, si no es la muerte, debajo de cuyo yugo hemos de pasar todos, mal que nos pese, al acabar de la vida. Este mi amo, por mil señales, he visto que es un loco de atar, y aun también yo no le quedo en zaga, pues soy más mentecato que él, pues le sigo y le sirvo, si es verdadero el refrán que dice: «Dime con quién andas, decirte he quién eres,» y el otro de «No con quien naces, sino con quien paces.» Siendo, pues, loco, como lo es, y de locura que las más veces toma unas cosas por otras, y juzga lo blanco por negro y lo negro por blanco, como se pareció cuando dijo que los molinos de viento eran gigantes, y las mulas de los religiosos dromedarios, y las manadas de carneros ejércitos de enemigos, y otras muchas cosas a este tono, no será muy díficil hacerle creer que una labradora, la primera que me topare por aquí, es la señora Dulcinea; y cuando él no lo crea juraré yo, y si él jurare, tornaré yo a jurar, y si porfiare, porfiaré yo más, y de manera que tengo de tener la mía siempre sobre el hito, venga lo que viniere. Quizá con esta porfía acabaré con él que no me envíe otra vez a semejantes mensajerías, viendo cuán mal recado le traigo dellas, o quizá pensará,

2 **el yugo:** Joch. 4 **loco/a de atar:** *loquísimo:* etwa: so verrückt, dass man ihn eigentlich fesseln müsste. 9f. **no con quien naces, sino con quien paces** (loc.): etwa: nicht mit wem Du geboren wirst, sondern mit wem Du auf die Weide gehst; der Dir zu essen gibt (*pacer:* grasen, weiden). 12 **como se pareció cuando ...:** wie es offensichtlich wurde, als ... 15f. **no será muy difícil ...:** Jetzt beginnt Sanchos *ingeniosa industria.* 20 **tener la mía sobre el hito** (fig.): die besseren Treffer haben; obsiegen (*el hito* war ein Wurfspiel). 21 **acabaré con él que:** hier: ich bringe ihn dahin, dass ...

como yo imagino, que algún mal encantador de estos que él dice que le quieren mal la habrá mudado la figura por hacerle mal y daño.

Con esto que pensó Sancho Panza quedó sosegado su espíritu, y tuvo por bien acabado su negocio, y deteniéndose allí hasta la tarde, por dar lugar a que don Quijote pensase que le había tenido para ir y volver del Toboso; y sucedióle todo tan bien, que cuando se levantó para subir en el rucio vio que del Toboso hacia donde él estaba venían tres labradoras sobre tres pollinos, o pollinas, que el autor no lo declara, aunque más se puede creer que eran borricas, por ser ordinaria caballería de las aldeanas; pero como no va mucho en esto, no hay para qué detenernos en averiguarlo. En resolución: así como Sancho vio a las labradoras, a paso tirado volvió a buscar a su señor don Quijote, y hallóle suspirando y diciendo mil amorosas lamentaciones. Como don Quijote le vio, le dijo:

– ¿Qué hay, Sancho amigo? ¿Podré señalar este día con piedra blanca, o con negra?

– Mejor será – respondió Sancho – que vuesa merced la señale con almagre, como rétulos de cátedras, porque le echen bien de ver los que le vieren.

– De ese modo – replicó don Quijote –, buenas nuevas traes.

7 **que le había tenido:** etwa: er habe diese Zeit gebraucht (*le* bezieht sich auf *el lugar*; hier im Sinne von: Zeit[spanne]; Gelegenheit). 11 **el pollino / la pollina:** junger Esel / junge Eselin. 12 **el borrico / la borrica:** Esel(in). 22 f. **con almagre … los que le vieren:** etwa: mit Rotstift, wie auf einem Anschlag in der Universität, auf dem der Sieger eines Berufungsverfahrens für alle gut sichtbar verkündet wird (*el almagre:* Rötel; *el rétulo: el rótulo*).

– Tan buenas – respondió Sancho –, que no tiene más que hacer vuesa merced sino picar a Rocinante y salir a lo raso a ver a la señora Dulcinea del Toboso, que con otras dos doncellas suyas viene a ver a vuesa merced.

– ¡Santo Dios! ¿Qué es lo que dices, Sancho amigo? – dijo don Quijote –. Mira no me engañes, ni quieras con falsas alegrías alegrar mis verdaderas tristezas.

– ¿Qué sacaría yo de engañar a vuesa merced – respondió Sancho –, y más estando tan cerca de descubrir mi verdad? Pique, señor, y venga, y verá venir a la princesa, nuestra ama, vestida y adornada, en fin, como quien ella es. Sus doncellas y ella todas son una ascua de oro, todas mazorcas de perlas, todas son diamantes, todas rubíes, todas telas de brocado de más de diez altos; los cabellos, sueltos por las espaldas, que son otros tantos rayos del sol que andan jugando con el viento; y, sobre todo, vienen a caballo sobre tres cananeas remendadas, que no hay más que ver.

– *Hacaneas* querrás decir, Sancho.

– Poca diferencia hay – respondió Sancho – de *cananeas* a *hacaneas*; pero vengan sobre lo que vinieren, ellas vienen las más galanas señoras que se puedan desear, especialmente la princesa Dulcinea, mi señora, que pasma los sentidos.

3 **a lo raso:** aufs freie Feld. 15 **la ascua de oro:** etwa: goldglänzende Glut (*la ascua:* Glut). **la mazorca de perlas:** etwa: aufgereihte Perlen (*la mazorca:* Maiskolben). 16f. **de más de diez altos:** etwa: von allerbester Qualität. 20f. **la hacanea remendada:** gescheckte Reitpferde für Damen (*la hacanea:* kleines Pferd; *remendado/a:* gefleckt). 24 **galano/a:** chic, prächtig. 26 **pasmar:** lähmen, die Sinne rauben.

– Vamos, Sancho hijo – respondió don Quijote –; y en albricias destas no esperadas como buenas nuevas, te mando el mejor despojo que ganare en la primera aventura que tuviere, y si esto no te contenta, te mando las crías que este año me dieren las tres yeguas mías, que tú sabes que quedan para parir en el prado concejil de nuestro pueblo.

– A las crías me atengo – respondió Sancho –, porque de ser buenos los despojos de la primera aventura no está muy cierto.

Ya en esto salieron de la selva y descubrieron cerca a las tres aldeanas. Tendió don Quijote los ojos por todo el camino del Toboso, y como no vio sino a las tres labradoras, turbóse todo, y preguntó a Sancho si las había dejado fuera de la ciudad.

– ¿Cómo fuera de la ciudad? – respondió –. ¿Por ventura tiene vuesa merced los ojos en el colodrillo, que no vee que son éstas, las que aquí vienen, resplandecientes como el mismo sol a mediodía?

– Yo no veo, Sancho – dijo don Quijote –, sino a tres labradoras sobre tres borricos.

– ¡Agora me libre Dios del diablo! – respondió Sancho –. Y ¿es posible que tres hacaneas, o como se llaman, blancas como el ampo de la nieve, le parezcan a vuesa merced borricos? ¡Vive el Señor, que me pele estas barbas si tal fuese verdad!

2 **las albricias:** Belohnung; hier etwa: Botenlohn. 5 **la cría:** Wurf, Jungtier. 6 f. **el prado concejil:** Gemeindewiese. 17 **el colodrillo:** Nacken. 20 **yo no veo …:** Don Quijotes ungläubige Reaktion wiederholt wortwörtlich Sancho Panzas Reaktionen im Ersten Teil. 24 **el ampo de nieve:** Schneeflocke.

– Pues yo te digo, Sancho amigo – dijo don Quijote – que es tan verdad que son borricos, o borricas, como yo soy don Quijote y tú Sancho Panza; a lo menos, a mí tales me parecen.

– Calle, señor – dijo Sancho –; no diga la tal palabra, sino despabile esos ojos, y venga a hacer reverencia a la señora de sus pensamientos, que ya llega cerca.

Y diciendo esto, se adelantó a recibir a las tres aldeanas, y apeándose del rucio, tuvo del cabestro al jumento de una de las tres labradoras, e hincando ambas rodillas en el suelo, dijo:

– Reina y princesa y duquesa de la hermosura, vuestra altivez y grandeza sea servida de recibir en su gracia y buen talente al cautivo caballero vuestro, que allí está hecho piedra mármol, todo turbado y sin pulsos de verse ante vuestra magnífica presencia. Yo soy Sancho Panza su escudero, y él es el asendereado caballero don Quijote de la Mancha, llamado por otro nombre el Caballero de la Triste Figura.

A esta sazón ya se había puesto don Quijote de hinojos junto a Sancho, y miraba con ojos desencajados y vista turbada a la que Sancho llamaba reina y señora, y como no descubría en ella sino una moza aldeana, y no de muy buen rostro, porque era carirredonda y chata, estaba suspenso y admirado, sin osar desple-

6 **despabilar:** munter machen; hier: aufmachen (Augen). 14 **la altivez:** Sancho Panza verwechselt hier (gewollt maliziös?) *la alteza:* Hoheit, mit *la altivez.* 18 **asendereado/a:** hier: unglücklich. 21 f. **de hinojos:** auf Knien. 22 **desencajado/a:** verzerrt. 26 **chato/a:** flach; hier: stumpfnäsig.

gar los labios. Las labradoras estaban asimismo atónitas, viendo aquellos dos hombres tan diferentes hincados de rodillas, que no dejaban pasar adelante a su compañera. Pero rompiendo el silencio la detenida, toda desgraciada y mohína, dijo:

– Apártense nora en tal del camino, y déjenmos pasar; que vamos de priesa.

A lo que respondió Sancho:

– ¡Oh princesa y señora universal del Toboso! ¿Cómo vuestro magnánimo corazón no se enternece viendo arrodillado ante vuestra sublimada presencia a la coluna y sustento de la andante caballería?

Oyendo lo cual otra de las dos, dijo:

– Mas ¡jo, que te estrego, burra de mi suegro! ¡Mirad con qué se vienen los señoritos ahora a hacer burla de las aldeanas, como si aquí no supiésemos echar pullas como ellos! Vayan su camino, e déjenmos hacer el nueso, y serles ha sano.

– Levántate, Sancho – dijo a este punto don Quijote –; que ya veo que la Fortuna, de mi mal no harta, tiene tomados los caminos todos por donde pueda venir algún contento a esta ánima mezquina que tengo en las carnes. Y tú, ¡oh estremo del valor que puede desearse, término de la humana gentileza, único remedio deste afligido corazón que te adora!, ya que el

5 **desgraciado/a:** *sin gracia.* 6 **nora en tal:** *en mala hora.* **déjenmos:** *déjennos* (die Bäuerinnen reden bäuerlich grob). 12 **la coluna:** *la columna:* Säule, Stützpfeiler. 14 **jo, que te estrego:** etwa: kein Süßholzgeraspel! (*estregar:* striegeln, streicheln von Tieren). 17 **las pullas:** *las burlas.* 18 **nueso:** *nuestro.* 22 **esta ánima mezquina:** diese arme Seele. 23 **oh estremo del valor:** Don Quijote wendet sich jetzt an Dulcinea (*estremo: extremo*).

maligno encantador me persigue, y ha puesto nubes y cataratas en mis ojos, y para sólo ellos y no para otros ha mudado y transformado tu sin igual hermosura y rostro en el de una labradora pobre, si ya también el mío no le ha cambiado en el de algún vestiglo, para hacerle aborrecible a tus ojos, no dejes de mirarme blanda y amorosamente, echando de ver en esta sumisión y arrodillamiento que a tu contrahecha hermosura hago, la humildad con que mi alma te adora.

– ¡Tomá que mi agüelo! – respondió la aldeana –. ¡Amiguita soy yo de oír resquebrajos! Apártense y déjenmos ir, y agradecérselo hemos.

Apartóse Sancho y dejóla ir, contentísimo de haber salido bien de su enredo.

Apenas se vio libre la aldeana que había hecho la figura de Dulcinea, cuando, picando a su *cananea* con un aguijón que en un palo traía, dio a correr por el prado adelante. Y como la borrica sentía la punta del aguijón, que la fatigaba más de lo ordinario, comenzó a dar corcovos, de manera que dio con la señora Dulcinea en tierra; lo cual visto por don Quijote, acudió a levantarla, y Sancho a componer y cinchar el albarda, que también vino a la barriga de la pollina. Acomodada, pues, la albarda, y queriendo don Quijote le-

2 **las cataratas:** grauer Star. 4f. **si ya también ... vestiglo:** wenn er nicht auch noch m e i n Antlitz in das eines Ungeheuers verwandelt hat. 6 **aborrecible:** abscheulich. 8f. **la contrahecha hermosura:** entstellte Schönheit. 10 **tomá que mi agüelo:** etwa: auch das noch! (*el agüelo: el abuelo*). 11 **los resquebrajos:** grobe Verformung von *requiebros*: Komplimente. 14 **el enredo:** Verwicklung. 19 **fatigar:** hier: schmerzen, wehtun. 22 **componer:** ordnen, herrichten. **cinchar el albarda:** den Sattel festgurten.

vantar a su encantada señora en los brazos sobre la jumenta, la señora, levantándose del suelo, le quitó de aquel trabajo, porque haciéndose algún tanto atrás, tomó una corridica, y puestas ambas manos sobre las ancas de la pollina, dio con su cuerpo, más ligero que un halcón, sobre la albarda, y quedó a horcajadas, como si fuera hombre; [...].

[...] viéndose a caballo Dulcinea, todas picaron tras ella y dispararon a correr, sin volver la cabeza atrás por espacio de más de media legua. Siguiólas don Quijote con la vista, y cuando vio que no parecían, volviéndose a Sancho, le dijo:

– Sancho, ¿qué te parece cuán mal quisto soy de encantadores? Y mira hasta dónde se estiende su malicia y la ojeriza que me tienen, pues me han querido privar del contento que pudiera darme ver en su ser a mi señora. [...] Y has también de advertir, Sancho, que no se contentaron estos traidores de haber vuelto y transformado a mi Dulcinea, sino que la transformaron y volvieron en una figura tan baja y tan fea como la de aquella aldeana, y juntamente le quitaron lo que es tan suyo de las principales señoras, que es el buen olor, por andar siempre entre ámbares y entre flores. Porque te hago saber, Sancho, que cuando llegué a subir a Dulcinea sobre su hacanea (según tú dices, que a mí me pareció borrica) me dio un olor de ajos crudos, que me encalabrinó y atosigó el alma.

4 **tomar una corridica** (fam.): einen Anlauf nehmen. 5 **la anca:** Hinterbacke, Kruppe. 6 **el halcón:** Falke. **a horcajadas:** rittlings (im Gegensatz zum Damensitz; bei dem man mit beiden Beinen auf einer Seite sitzt). 13 **mal quisto:** *malquerido.* 27 **encalabrinar:** benebeln. **atosigar:** belästigen; hier: verpesten, vergiften.

[…]

Harto tenía que hacer el socarrón de Sancho en disimular la risa, oyendo las sandeces de su amo, tan delicadamente engañado. […]

---

*Zu Kapitel 11–29*

Nach der enttäuschenden Erfahrung mit der Verzauberung Dulcineas lässt Don Quijotes imaginative Kraft deutlich nach. Er nimmt die Erscheinungen meistens so hin, wie sie wirklich sind. Nur beim Puppenspiel des *maese* Pedro (alias Ginés de Pasamonte; Kapitel 26 f.), in dem eine Ritterromanze zur Aufführung kommt, und im Abenteuer mit dem verzauberten Boot (Kapitel 29) geht die Phantasie noch einmal mit ihm durch. Aber er sieht in beiden Fällen den Irrtum ein und zahlt den Schaden. Seine Grundstimmung ist zunehmend melancholisch. Im Abenteuer mit den Schauspielern des *Carro de la muerte* (Kapitel 11), wo er dem Darsteller des Todes begegnet, wird das besonders offenkundig; ja; die Erscheinung wirkt wie ein erster Hinweis aufs Ende. Aber es gibt auch Momente der Euphorie, die allerdings von außen provoziert werden müssen: In den Kapiteln 11–15 begegnet Don Quijote dem *Caballero de los espejos*, dem Spiegelritter, der ihn herausfordert und zur Rückkehr zwingen will. Gegen alle Erwartung unterliegt der junge und kräftige Gegner, der niemand anderer als der verkleidete Sansón Carrasco ist. Gegen Ende des Romans wird er einen zweiten Anlauf nehmen, um seine Absicht zu verwirklichen. Geradezu tollkühn ist Don Quijotes Auftreten im Abenteuer mit den königlichen Löwen, die allerdings zu satt sind, um sich seiner anzunehmen. Im Allgemeinen aber reagiert er vernünftig – so im Gespräch mit dem *Caballero del verde gabán* (Kapitel 16–17) – und hilft ›echt‹, d. h. nicht als Ritter, sondern als Bürger. Zunächst bei der (geplatzten) Hochzeit des reichen Camacho (Kapitel 19–21), wo er tatkräftig, aber auch mit den richtigen Worten, der Liebe (zwischen Basilio und Quiteria) gegen das Geld (des Camacho) zum Durchbruch verhilft und es sogar fertigbringt, dass das von Camacho zur Feier des Tages inszenierte Schlaraffenland *allen* und nicht zuletzt dem schlemmenden Sancho Panza zugute kommt. Ebenso erfolgreich agiert er als Friedensstifter zwischen zwei Dörfern, die sich durch wechselseitige Eselschrei-Imitatoren so schlimm beleidigt sahen, dass daraus ein Kleinkrieg entstand (Kapitel 25–27). Wenn diese Mission dennoch schiefgeht, ist es allein Sancho Panzas Schuld, den der Hafer sticht und der unbedingt beweisen will, dass niemand ein besserer Eselimitator ist als er selbst. Eine Sonderstellung nimmt der Abstieg in die Höhle des Montesinos ein (Kapitel 22–24), eine Parodie auf die Unterweltwanderungen berühmter literarischer Vorbilder. Dort will Don Quijote einer ganzen Reihe von verzauberten Ritterroman-Figuren begegnet sein, darunter auch Dulcinea und ihrem bäuerlichen Gefolge. Aber da niemand dabei war und man allein auf *sein* Zeugnis angewiesen bleibt, überlässt es der hier sehr skeptische Cide Hamete Benengeli dem Leser, ob er das von Don Quijote Erzählte als wahr oder bloß als die Ausgeburt einer Halluzination oder eines Traums betrachten will, den Don Quijote träumte, weil er (und dafür spricht vieles) kurz nach dem Eintritt in die Höhle eingeschlafen war.

Capítulo XXX

## De lo que le avino a don Quijote con una bella cazadora

Hier beginnt die zentrale Episode des Zweiten Teils: der Aufenthalt bei dem Herzogspaar, der sich bis zum 57. Kapitel hinzieht. Beide Aristokraten sind Leser des Ersten Teils und bereiten Don Quijote einen triumphalen Empfang, als ob er ein echter Ehrengast sei. In Wahrheit aber ist die ganze ›Auszeichnung‹ nur eine gigantische, von den Herzögen mit Hilfe ihres Personals wie ein höfisches Fest inszenierte *burla* (genauer: eine ganze Folge von Inszenierungen), bei der Don Quijote im Glauben gehalten wird, endlich als *caballero andante* anerkannt zu sein. Auch für Sancho Panza (der schon nicht mehr damit rechnete und mit dem Gedanken spielte, seinen Herrn zu verlassen) wird durch die Verleihung der von ihm so lange ersehnten Insel-Statthalterschaft eine entsprechende Illusion geschaffen, die am Ende, wie die Don Quijotes, in Nichts zerfallen wird: ein starkes *vanitas*- und *desengaño*-Erlebnis für beide Protagonisten.

In Kapitel 30 stolpert Don Quijote geradezu in die Bekanntschaft mit den Herzögen hinein. Sein komisches Missgeschick kontrastiert aber nicht nur mit dem gewandten Auftreten der hohen Herrschaften, sondern auch mit der Unbekümmertheit Sanchos, der vorlaut drauflos schwadroniert, seinem Herrn zusehends die ›Show stiehlt‹ und im Verlauf dieses Teils immer selbstsicherer wird.

---

Asaz melancólicos y de mal talante llegaron a sus animales caballero y escudero, especialmente Sancho, a quien llegaba al alma llegar al caudal del dinero, pareciéndole que todo lo que dél se quitaba era quitárselo a él de las niñas de sus ojos. Finalmente, sin hablarse palabra, se pusieron a caballo y se apartaron del famoso río, don Quijote, sepultado en los pensamientos de sus amores, y Sancho, en los de su acrecentamiento, que por entonces le parecía que estaba bien lejos de tenerle, porque maguer era tonto, bien se le alcanzaba que las acciones de su amo, todas o las más, eran disparates, y buscaba ocasión de que, sin entrar en cuentas ni en despedimientos con su señor, un día se desgarrase y se fuese a su casa; pero la fortuna ordenó las cosas muy al revés de lo que él temía.

Sucedió, pues, que otro día, al poner del sol y al salir de una selva, tendió don Quijote la vista por un verde prado, y en lo último dél vio gente, y llegándose cerca, conoció que eran cazadores de altanería. Llegóse más, y entre ellos vio una gallarda señora sobre un palafrén o hacanea blanquísima, adornada de guarniciones verdes y con un sillón de plata. Venía la

1 **de mal talante:** schlechtgelaunt (wegen des misslungenen Abenteuers mit dem ›verzauberten‹ – und gesunkenen – Boot, das Sancho Panza, der Zahlmeister, aus der Reisekasse bezahlen musste). 3 **el caudal:** Vermögen; hier: Reisekasse. 4 f. **quitárselo a él de las niñas de sus ojos:** etwa: aus dem Augapfel (der Pupille) herausschneiden (vgl. dt.: wie seinen Augapfel hüten). 8 f. **el acrecentamiento:** Vergrößerung; Beförderung, Avancement. 13 **entrar en cuentas con alg.:** hier: mit jdm. ins Reine kommen, mit jdm. abrechnen. **el despedimento:** Abschied. 14 **desgarrarse:** sich lossagen. 19 **la altanería:** Falkenjagd (damals ein Aristokratensport). 22 **la guarnición:** Verzierung, Zierrat. **el sillón:** Damensattel.

señora asimismo vestida de verde, tan bizarra y ricamente, que la misma bizarría venía transformada en ella. En la mano izquierda traía un azor, señal que dio a entender a don Quijote ser aquélla alguna gran señora, que debía serlo de todos aquellos cazadores, como era la verdad, y así, dijo a Sancho:

– Corre, hijo Sancho, y di a aquella señora del palafrén y del azor que yo, el Caballero de los Leones, besa las manos a su gran fermosura, y que si su grandeza me da licencia, se las iré a besar, y a servirla en cuanto mis fuerzas pudieren y su alteza me mandare. Y mira, Sancho, cómo hablas, y ten cuenta de no encajar algún refrán de los tuyos en tu embajada.

– ¡Hallado os le habéis el encajador! – respondió Sancho –. ¡A mí con eso! ¡Sí, que no es ésta la vez primera que he llevado embajadas a altas y crecidas señoras en esta vida!

– Si no fue la que llevaste a la señora Dulcinea – replicó don Quijote –, yo no sé que hayas llevado otra, a lo menos, en mi poder.

– Así es verdad – respondió Sancho –, pero al buen pagador no le duelen prendas, y en casa llena presto se guisa la cena: quiero decir que a mí no hay que de-

1 **bizarro/a:** stattlich, edel. 3 **el azor:** Habicht, Jagdfalke. 8 **el caballero de los leones:** So nennt sich Don Quijote seit dem Löwenabenteuer (vgl. S. 253). 14 **hallado os le habéis el encajador:** etwa: da habt Ihr den Richtigen gefunden! 20 **en mi poder:** in meinen Diensten, in meinem Auftrag. 21 f. **al buen pagador no le duelen prendas** (loc.): etwa: wer pünktlich zahlt, braucht die Pfändung nicht zu fürchten. (Dieses und das folgende Sprichwort hier im Sinne von: keine Sorge; ich werd's schon richten. 23 **guisar:** kochen, schmoren.

cirme ni advertirme de nada; que para todo tengo, y de todo se me alcanza un poco.

– Yo lo creo, Sancho – dijo don Quijote –; ve en buena hora, y Dios te guíe.

Partió Sancho de carrera, sacando de su paso al rucio, y llegó donde la bella cazadora estaba; y apeándose, puesto ante ella de hinojos, le dijo:

– Hermosa señora, aquel caballero que allí se parece llamado el Caballero de los Leones, es mi amo, y yo soy un escudero suyo, a quien llaman en su casa Sancho Panza. Este tal Caballero de los Leones, que no ha mucho que se llamaba el de la Triste Figura, envía por mí a decir a vuestra grandeza sea servida de darle licencia para que, con su propósito y beneplácito y consentimiento, él venga a poner en obra su deseo, que no es otro, según él dice y yo pienso, que de servir a vuestra encumbrada altanería y fermosura; que en dársela vuestra señoría hará cosa que redunde en su pro, y él recibirá señaladísima merced y contento.

– Por cierto, buen escudero – respondió la señora –, vos habéis dado la embajada vuestra con todas aquellas circunstancias que las tales embajadas piden. Levantaos del suelo, que escudero de tan gran caballero como es el de la Triste Figura, de quien ya tenemos acá mucha noticia, no es justo que esté de hinojos; levantaos, amigo, y decid a vuestro señor que venga

5 **sacar de su paso:** aus seinem (langsamen) Trott bringen. 17 **encumbrado/a:** hochgestellt. **la altanería:** Sancho Panza verwechselt hier *la altanería* (s. o.) mit *la alteza*. 18 **en dársela:** *la* bezieht sich auf *la licencia*. 18f. **redundar en su pro:** etwa: zu Ihrem Vorteil gereichen.

mucho en hora buena a servirse de mí y del duque mi marido, en una casa de placer que aquí tenemos.

Levantóse Sancho, admirado así de la hermosura de la buena señora como de su mucha crianza y cortesía, y más de lo que le había dicho que tenía noticia de su señor el Caballero de la Triste Figura, y que si no le había llamado el de los Leones, debía de ser por habérsele puesto tan nuevamente. Preguntóle la duquesa, cuyo título aún no se sabe:

– Decidme, hermano escudero: este vuestro señor, ¿no es uno de quien anda impresa una *historia* que se llama *del Ingenioso Hidalgo don Quijote de la Mancha*, que tiene por señora de su alma a una tal Dulcinea del Toboso?

– El mesmo es, señora – respondió Sancho –, y aquel escudero suyo que anda, o debe de andar, en la tal historia, a quien llaman Sancho Panza, soy yo, si no es que me trocaron en la cuna; quiero decir, que me trocaron en la estampa.

– De todo eso me huelgo yo mucho – dijo la duquesa –. Id, hermano Panza, y decid a vuestro señor que él sea el bien llegado y el bien venido a mis estados, y que ninguna cosa me pudiera venir que más contento me diera.

Sancho, con esta tan agradable respuesta, con grandísimo gusto volvió a su amo, a quien contó todo lo que la gran señora le había dicho, levantando con sus rústicos términos a los cielos su mucha fermosura, su gran donaire y cortesía. Don Quijote se gallardeó en

2 **la casa de placer:** Landhaus, -schloss. 4 **la crianza:** gute Erziehung, gute Manieren. 22 **a mis estados:** auf meinem Besitz, in meinen Landen. 28 **gallardearse:** stolz werden, sich groß fühlen.

la silla, púsose bien en los estribos, acomodóse la visera, arremetió a Rocinante, y con gentil denuedo fue a besar las manos a la duquesa; la cual, haciendo llamar al duque, su marido, le contó, en tanto que don Quijote llegaba, toda la embajada suya; y los dos, por haber leído la primera parte desta historia y haber entendido por ella el disparatado humor de don Quijote, con grandísimo gusto y con deseo de conocerle le atendían, con prosupuesto de seguirle el humor y conceder con él en cuanto les dijese, tratándole como a caballero andante los días que con ellos se detuviese, con todas las ceremonias acostumbradas en los libros de caballerías, que ellos habían leído, y aun les eran muy aficionados.

En esto llegó don Quijote, alzada la visera, y dando muestras de apearse, acudió Sancho a tenerle el estribo; pero fue tan desgraciado, que al apearse del rucio se le asió un pie en una soga del albarda, de tal modo, que no fue posible desenredarle; antes quedó colgado dél, con la boca y los pechos en el suelo. Don Quijote, que no tenía en costumbre apearse sin que le tuviesen el estribo, pensando que ya Sancho había llegado a tenérsele, descargó de golpe el cuerpo, y llevóse tras sí la silla de Rocinante, que debió de estar mal cinchado, y la silla y él vinieron al suelo, no sin vergüen-

2 **con gentil denuedo:** hier etwa: mit höfischer Grazie. 9f. **con prosupuesto … en cuanto les dijese:** etwa: mit der Absicht, sich völlig auf ihn einzustellen und ihm in allem Recht zu geben (*el prosupuesto: el presupuesto.* 19 **desenredar:** entwirren; herauslösen. 22f. **pensando … el cuerpo:** etwa: im Glauben, gestützt zu werden, hielt er sich nicht mehr fest und plumpste deshalb vom Pferd.

za suya, y de muchas maldiciones que entre dientes echó al desdichado de Sancho, que aun todavía tenía el pie en la corma.

El duque mandó a sus cazadores que acudiesen al caballero y al escudero, los cuales levantaron a don Quijote maltrecho de la caída, y, renqueando y como pudo, fue a hincar las rodillas ante los dos señores; pero el duque no lo consintió en ninguna manera; antes, apeándose de su caballo, fue a abrazar a don Quijote, diciéndole:

– A mí me pesa, señor Caballero de la Triste Figura, que la primera que vuesa merced ha hecho en mi tierra haya sido tan mala como se ha visto; pero descuidos de escuderos suelen ser causa de otros peores sucesos.

– El que yo he tenido en veros, valeroso príncipe – respondió don Quijote –, es imposible ser malo, aunque mi caída no parara hasta el profundo de los abismos, pues de allí me levantara y me sacara la gloria de haberos visto. Mi escudero, que Dios maldiga, mejor desata la lengua para decir malicias que ata y cincha una silla para que esté firme; pero como quiera que yo me halle, caído o levantado, a pie o a caballo, siempre estaré al servicio vuestro y al de mi señora la duquesa, digna consorte vuestra, y digna señora de la hermosura, y universal princesa de la cortesía.

– ¡Pasito, mi señor don Quijote de la Mancha! –

3 **la corma:** Fußfessel. 6 **renquear:** hinken. 12 **la primera:** etwa: der erste Schritt. 16 **el que yo he tenido:** *el* nimmt *sucesos* wieder auf. Also: *el suceso* (Vorfall, Unfall) *que yo he tenido.* 25 **el/la consorte:** Ehegatte, -in. 27 **¡pasito!:** langsam!

dijo el duque –; que adonde está mi señora doña Dulcinea del Toboso no es razón que se alaben otras fermosuras.

Ya estaba a esta sazón libre Sancho Panza del lazo, y hallándose allí cerca, antes que su amo respondiese, dijo:

– No se puede negar, sino afirmar, que es muy hermosa mi señora Dulcinea del Toboso, pero donde menos se piensa se levanta la liebre; que yo he oído decir que esto que llaman naturaleza es como un alcaller que hace vasos de barro, y el que hace un vaso hermoso también puede hacer dos, y tres, y ciento; dígolo, porque mi señora la duquesa a fee que no va en zaga a mi ama la señora Dulcinea del Toboso.

Volvióse don Quijote a la duquesa, y dijo:

– Vuestra grandeza imagine que no tuvo caballero andante en el mundo escudero más hablador ni más gracioso del que yo tengo, y él me sacará verdadero, si algunos días quisiere vuestra gran celsitud servirse de mí.

A lo que respondió la duquesa:

– De que Sancho el bueno sea gracioso lo estimo yo en mucho, porque es señal que es discreto; que las gracias y los donaires, señor don Quijote, como vuesa merced bien sabe, no asientan sobre ingenios torpes; y pues el buen Sancho es gracioso y donairoso, desde aquí le confirmo por discreto.

– Y hablador – añadió don Quijote.

4 **el lazo:** Schlinge. 10 **el alcaller:** Töpfer. 18 **me sacará verdadero:** etwa: er wird beweisen, dass ich recht habe. 19 **la celsitud:** *la excelsitud:* Hoheit.

– Tanto que mejor – dijo el duque –, porque muchas gracias no se pueden decir con pocas palabras. Y porque no se nos vaya el tiempo en ellas, venga el gran Caballero de la Triste Figura ...

– De los Leones ha de decir vuestra alteza – dijo Sancho –, que ya no hay Triste Figura, ni figuro.

– Sea el de los Leones – prosiguió el duque –: Digo que venga el señor Caballero de los Leones a un castillo mío que está aquí cerca, donde se le hará el acogimiento que a tan alta persona se debe justamente, y el que yo y la duquesa solemos hacer a todos los caballeros andantes que a él llegan.

Ya en esto, Sancho había aderezado y cinchado bien la silla a Rocinante, y subiendo en él don Quijote, y el duque en un hermoso caballo, pusieron a la duquesa en medio, y encaminaron al castillo. Mandó la duquesa a Sancho que fuese junto a ella, porque gustaba infinito de oír sus discreciones. No se hizo de rogar Sancho, y entretejióse entre los tres, e hizo cuarto en la conversación, con gran gusto de la duquesa y del duque, que tuvieron a gran ventura acoger en su castillo tal caballero andante y tal escudero andado.

1 **tanto que mejor:** um so besser. 19 **entretejióse entre los tres e hizo cuarto:** er fädelte sich zwischen die drei ein und wurde der Vierte unter ihnen (Hinweis auf die ›Erhebung‹ Sancho Panzas zum gleichwertigen Partner im Spiel der Herzöge). 23 **andado/a:** hier: gewitzt.

Capítulo XXXI

## Que trata de muchas y grandes cosas

Sancho Panzas Unbekümmertheit bringt den zeremoniösen Don Quijote in arge Verlegenheit, zumal der Knappe von der Herzogin, die ihren Spaß haben will, auch noch ermuntert wird. Am Schluss wird nicht nur Don Quijote, sondern werden auch die Herzöge vom Schlosskapellan scharf kritisiert, weil sie einen Narren zum Narren halten und deshalb nicht weniger närrisch sind als er.

———

Suma era la alegría que llevaba consigo Sancho viéndose, a su parecer, en privanza con la duquesa, porque se le figuraba que había de hallar en su castillo lo que en la casa de don Diego y en la de Basilio, siempre aficionado a la buena vida, y así, tomaba la ocasión por la melena en esto del regalarse cada y cuando que se le ofrecía.

Cuenta, pues, la historia, que antes que a la [casa] de placer o castillo llegasen, se adelantó el duque y dio orden a todos sus criados del modo que habían de

11 **en privanza:** vertraut, im Vertrauen. 13 **don Diego … Basilio:** bezieht sich auf die gute Küche, die Sancho Panza bei don Diego Miranda (dem *caballero del verde gabán*) und bei Basilio (bzw. bei der Hochzeit des Camacho) genießen durfte. 14f. **tomar la ocasión por la melena** (loc.): die Gelegenheit beim Schopfe packen (*la melena:* Mähne). 15 **regalarse algo:** etwas genießen, sich etwas gönnen.

tratar a don Quijote; el cual, como llegó con la duquesa a las puertas del castillo, al instante salieron dél dos lacayos o palafreneros, vestidos hasta en pies de unas ropas que llaman de levantar, de finísimo raso carmesí, y cogiendo a don Quijote en brazos, sin ser oído ni visto, le dijeron:

– Vaya la vuestra grandeza a apear a mi señora la duquesa.

Don Quijote lo hizo, y hubo grandes comedimientos entre los dos sobre el caso; pero, en efecto, venció la porfía de la duquesa, y no quiso decender o bajar del palafrén sino en los brazos del duque, diciendo que no se hallaba digna de dar a tan gran caballero tan inútil carga. En fin, salió el duque a apearla, y al entrar en un gran patio, llegaron dos hermosas doncellas y echaron sobre los hombros a don Quijote un gran manto de finísima escarlata, y en un instante se coronaron todos los corredores del patio de criados y criadas de aquellos señores, diciendo a grandes voces:

– ¡Bien sea venido la flor y la nata de los caballeros andantes!

Y todos, o los más, derramaban pomos de aguas olorosas sobre don Quijote y sobre los duques, de todo lo cual se admiraba don Quijote; y aquél fue el primer día que de todo en todo conoció y creyó ser

3 **hasta en pies:** *hasta los pies.* 4 **la ropa de levantar:** bequemes Morgengewand. 4 f. **el raso carmesí:** roter Atlasstoff. 5 f. **sin ser oído ni visto:** etwa: im Handumdrehen. 9 f. **el comedimiento:** Höflichkeitsbezeugung. 11 **la porfía:** Hartnäckigkeit; hier: der feste Wille. 17 **de finísima escarlata:** aus feinstem Scharlachtuch. 20 **la flor y nata** (fig.): das Beste vom Besten. 22 **derramar:** ausschütten, vergießen. **el pomo:** Fläschchen, Flacon.

caballero andante verdadero, y no fantástico, viéndose tratar del mesmo modo que él había leído se trataban los tales caballeros en los pasados siglos.

Sancho, desamparando al rucio, se cosió con la duquesa y se entró en el castillo, y remordiéndole la conciencia de que dejaba al jumento solo, se llegó a una reverenda dueña, que con otras a recibir a la duquesa había salido, y con voz baja le dijo:

– Señora González, o como es su gracia de vuesa merced ...

– Doña Rodríguez de Grijalba me llamo – respondió la dueña –. ¿Qué es lo que mandáis, hermano?

A lo que respondió Sancho:

– Querría que vuesa merced me la hiciese de salir a la puerta del castillo, donde hallará un asno rucio mío; vuesa merced sea servida de mandarle poner, o ponerle, en la caballeriza, porque el pobrecito es un poco medroso, y no se hallará a estar solo, en ninguna de las maneras.

– Si tan discreto es el amo como el mozo – respondió la dueña –, ¡medradas estamos! Andad, hermano,

4 **desamparar:** hier: freigeben, abzäumen. **coserse con alg.:** hier: sich eng zu jdm. halten. 5 **remorder:** quälen, ein schlechtes Gewissen bereiten. 7 **la reverenda dueña:** ehrwürdige Hofdame. Die *dueña* war eine ältere, meist verwitwete Frau, die in einem aristokratischen Haushalt der weiblichen Dienerschaft vorstand. Sie wurde mit *doña* und ihrem Zunamen angeredet, weshalb es Sancho Panza, der sich im Folgenden mit einigen diplomatischen ›Meisterleistungen‹ hervortut, zunächst einmal mit *doña González* versucht. 9f. **o como es su gracia de vuesa merced:** *o como es el nombre de vuesa merced.* 14 **me la hiciese:** *me hiciese el favor.* 18 **medroso/a:** hier: scheu. **hallarse a algo:** an etwas gewöhnt sein. 21 **¡medrados estamos!** (irón.): etwa: dann gute Nacht! (*medrar:* Erfolg haben).

mucho de enhoramala para vos y para quien acá os trujo, y tened cuenta con vuestro jumento, que las dueñas desta casa no estamos acostumbradas a semejantes haciendas.

– Pues en verdad – respondió Sancho – que he oído yo decir a mi señor, que es zahorí de las historias, contando aquella de Lanzarote,

cuando de Bretaña vino,
que damas curaban dél,
y dueñas del su rocino;

y que en el particular de mi asno, que no le trocara yo con el rocín del señor Lanzarote.

– Hermano, si sois juglar – replicó la dueña –, guardad vuestras gracias para donde lo parezcan y se os paguen; que de mí no podréis llevar sino una higa.

– ¡Aun bien – respondió Sancho – que será bien madura, [...].

– Hijo de puta – dijo la dueña, toda ya encendida en cólera –, si soy vieja o no, a Dios daré la cuenta, que no a vos, bellaco, harto de ajos.

Y esto dijo en voz tan alta, que lo oyó la duquesa, y volviendo y viendo a la dueña tan alborotada y tan

4 **las haciendas:** hier: Tätigkeiten. 6 **el zahorí:** Hellseher; hier: Experte. 7 **Lanzarote:** Lancelot (Sancho Panza zitiert eine der populären Lancelot-Romanzen). 9 **curar de algo/alg.:** sich um etwas/jdn. kümmern. 10 **el rocino:** Ross. 13 **el juglar:** Spielmann (zu dessen Geschäft u. a. die Rezitation von Romanzen gehörte). 15 **la higa:** böser Blick, Geste der Verachtung. 16 **aun bien:** auch gut! 16f. **bien madura:** Sanchos maliziöse Bemerkung spielt mit dem Doppelsinn von *la higa:* (1) abfällige Geste; (2) überreife Feige. 20 **el harto de ajos** (fam.): Knoblauchfresser.

encarnizados los ojos, le preguntó con quién las había.

– Aquí las he – respondió la dueña – con este buen hombre, que me ha pedido encarecidamente que vaya a poner en la caballeriza a un asno suyo que está a la puerta del castillo, trayéndome por ejemplo que así lo hicieron no sé dónde, que unas damas curaron a un tal Lanzarote, y unas dueñas a su rocino, y, sobre todo, por buen término me ha llamado vieja.

– Eso tuviera yo por afrenta – respondió la duquesa –, más que cuantas pudieran decirme.

Y hablando con Sancho, le dijo:

– Advertid, Sancho amigo, que doña Rodríguez es muy moza, y que aquellas tocas más las trae por autoridad y por la usanza que por los años.

– Malos sean los que me quedan por vivir – respondió Sancho –, si lo dije por tanto; sólo lo dije porque es tan grande el cariño que tengo a mi jumento, que me pareció que no podía encomendarle a persona más caritativa que a la señora doña Rodríguez.

Don Quijote, que todo lo oía, le dijo:

– ¿Pláticas son éstas, Sancho, para este lugar?

– Señor – respondió Sancho –, cada uno ha de hablar de su menester dondequiera que estuviere. Aquí se me acordó del rucio, y aquí hablé dél, y si en la caballeriza se me acordara, allí hablara.

1 **encarnizados los ojos:** etwa: mit vor Wut rot unterlaufenen Augen (*encarnizar:* wütend machen). 1f. **con quien las había:** etwa: mit wem sie sich angelegt hatte. 14 **las tocas:** etwa: Witwenkleider (*la toca:* Haube). 14f. **por la autoridad y por la usanza:** um ihre Autorität zu unterstreichen und weil es so üblich ist.

A lo que dijo el duque:

– Sancho está muy en lo cierto, y no hay que culparle en nada; al rucio se le dará recado a pedir de boca, y descuide Sancho, que se le tratará como a su mesma persona.

Con estos razonamientos, gustosos a todos sino a don Quijote, llegaron a lo alto, y entraron a don Quijote en una sala adornada de telas riquísimas de oro y de brocado; seis doncellas le desarmaron y sirvieron de pajes, todas industriadas y advertidas del duque y de la duquesa de lo que habían de hacer, y de cómo habían de tratar a don Quijote, para que imaginase y viese que le trataban como caballero andante. Quedó don Quijote, después de desarmado, [...], seco, alto, tendido, con las quijadas, que por de dentro se besaba la una con la otra: figura que, a no tener cuenta las doncellas que le servían con disimular la risa (que fue una de las precisas órdenes que sus señores les habían dado), reventaran riendo.

Pidiéronle que se dejase desnudar para una camisa; pero nunca lo consintió, diciendo que la honestidad parecía tan bien en los caballeros andantes como la valentía. Con todo, dijo que diesen la camisa a Sancho, y encerrándose con él en una cuadra donde estaba un rico lecho, se desnudó y vistió la camisa, y, viéndose solo con Sancho, le dijo:

3 **el recado:** hier: Pflege, Aufmerksamkeit. 10 **industriar:** unterrichten, instruieren. 15 **tendido/a:** langgezogen; hier: dürr. **la quijada:** Kinnbacken, Kiefer. 16f. **a no tener cuenta ... risa:** wenn es den Mädchen nicht eingeschärft worden wäre, dass sie das Lachen unterdrücken sollen. 24 **la cuadra:** hier: quadratischer Raum.

–Dime, truhán moderno y majadero antiguo: ¿parécete bien deshonrar y afrentar a una dueña tan veneranda y tan digna de respeto como aquélla? ¿Tiempos eran aquéllos para acordarte del rucio, o señores son éstos para dejar mal pasar a las bestias, tratando tan elegantemente a sus dueños? Por quien Dios es, Sancho, que te reportes, y que no descubras la hilaza de manera que caigan en la cuenta de que eres de villana y grosera tela tejido. Mira, pecador de ti, que en tanto más es tenido el señor cuanto tiene más honrados y bien nacidos criados, y que una de las ventajas mayores que llevan los príncipes a los demás hombres es que se sirven de criados tan buenos como ellos. ¿No adviertes, angustiado de ti, y malaventurado de mí, que si veen que tú eres un grosero villano, o un mentecato gracioso, pensarán que yo soy algún echacuervos, o algún caballero de mohatra? No, no, Sancho amigo, huye, huye destos inconvenientes; que quien tropieza en hablador y en gracioso, al primer puntapié cae y da en truhán desgraciado. Enfrena la lengua, considera y rumia las palabras antes que te salgan de la boca, y advierte que hemos llegado a parte donde, con el favor de Dios y valor de mi brazo, hemos de salir mejorados en tercio y quinto en fama y en hacienda.

1 **el truhán:** Gauner. 2 f. **venerando/a:** *venerable:* ehrwürdig. 6 **por quien Dios es:** um Gottes willen. 7 **que te reportes:** etwa: beherrsch dich! **la hilaza:** passt zu (1) *de grosera tela tejido:* aus grobem Stoff; aber auch (2) *descubrir la hilaza:* sein wahres Gesicht zeigen. 16 f. **el echacuervos** (fig.): Taugenichts. 17 **el mohatra:** Betrüger, Scharlatan. 19 **el puntapié:** Fußtritt; hier: Stolperstein. 20 **enfrenar:** *frenar.* 21 **rumiar:** wiederkäuen; hier (fig.): sich nochmals durch den Kopf gehen lassen. 24 **mejorados en tercio y quinto:** etwa: um ein Vielfaches gesteigert, verbessert.

Sancho le prometió con muchas veras de coserse la boca o morderse la lengua antes de hablar palabra que no fuese muy a propósito y bien considerada, como él se lo mandaba, y que descuidase acerca de lo tal; que nunca por él se descubriría quién ellos eran.

[...]

Luego llegaron doce pajes con el maestresala, para llevarle a comer, que ya los señores le aguardaban. Cogiéronle en medio, y lleno de pompa y majestad le llevaron a otra sala, donde estaba puesta una rica mesa con solos cuatro servicios. La duquesa y el duque salieron a la puerta de la sala a recibirle, y con ellos un grave eclesiástico destos que gobiernan las casas de los príncipes; destos que, como no nacen príncipes, no aciertan a enseñar cómo lo han de ser los que lo son; [...]. Hiciéronse mil corteses comedimientos, y, finalmente, cogiendo a don Quijote en medio, se fueron a sentar a la mesa.

Convidó el duque a don Quijote con la cabecera de la mesa, y aunque él lo rehusó, las importunaciones del duque fueron tantas, que la hubo de tomar. El eclesiástico se sentó frontero, y el duque y la duquesa a los dos lados.

A todo estaba presente Sancho, embobado y atónito de ver la honra que a su señor aquellos príncipes le hacían; y viendo las muchas ceremonias y ruegos que pasaron entre el duque y don Quijote para hacerle sentar a la cabecera de la mesa, dijo:

7 **el maestresala:** Maître, Oberkellner. 19f. **convidar con la cabecera:** auffordern, den Ehrenplatz (am Kopfende, *la cabecera*) einzunehmen. 20 **rehusar:** ablehnen.

– Si sus mercedes me dan licencia, les contaré un cuento que pasó en mi pueblo acerca desto de los asientos.

Apenas hubo dicho esto Sancho, cuando don Quijote tembló, creyendo sin duda alguna que había de decir alguna necedad. Miróle Sancho, y entendióle, y dijo:

– No tema vuesa merced, señor mío, que yo me desmande, ni que diga cosa que no venga muy a pelo; que no se me han olvidado los consejos que poco ha vuesa merced me dio sobre el hablar mucho o poco, o bien o mal.

– Yo no me acuerdo de nada, Sancho – respondió don Quijote –; di lo que quisieres, como lo digas presto.

– Pues lo que quiero decir – dijo Sancho – es tan verdad, que mi señor don Quijote, que está presente, no me dejará mentir.

[…]

– Bien será – dijo don Quijote – que vuestras grandezas manden echar de aquí a este tonto, que dirá mil patochadas.

– Por vida del duque – dijo la duquesa –, que no se ha de apartar de mí Sancho un punto: quiérole yo mucho, porque sé que es muy discreto.

– Discretos días – dijo Sancho – viva vuestra santidad, por el buen crédito que de mí tiene, aunque en

8 **desmandarse:** sich ungehörig benehmen, sich vergessen. **no venir a(l) pelo:** unangebracht sein. 9 **poco ha:** vor Kurzem. 25 f. **vuestra santidad:** Sancho Panza, von der Güte der Herzogin begeistert, erhebt sie jetzt schon in den Papstrang. (Im Folgenden eine von Sanchos Erzählungen, die mit ›nervender‹ Umständlichkeit beginnen und mit einer impertinenten Pointe enden).

mí no lo haya. Y el cuento que quiero decir es éste: Convidó un hidalgo de mi pueblo, muy rico y principal, porque venía de los Álamos de Medina del Campo, que casó con doña Mencía de Quiñones, que fue hija de don Alonso de Marañón, caballero del Hábito de Santiago, que se ahogó en la Herradura, por quien hubo aquella pendencia años ha en nuestro lugar, que, a lo que entiendo, mi señor don Quijote se halló en ella, de donde salió herido Tomasillo el Travieso, el hijo de Balbastro el herrero ... ¿No es verdad todo esto, señor nuestro amo? Dígalo, por su vida, porque estos señores no me tengan por algún hablador mentiroso.

– Hasta ahora – dijo el eclesiástico –, más os tengo por hablador que por mentiroso; pero de aquí adelante no sé por lo que os tendré.

– Tú das tantos testigos, Sancho, y tantas señas, que no puedo dejar de decir que debes de decir verdad. Pasa adelante y acorta el cuento, porque llevas camino de no acabar en dos días.

– No ha de acortar tal – dijo la duquesa –, por hacerme a mí placer; antes le ha de contar de la manera que le sabe, aunque no le acabe en seis días; que si tantos fuesen, serían para mí los mejores que hubiese llevado en mi vida.

– Digo, pues, señores míos – prosiguió Sancho –, que este tal hidalgo, que yo conozco como a mis manos, porque no hay de mi casa a la suya un tiro de ballesta, convidó un labrador pobre, pero honrado ...

6 **Herradura:** Ort an der andalusischen Küste (Provinz Granada).
17 **la seña:** Kennzeichen.

– Adelante, hermano – dijo a esta sazón el religioso –; que camino lleváis de no parar con vuestro cuento hasta el otro mundo.

– A menos de la mitad pararé, si Dios fuere servido – respondió Sancho –. Y así, digo que, llegando el tal labrador a casa del dicho hidalgo convidador, que buen poso haya su ánima, que ya es muerto, y por más señas dicen que hizo una muerte de un ángel, que yo no me hallé presente, que había ido por aquel tiempo a segar a Tembleque …

– Por vida vuestra, hijo, que volváis presto de Tembleque, y que, sin enterrar al hidalgo, si no queréis hacer más exequias, acabéis vuestro cuento.

– Es, pues, el caso – replicó Sancho – que, estando los dos para asentarse a la mesa, que parece que ahora los veo más que nunca …

Gran gusto recibían los duques del disgusto que mostraba tomar el buen religioso de la dilación y pausas con que Sancho contaba su cuento, y don Quijote se estaba consumiendo en cólera y en rabia.

– Digo, así – dijo Sancho –, que estando, como he dicho, los dos para sentarse a la mesa, el labrador porfiaba con el hidalgo que tomase la cabecera de la mesa, y el hidalgo porfiaba también que el labrador la tomase, porque en su casa se había de hacer lo que él mandase; pero el labrador, que presumía de cortés y bien criado, jamás quiso, hasta que el hidalgo, mohíno, poniéndole ambas manos sobre los hombros, le

7 **el poso:** *el reposo.* 10 **segar:** mähen. **Tembleque:** Ort in der Mancha. 13 **las exequias:** Exequien, Begräbnisfeierlichkeiten. 18 **la dilación:** Aufschub, Verzögerung. 20 **consumirse en cólera:** etwa: vor Wut außer sich sein.

hizo sentar por fuerza, diciéndole: «– Sentaos, majagranzas; que adondequiera que yo me siente será vuestra cabecera.» Y éste es el cuento, y en verdad que creo que no ha sido aquí traído fuera de propósito.

Púsose don Quijote de mil colores, que sobre lo moreno le jaspeaban y se le parecían; los señores disimularon la risa, porque don Quijote no acabase de correrse, habiendo entendido la malicia de Sancho, y por mudar de plática y hacer que Sancho no prosiguiese con otros disparates, preguntó la duquesa a don Quijote que qué nuevas tenía de la señora Dulcinea, y que si le había enviado aquellos días algunos presentes de gigantes o malandrines, pues no podía dejar de haber vencido muchos. A lo que don Quijote respondió:

– Señora mía, mis desgracias, aunque tuvieron principio, nunca tendrán fin. Gigantes he vencido, y follones y malandrines le he enviado; pero ¿adónde la habían de hallar, si está encantada, y vuelta en la más fea labradora que imaginarse puede?

– No sé – dijo Sancho Panza –: a mí me parece la más hermosa criatura del mundo; a lo menos, en la ligereza y en el brincar bien sé yo que no dará ella la ventaja a un volteador; a buena fe, señora duquesa, así salta desde el suelo sobre una borrica como si fuera un gato.

1 f. **el majagranzas** (fam.): *el majadero.* 6 f. **que sobre lo moreno le jaspeaban y se le parecían:** etwa: obwohl braungebrannt, schillerte [sein Gesicht] in verschiedenen Farben. 14 **el malandrín:** Bösewicht. 18 f. **los follones:** Gelichter, Gesindel. 24 **brincar:** hüpfen, umherspringen. 25 **el volteador:** Akrobat.

– ¿Habéisla visto vos encantada, Sancho? – preguntó el duque.

– Y ¡cómo si la he visto! – respondió Sancho –. Pues ¿quién diablos sino yo fue el primero que cayó en el achaque del encantorio? ¡Tan encantada está como mi padre!

El eclesiástico, que oyó decir de gigantes, de follones y de encantos, cayó en la cuenta de que aquel debía de ser don Quijote de la Mancha, cuya historia leía el duque de ordinario, y él se lo había reprehendido muchas veces, diciéndole que era disparate leer tales disparates, y enterándose ser verdad lo que sospechaba, con mucha cólera, hablando con el duque, le dijo:

– Vuestra Excelencia, señor mío, tiene que dar cuenta a Nuestro Señor de lo que hace este buen hombre. Este don Quijote, o don Tonto, o como se llama, imagino yo que no debe de ser tan mentecato como Vuestra Excelencia quiere que sea, dándole ocasiones a la mano para que lleve adelante sus sandeces y vaciedades.

[…]

---

5 **el achaque:** hier: Vorwand; Ausrede. 5f. **tan encantada está como mi padre:** Eigentlich prahlt der übermütige Sancho Panza hier geradezu mit seinem Betrug, aber Don Quijote merkt es nicht. 20f. **sandeces y vaciedades:** Der Rest des Kapitels (der Kirchenmann greift nun Don Quijote direkt an) gehört eigentlich schon zu Kap. 32 (wo Don Quijote sich energisch zur Wehr setzt) und wird deshalb hier weggelassen (*la vaciedad:* Albernheit).

*Zu Kapitel 32–57*

Es folgt nun eine *burla* auf die andere. Die wichtigsten sind: Merlins Prophezeiung, Dulcinea könne entzaubert werden, wenn Sancho Panza sich freiwillig 3300 Peitschenhiebe auf den nackten Hintern aufmessen ließe. Von nun an ist Don Quijote nur noch auf deren Vollzug bedacht, will ihn einmal sogar erzwingen und wird dafür von Sancho Panza seinerseits in die Schranken gewiesen. Die Condesa Trifaldi alias Dueña Dolorida und Doña Rodríguez erbitten Don Quijotes Hilfe (ähnlich wie Dorotea im Ersten Teil), wozu u. a. – mit verbundenen Augen – der ›Astronautenritt‹ auf dem Holzross Clavileño erforderlich ist, das sich in Wahrheit nicht einen Zentimeter vom Boden entfernt. Die hübsche Altisidora stellt Don Quijotes Standfestigkeit vor erotischer Versuchung auf die Probe etc.

Während Don Quijote so von einer Verlegenheit in die andere gebracht wird, soll Sancho Panza Ähnliches dadurch widerfahren, dass er sich als Inselgouverneur blamiert. Dies aber ist keineswegs der Fall; vielmehr bewährt sich Sancho Panzas gesunder Menschenverstand, unterstützt durch die Ratschläge Don Quijotes, auf erstaunliche Weise, und alle Welt lobt seine Umsicht in Rechtsprechung und Administration. Hinzu kommt, dass er sich, im Unterschied zu ›echten‹ Gouverneuren, in seinem Amt n i c h t bereichert. Aber ehe die *Insula Barataria* sich zu einem kleinen *Utopia* entwickeln und damit die Herzöge am Ende noch in Verlegenheit bringen kann, wird Sancho Panza das Regieren so gründlich verleidet, dass er es freiwillig wieder aufgibt: zum einen durch die Androhung einer feindlichen Invasion; zum anderen – und dies wirkt auf ihn noch zermürbender – durch die Unterwerfung unter eine strikte Diät, über deren Einhaltung der Doctor Tirteafueras, Sancho Panzas ›Leibarzt‹, unnachsichtig wacht.

Die meiste Zeit während der Herzogsepisode sind Don Quijote und Sancho Panza räumlich voneinander getrennt. Um trotzdem die Gleichzeitigkeit der Erlebnisse bewusst zu halten, erfindet Cervantes eine Art ›Parallelmontage‹, wie sie heute vor allem im Film üblich ist: immer nach einem Kapitel ›Don Quijote‹ wird auf ein Kapitel ›Sancho Panza‹ gleichsam umgeschnitten und umgekehrt. Auf diese Weise entsteht ein reizvoller Kontrast zwischen dem Müßiggang am Hof (dessen Don Quijote bald überdrüssig wird) und der tätigen Sorge bei der Insel-Statthalterschaft. Ein weiterer erzählerischer Reiz geht von den Briefen aus, die zwischen Don Quijote und Sancho Panza, Sancho Panza und Teresa, Teresa und der Herzogin gewechselt werden, wobei die Tradition des Humanistenbriefes zugleich parodiert und mit neuem Leben erfüllt wird, wenn die Frau eines Tagelöhners mit der Dame aus der *High society* korrespondiert und Hohes mit Niederem, Alltägliches mit Moralischem aufs Witzigste vermischt wird.

Überhaupt ist die Herzogsepisode ein Geniestreich der besonderen Art: Auf der einen Seite wird hier das Prestige des Hauptheldęn objektiv im gleichen Maß demontiert, wie es subjektiv scheinbar aufgewertet wird. Auf der anderen Seite aber inszeniert der Autor Cervantes das höfische Fest der Herzöge so, dass es ihm selbst zum höchsten Ruhme gereicht. Denn im Unterschied zu den ›echten‹ höfischen Festen, die meist einer hochgestellten Persönlichkeit gewidmet waren, dreht sich das von ihm erfundene allein um die im Zweiten Teil *live* auftretenden Personen seines Romans.

*Zu Kapitel 58–70*

Die Herzogsepisode endet für beide Protagonisten im *desengaño*, in der Ernüchterung, die zugleich die Vorbedingung für das Zu-sich-selbst-Finden ist. Don Quijote merkt, dass nichts die Vorteile von Freiheit und Unabhängigkeit aufwiegen kann, und Sancho Panza sieht ein, dass er nicht fürs Regieren geschaffen ist und glücklicher lebt, wenn er sich in seinen Grenzen bescheidet. Vorläufig aber bleibt Don Quijote noch in seine Ritterschimäre verstrickt, weshalb ihn die ersten schmerzlichen Erfahrungen, die ihm in ›freier Wildbahn‹ nicht erspart bleiben (niedergetrampelt von einer Stier-, später sogar einer Schweineherde) besonders hart treffen.

Im Folgenden begegnet beiden Protagonisten etwas, das sich im Roman bisher noch nicht ereignet hatte: sie stoßen auf die spanische Zeitgeschichte. Zuerst Sancho Panza, der, noch allein, auf dem Rückweg von der Insel seinen früheren Nachbarn Ricote trifft, einen Morisken, der jetzt im deutschen Exil lebt, während es seine Frau und seine Tochter nach Nordafrika verschlagen hat. Von ihm erfährt Sancho Panza gleichsam aus nächster Nähe, welches Leid die am Anfang des 17. Jahrhunderts verfügte Vertreibung der Morisken (der zwangsgetauften ehemaligen Muslime) für jeden Betroffenen mit sich brachte. Don Quijote wiederum gerät (mit Sancho) auf dem Weg nach Barcelona in die Gefangenschaft des berüchtigten Räubers Roque Guinart, der mit seiner Bande, dazu noch im Krieg gegen einen ebenfalls mächtigen Rivalen, nicht nur die Zufahrtswege zum schon damals wichtigen Hafen kontrollierte, sondern auch in der Stadt selbst seinen Einfluss geltend machte. Die beiden Protagonisten aber behandelt er zuvorkommend, wie er überhaupt deutliche Züge des ›edlen Räubers‹ trägt und deshalb von Don Quijote bewundert wird.

Letzterer schlägt im Übrigen nicht freiwillig den Weg nach Barcelona ein, denn ursprünglich wollte er nach Zaragoza. Unterwegs aber erfährt er von der Existenz eines ›Trittbrettfahrers‹ seiner Geschichte, nämlich von Alonso Fernández de Avellaneda (einem auch heute noch nicht enthüllten Pseudonym). Tatsächlich hat Avellaneda 1614 einen apokryphen Zweiten Teil des Don Quijote veröffentlicht, in dem Zaragoza das Ziel der Reise war. Um den frechen Plagiator zu dementieren, lässt Cervantes seinen Don Quijote sofort die Route ändern. Die Auseinandersetzung mit dem Avellaneda-Text (von dessen Existenz Cervantes mitten in der Arbeit am Zweiten Teil erfuhr) wird am Ende des echten Zweiten Teils zu einem beherrschenden Thema und gehört ebenfalls in die Zeitgeschichte. Jedenfalls führt Cervantes den Kampf ums ›Copyright‹ seines Originals nicht mit einem Prozess, sondern dadurch, dass er das Konkurrenzunternehmen zum Teil seiner eigenen Don-Quijote-Fiktion macht. Auch das ein Geniestreich, mit dem der ›falsche Quijote‹, der heute nur noch den Spezialisten bekannt ist, ein für allemal vom Platz gefegt wurde.

Zurück nach Barcelona: Auf Empfehlung von Roque Guinart werden Don Quijote und Sancho Panza bei Don Antonio Moreno, einem örtlichen Patrizier, gastlich aufgenommen, haben aber zugleich – wie bei den Herzögen – das Unterhaltungsbedürfnis von Lesern des Ersten Teils zu befriedigen. In Barcelona werden u. a. besucht: eine *Imprenta* (damals Druckerei und Verlag in einem; dabei neuerlicher Ausfall gegen den *falso Quijote*) sowie die im Hafen exerzierenden Galeeren seiner Majestät. Außerdem wird Don Quijote Zeuge der Heimholung von Ana Félix, der Tochter Ricotes, für deren zukünftiges Bleiberecht sich einflussreiche Personen einsetzen wollen. Das Hauptereignis für Don Quijote selbst aber ist der erneute Zweikampf mit Sansón Carrasco, der diesmal als *Caballero de la blanca luna* auftritt, Don Quijote besiegt und ihm das Versprechen abnimmt, für ein Jahr auf die Ausübung der *caballería andante* zu verzichten. Damit ist Don Quijote nun auch auf seinem ›ureigenen‹ Terrain der Boden unter den Füßen entzogen. Was folgt, wie etwa der angedachte Rückzug in die Bukolik – Don Quijote als *pastor Quijótiz* – sind nur mehr schwache Lebenszeichen eines Mannes, der, in Melancholie versunken, schon vom Tode gezeichnet ist.

Capítulo LXXI

## De lo que a don Quijote le sucedió con su escudero Sancho yendo a su aldea

Auf dem Rückweg ins Heimatdorf macht sich Sancho Panza endlich an die Entzauberung Dulcineas, nachdem ihn Don Quijote durch eine entsprechende Tarifierung pro Schlag dazu ›ermutigt‹ hat. Aber Sancho tut nur so als ob, und Don Quijote ist schon so sehr wieder Alonso Quijano el Bueno, dass er auf die fingierten Schmerzensschreie hin Einhalt gebietet: lieber soll Dulcinea auf die Entzauberung warten als Sancho Panza sein Leben als Familienvater aufs Spiel setzen! Der Anfang des Kapitels, der sich noch auf die Herzogsepisode bezieht, wird hier übersprungen. Wir setzen genau dort ein, wo Don Quijote die Idee der Bezahlung ins Spiel bringt.

---

[...]

A cuyos ofrecimientos abrió Sancho los ojos y las orejas de un palmo, y dio consentimiento en su corazón a azotarse de buena gana, y dijo a su amo:

– Agora bien, señor, yo quiero disponerme a dar gusto a vuestra merced en lo que desea, con provecho mío; que el amor de mis hijos y de mi mujer me hace que me muestre interesado. Dígame vuestra merced: ¿cuánto me dará por cada azote que me diere?

18 **el palmo:** Handbreit.

– Si yo te hubiera de pagar, Sancho – respondió don Quijote –, conforme lo que merece la grandeza y calidad deste remedio, el tesoro de Venecia, las minas del Potosí fueran poco para pagarte; toma tú el tiento a lo que llevas mío, y pon el precio a cada azote.

– Ellos – respondió Sancho – son tres mil y trecientos y tantos; dellos me he dado hasta cinco: quedan los demás; entren entre los tantos estos cinco, y vengamos a los tres mil y trecientos, que a cuartillo cada uno (que no llevaré menos si todo el mundo me lo mandase), montan tres mil y trecientos cuartillos, que son los tres mil, mil y quinientos medios reales, que hacen setecientos y cincuenta reales; y los trecientos hacen ciento y cincuenta medios reales, que vienen a hacer setenta y cinco reales, que juntándose a los setecientos y cincuenta, son por todos ochocientos y veinte y cinco reales. Éstos desfalcaré yo de los que tengo de vuestra merced, y entraré en mi casa rico y contento, aunque bien azotado; porque no se toman truchas …, y no digo más.

– ¡Oh Sancho bendito! ¡Oh Sancho amable – respondió don Quijote –, y cuán obligados hemos de quedar Dulcinea y yo a servirte todos los días que el cielo nos diere de vida! Si ella vuelve al ser perdido

4 **Potosí:** gemeint sind wahrscheinlich die Silberminen in Potosí (Stadt und Region in Bolivien). 4f. **toma tú … azote:** etwa: bediene dich an meinem Geld und setze selbst einen Preis pro Schlag fest. 10 **el cuartillo** (dim.): *el cuarto.* 18 **desfalcar:** abzählen, abziehen. 20f. **no se toman truchas (a bragas enjutas)** (loc.): etwa: man kann Forellen nicht mit trockenen Hosen fangen (vgl. dt.: ohne Fleiß kein Preis).

(que no es posible sino que vuelva), su desdicha habrá sido dicha, y mi vencimiento, felicísimo triunfo. Y mira, Sancho, cuándo quieres comenzar la disciplina; que porque la abrevies te añado cien reales.

– ¿Cuándo? – replicó Sancho –. Esta noche, sin falta. Procure vuestra merced que la tengamos en el campo, al cielo abierto; que yo me abriré mis carnes.

Llegó la noche, esperada de don Quijote con la mayor ansia del mundo, pareciéndole que las ruedas del carro de Apolo se habían quebrado, y que el día se alargaba más de lo acostumbrado, bien así como acontece a los enamorados, que jamás ajustan la cuenta de sus deseos. Finalmente, se entraron entre unos amenos árboles que poco desviados del camino estaban, donde, dejando vacías la silla y albarda de Rocinante y el rucio, se tendieron sobre la verde yerba y cenaron del repuesto de Sancho; el cual, haciendo del cabestro y de la jáquima del rucio un poderoso y flexible azote, se retiró hasta veinte pasos de su amo, entre unas hayas. Don Quijote, que le vio ir con denuedo y con brío, le dijo:

– Mira, amigo, que no te hagas pedazos; da lugar que unos azotes aguarden a otros; no quieras apresu-

1 **que no es posible sino que:** was nur dann möglich ist, wenn … 2 **el vencimiento:** bezieht sich auf die Niederlage gegen den *Caballero de la blanca luna.* 3 **la disciplina:** hier: Geißelung. 10 **el carro de Apolo:** In der griechischen Mythologie lenkte Apoll den von vier Pferden gezogenen Sonnenkarren. 12f. **ajustar la cuenta de sus deseos:** etwa: die Erfüllung ihrer Wünsche abwarten können. 14 **ameno/a:** angenehm, lieblich. 17 **el repuesto:** Reserve; hier: Vorrat. 18 **la jáquima:** (Strick-)Halfter. 20 **la haya:** Buche. 21 **el brío:** Energie, Tatkraft.

rarte tanto en la carrera, que en la mitad della te falte el aliento; quiero decir que no te des tan recio, que te falte la vida antes de llegar al número deseado. Y porque no pierdas por carta de más ni de menos, yo estaré desde aparte, contando por este mi rosario los azotes que te dieres. Favorézcate el cielo conforme tu buena intención merece.

– Al buen pagador no le duelen prendas – respondió Sancho –: yo pienso darme de manera, que sin matarme, me duela; que en esto debe de consistir la sustancia deste milagro.

Desnudóse luego de medio cuerpo arriba, y arrebatando el cordel, comenzó a darse, y comenzó don Quijote a contar los azotes.

Hasta seis o ocho se habría dado Sancho, cuando le pareció ser pesada la burla y muy barato el precio della, y deteniéndose un poco, dijo a su amo que se llamaba a engaño, porque merecía cada azote de aquéllos ser pagado a medio real, no que a cuartillo.

– Prosigue, Sancho amigo, y no desmayes – le dijo don Quijote –: que yo doblo la parada del precio.

– Dese modo – dijo Sancho –, ¡a la mano de Dios, y lluevan azotes!

Pero el socarrón dejó de dárselos en las espaldas, y daba en los árboles, con unos suspiros de cuando en

2 **recio/a:** stark; hier: fest, heftig. 4 **perder por carta de más ni de menos:** etwa: damit kein Schlag übersehen werden kann. 5 **el rosario:** Rosenkranz. 12 f. **arrebatar:** entreißen, erringen; hier: fest in die Hand nehmen. 13 **el cordel:** Schnur; hier: Strick. 18 **llamarse a engaño:** sich betrogen fühlen. 21 **doblar la parada del precio:** den festgesetzten Preis verdoppeln (*doblar la parada:* den Einsatz verdoppeln).

cuando, que parecía que con cada uno dellos se le arrancaba el alma. Tierna la de don Quijote, temeroso de que no se le acabase la vida, y no consiguiese su deseo por la imprudencia de Sancho, le dijo:

– Por tu vida, amigo, que se quede en este punto este negocio; que me parece muy áspera esta medicina, y será bien dar tiempo al tiempo; que no se ganó Zamora en un hora. Más de mil azotes, si yo no he contado mal, te has dado: bastan por agora; que el asno (hablando a lo grosero) sufre la carga, mas no la sobrecarga.

– No, no señor – respondió Sancho –; no se ha de decir por mí: «A dineros pagados, brazos quebrados.» Apártese vuestra merced otro poco, y déjeme dar otros mil azotes siquiera; que a dos levadas déstas habremos cumplido con esta partida, y aún nos sobrará ropa.

– Pues tú te hallas con tan buena disposición – dijo don Quijote –, el cielo te ayude, y pégate, que yo me aparto.

Volvió Sancho a su tarea con tanto denuedo, que ya había quitado las cortezas a muchos árboles: tal era la riguridad con que se azotaba. Y alzando una vez la voz, y dando un desaforado azote en una haya, dijo:

2 **tierna la:** *la* bezieht sich auf *el alma* (f.). 7f. **no se ganó Zamora en una hora** (loc.): etwa: gut Ding will Weile haben. 9f. **el asno sufre la carga, mas no la sobrecarga:** etwa: man kann den Esel beladen, aber nicht überladen. 13 **a dineros pagados, brazos quebrados** (loc.): etwa: wer zu früh zahlt, sieht gebrochene Arme (die nicht mehr arbeiten wollen). 15f. **a dos levadas ... sobra ropa:** etwa: mit zwei Lieferungen wie dieser ist der Auftrag erledigt, und es bleibt sogar noch was übrig. 23 **la riguridad:** *la rigurosidad*.

– ¡Aquí morirás, Sansón, y cuantos con él son!

Acudió don Quijote luego al son de la lastimada voz y del golpe del riguroso azote, y asiendo del torcido cabestro que le servía de corbacho a Sancho, le dijo:

– No permita la suerte, Sancho amigo, que por el gusto mío pierdas tú la vida, que ha de servir para sustentar a tu mujer y a tus hijos: espere Dulcinea mejor coyuntura, que yo me contendré en los límites de la esperanza propincua, y esperaré que cobres fuerzas nuevas, para que se concluya este negocio a gusto de todos.

– Pues vuestra merced, señor mío, lo quiere así – respondió Sancho –, sea en buena hora, y écheme su ferreruelo sobre estas espaldas, que estoy sudando y no querría resfriarme; que los nuevos diciplinantes corren este peligro.

Hízolo así don Quijote, y quedándose en pelota, abrigó a Sancho, el cual se durmió hasta que le despertó el sol, y luego volvieron a proseguir su camino, a quien dieron fin, por entonces, en un lugar que tres leguas de allí estaba. Apeáronse en un mesón, que por tal le reconoció don Quijote, y no por castillo de cava honda, torres, rastrillos y puente levadiza; que después que le vencieron, con más juicio en todas las cosas discurría, como agora se dirá. Alojáronle en

1 **Sansón:** gemeint ist in diesem Sprichwort die biblische Gestalt. 4 **el corbacho:** Geißel. 9 **la coyuntura:** Gelegenheit, Umstand. 10 **propincuo/a:** nahe, bevorstehend. 15 **el ferreruelo:** kurze Jacke. 16 **el disciplinante:** Büßer. 22 **el mesón:** Wirtshaus. 24 **el rastrillo:** Rechen; hier: Gittertür, Fallgatter. 26 **discurrir:** (be)denken, überlegen.

una sala baja, a quien servían de guadameciles unas sargas viejas pintadas, como se usan en las aldeas. En una dellas estaba pintada de malísima mano el robo de Elena, cuando el atrevido huésped se la llevó a Menalao, [...].

– Yo apostaré – dijo Sancho – que antes de mucho tiempo no ha de haber bodegón, venta ni mesón, o tienda de barbero, donde no ande pintada la historia de nuestras hazañas. Pero querría yo que la pintasen manos de otro mejor pintor que el que ha pintado a éstas.

– Tienes razón, Sancho – dijo don Quijote –, [...]. Pero dejando esto aparte, dime si piensas, Sancho, darte otra tanda esta noche, y si quieres que sea debajo de techado, o al cielo abierto.

– Pardiez, señor – respondió Sancho –, que para lo que yo pienso darme, eso se me da en casa que en el campo; pero con todo eso, querría que fuese entre árboles, que parece que me acompañan y me ayudan a llevar mi trabajo maravillosamente.

– Pues no ha de ser así, Sancho amigo – respondió don Quijote –, sino que para que tomes fuerzas, lo hemos de guardar para nuestra aldea, que, a lo más tarde, llegaremos allá después de mañana.

Sancho respondió que hiciese su gusto; pero que él quisiera concluir con brevedad aquel negocio a san-

1 **el guadamecil:** *el guadamecí:* Wandschmuck aus bemaltem Leder. 2 **la sarga:** bemalter Wandteppich. 4 **el huésped:** gemeint ist Paris, der Gast des Menelaos (auf dem Wandteppich ist der Raub der Helena dargestellt). 7 **el bodegón:** hier: Weinstube. 16 **pardiez** (interj., fam.): etwa: Donnerwetter!, mein Gott! 17 **eso se me da:** *lo mismo se me da.*

gre caliente y cuando estaba picado el molino, porque en la tardanza suele estar muchas veces el peligro; y a Dios rogando y con el mazo dando, y que más valía un *toma* que dos *te daré*, y el pájaro en la mano que el buitre volando.

– No más refranes, Sancho, por un solo Dios – dijo don Quijote –; que parece que te vuelves al *sicut erat*; habla a lo llano, a lo liso, a lo no intricado, como muchas veces te he dicho, y verás como te vale un pan por ciento.

– No sé qué mala ventura es esta mía – respondió Sancho –, que no sé decir razón sin refrán, ni refrán que no me parezca razón; pero yo me enmendaré, si pudiere.

Y con esto, cesó por entonces su plática.

1 **picado el molino:** frisch geschärfter Mühlstein (also einer, mit dem man besonders gut mahlt). 3 **el mazo:** hier: Klopfer, Stößel, (Holz-)Hammer. 4f. **el buitre:** Geier (eigentlich heißt dieses letzte Sprichwort in der Reihe: *más vale pájaro en mano que ciento volando*). 7 **volver al sicut erat** (lat.): hier: an den Anfang zurückkehren, in die alte Angewohnheit (der Sprichwortreihung) zurückfallen. 8 **habla a lo llano, a lo liso, a lo no intricado:** sprich normal, ohne verwickelte (Sprichwort-)Tiraden (*intricar: intrincar:* verwirren; aber Don Quijote beendet seine Ermahnung selbst mit einem Sprichwort!).

## Capítulo LXXII

### De cómo don Quijote y Sancho llegaron a su aldea

Ein weiterer geschickter Schachzug von Cervantes gegen seinen Plagiator: Don Quijote trifft auf Don Álvaro Tarfe, eine Hauptperson des ›falschen Quijote‹. Don Álvaro ist ganz erstaunt darüber, wie grundverschieden und vor allem: wie unendlich viel attraktiver die vor ihm stehenden Personen sind als die des Avellaneda! Er lässt diese Feststellung auf Bitten Don Quijotes sogar notariell beglaubigen und ist am Ende davon überzeugt, Opfer eines bösen Zauberers geworden zu sein. Zugleich vollendet Sancho Panza sein Entzauberungspensum.

---

Todo aquel día, esperando la noche, estuvieron en aquel lugar y mesón don Quijote y Sancho; el uno, para acabar en la campaña rasa la tanda de su diciplina, y el otro, para ver el fin della, en el cual consistía el de su deseo. Llegó en esto al mesón un caminante a caballo, con tres o cuatro criados, uno de los cuales dijo al que el señor dellos parecía:

– Aquí puede vuestra merced, señor don Álvaro Tarfe, pasar hoy la siesta: la posada parece limpia y fresca.

16 **la tanda:** Reihe, Serie.

Oyendo esto don Quijote, le dijo a Sancho:

– Mira, Sancho: cuando yo hojeé aquel libro de la segunda parte de mi historia, me parece que de pasada topé allí este nombre de don Álvaro Tarfe.

– Bien podrá ser – respondió Sancho –. Dejémosle apear; que después se lo preguntaremos.

El caballero se apeó, y, frontero del aposento de don Quijote, la huéspeda le dio una sala baja, […]. Púsose el recién venido caballero a lo de verano, y saliéndose al portal del mesón, que era espacioso y fresco, por el cual se paseaba don Quijote, le preguntó:

– ¿Adónde bueno camina vuestra merced, señor gentilhombre?

Y don Quijote le respondió:

– A una aldea que está aquí cerca, de donde soy natural. Y vuestra merced, ¿dónde camina?

– Yo, señor – respondió el caballero –, voy a Granada, que es mi patria.

– ¡Y buena patria! – replicó don Quijote –. Pero dígame vuestra merced, por cortesía, su nombre; porque me parece que me ha de importar saberlo más de lo que buenamente podré decir.

– Mi nombre es don Álvaro Tarfe – respondió el huésped.

A lo que replicó don Quijote:

– Sin duda alguna pienso que vuestra merced debe de ser aquel don Álvaro Tarfe que anda impreso en la segunda parte de la *Historia de don Quijote de la*

9 **a lo de verano:** etwa: in Freizeitkleidung. 14 **el gentilhombre:** Edelmann. 19 **la patria:** hier: Vaterstadt.

*Mancha*, recién impresa y dada a la luz del mundo por un autor moderno.

– El mismo soy – respondió el caballero –, y el tal don Quijote, sujeto principal de la tal historia, fue grandísimo amigo mío, y yo fui el que le sacó de su tierra, o, a lo menos, le moví a que viniese a unas justas que se hacían en Zaragoza, adonde yo iba, y en verdad en verdad que le hice muchas amistades, y que le quité de que no le palmease las espaldas el verdugo, por ser demasiadamente atrevido.

– Y dígame vuestra merced, señor don Álvaro, ¿parezco yo en algo a ese tal don Quijote que vuestra merced dice?

– No, por cierto – respondió el huésped –, en ninguna manera.

– Y ese don Quijote – dijo el nuestro –, ¿traía consigo a un escudero llamado Sancho Panza?

– Sí traía – respondió don Álvaro –, y aunque tenía fama de muy gracioso, nunca le oí decir gracia que la tuviese.

– Eso creo yo muy bien – dijo a esta sazón Sancho –, porque el decir gracias no es para todos, y ese

2 **el autor moderno:** ein neuer, noch unerfahrener Autor (»modern« ist zur Zeit des Cervantes noch kein ›gutes‹ Wort). 6f. **la justa:** Turnier (zur Zeit des Cervantes fanden zwar noch ritterliche Turniere statt, aber nur noch als ›Sportveranstaltung‹, so wie heute etwa das ursprünglich ebenfalls ritterliche Fechten). 9 **palmear las espaldas:** den Rücken verbläuen (eine Polizeistrafe, für die der Henker zuständig war; Cervantes gibt hier und im Folgenden einen Einblick in die Machart des *falso Quijote*, der mit ziemlich groben Effekten operierte). 18f. **tenía fama de muy gracioso:** Diese *fama* stammt aber aus dem Ersten Teil des Cervantes! Der Zweite Teil des Avellaneda machte Sancho zum Deppen.

Sancho que vuestra merced dice, señor gentilhombre, debe de ser algún grandísimo bellaco, frión y ladrón juntamente; que el verdadero Sancho Panza soy yo, que tengo más gracias que llovidas, y si no, haga vuestra merced la experiencia, y ándese tras de mí, por [lo] menos un año, y verá que se me caen a cada paso, y tales y tantas, que sin saber yo las más veces lo que me digo, hago reír a cuantos me escuchan; y el verdadero don Quijote de la Mancha, el famoso, el valiente y el discreto, el enamorado, el desfacedor de agravios, el tutor de pupilos y huérfanos, el amparo de las viudas, el matador de las doncellas, el que tiene por única señora a la sin par Dulcinea del Toboso, es este señor que está presente, que es mi amo. Todo cualquier otro don Quijote y cualquier otro Sancho Panza es burlería y cosa de sueño.

– ¡Por Dios que lo creo – respondió don Álvaro –, porque más gracias habéis dicho vos, amigo, en cuatro razones que habéis hablado que el otro Sancho Panza en cuantas yo le oí hablar, que fueron muchas! Más tenía de comilón que de bien hablado, y más de tonto que de gracioso, y tengo por sin duda que los encantadores que persiguen a don Quijote el bueno han querido perseguirme a mí con don Quijote el malo. Pero no sé qué me diga; que osaré yo jurar que le dejo metido en la casa del Nuncio, en Toledo, para

2 **el frión:** etwa: Langweiler (von *frío*). 4 **más que llovidas:** mehr als geregnet; hier (fig.): unendlich viel. 11f. **el matador de doncellas:** bezieht sich auf die scheinbar so verliebte Altisidora, die so tat, als ob Don Quijotes Zurückweisung ihren Tod bedeute, Don Quijote also ein ›Mädchenmörder‹ sei. 25 **la casa del Nuncio:** das Irrenhaus von Toledo (die Unterbringung Don Quijotes in der *casa del Nuncio* ist ein weiterer Beleg für die Geschmacklosigkeit des Nebenbuhlers!).

que le curen, y agora remanece aquí otro don Quijote, aunque bien diferente del mío.

– Yo – dijo don Quijote – no sé si soy bueno, pero sé decir que no soy el malo, para prueba de lo cual quiero que sepa vuesa merced, mi señor don Álvaro Tarfe, que en todos los días de mi vida no he estado en Zaragoza; antes, por haberme dicho que ese don Quijote fantástico se había hallado en las justas desa ciudad, no quise yo entrar en ella, por sacar a las barbas del mundo su mentira; y así, me pasé de claro a Barcelona, archivo de la cortesía, albergue de los estranjeros, hospital de los pobres, patria de los valientes, venganza de los ofendidos y correspondencia grata de firmes amistades, y en sitio y en belleza, única. Y aunque los sucesos que en ella me han sucedido no son de mucho gusto, sino de mucha pesadumbre, los llevo sin ella, sólo por haberla visto. Finalmente, señor don Álvaro Tarfe, yo soy don Quijote de la Mancha, el mismo que dice la fama, y no ese desventurado que ha querido usurpar mi nombre y honrarse con mis pensamientos. A vuestra merced suplico, por lo que debe a ser caballero, sea servido de hacer una declaración ante el alcalde deste lugar, de que vuestra merced no me ha visto en todos los días de su vida hasta agora, y de que yo no soy el don Quijote impreso en la segunda parte, ni este

1 **remanecer:** hier: *aparecer.* 9f. **por sacar a las barbas del mundo su mentira:** etwa: um ihn vor der Welt Lügen zu strafen. 10f. **de claro a Barcelona:** *directamente a Barcelona* (die Stadt wird im Folgenden mit einer ganzen Metaphernserie gefeiert). 14 **grato/a:** angenehm, willkommen. 17 **los llevo sin ella:** *ella* bezieht sich auf *mucha pesadumbre.* 20 **usurpar:** widerrechtlich an sich reißen.

Sancho Panza mi escudero es aquel que vuestra merced conoció.

– Eso haré yo de muy buena gana – respondió don Álvaro –, puesto que causa admiración ver dos don Quijotes y dos Sanchos a un mismo tiempo, tan conformes en los nombres como diferentes en las acciones; y vuelvo a decir y me afirmo que no he visto lo que he visto ni ha pasado por mí lo que ha pasado.

– Sin duda – dijo Sancho – que vuestra merced debe de estar encantado, como mi señora Dulcinea del Toboso, y pluguiera al cielo que estuviera su desencanto de vuestra merced en darme otros tres mil y tantos azotes como me doy por ella, que yo me los diera sin interés alguno.

– No entiendo eso de azotes – dijo don Álvaro.

Y Sancho le respondió que era largo de contar; pero que él se lo contaría si acaso iban un mesmo camino.

Llegóse en esto la hora de comer; comieron juntos don Quijote y don Álvaro. Entró acaso el alcalde del pueblo en el mesón, con un escribano, ante el cual alcalde pidió don Quijote, por una petición, de que a su derecho convenía de que don Álvaro Tarfe, aquel caballero que allí estaba presente, declarase ante su merced como no conocía a don Quijote de la Mancha, que asimismo estaba allí presente, y que no era aquel que andaba impreso en una historia intitulada *Segunda parte de Don Quijote de la Mancha*, com-

7 f. **no he visto lo que he visto:** etwa: was ich in der anderen (Avellaneda-)Geschichte erlebt habe, habe ich, weil verzaubert, nicht wirklich erlebt. 11 **plugiera al cielo:** *plazca al cielo* (von *placer*). 27 **intitular:** betiteln.

puesta por un tal de Avellaneda, natural de Tordesillas. Finalmente, el alcalde proveyó jurídicamente; la declaración se hizo con todas las fuerzas que en tales casos debían hacerse, con lo que quedaron don Quijote y Sancho muy alegres, como si les importara mucho semejante declaración y no mostrara claro la diferencia de los dos don Quijotes y la de los dos Sanchos sus obras y sus palabras. Muchas de cortesías y ofrecimientos pasaron entre don Álvaro y don Quijote, en las cuales mostró el gran manchego su discreción, de modo que desengañó a don Álvaro Tarfe del error en que estaba; el cual se dio a entender que debía de estar encantado, pues tocaba con la mano dos tan contrarios don Quijotes.

Llegó la tarde, partiéronse de aquel lugar, y a obra de media legua se apartaban dos caminos diferentes, el uno que guiaba a la aldea de don Quijote, y el otro el que había de llevar don Álvaro. En este poco espacio le contó don Quijote la desgracia de su vencimiento y el encanto y el remedio de Dulcinea, que todo puso en nueva admiración a don Álvaro, el cual, abrazando a don Quijote y a Sancho, siguió su camino, y don Quijote el suyo, que aquella noche la pasó entre otros árboles, por dar lugar a Sancho de cumplir su penitencia, que la cumplió del mismo modo que la pasada noche, a costa de las cortezas de las hayas, harto más que de sus espaldas, que las guardó tanto, que no pudieran quitar los azotes una mosca, aunque la tuviera encima.

2 f. **proveyó … las fuerzas:** gemeint ist, dass alles juristisch korrekt abgewickelt wurde. 8 **muchas de cortesías:** *muchas palabras de cortesías.*

No perdió el engañado don Quijote un solo golpe de la cuenta, y halló que con los de la noche pasada eran tres mil y veinte y nueve. Parece que había madrugado el sol a ver el sacrificio, con cuya luz volvieron a proseguir su camino, tratando entre los dos del engaño de don Álvaro y de cuán bien acordado había sido tomar su declaración ante la justicia, y tan auténticamente.

Aquel día y aquella noche caminaron sin sucederles cosa digna de contarse, si no fue que en ella acabó Sancho su tarea, de que quedó don Quijote contento sobremodo, y esperaba el día, por ver si en el camino topaba ya desencantada a Dulcinea su señora; [...].

Con estos pensamientos y deseos subieron una cuesta arriba, desde la cual descubrieron su aldea, la cual, vista de Sancho, se hincó de rodillas, y dijo:

– Abre los ojos, deseada patria, y mira que vuelve a ti Sancho Panza tu hijo, si no muy rico, muy bien azotado. Abre los brazos y recibe también tu hijo don Quijote, que si viene vencido de los brazos ajenos, viene vencedor de sí mismo; que, según él me ha dicho, es el mayor vencimiento que desearse puede. Dineros llevo, porque si buenos azotes me daban, bien caballero me iba.

– Déjate desas sandeces – dijo don Quijote –; y va-

12 **sobremodo** (adv.): außerordentlich. 16 **cuesta arriba:** bergauf (*la cuesta:* Abhang). 24f. **si buenos azotes ... iba** (loc.): etwa: zwar verprügelt, aber erhobenen Hauptes (bezieht sich auf den zeitgenössischen Brauch, Delinquenten auf einem Esel reitend durch die Straßen zu führen und sie unter Verkündung ihres Deliktes zu züchtigen).

mos con pie derecho a entrar en nuestro lugar, donde daremos vado a nuestras imaginaciones, y la traza que en la pastoral vida pensamos ejercitar.

Con esto, bajaron de la cuesta y se fueron a su pueblo.

2f. **daremos vado ... la traza:** gemeint ist: das Schäferleben zu bedenken und zu planen (mit dem die einjährige ›Sperre‹ Don Quijotes überbrückt werden sollte; *dar vado:* etwa: freien Lauf lassen; *el vado:* Furt).

## Capítulo LXXIII

# De los agüeros que tuvo don Quijote al entrar de su aldea, con otros sucesos que adornan y acreditan esta grande historia

Wie geschwächt Don Quijote bereits ist (auch und gerade moralisch), zeigt seine plötzliche Abergläubigkeit, über die er früher erhaben war. Sancho Panza reagiert ›aufgeklärter‹ als er. Nach einem kurzen (und eher lustlosen) Insistieren auf dem Schäferleben, lässt sich der Held – nun auch physisch am Ende – zu Bett bringen und wird nicht wieder aufstehen.

---

A la entrada del cual, según dice Cide Hamete, vio don Quijote que en las eras del lugar estaban riñendo dos muchachos, y el uno dijo al otro:

– No te canses, Periquillo, que no la has de ver en todos los días de tu vida.

Oyólo don Quijote, y dijo a Sancho:

– ¿No adviertes, amigo, lo que aquel muchacho ha dicho:

«No la has de ver en todos los días de tu vida?»

12 **del cual:** bezieht sich auf *el pueblo*, das letzte Wort von Kap. 72, nicht auf *la aldea*. Daraus ist zu entnehmen, dass Cervantes Kapitelüberschriften erst nachträglich in einen zunächst durchlaufenden Text eingefügt hat. 13 **la era:** Tenne, Dreschplatz. **reñir:** zanken, streiten.

– Pues bien, ¿qué importa – respondió Sancho – que haya dicho eso el muchacho?

– ¿Qué? – replicó don Quijote –. ¿No vees tú que aplicando aquella palabra a mi intención, quiere significar que no tengo de ver más a Dulcinea?

Queríale responder Sancho, cuando se lo estorbó ver que por aquella campaña venía huyendo una liebre, seguida de muchos galgos y cazadores, la cual, temerosa, se vino a recoger y a agazapar debajo de los pies del rucio. Cogióla Sancho a mano salva y presentósela a don Quijote, el cual estaba diciendo:

– *¡Malum signum! ¡Malum signum!* Liebre huye, galgos la siguen: ¡Dulcinea no parece!

– Estraño es vuesa merced – dijo Sancho –; presupongamos que esta liebre es Dulcinea del Toboso y estos galgos que la persiguen son los malandrines encantadores que la transformaron en labradora; ella huye, yo la cojo y la pongo en poder de vuesa merced, que la tiene en sus brazos y la regala: ¿qué mala señal es ésta, ni qué mal agüero se puede tomar de aquí?

Los dos muchachos de la pendencia se llegaron a ver la liebre, y al uno dellos preguntó Sancho que por qué reñían. Y fuele respondido por el que había dicho «no la verás más en toda tu vida,» que él había tomado al otro muchacho una jaula de grillos, la cual no pensaba volvérsela en toda su vida. Sacó Sancho cuatro cuartos de la faltriquera y dióselos al mucha-

9 **agazapar:** sich verstecken. 10 **a mano salva:** direkt mit der Hand. 12 **¡malum signum!** (lat.): schlechtes Vorzeichen! 19 **regalar alg.:** jdm. etwas Gutes tun; hier: streicheln. 27 **los cuatro cuartos:** vier Münzen. **la faltriquera:** Gürteltasche.

cho por la jaula, y púsosela en las manos a don Quijote, diciendo:

– He aquí, señor, rompidos y desbaratados estos agüeros, que no tienen que ver más con nuestros sucesos, según que yo imagino, aunque tonto, que con las nubes de antaño. Y si no me acuerdo mal, he oído decir al cura de nuestro pueblo que no es de personas cristianas ni discretas mirar en estas niñerías, y aun vuesa merced mismo me lo dijo los días pasados, dándome a entender que eran tontos todos aquellos cristianos que miraban en agüeros. Y no es menester hacer hincapié en esto, sino pasemos adelante y entremos en nuestra aldea.

[...]

Fueron luego conocidos los dos del cura y del bachiller, que se vinieron a ellos con los brazos abiertos. Apeóse don Quijote, y abrazólos estrechamente, y los muchachos, que son linces no escusados, divisaron la coroza del jumento y acudieron a verle, y decían unos a otros:

– Venid, muchachos, y veréis el asno de Sancho Panza más galán que Mingo, y la bestia de don Quijote más flaca hoy que el primer día.

Finalmente, rodeados de muchachos y acompañados del cura y del bachiller, entraron en el pueblo, y

3 **desbaratar:** zerstören, vereiteln, unwirksam machen. 6 **las nubes de antaño:** die Wolken vom letzten Jahr (vgl. dt.: Schnee von gestern; *antaño:* einst, früher). 11f. **hacer hincapié en algo:** Nachdruck auf etwas legen. 18 **los linces no excusados** (fig.): unvermeidliche Luchse (die ihre Augen überall haben). 18f. **la coroza:** Büßermütze; hier: Kopfschmuck. 22 **más galán que Mingo:** etwa: herausgeputzt wie ein Stutzer.

se fueron a casa de don Quijote, y hallaron a la puerta della al ama y a su sobrina, a quien ya habían llegado las nuevas de su venida. Ni más ni menos se las habían dado a Teresa Panza, mujer de Sancho, la cual, desgreñada y medio desnuda, trayendo de la mano a Sanchica, su hija, acudió a ver a su marido; y viéndole no tan bien adeliñado como ella se pensaba que había de estar un gobernador, le dijo:

– ¿Cómo venís así, marido mío, que me parece que venís a pie y despeado, y más traéis semejanza de desgobernado que de gobernador?

– Calla, Teresa – respondió Sancho –; que muchas veces donde hay estacas no hay tocinos, y vámonos a nuestra casa, que allá oirás maravillas. Dineros traigo, que es lo que importa, ganados por mi industria, y sin daño de nadie.

– Traed vos dinero, mi buen marido – dijo Teresa –, y sean ganados por aquí o por allí, que como quiera que los hayáis ganado, no habréis hecho usanza nueva en el mundo.

Abrazó Sanchica a su padre, y preguntóle si traía algo; que le estaba esperando como el agua de mayo; y asiéndole de un lado del cinto, y su mujer de la mano, tirando su hija al rucio, se fueron a su casa, dejando a don Quijote en la suya, en poder de su sobri-

5 **desgreñado/a:** ungekämmt, mit einem Zottelkopf. 7 **adeliñado/a:** *aliñado/a:* herausgeputzt, geschmückt. 10 **despeado/a:** etwa: fußkrank. 18f. **sean ganados por aquí o por allí ... mundo:** etwa: wie du zu dem Geld gekommen bist, ist unwichtig; jedenfalls auch nicht anders, als es sonst so üblich ist. 22 **el agua de mayo:** (der heißersehnte) Regen im Mai. 23 **el cinto:** Gürtel.

na y de su ama, y en compañía del cura y del bachiller.

Don Quijote, sin guardar términos ni horas, en aquel mismo punto se apartó a solas con el bachiller y el cura, y en breves razones les contó su vencimiento, y la obligación en que había quedado de no salir de su aldea en un año, la cual pensaba guardar al pie de la letra, sin traspasarla en un átomo, bien así como caballero andante, obligado por la puntualidad y orden de la andante caballería, y que tenía pensado de hacerse aquel año pastor, y entretenerse en la soledad de los campos, donde a rienda suelta podía dar vado a sus amorosos pensamientos, ejercitándose en el pastoral y virtuoso ejercicio, y que les suplicaba, si no tenían mucho que hacer y no estaban impedidos en negocios más importantes, quisiesen ser sus compañeros; que él compraría ovejas y ganado suficiente que les diese nombre de pastores, y que les hacía saber que lo más principal de aquel negocio estaba hecho, porque les tenía puestos los nombres, que les vendrían como de molde. Díjole el cura que los dijese. Respondió don Quijote que él se había de llamar *el pastor Quijotiz*, y el bachiller, *el pastor Carrascón*, y el cura, *el pastor Curambro*, y Sancho Panza, *el pastor Pancino*.

Pasmáronse todos de ver la nueva locura de don Quijote; pero porque no se les fuese otra vez del pueblo a sus caballerías, esperando que en aquel año podría ser curado, concedieron con su nueva intención,

3 **sin guardar términos** (der.): unverzüglich. 12 **a rienda suelta dar vado:** freien Lauf lassen. 21 **como de molde:** wie angegossen; wie gerufen.

y aprobaron por discreta su locura, ofreciéndosele por compañeros en su ejercicio.

– Y más – dijo Sansón Carrasco –, que, como ya todo el mundo sabe, yo soy celebérrimo poeta y a cada paso compondré versos pastoriles, o cortesanos, o como más me viniere a cuento, para que nos entretengamos por esos andurriales donde habemos de andar; y lo que más es menester, señores míos, es que cada uno escoja el nombre de la pastora que piensa celebrar en sus versos, y que no dejemos árbol, por duro que sea, donde no la retule y grabe su nombre, como es uso y costumbre de los enamorados pastores.

– Eso está de molde – respondió don Quijote –, puesto que yo estoy libre de buscar nombre de pastora fingida, pues está ahí la sin par Dulcinea del Toboso, gloria de estas riberas, adorno de estos prados, sustento de la hermosura, nata de los donaires, y, finalmente, sujeto sobre quien puede asentar bien toda alabanza, por hipérbole que sea.

[...]

Quiso la suerte que su sobrina y el ama oyeron la plática de los tres, y así como se fueron, se entraron entrambas con don Quijote, y la sobrina le dijo:

– ¿Qué es esto, señor tío? Ahora que pensábamos nosotras que vuestra merced volvía a reducirse en su casa, y pasar en ella una vida quieta y honrada, ¿se quiere meter en nuevos laberintos, haciéndose

4 **celebérrimo/a:** Superlativ von *célebre.* 11 **retular:** *rotular:* beschriften. **grabar:** gravieren, einritzen. 16 **la ribera:** Ufer. 17 **la nata:** hier: das Beste. 19 **el hipérbole** (ret.): Übertreibung (alle die voranstehenden Lobpreisungen Dulcineas sind eine solche rhetorische Übertreibung).

Pastorcillo, tú que vienes,
pastorcico, tú que vas?

Pues en verdad que está ya duro el alcacel para zampoñas.

A lo que añadió el ama:

– Y ¿podrá vuestra merced pasar en el campo las siestas del verano, los serenos del invierno, el aullido de los lobos? No, por cierto; que éste es ejercicio y oficio de hombres robustos, curtidos y criados para tal ministerio casi desde las fajas y mantillas. Aun, mal por mal, mejor es ser caballero andante que pastor. Mire, señor, tome mi consejo, que no se le doy sobre estar harta de pan y vino, sino en ayunas, y sobre cincuenta años que tengo de edad: estése en su casa, atienda a su hacienda, confiese a menudo, favorezca a los pobres, y sobre mi ánima si mal le fuere.

– Callad, hijas – les respondió don Quijote –; que yo sé bien lo que me cumple. Llevadme al lecho, que me parece que no estoy muy bueno, y tened por cierto que, ahora sea caballero andante, o pastor por an-

1 **Pastorcillo …:** Zitat eines *villancico* (Volkslied). 3f. **está ya duro el alcacel para zampoñas:** Anspielung auf das Sprichwort: *Duro es el alcacel para hacer zampoñas de él:* Der Halm ist schon zu hart, um daraus noch Flöten zu machen; hier etwa: fürs Schäferleben schon zu alt (*el alcacel:* grün geerntete Wintergerste; *la zampoña:* Panflöte). 7 **el sereno del invierno:** winterliche Nachtkühle (-frost) (*el sereno:* Tau). 9 **curtido/a:** abgehärtet. 10 **desde las fajas y mantillas:** etwa: seit dem Windelalter, von Geburt an (*la faja:* Mieder; *la mantilla:* Wickeltuch. 12f. **no se lo doy … ayunas:** gemeint ist: mein Rat ist nüchtern. 16f. **sobre mi ánima si mal le fuere:** etwa: und ich will verflucht sein, wenn Ihnen das schlecht bekäme.

dar, no dejaré siempre de acudir a lo que hubiéredes menester, como lo veréis por la obra.

Y las buenas hijas (que lo eran sin duda ama y sobrina) le llevaron a la cama, donde le dieron de comer y regalaron lo posible.

Capítulo LXXIV

## De cómo don Quijote cayó malo, y del testamento que hizo y su muerte

Don Quijote erkrankt und stirbt; die Todesursache sind *melancolías y desabrimientos* (heute würde man von Depression sprechen). Aber bevor er stirbt, fällt er in einen tiefen Schlaf, aus dem er ernüchtert (*desengañado*) erwacht: als Alonso Quijano el Bueno, der er eigentlich schon immer war, bevor er als »Don Quijote« vorübergehend ›ein Anderer‹ wurde, ohne je seinen guten Charakter zu verlieren. Er schwört der Ritterschimäre ab, beichtet und erhält die Sterbesakramente. Auch macht er ein Testament, das u. a. dafür sorgen wird, dass kein zweiter Plagiator mehr sich an seiner Geschichte vergreift. Und Cide Hamete Benengeli hängt jene Feder an den Nagel, die nur für IHN bestimmt war!

———

Como las cosas humanas no sean eternas, yendo siempre en declinación de sus principios hasta llegar a su último fin, especialmente las vidas de los hombres, y como la de don Quijote no tuviese privilegio del cielo para detener el curso de la suya, llegó su fin y acabamiento cuando él menos lo pensaba; porque, o ya fuese de la melancolía que le causaba el verse ven-

21 **detener el curso de la suya:** *suya* bezieht sich auf *la declinación* (Abnahme, Verfall).

cido, o ya por la disposición del cielo, que así lo ordenaba, se le arraigó una calentura, que le tuvo seis días en la cama, en los cuales fue visitado muchas veces del cura, del bachiller y del barbero, sus amigos, sin quitársele de la cabecera Sancho Panza, su buen escudero.

Éstos, creyendo que la pesadumbre de verse vencido y de no ver cumplido su deseo en la libertad y desencanto de Dulcinea le tenía de aquella suerte, por todas las vías posibles procuraban alegrarle, diciéndole el bachiller que se animase y levantase, para comenzar su pastoral ejercicio, para el cual tenía ya compuesta una égloga, que mal año para cuantas Sanazaro había compuesto, y que ya tenía comprados de su propio dinero dos famosos perros para guardar el ganado, el uno llamado Barcino, y el otro Butrón, que se los había vendido un ganadero del Quintanar. Pero no por esto dejaba don Quijote sus tristezas.

Llamaron sus amigos al médico, tomóle el pulso, y no le contentó mucho, y dijo que, por sí o por no, atendiese a la salud de su alma, porque la del cuerpo corría peligro. Oyólo don Quijote con ánimo sosegado, pero no lo oyeron así su ama, su sobrina y su es-

2 **se le arraigó una calentura:** er bekam Fieber (*arraigarse:* sich festsetzen). 13 **la égloga:** Ekloge (Gedichtgattung mit pastoralem Thema). 13f. **que mal año ... Sanazaro:** etwa: wie sie nicht einmal der Italiener Sannazaro (1455–1530) hinbekommen hätte (dessen *Arcadia* das Vorbild für den spanischen Schäferroman war). 16 **Barcino ... Butrón:** seinerzeit beliebte Hundenamen. 17 **el ganadero de Quintanar:** ein Viehzüchter aus Quintanar de la Orden (Ort in der Mancha, dem wir schon in I,4 begegnet sind). 21 **atender a algo/alg.:** hier: sich um etwas/jdn. kümmern.

cudero, los cuales comenzaron a llorar tiernamente, como si ya le tuvieran muerto delante. Fue el parecer del médico que melancolías y desabrimientos le acababan. Rogó don Quijote que le dejasen solo, porque quería dormir un poco. Hiciéronlo así, y durmió de un tirón, como dicen, más de seis horas; tanto, que pensaron el ama y la sobrina que se había de quedar en el sueño. Despertó al cabo del tiempo dicho, y dando una gran voz, dijo:

– ¡Bendito sea el poderoso Dios, que tanto bien me ha hecho! En fin, sus misericordias no tienen límite, ni las abrevian ni impiden los pecados de los hombres.

Estuvo atenta la sobrina a las razones del tío, y pareciéronle más concertadas que él solía decirlas, a lo menos, en aquella enfermedad, y preguntole:

– ¿Qué es lo que vuestra merced dice, señor? ¿Tenemos algo de nuevo? ¿Qué misericordias son éstas, o qué pecados de los hombres?

– Las misericordias – respondió don Quijote –, sobrina, son las que en este instante ha usado Dios conmigo, a quien, como dije, no las impiden mis pecados. Yo tengo juicio ya, libre y claro, sin las sombras caliginosas de la ignorancia, que sobre él me pusieron mi amarga y continua leyenda de los detestables libros de las caballerías. Ya conozco sus disparates y sus embelecos, y no me pesa sino que este desengaño

3 **el desabrimiento:** Verdruss. 5f. **de un tirón:** in einem Zug. 24 **caliginoso/a:** nebelhaft. **que sobre él:** *él* bezieht sich auf *el juicio.* 25 **la leyenda:** hier: Lektüre. 27 **el embeleco:** Betrug, Schwindel.

ha llegado tan tarde, que no me deja tiempo para hacer alguna recompensa, leyendo otros que sean luz del alma. Yo me siento, sobrina, a punto de muerte; querría hacerla de tal modo, que diese a entender que no había sido mi vida tan mala, que dejase renombre de loco; que puesto que lo he sido, no querría confirmar esta verdad en mi muerte. Llámame, amiga, a mis buenos amigos: al cura, al bachiller Sansón Carrasco y a maese Nicolás el barbero, que quiero confesarme y hacer mi testamento.

Pero de este trabajo se escusó la sobrina con la entrada de los tres. Apenas los vio don Quijote, cuando dijo:

– Dadme albricias, buenos señores, de que ya yo no soy don Quijote de la Mancha, sino Alonso Quijano, a quien mis costumbres me dieron renombre de *Bueno*. Ya soy enemigo de Amadís de Gaula y de toda la infinita caterva de su linaje; ya me son odiosas todas las historias profanas del andante caballería; ya conozco mi necedad y el peligro en que me pusieron haberlas leído; ya, por misericordia de Dios, escarmentando en cabeza propia, las abomino.

Cuando esto le oyeron decir los tres, creyeron, sin duda, que alguna nueva locura le había tomado. Y Sansón le dijo:

– ¿Ahora, señor don Quijote, que tenemos nueva que está desencantada la señora Dulcinea, sale vues-

5 **el renombre:** Ruf. 18 **la caterva** (pey.) **de su linaje:** Bande, Haufen von der gleichen Sorte. 21 f. **escarmentar en cabeza propia:** etwa: durch (eigenen) Schaden klug werden (*escarmentar:* dazulernen). 22 **abominar:** verabscheuen, verfluchen.

tra merced con eso? Y ¿agora que estamos tan a pique de ser pastores, para pasar cantando la vida, como unos príncipes, quiere vuesa merced hacerse ermitaño? Calle por su vida, vuelva en sí, y déjese de cuentos.

– Los de hasta aquí – replicó don Quijote –, que han sido verdaderos en mi daño, los ha de volver mi muerte, con ayuda del cielo, en mi provecho. Yo, señores, siento que me voy muriendo a toda priesa; déjense burlas aparte, y tráiganme un confesor que me confiese y un escribano que haga mi testamento; que en tales trances como éste no se ha de burlar el hombre con el alma. Y así, suplico que en tanto que el señor cura me confiesa, vayan por el escribano.

Miráronse unos a otros, admirados de las razones de don Quijote, y, aunque en duda, le quisieron creer; y una de las señales por donde conjeturaron se moría fue el haber vuelto con tanta facilidad de loco a cuerdo; porque a las ya dichas razones añadió otras muchas tan bien dichas, tan cristianas y con tanto concierto, que del todo les vino a quitar la duda, y a creer que estaba cuerdo.

Hizo salir la gente el cura, y quedóse solo con él, y confesóle. El bachiller fue por el escribano, y de allí a poco volvió con él y con Sancho Panza; el cual Sancho (que ya sabía por nuevas del bachiller en qué es-

1 f. **estar a pique:** drauf und dran sein. 3 f. **el ermitaño:** Eremit. 4 **vuelva en sí:** kommt wieder zu Euch (unangebrachte, wenn auch gut gemeinte Aufmunterung Sansóns, denn Don Quijote ist ja gerade umgekehrt ›zu sich‹ gekommen: als Alonso Quijano). 6 **los de hasta aquí:** *los* bezieht sich auf *los cuentos.* 17 **conjeturar:** annehmen, schließen.

tado estaba su señor), hallando a la ama y a la sobrina llorosas, comenzó a hacer pucheros y a derramar lágrimas. Acabóse la confesión, y salió el cura, diciendo:

– Verdaderamente se muere, y verdaderamente está cuerdo Alonso Quijano el Bueno; bien podemos entrar para que haga su testamento.

Estas nuevas dieron un terrible empujón a los ojos preñados de ama, sobrina, y de Sancho Panza su buen escudero; de tal manera, que los hizo reventar las lágrimas de los ojos y mil profundos suspiros del pecho, porque verdaderamente, como alguna vez se ha dicho, en tanto que don Quijote fue Alonso Quijano el Bueno, a secas, y en tanto que fue don Quijote de la Mancha, fue siempre de apacible condición y de agradable trato, y por esto no sólo era bien querido de los de su casa, sino de todos cuantos le conocían.

Entró el escribano con los demás, y después de haber hecho la cabeza del testamento y ordenado su alma don Quijote, con todas aquellas circunstancias cristianas que se requieren, llegando a las mandas, dijo:

– Ítem, es mi voluntad que de ciertos dineros que Sancho Panza, a quien en mi locura hice mi escudero, tiene, que porque ha habido entre él y mí ciertas

2 **hacer pucheros** (fam.): eine Schnute ziehen; hier: ein weinerliches Gesicht machen. 9 **preñado/a:** schwanger; hier (fig.): prall, voll (von Tränen). 14 **a secas:** schlicht. 20 **la cabeza del testamento:** die Eingangsformeln des Testaments. 20 f. **ordenar su alma:** die Seele (mittels Beichte) ins Reine bringen. 22 **la manda:** Vermächtnis, Legat. 24 **ítem:** desgleichen (Formel innerhalb einer Aufzählung).

cuentas, y dares y tomares, quiero que no se le haga cargo dellos, ni se le pida cuenta alguna, sino que si sobrare alguno después de haberse pagado de lo que le debo, el restante sea suyo, que será bien poco, y buen provecho le haga; y si como estando yo loco fui parte para darle el gobierno de la ínsula, pudiera agora, estando cuerdo, darle el de un reino, se le diera, porque la sencillez de su condición y fidelidad de su trato lo merece.

Y volviéndose a Sancho, le dijo:

– Perdóname, amigo, de la ocasión que te he dado de parecer loco como yo, haciéndote caer en el error en que yo he caído, de que hubo y hay caballeros andantes en el mundo.

– ¡Ay! – respondió Sancho, llorando –. No se muera vuestra merced, señor mío, sino tome mi consejo, y viva muchos años; porque la mayor locura que puede hacer un hombre en esta vida es dejarse morir, sin más ni más, sin que nadie le mate, ni otras manos le acaben que las de la melancolía. Mire no sea perezoso, sino levántese desa cama, y vámonos al campo vestidos de pastores, como tenemos concertado: quizá tras de alguna mata hallaremos a la señora doña Dulcinea desencantada, que no haya más que ver. Si es

1 **dares y tomares:** Geben und Nehmen (bezieht sich u. a. auf Sancho Panzas – noch abzurechnende – Peitschenhiebe). 1f. **no se le haga cargo de ellos:** hier etwa: man soll hier großzügig verfahren. 5f. **y si como … reino:** Die Konstruktion ist: und wenn ich als Verrückter an der Inselschenkung beteiligt war (*fui parte*), so würde ich ihm jetzt, als zur Vernunft Gekommener, gern zu einem Königreich verhelfen … 23 **la mata:** Strauch, Busch. 24 **que no haya más que ver:** etwa: ehe man sich's versehen hat.

que se muere de pesar de verse vencido, écheme a mí la culpa, diciendo que por haber yo cinchado mal a Rocinante le derribaron; cuanto más que vuestra merced habrá visto en sus libros de caballerías ser cosa ordinaria derribarse unos caballeros a otros, y el que es vencido hoy ser vencedor mañana.

– Así es – dijo Sansón –, y el buen Sancho Panza está muy en la verdad destos casos.

– Señores – dijo don Quijote –, vámonos poco a poco, pues ya en los nidos de antaño no hay pájaros hogaño. Yo fui loco, y ya soy cuerdo: fui don Quijote de la Mancha, y soy agora, como he dicho, Alonso Quijano el Bueno. Pueda con vuestras mercedes mi arrepentimiento y mi verdad volverme a la estimación que de mí se tenía, y prosiga adelante el señor escribano.

Ítem, mando toda mi hacienda, a puerta cerrada, a Antonia Quijana, mi sobrina, que está presente, habiendo sacado primero de lo más bien parado della lo que fuere menester para cumplir las mandas que dejo hechas; y la primera satisfación que se haga quiero

10f. **en los nidos de antaño ya no hay pájaros hogaño (en este año)** (loc.): Der vernünftig gewordene Alonso Quijano lässt nun auch den sprachlichen Pomp fallen und resümiert seine Situation mit einem einfachen Sprichwort (*hogaño:* diesjährig, dieses Jahr). 14f. **volverme a la estimación que de mí se tenía:** zu ergänzen: als ich noch nicht Don Quijote war. 16 **la hacienda a puerta cerrada:** die Habe, die sich innerhalb des Hauses befindet. 17f. **habiendo sacado ... hechas:** Zunächst muss aus dem, was am besten zur Hand ist, das bezahlt werden, was in den vorhergehenden Klauseln festgelegt wurde. (Cervantes teilt den Inhalt des Testaments so genau mit, weil es zu einem ›ordentlichen‹ christlichen Tod gehörte, über seinen Nachlass genau zu bestimmen. Andererseits sagt er, unter Wahrung des Beichtgeheimnisses, nichts über den Inhalt der Beichte.)

que sea pagar el salario que debo del tiempo que mi ama me ha servido, y más veinte ducados para un vestido. Dejo por mis albaceas al señor cura y al señor bachiller Sansón Carrasco, que están presentes.

Ítem, es mi voluntad que si Antonia Quijana, mi sobrina, quisiere casarse, se case con hombre de quien primero se haya hecho información que no sabe qué cosas sean libros de caballerías, y en caso que se averiguare que lo sabe, y, con todo eso, mi sobrina quisiere casarse con él, y se casare, pierda todo lo que le he mandado, lo cual puedan mis albaceas distribuir en obras pías, a su voluntad.

Ítem, suplico a los dichos señores mis albaceas que si la buena suerte les trujere a conocer al autor que dicen que compuso una historia que anda por ahí con el título de *Segunda parte de las hazañas de don Quijote de la Mancha*, de mi parte le pidan, cuan encarecidamente ser pueda, perdone la ocasión que sin yo pensarlo le di de haber escrito tantos y tan grandes disparates como en ella escribe; porque parto desta vida con escrúpulo de haberle dado motivo para escribirlos.

Cerró con esto el testamento, y tomándole un desmayo, se tendió de largo a largo en la cama. Alborotáronse todos, y acudieron a su remedio, y en tres días que vivió después deste donde hizo el testamento, se desmayaba muy a menudo. Andaba la casa alborotada, pero, con todo, comía la sobrina, brindaba el ama,

3 **el albacea** (der.): Testamentsvollstrecker. 12 **pío/a:** fromm, gutherzig. 24 **tenderse de largo a largo:** sich der Länge nach ausstrecken.

y se regocijaba Sancho Panza; que esto del heredar algo borra o templa en el heredero la memoria de la pena que es razón que deje el muerto.

En fin, llegó el último día de don Quijote, después de recibidos todos los sacramentos y después de haber abominado con muchas y eficaces razones de los libros de caballerías. Hallóse el escribano presente, y dijo que nunca había leído en ningún libro de caballerías que algún caballero andante hubiese muerto en su lecho tan sosegadamente y tan cristiano como don Quijote; el cual, entre compasiones y lágrimas de los que allí se hallaron, dio su espíritu, quiero decir que se murió.

Viendo lo cual el cura, pidió al escribano le diese por testimonio como Alonso Quijano el Bueno, llamado comúnmente don Quijote de la Mancha, había pasado desta presente vida, y muerto naturalmente. Y que el tal testimonio pedía para quitar la ocasión de algún otro autor que Cide Hamete Benengeli le resucitase falsamente, e hiciese inacabables historias de sus hazañas.

Este fin tuvo el Ingenioso Hidalgo de la Mancha, cuyo lugar no quiso poner Cide Hamete puntualmen-

4f. **después de recibidos todos los sacramentos:** gemeint sind drei: Beichte, Eucharistie und letzte Ölung. (Man beachte die Sorgfalt, die Cervantes auf die Darstellung eines christlichen Endes ›*comme il faut*‹ verwendet.) 16 **morir naturalmente:** eines natürlichen Todes sterben (im Bett, nicht auf dem Kampfplatz). 22 **lugar no quiso poner Cide Hamete:** Cervantes kommt am Ende auf den ersten Satz des Ersten Teils zurück. (Seine Einladung, alle Orte der Mancha möchten um die Adoption Don Quijotes wetteifern, ist von der modernen Tourismus-Industrie weidlich ausgenutzt worden; *ahijar:* adoptieren; *contender:* kämpfen; wetteifern).

te, por dejar que todas las villas y lugares de la Mancha contendiesen entre sí por ahijársele y tenérsele por suyo, como contendieron las siete ciudades de Grecia por Homero.

[...]

Y el prudentísimo Cide Hamete dijo a su pluma:

[...]

Para mí sola nació don Quijote, y yo para él; él supo obrar y yo escribir; solos los dos somos para en uno, a despecho y pesar del escritor fingido y tordesillesco que se atrevió, o se ha de atrever, a escribir con pluma de avestruz grosera y mal deliñada las hazañas de mi valeroso caballero, porque no es carga de sus hombros ni asunto de su resfriado ingenio.»

[...]

10 **tordesillesco/a:** aus Tordesillas stammend (wie Avellaneda). 11f. **la pluma de avestruz:** Straußenfeder. 12 **mal deliñado/a:** schlecht zugeschnitten (so dass man mit ihr nur schmieren, nicht aber richtig schreiben kann). 13f. **no es carga ... de su resfriado ingenio:** gemeint ist: die Geschichte Don Quijotes überfordert die Kraft und die Intelligenz des Herrn aus Tordesillas.

## Editorische Notiz

Der spanische Text folgt der Ausgabe: Miguel de Cervantes, *El Ingenioso Hidalgo Don Quijote de la Mancha*, edición de John Jay Allen, 2 Bde., Madrid: Ediciones Cátedra, 1977 [u. ö.]. An den wenigen Stellen, wo eine offensichtlich fehlerhafte Lesart vorliegt, wird sie durch die der Jubliläumsausgabe von Francisco Rico (Edición del Instituto Cervantes, Barcelona: Galaxia Gutenberg, 2005) ersetzt. Das Glossar enthält alle Wörter, die nicht in der Wortschatzsammlung *Thematischer Grund- und Aufbauwortschatz Spanisch* von José María Navarro und Axel J. Navarro Ramil (Stuttgart: Klett, 2001) enthalten sind, mit Ausnahme von leicht abzuleitenden oder vom Deutschen her leicht zu erschließenden Begriffen. Veraltete spanische Formen und historische Ausdrücke sind hier erklärt und gestrichene Kapitel bzw. Teile von Kapiteln durch Zusammenfassungen erläutert.

*Im Glossar verwendete spanische Abkürzungen*

| | |
|---|---|
| adj. | adjetivo (Adjektiv) |
| adv. | adverbio (Adverb) |
| alg. | alguien, alguno (jemand) |
| arc. | arcaico (veraltet) |
| astro. | astronomía (Astronomie) |
| der. | derecho (Rechtswissenschaft) |
| dim. | diminutivo (Diminutiv) |
| elev. | elevado (gehoben) |
| euf. | eufemismo (Euphemismus) |
| f. | femenino (weiblich) |
| fam. | lenguaje familiar (umgangssprachlich) |
| fig. | sentido figurado (übertragen) |
| hist. | histórico (historisch) |
| inf. | infinitivo (Infinitiv) |

| | |
|---|---|
| interj. | interjección (Interjektion) |
| irón. | irónico (ironisch) |
| lat. | latín (Latein) |
| loc. | locución (Redewendung) |
| pey. | peyorativo (pejorativ) |
| prep. | preposición (Präposition) |
| ret. | retórico (rhetorisch) |
| sub. impf. | subjuntivo imperfecto (spanischer Konjunktiv im Imperfekt) |

# Nachwort
## Cervantes und sein *Don Quijote*

Nur ganz selten geschieht es, dass man von einem über 400 Jahre alten Text noch unmittelbar berührt, unterhalten, erheitert und bezaubert wird. Der *Quijote* (Erster Teil: 1605; Zweiter Teil: 1615) gehört zu diesen Ausnahmen. Zu Recht gilt er als der erste moderne Roman, auch wenn Cervantes selbst mit ihm viel bescheidenere Absichten verfolgte. Ihm ging es in erster Linie darum, ein für allemal die phantastischen Ritterromane lächerlich zu machen, die zwar noch immer viel gelesen wurden, die den Ansprüchen einer zusehends rationaler denkenden Zeit aber nicht mehr genügen konnten. Er selbst schätzte seinen letzten, erst postum (1617) erschienenen Roman *Los trabajos de Persiles y Segismunda* wesentlich höher ein und hoffte, seinen Nachruhm auf ihn zu gründen. Er hat sich geirrt: nicht der angestrengte *Persiles*, den heute nur noch Spezialisten verstehen (wenn überhaupt), sondern der populäre *Quijote* machte ihn unsterblich. Und da dieser so undogmatisch wie vielseitig, so witzig wie nachdenklich, so kommunikativ wie reflexiv ist, konnte jede Zeit ihn neu entdecken: Im 17. und 18. Jahrhundert las man ihn als Satire; in der Romantik verklärte man ihn zum »Menschheitsgleichnis«; für die im Bürgerkrieg gedemütigten spanischen Republikaner wurde er zur laizistischen Bibel, und heute feiert man vor allem seine poetologische Avanciertheit.

Entsprechend vielfältig sind die Interpretationen dieses wahrhaft unerschöpflichen Werks. In der jüngsten, von Francisco Rico besorgten zweibändigen kritischen Ausgabe (2004) sind in der Bibliographie (die wohlgemerkt nur eine Auswahl bietet) nicht weniger als 5000 Titel erfasst. Aber so viel man über den Text an kommentierendem Wissen angesammelt hat, so wenig Sicheres weiß man über das Leben des Verfassers. Es ist dies ein Fall, wo der Autor hinter dem Text fast vollständig verschwunden ist, so wie die Verfasser der Evangelien hinter dem Text der Heiligen Schrift. Miguel de Unamuno, der die romantische Verklärung des *Quijote* auf Kosten des Cervantes auf die Spitze getrieben hat, ging sogar so weit, dem »unbedeutenden« Autor das Recht auf seinen »genialen« Text abzusprechen, als sei dieser dem ›Medium‹ Cervantes ohne dessen Zutun aus dem Kopf und über den Kopf gewachsen. Wie viel von dessen persönlicher Erfahrung in den *Quijote* eingegangen ist, können wir jedenfalls nur noch erahnen und bis zu einem gewissen Grad aus dem Werk erschließen. Es scheint, als seien die Lebensumstände nicht die glücklichsten gewesen. Um so erstaunlicher ist es, dass Cervantes es trotzdem fertiggebracht hat, einen so heiteren und gelassenen Text wie den *Quijote* zu schreiben.

## *Fragmentarische Biographie*

1547 kam Miguel de Cervantes Saavedra als viertes von sechs Geschwistern in der Universitätsstadt Alcalá de Henares zur Welt, in einer Zeit, als das nahegelegene Madrid noch unbedeutend war. Das angebliche Geburtshaus kann man dort besichtigen. Sein Vater war »Chirurg«. Das war damals ein einfacher Wundarzt, der weder über eine geregelte Ausbildung noch über spezielle Kenntnisse und schon gleich gar nicht über ein gehobenes Einkommen verfügte. Von Miguels Kinder- und Jugendzeit ist nichts bekannt; sein Name taucht erstmals auf, als er schon 20 war. Vermutlich war es sein Lehrer Juan López de Hoyos, der ihm die Grundlagen einer humanistischen, vielleicht sogar erasmistischen Bildung vermittelt hat. Für beides gibt es reichliche Hinweise in seinem Werk, dessen Katholizität zwar außer Frage steht, das aber zugleich erstaunlich liberal und aufgeklärt ist. Auch wimmelt es im *Quijote* von Referenzen auf die klassische Mythologie und die aristotelische Poetik. Sie werden ohne Pedanterie vorgebracht, oft mit Humor und stets aus der Perspektive der handelnden Personen. Vielleicht ist Cervantes mit der Welt der Klassik auch erst in Rom in Verbindung gekommen, wohin er 1569, 22jährig, fliehen musste, weil er in Spanien – nicht zum letzten Mal in seinem Leben – von der Polizei gesucht wurde, in diesem Fall wegen der Verwicklung in eine nie aufgeklärte Schlägerei, die für einen der Beteiligten tödlich endete. Jedenfalls fand er in Rom eine bescheidene Anstellung bei dem gleichaltrigen Giulio Acquaviva, der im Gegensatz zu Cervantes eine steile Karriere in den *letras* machte und bald darauf ein blutjunger Kardinal wurde.

Cervantes wandte sich den *armas* zu. 1571–75 diente er als Marinesoldat im Mittelmeer und nahm an der berühmten Seeschlacht von Lepanto teil, als die vereinigte christliche Flotte unter dem Kommando von Juan de Austria über die türkische siegte. Miguel zeichnete sich durch besondere Tapferkeit aus und wurde so schwer verletzt, dass seine linke Hand auf Dauer behindert blieb. Deshalb nennt man Cervantes in patriotischer Übertreibung auch gern »el manco [den Einarmigen] de Lepanto«. Im Spätsommer 1575, auf der – im Mittelmeer damals stets gefährlichen – Heimreise nach Spanien, wurde sein Schiff auf der Höhe von Cadaqués, an der Costa Brava, von maurischen Piraten gekapert. Cervantes wurde nach Algier verschleppt, wo man ihn irrtümlich für eine hochgestellte Persönlichkeit hielt, für die man ein deftiges Lösegeld forderte. Da die Familie nicht zahlen konnte, schmachtete Miguel fünf Jahre lang im Bagno, unternahm freilich auch vier kühne Fluchtversuche. Die Geschichte des *Cautivo* im Ersten Teil des *Quijote* erzählt von einem solchen Ausbruch, der in der Fiktion sogar von Erfolg gekrönt ist. In Wirklichkeit aber dauerte es bis zum Herbst 1580, bis Cervantes durch Spenden der Trinitariermönche, die eine bedeutende Gefangenenhilfsorganisation aufgebaut hatten, und durch Geld der Familie, die sich dafür hoch verschuldete, freigekauft wurde. Mit 33 war Cervantes also allenfalls als Haudegen, nicht aber als Autor bekannt.

Als er 1585 seinen ersten größeren Text veröffentlichte –

den Schäferroman *La Galatea* –, war er 38. Im 17. Jahrhundert hatte man damit den Zenit des Lebens bereits überschritten. Von nun an versuchte Cervantes vergeblich, unter dem Schutz eines mächtigen Gönners in Madrider Literatenkreisen Fuß zu fassen. Kein geringerer als Lope de Vega, der ihm nicht grün war, trug dazu bei, dass der unliebsame Konkurrent bei den Granden nicht ankam. So musste sich Cervantes mit Brotberufen über Wasser halten, die ihn gewiss belastet haben und die ihn zwischen 1587 und 1600 durch ganz Andalusien führten. Als Proviantkommissar für die spanische Flotte (einer von vielen) kam er 1592 zum ersten Mal ins Gefängnis (wahrscheinlich unschuldig); als Steuereinnehmer (ein bei der geplagten Landbevölkerung nicht weniger verhasster Beruf) 1597 abermals, weil eine Bank, der er staatliche Gelder anvertraut hatte, Bankrott gemacht hatte. Es ist anzunehmen, denn Cervantes selbst hat dieses Gerücht lanciert, dass der *Quijote* im berüchtigten Gefängnis von Sevilla »gezeugt« wurde (wie er es ausgedrückt hat). Gemeint sind damit allenfalls erste Einfälle oder Skizzen, nicht aber die eigentliche Niederschrift.

1603 bis 1605 wohnte Cervantes in Valladolid, wohin Philipp III. (1578–1621) vorübergehend den Hof verlegt hatte. Dort zirkulierten offensichtlich schon am Ende des Jahres 1604 die ersten Exemplare des Ersten Teils von *Don Quijote*, wenngleich die bei Juan de la Cuesta in Madrid gedruckte Erstauflage auf dem Titelblatt das Erscheinungsdatum 1605 trägt. (Solche Datierungen ›aufs nächste Jahr‹ sind ja auch heute noch im Verlagsgeschäft üblich, um dem Titel länger den Nimbus der ›Neuheit‹ zu erhalten). Das Buch wurde rasch populär – einer der wenigen Glücksfälle im Leben des Autors. Im gleichen Jahr 1605 nämlich landete er abermals im Gefängnis, diesmal unter einer rasch entkräfteten Mordanklage. Dass die Justiz – genauer die Inquisition, die ihre Augen dank zahlreicher ›IMs‹ überall hatte – mit Cervantes wenig Federlesens machte, verdankte er zu einem guten Teil dem lockeren Lebenswandel der Frauen, die zu seinem Haushalt gehörten und die in Valladolid nur »las Cervantas« hießen.

1606 kehrte der Hof nach Madrid zurück (das 1561 von Philipp II. [1527–98] zur Hauptstadt erhoben worden war); der ewig um Protektion bemühte Cervantes erneut in seinem Gefolge. Nur der Conde de Lemos (immerhin spanischer Vizekönig in Neapel und Vorsitzender des Consejo de Indias, also ein Mann von großem Einfluss) nahm sich seiner – eher halbherzig – an. Ihm widmete Cervantes seine letzten Texte, die alle schon im Angesicht des Todes vollendet wurden und trotzdem (oder gerade deshalb) die Leser zu einem vorsichtigen Optimismus animieren, vorausgesetzt, dass sie zur Selbstbescheidung bereit sind: 1613 die *Novelas ejemplares*, in denen Cervantes mit Boccaccio konkurriert; 1615 die brillanten *Comedias y entremeses*, die aber zu seinen Lebzeiten nie aufgeführt wurden; im gleichen Jahr den Zweiten Teil des *Quijote*, mit dem er zugleich das Machwerk des Plagiators Avellaneda, den *falso Quijote*, erfolgreich bekämpfte. Den bevorstehenden Abschluss des *Persiles* konnte er dem Conde de Lemos zwar noch ankündigen; sein Erscheinen aber hat er nicht mehr erlebt. Er starb, verarmt und seit längerem krank, am 23. April 1616 in Madrid. Das Kloster, in dem er begraben wurde, liegt – letzte Ironie des Schicksals – in der (heutigen) Calle Lope de Vega.

Immerhin aber wird inzwischen im gleichen Madrid – ihm zu Ehren – alljährlich an seinem Todestag, dem in ganz Spanien gefeierten *día del libro*, der *Quijote* ungekürzt in einer öffentlichen Veranstaltung von tausenden freiwilligen Leserinnen und Lesern jeden Alters und Standes öffentlich vorgelesen (jeder und jede nur einen kleinen Abschnitt). Wer etwas auf die spanische Kultur hält, versucht, mindestens einmal bei diesem Spektakel dabei zu sein, das sich – und daran hätte der Autor vermutlich die größte Freude gehabt – ganz ungezwungen gleichsam von selbst organisiert.

## *Don Quijote und Alonso Quijano*

Von Anfang an gibt sich der *Quijote* als literaturkritischer Roman zu erkennen: als Parodie der Ritterromane. Dies tut er bereits im Titel. Die Formulierung »El ingenioso hidalgo Don Quijote de la Mancha« weist sogleich darauf hin, dass sich das Ritterroman-Geschehen nur noch im Kopf des Protagonisten, also in seiner Vorstellung oder Imagination abspielt. Das parodistische Element besteht darin, dass Don Quijotes von mittelalterlichen Vorstellungen geprägte Phantasie ständig mit der zeitgenössischen spanischen Alltagsrealität der Jahre 1605 bis 1615 zusammenstößt. In dieser Realität gibt es keine märchenhafte Ferne, sondern nur die dörfliche Nähe der Mancha; keine Reise in eine andere Welt, vielmehr bewegt man sich innerhalb der wohlbekannten peninsularen Grenzen und nur bis zum Wendepunkt Barcelona. Keine Ritter, Giganten, Edelfräulein und Zauberer treten in dieser Wirklichkeit auf, sondern Gewerbetreibende, Reisende, Bauern, Hidalgos, Beamte, leichte Mädchen, Nachbarn, Straßenräuber, Matrosen, Kneipenwirte, Sträflinge, Pilger (unter ihnen sogar einer der erst vor kurzem aus Spanien verbannten Morisken). Auch ein echtes Aristokratenpaar, die Herzöge, die aber nicht weniger närrisch sind als Don Quijote selbst.

Dieser freilich – und das ist für das Verständnis des Romans von kapitaler Bedeutung – war nicht immer verrückt (*loco*). Er heißt eigentlich auch nicht Don Quijote, sondern – was freilich erst am Ende des Romans herauskommt – Alonso Quijano und hat den (von Freunden und Nachbarn verliehenen) Beinamen »el Bueno«, was darauf hinweist, dass er von Natur aus gütig und vernünftig ist. Als kleiner Adliger, als *hidalgo*, dem die Standesehre das Arbeiten verbietet, hat er viel Zeit, die er mit der Lektüre von Ritterromanen füllt. Und da er entschieden zu viele von ihnen gelesen hat, verliert er darüber – gleichsam als erstes Medienopfer der Neuzeit – vorübergehend den Verstand. Mit fast 50 Jahren (damals ein hohes, weit jenseits der ›Heldengrenze‹ liegendes Alter) bildet er sich in seiner *locura* ein, zum fahrenden Ritter berufen zu sein und die Welt im Alleingang in Ordnung bringen, ja erlösen zu müssen. Erst jetzt vernebelt sich ihm der Blick für die (völlig unritterliche) Realität, macht er Windmühlen zu Riesen und Schafherden zu Heerscharen, deutet also die Welt zur Romankulisse um und nennt sich selbst »Don Quijote«, seinen Klepper »Rocinante« (was wörtlich ›früher war es ein Ross‹ heißt) und macht eine Bäuerin namens Aldonza Lorenzo, die im Nachbardorf wohnt und von all dem nichts ahnt, zu Dulcinea del Toboso, zu seiner höfischen Dame und Gebieterin.

Am Ende des Zweiten Teils aber kommt Don Quijote wieder zu sich, wird wieder vernünftig und stirbt als Alonso Quijano el Bueno, der er im Grunde nie aufgehört hatte zu sein: Wenn seine Phantasie einmal nicht von Ritterromanvorstellungen in Anspruch genommen war, blieb sein Naturell auch während der *locura*-Phase zu erstaunlichen Vernunftleistungen und Äußerungen menschlicher Größe fähig. Das zeigt sich – im Ersten Teil – in seinen Reden über das Goldene Zeitalter und über Waffen und Wissenschaften ebenso wie in seinem durch paternalistische Zuneigung bestimmten Verhältnis zu Sancho Panza; und im Zweiten Teil in einer zunehmend realistischer werdenden Einschätzung seiner Möglichkeiten und Grenzen.

## *Don Quijote und Sancho Panza*

Offensichtlich hatte Cervantes ursprünglich nur eine satirische Kurzgeschichte geplant. Dann aber, und nachdem Don Quijote schon wieder heimgekehrt war, hatte er den glücklichen Einfall, dem hochfliegenden Herrn mit Sancho Panza einen erdverbundenen Diener oder Schildknappen an die Seite zu stellen. Gewiss gab es den (an sich adligen) *escudero* auch schon im Ritterroman; aber dort war er bestenfalls eine Nebenfigur ohne Eigengewicht. Im Roman des Cervantes hingegen wird er – jetzt als Plebejer – zur zweiten Hauptperson, die sprachlich genauso präsent ist wie Don Quijote selbst und bis ans Ende der Reise der ständige Gesprächspartner und Gegenredner des Protagonisten bleibt. Dadurch bekommt der Text überhaupt erst den langen Atem, den er als Roman braucht, und jene dialogische und dialektische Dynamik, die ihn über die Jahrhunderte hinweg lebendig erhalten hat. Die Wortwechsel zwischen Herr und Diener machen dem Leser darüber hinaus begreiflich, dass ›die Wirklichkeit‹ nicht für alle Menschen und unter allen Umständen gleich aussieht, sondern je nach dem Standpunkt, von dem aus man sie betrachtet, zwei oder sogar mehr Seiten haben kann. Dabei erweist sich weder die Weltsicht Don Quijotes noch die Sancho Panzas als ›richtig‹, sondern als von je verschiedenen Interessen bestimmt. Es ist Sache des Erzählers, den Leser zur kritischen Wachheit anzuhalten und ihn durch gelegentliche auktoriale Eingriffe auf das empirisch Erfahr- und Sichtbare hinzuweisen, auf das Cervantes in weit höherem Maße vertraute als etwa Calderón.

Der cervantinische Roman hat also einen deutlich erkenntniskritischen Charakter. Dieser entspringt aber nicht so sehr dem bewussten Vorsatz des Autors als vielmehr den unterschiedlichen ›Anlagen‹ der antipodischen Hauptfiguren: Don Quijote, groß und dürr, denkt idealistisch; Sancho Panza, klein und dick, materialistisch. Der eine redet gewählt, ja preziös; der andere volkstümlich und in sprichwörtlichen Redensarten. Don Quijote ist zwar verrückt, aber auch intelligent und gebildet; Sancho Panza zwar bauernschlau, aber auch beschränkt und leicht zu beeinflussen. Dennoch sind beide Personen nicht festgelegt auf nur e i n Register. Don Quijote, einmal in Rage, kann auch Tacheles reden; und Sancho, durchaus lernfähig, seinen Herrn imitieren. Vor allem aber verfügt er über ein gutes Gedächtnis, mit dessen Hilfe er Volksweisheiten und Predigtinhalte, auch die Ermahnungen Don Quijotes, während seiner Insel-›Statthalterschaft‹ durchaus nutzbringend anzuwenden versteht. Dennoch bilden die beiden, auch wegen ihrer unterschiedlichen Standeszugehörigkeit, einen permanenten Gegensatz. Während alle anderen Personen des Romans nur ein Abenteuer lang auftreten und dann wieder verschwinden, bleibt Sancho Panza, gleichsam als der institutionalisierte Einspruch ›von unten‹, ständig an Don Quijotes Seite.

Trotz dieser Gegensätzlichkeit werden die so ungleichen (und anfangs auch ständig streitenden) Weggefährten mit der Zeit zu wirklichen Freunden, und sie bewähren ihre Freundschaft, ja ihre Solidarität, gegen ihre jeweils höchste Wertvorstellung: Don Quijote gebietet am Ende des Zweiten Teils, als Dulcinea durch Sanchos freiwillige Selbstauspeitschung angeblich entzaubert werden kann, Einhalt. Er sieht (wenn auch grundlos, denn Sancho tut nur so als ob) das Leben des Schildknappen und Familienvaters gefährdet, das er in diesem Augenblick über seine Ritterschimäre stellt. Und Sancho Panza, als er die lang ersehnte Insel von der Herzogin nur unter der Bedingung bekommen soll, dass er seinen Herrn verlässt, ist seinerseits zum Verzicht bereit.

Durch die Freundschaft zwischen Don Quijote und Sancho bekommt der Roman von vornherein auch einen versöhnlichen (übrigens auch einen sozialutopischen) Charakter, weil Don Quijote in der Person Sanchos die Wirklichkeit, so wie sie ist, anerkennt, weshalb das Ende, an dem der närrische Ritter wieder zu sich kommt und einen christlichen Tod stirbt, alles andere als ein tragisches Scheitern ist, wie es im Gefolge der romantischen *Quijote*-Deutung oft behauptet wurde. Denn Don Quijote erreicht als Freund Sanchos und anderer Personen des Romans insgeheim eben doch, was er eigentlich erstrebt hat, nämlich ein Helfer der Menschheit zu sein. Aber er stellt seine Größe ganz anders unter Beweis, als er es erträumt hatte: nicht mit illusionärem Heldentum, mit dem er stets scheitert, sondern mit menschlicher Solidarität; nicht mit *soberbia*, sondern mit *modestia*. Als Held ist Don Quijote bei Cervantes nur noch eine lächerliche Figur, während er als Freund, als Nachbar, als Weggefährte und als Streitschlichter Format besitzt. – Historisch gesehen wird jedenfalls mit dem großen Werk des Cervantes die Epoche der Heldenepen abgeschlossen und eine neue Zeit eröffnet, in der das soziale Problem des menschlichen Zusammenlebens immer stärker in den literarischen Vordergrund rückt.

## *Erster und Zweiter Teil*

Der tröstliche Sinn des ganzen Romans wird auch durch dessen Komposition verdeutlicht, dank derer der Zweite Teil mehr als eine bloße Fortsetzung des Ersten ist. Vielmehr wird im Zweiten Teil die Bekanntheit des Ersten im Text selbst vorausgesetzt, so dass Don Quijote und Sancho Panza schon als Berühmtheiten erwartet werden und alle Welt sich auf sie einstellen kann. Schon am Anfang des Zweiten Teils beginnt auch die Rezeption des Ersten, wenn die handelnden Personen kritische Urteile über ihn referieren. So ist der Zweite Teil eine Art Metaroman im Verhältnis zum Ersten.

Er ist aber zugleich eine Umkehrung von ihm: Während im Ersten Teil alle Initiative von Don Quijote ausging und die anderen darauf nur reagieren konnten, geht im Zweiten Teil die Initiative von den ›Bescheid wissenden‹ Anderen aus, und Don Quijote ist derjenige, der zum Spielball ihrer Launen wird. Wenn der Erste Teil eine Parodie der Ritterromane war, ist der Zweite Teil eine Parodie des Ersten. Gut sichtbar wird das schon bei der ›Verzauberung‹ Dulcineas durch Sancho Panza, der inzwischen gelernt hat, wie Don Quijote zu reagieren, während Don Quijote, wie einst Sancho, statt der drei von Sancho vorgegaukelten Prinzessinnen nur die drei tatsächlich vorhandenen Bauernmägde auf drei Eseln sieht. Auch die zentrale Episode im Zweiten Teil, Don Quijotes Aufenthalt bei den Herzögen, ist bloß eine gigantische *burla*, in der sich die Anderen auf Kosten Don Quijotes amüsieren.

Diese Umkehrung der Initiative hat aber zugleich einen moralischen Sinn: Im Zweiten Teil wird Don Quijote exemplarisch (durch Verlachen) dafür bestraft, dass er im Ersten die Welt nach seiner Vorstellung verbessern wollte, was, wie man weiß, ständig missglückte. Stets blieb die Welt nach dem Eingreifen des Weltverbesserers und ›Erlösers‹ in schlechterem Zustand zurück, als sie es vor seinem Auftreten war. In der Tat ist im spanischen 17. Jahrhundert die Vorstellung, dass der Mensch von sich aus die Welt verändern oder gar erlösen könnte, eine Sünde, die nicht ungesühnt bleiben darf, denn nachbessern zu wollen, was Gott geschaffen (und gut geschaffen hat), ist Anmaßung und Größenwahn.

Der *desengaño* – die tiefe persönliche Enttäuschung –, der mit Don Quijotes Bloßstellung in den *burlas* und mit seiner Niederlage gegen den *caballero de la blanca luna*, alias Sansón Carrasco, verbunden ist und zu *melancolías* und schließlich zu seinem Tod führt, ist deshalb gerade nicht als Katastrophe zu verstehen. Vielmehr bietet er die Chance, in sich zu gehen und wieder zur Vernunft zu kommen, wie es – mit Gottes Hilfe und der Unterstützung von Don Quijotes Freunden – dann ja auch tatsächlich geschieht, und wie es durch den zunehmenden Realitätssinn des Protagonisten im Zweiten Teil auch aus der Handlung selbst heraus vorbereitet wird.

Man muss bei alledem auch bedenken, dass im spanischen 17. Jahrhundert die weltliche Literatur nicht nur einen Unterhaltungscharakter haben durfte, sondern zugleich die ethisch-moralische Reflexion zu fördern hatte. So hat es nicht nur die Kirche gewollt (und über ihre Kontrollorgane überwacht); es war vielmehr auch Cervantes' eigenes – und ganz gewiss ehrliches Bestreben –, dieser Forderung nachzukommen.

## *Die Funktion der »Eingeschobenen Geschichten«*

Bestätigt wird die moralische Dimension des *Quijote* durch die Eingeschobenen Geschichten, die lange Zeit als nicht zugehörig betrachtet wurden, die in Wahrheit aber, wie *Novelas ejemplares*, die sie oft tatsächlich sind, die Problematik des Romans wie in einem Brennspiegel bündeln. Am besten ist das an der Novelle *El curioso impertinente* (»Der unverschämt

Neugierige«) zu exemplifizieren, die auf den ersten Blick ohne jeden Zusammenhang mit der Haupthandlung zu sein scheint. Erst bei genauerem Hinsehen zeigt sich, dass Cervantes, anders als seine Vorgänger, s e i n e Einschübe sorgfältig mit der Haupthandlung verzahnt hat. Diese wurde bereits im 23. Kapitel des Ersten Teils durch das Episodengeflecht um Dorotea, Fernando, Luscinda und Cardenio unterbrochen. Die Dorotea-Episode wird dann ihrerseits durch die – vom Pfarrer vorgelesene – Novelle vom *Curioso impertinente* abgelöst. Aber auch die Lektüre des *Curioso* geht nicht ungestört zu Ende. Don Quijotes Kampf mit den Weinschläuchen (die er im Halbschlaf für Ungeheuer hält) kommt dazwischen und erfordert die Aufmerksamkeit aller, so dass die Haupthandlung ihrerseits vorübergehend zum Einschub, also zur Episode wird. Erst nachdem Don Quijote sich beruhigt hat, wird die Lektüre des *Curioso* wieder aufgenommen und zu Ende gebracht, dann das Episodengeflecht um Dorotea, samt der Erzählung des *Cautivo* und des Richters; und erst im 44. Kapitel wird die Haupthandlung wieder allein herrschend. Wie man sieht, beruht das Verhältnis zwischen Haupthandlung und Eingeschobenen Geschichten auf Gegenseitigkeit und Gleichberechtigung, weil jede Erzählebene im Verhältnis zur anderen sowohl über- als auch untergeordnet sein kann.

Thematisch geht es im *Curioso impertinente* wie in der Hauptgeschichte um eine Wahnvorstellung. Anselmo wird von einem krankhaften Zweifel befallen (er selbst nennt ihn *locura*), nämlich von der Neugier, ob die Tugend seiner Frau Camila, die er gerade erst geheiratet hat, wirklich so einwandfrei ist, wie es den Anschein hat. Deshalb beauftragt er seinen Freund Lotario, Camila mit allen ihm zu Gebote stehenden Mitteln zu verführen, denn er ist in seiner *locura* der Ansicht, dass nur die feuererprobte Idealtugend wahrhaft Tugend genannt werden kann. Natürlich geht das abwegige Experiment schief. Aber Camila versagt nicht, weil sie unmoralisch ist, sondern wegen der schimärischen, die menschliche Wirklichkeit vollkommen verfehlenden ›Versuchsanordnung‹, die ihr von Anselmo auferlegt worden ist: Lotario wird zu seinem Part gezwungen, ja erpresst; Camilas tapferer Widerstand wird mutwillig unterminiert; ihre Hilferufe bleiben unbeantwortet. Als Moral der Geschichte wird Anselmo, als sei es ein Zwischenruf auch für die Haupthandlung, vorgehalten: »Wer das Unmögliche will, dem geschieht Recht, wenn ihm das Mögliche versagt bleibt« (»Mira que el que busca lo imposible, es justo que lo posible se le niegue«). Auch Don Quijote bleibt ja immer dann das Mögliche versagt, wenn er das Unmögliche will. Und auch in seiner Welt ist die Realität, so wie sie ist, noch nicht deshalb schlecht, weil sie anders ist als der imaginierte Idealzustand. Sie ist, im Gegenteil, eigentlich ›ganz in Ordnung‹ und ›versagt‹ erst dann, wenn man sie mit weltfremden Forderungen konfrontiert.

Während aber die Konsequenzen des unangebrachten Verhaltens in der kleinen Welt der Novelle, die nur aus drei Personen besteht, katastrophal sind (alle verlieren Ehre und Leben), hat das ebenso unangebrachte, aber wesentlich harmlosere Handeln Don Quijotes in der epischen Weite der Haupthandlung eher komische Folgen. Oder, um genau zu sein: Manchmal ist auch Don Quijote drauf und dran, in seiner *locura*, sozusagen in ›heiligem Zorn‹, jemanden umzubringen, aber dann stolpert Rocinante, und die Angelegenheit erledigt sich mit Spott und einer Tracht Prügel.

Nicht alle Eingeschobenen Geschichten sind so akkurat mit der Haupthandlung vernetzt. In jedem Fall aber bieten sie mehr als bloße ›Abwechslung‹, vielmehr immer auch ›Vertiefung‹ und – vor allem im Ersten Teil – auch stilistische ›Erhöhung‹ von in der Haupthandlung vorkommenden Themen: Die Marcela-Episode handelt vom Selbstbestimmungsrecht der Frau im tragischen und gehobenen Modus. Das gleiche Thema wird wenig später auch in der Haupthandlung durchgespielt, diesmal auf komische Weise: Rocinante wird von weidenden Stuten, denen er zu nahe getreten war, mit Huftritten abgewiesen; und gleich darauf wird Don Quijote, von dem sich die Schenkenmagd Maritornes belästigt fühlt (weil er sie für ein verliebtes Burgfräulein hält), von deren Liebhaber verdroschen.

Auch im Geschichtenbündel um Dorotea geht es um Frauenrechte, die sich die energische Dorotea sehr wohl selbst zu sichern weiß. In der Haupthandlung hingegen mimt sie (dem Pfarrer zuliebe, der Don Quijote in einen ›verzauberten‹ Ochsenkarren locken will, um ihn nach Hause zu bringen) die ›schwache‹ Prinzessin Micomicona, die vom ›unbesiegbaren‹ Ritter Don Quijote de la Mancha ›erlöst‹ werden muss. Gerade die Doppelfunktion Doroteas alias Micomiconas ist dem Prestige Don Quijotes sehr abträglich, zeigt sich doch, dass Dorotea in Wirklichkeit sehr gut für sich selbst einstehen und auf einen ›Beschützer‹ vom Schlage Don Quijotes verzichten kann. Ähnlich ist das Verhältnis in der Geschichte des *Cautivo*: sie stellt einen beredten Kontrast her zwischen den Gefahren des echten Soldatenlebens und Don Quijotes nur eingebildetem Heldentum.

Im Zweiten Teil, wo die Episoden weniger ausgebildet sind, bestehen ebenfalls Zusammenhänge. Die Geschichte vom katalanischen Straßenräuber Roque Guinart handelt von jemandem, der aus der Bahn geraten ist, der aber gleichwohl einen ›guten Kern‹ hat und deshalb auf Erlösung hoffen kann. Und so wie Roque, gleichsam von der ›anderen Seite‹ her, zu bedenken gibt, Recht und Vernunft seien so unverzichtbar, dass selbst die Wegelagerei Regularien braucht, so singt die Haupthandlung, ebenfalls aus der Verneinung des Gegenteils, nämlich der *locura* Don Quijotes, eigentlich das Lob der einfachen Menschlichkeit und der Güte Alonso Quijanos.

Eine Sonderstellung nimmt die Geschichte des Morisken Ricote und seiner Familie ein. Bezeichnend ist, dass Cervantes das Schicksal der erst seit kurzem (1609–14) vom spanischen Staatsgebiet vertriebenen, nur oberflächlich christianisierten ehemaligen Muslime aus deren Perspektive schildert und dass er Ricote als guten Freund Sanchos einführt. Das Ende dieser von Sympathie für die Ausgestoßenen getragenen Erzählung ist oft kritisiert worden, weil es – scheinbar widersprüchlich – Verständnis für die Entscheidung des spanischen Königs äußert (und zwar aus Ricotes eigenem Munde!) und gleichwohl die Hoffnung nährt, der Familie werde die Rückkehr erlaubt. Gewiss entspricht dieses ›kompromisslerische‹ Ende keinesfalls der tatsächlichen politischen Praxis und erscheint auch psychologisch wenig wahrscheinlich (lobt doch der Vertriebene selbst den Vertreiber).

Es transportiert aber gleichwohl die utopische Hoffnung, der spanische Staat könne sich (irgendwann) einmal zur religiösen Toleranz bereit finden. Immerhin hat Ricote schon jetzt im deutschen Augsburg ein Asyl gefunden, wo man ihn wegen des Glaubens nicht belästigt. Trotzdem würde er lieber heute als morgen in die spanische ›Heimat‹ (und in deren Sprache) zurückkehren. Schon Thomas Mann hat in *Meerfahrt mit Don Quijote* auf die »bedeutende Episode vom Morisken Ricote« und auf deren »fesselnde« Zweideutigkeit hingewiesen: »Das Kapitel ist eine kluge Mischung von Loyalitätsbezeigungen [...] und dem lebendigsten menschlichen Mitgefühl für das furchtbare Schicksal der maurischen Nation. [...] Durch das eine erkauft sich der Autor die Erlaubnis zum anderen: aber ich vermute, es ist immer empfunden worden, dass das erstere politisches Mittel zum zweiten war und die Aufrichtigkeit des Dichters so recht erst beim zweiten beginnt.«

## *Utopischer Possibilismus*

Es ist überhaupt an der Zeit (denn bisher ist es überraschend wenig bedacht worden), den *Quijote* (oder Teile davon) auch als Utopie ernst zu nehmen. Dabei ist von vornherein klar, dass Cervantes nichts von fundamentalistischen Extremforderungen hält, die eine ›neue Welt‹ und einen ›neuen Menschen‹ voraussetzen. Im *Curioso impertinente* tritt er diesem Extremismus ja auf ernsthafte Weise ebenso entgegen wie in der Haupthandlung in Form der Parodie oder Satire. Wohl aber gibt es bei ihm – mit Ernst Bloch zu sprechen – so etwas wie *Das Prinzip Hoffnung*, die Hoffnung nämlich, dass die Menschen ihren freien Willen und ihre Vernunft dazu verwenden mögen, den ihnen von Gott gegebenen Spielraum besser und menschenwürdiger auszugestalten, als es im Augenblick noch der Fall ist. Dorthin gehören dann eben Wunschvorstellungen wie die von der Toleranz (Ricote). Oder die von der Solidarität über die sozialen Grenzen hinweg (Don Quijote und Sancho). Oder die vom Selbstbestimmungsrecht der Frau (Marcela). Oder die von der allen Menschen zugute kommenden Grundausstattung mit *common sense*, die sich bei Sanchos Inselherrschaft (als wär's ein kleines *Utopia*) so gut bewährt. Oder auch die von der Tüchtigkeit und Handlungsfähigkeit der starken Dorotea, die sich im ›Management‹ ihres bedeutenden landwirtschaftlichen Betriebes ebenso souverän behauptet wie im Verhältnis zu ihrem höherrangigen Gatten Fernando, der genau so flatterhaft und schwach ist, wie das die religiösen Traktate der Zeit immer von den Frauen behaupten.

Das alles ist, wie gesagt, gerade kein utopischer Maximalismus, sondern bescheidener Possibilismus nach dem Motto: Warum sollte morgen nicht möglich werden, was heute noch eine Ausnahme oder ein bloßer Wunsch ist? Man darf nicht vergessen, dass der *Quijote* einer der ersten Texte ist, in dem, am Beispiel des Protagonisten, erfahrbar wird, was Anachronismus heißt. Und wenn heute etwas als überholt erlebt wird, das früher einmal gegolten hatte, so wird es eben auch denkbar, dass morgen etwas gültig wird, was es heute noch nicht ist.

## *Die Poetik des »Quijote«*

Zum Schluss noch ein Wort zu der trefflichen, zugleich ironischen und selbstgewissen Poetik des Romans. In der Tat ist die Meisterschaft verblüffend, mit der Cervantes all das vorweggenommen hat, was der heutigen Literarästhetik teuer ist: Autoreflexivität, Intertextualität, Dialogizität, die Verwendung verschiedener Diskursformen, die Problematisierung von ›Wahrheit‹ und ›Fiktion‹, die Konstruktion komplexer Erzählwelten u. a. m. Ob der Autor sich dessen immer ganz bewusst war, oder ob es ihm bisweilen auch spielerisch ›unterlief‹ und ob es eben deshalb so unangestrengt, ja befreiend wirkt, ist schwer zu entscheiden. Es steht aber außer Frage, dass Cervantes eine klare Vorstellung von dem hatte, was gute Unterhaltungsliteratur leisten soll. Das Vorwort des Ersten Teils, das Autodefé gegen die Ritterbücher, die gründliche Auseinandersetzung zwischen Don Quijote und dem *canónigo* am Ende des Ersten Teils über eine ›nützliche‹ Romanliteratur; die fast wörtlichen Zitate aus der aristotelischen Poetik am Anfang des Zweiten über den Unterschied von Historie und Poesie; und die Bemerkungen über die Angemessenheit der Eingeschobenen Geschichten im Zweiten Teil bezeugen das. Jedenfalls ist Cervantes mit seinem Roman weit über das hinausgegangen, was damals poetologisch üblich und denkbar war.

Ein paar Andeutungen müssen genügen: Im Ritterroman war es selbstverständlich, die Story als *historia*, als ›wahre Geschichte‹ auszugeben, den Fiktionscharakter also zu verschleiern. Zu diesem Zweck taten die meisten Ritterromane so, als seien sie nicht von einem Romanautor, sondern von jemandem, der ›dabei‹ war, also von einem Chronisten verfasst worden, auf den sich der Erzähler als auf seine glaubwürdige Quelle bezieht und den er im Grunde bloß kopiert. Es wurde also so getan, als würden Tatsachen berichtet, wo doch in Wahrheit bloß Phantastik im Spiel war. Darin lag der oft kritisierte Lügencharakter des Ritterromans, der seinen Lesern gleichsam ein X für ein U vormachte (ein Problem übrigens, das auch der wieder auferstandenen *Fantasy*-Literatur unserer Tage nicht fremd ist).

Cervantes geht den genau umgekehrten Weg: Er offenbart geradezu plakativ den fiktionalen Charakter seiner allein von ihm erfundenen Geschichte, die aber *so* gut erfunden sei, dass sie dem Leser den Eindruck der Wahrscheinlichkeit vermittle (*verosimilitud* ist der Schlüsselbegriff der ganzen im Text selbst geführten poetologischen Diskussion). Genau damit beginnt die Ästhetik des modernen Romans.

Cervantes führt das dem Leser auf höchst unterhaltsame – und wiederum parodistische – Weise vor Augen: Im 8. Kapitel des Ersten Teils, als Don Quijote und der Baske gerade mit erhobenen Schwertern einander gegenüberstehen, bereit, den todbringenden Schlag zu führen, geht dem Erzähler angeblich der Stoff, nämlich die historische Vorlage oder Quelle aus. Das Bild erstarrt wie bei einem Filmriss. Vorübergehend ist nun nicht mehr von Don Quijote, sondern von der Suche nach einer Fortsetzung des Berichts die Rede. Schließlich findet der Erzähler auf dem Markt von Toledo ›zufällig‹ das Manuskript eines arabischen Geschichtsschreibers namens Cide Hamete Benengeli, das er von einem Morisken ins Spanische übersetzen lässt – und siehe da: es beginnt (oder fährt fort) genau an der Stelle, an dem der Film zuvor gerissen war.

Damit wird einerseits unmissverständlich auf die demiurgische, also gottähnliche Macht des Schöpfers Cervantes verwiesen, der alles nach seinem Gutdünken verschwinden und wieder neu erstehen lassen kann. Und andererseits wird ingeniös die Glaubwürdigkeit der ›Quelle‹ in Zweifel gezogen, denn die stammt ja von einem Mauren, also einem Ungläubigen und eben deshalb nicht der ›höheren Wahrheit‹ Teilhaftigen, und wurde zudem von einem Morisken, also einem Glaubenswechsler, übersetzt, über dessen Zuverlässigkeit sich der Leser ebenfalls keine Illusionen machen darf, zumal er angeblich ganze Passagen unübersetzt gelassen hat.

Damit hat Cervantes mit einem Streich den gordischen Knoten der Erzähler-Ermächtigung gelöst: Er eröffnet einen Spielraum für seine persönliche Phantasie, die mit dem genialen Einfall, Don Quijote im Zweiten Teil als die schon allseits bekannte Romanfigur ›leibhaftig‹ auftreten zu lassen, dieser ihre eigene Wirklichkeit verschafft. Anders, und aus der Perspektive unserer heutigen Erfahrungen formuliert: Im Zweiten Teil sind Don Quijote und Sancho wie zwei Medienstars, die man bisher nur von ihren Leinwandrollen kannte und die man jetzt ›live‹ erlebt.

Zur Poetik und zur Selbstbezüglichkeit des *Quijote* gehört auch die höchst originelle Art, mit der Cervantes seinen Text gegen den des Usurpators Avellaneda verteidigt, der den großen Erfolg des Ersten (Original-)Teils dazu ausgenutzt hatte, um mit einem eigenen Zweiten Teil (1614) das Wasser auf seine Mühlen zu leiten, noch bevor Cervantes selbst seinen Zweiten Teil fertigstellen konnte. Von dem Augenblick an, da Cervantes von der Existenz des Konkurrenzprodukts erfuhr (das er mit Sicherheit sofort gelesen hat), reagiert er darauf in seinem eigenen Text – etwa ab dem zweiten Drittel des Zweiten Teils. Nicht nur lässt er Don Quijote einen anderen Weg als den ursprünglich geplanten einschlagen (nach Barcelona statt nach Zaragoza), um Avellaneda zu dementieren; und nicht nur nutzt er jede Gelegenheit, um den Gegner anzugreifen (wohlbemerkt: immer im Text, nicht etwa mittels eines Prozesses). Den schönsten und für den Nachruhm Avellanedas tödlichen Coup landet er aber erst im 71. Kapitel, als er mit Don Álvaro Tarfe eine von dessen Hauptpersonen auftreten lässt und damit den Roman Avellanedas zu seinem eigenen Subtext macht. Darüber hinaus ist Tarfe von den ›Originalfiguren‹ Don Quijote und Sancho so fasziniert, dass er die Vermutung äußert, im Avellaneda-Text von einem bösen Zauberer verhext worden zu sein, so abgrundtief sei der Qualitätsunterschied zwischen den Cervantes- und den Avellaneda-Personen. Was er dann auch spontan vor einem Notar zu Protokoll gibt!

Aber auch sich selbst lässt Cervantes in seinem Roman auftreten, wenn auch auf sehr diskrete Weise, so wie es später Alfred Hitchcock so gerne tat. Nicht nur bringt er sich im Zweiten Teil als Verfasser des Ersten und als Plagiatsgeschädigter ins Spiel. Schon im Autodefé des Ersten Teils erwähnt er den Schäferroman *La Galatea* als Werk des »Miguel de Cervantes«. Und schließlich tritt er auch als Nebenfigur in der Geschichte des *Cautivo* auf. Dieser hat in algerischer Gefangenschaft »un tal de Saavedra« (Cervantes' zweiter Nachname) kennen gelernt und rühmt dessen Tapferkeit.

So ist Cervantes Autor des *Don Quijote* und Romanfigur in einem; Erfinder und Kopist des zweifelhaften Benengeli; Opfer und Exekutor eines Plagiators; und über alledem Schöpfer einer groß angelegten Fiktion, die in der Tat der erste selbstgewisse Roman der Neuzeit ist. Denn in ihm wird nicht nur die Geschichte eines problematischen Protagonisten erzählt, der kein ›Held‹ mehr ist, sondern zugleich auch über das Geschäft des Erzählens selbst und über das Wesen der Fiktion aufs Vergnüglichste räsoniert.

*Hans-Jörg Neuschäfer*

# Wörterverzeichnis

Das Verzeichnis nennt für alle ins Glossar aufgenommenen Wörter und Ausdrücke die Textseite, auf der sie zum ersten Mal erklärt sind; wird ein Ausdruck mit abweichender Bedeutung erneut erklärt, sind auch diese Seiten angegeben. Für die Einordnung gelten die in Wörterbüchern üblichen Kriterien; man suche also *hacer pedazos* unter **pedazos**, *a despecho de* unter **despecho**, *de balde* unter *balde*, usw. Die Tilde ~ vertritt in Wendungen das Stichwort.

Inhalt